朱自清散文经典

现代文学经典名著

桨声灯影里的秦淮河

朱自清／著

21 二十一世纪出版社集团
21st Century Publishing Group
全国百佳出版社

图书在版编目（CIP）数据

桨声灯影里的秦淮河 : 朱自清散文经典 / 朱自清著 . -- 南昌 :
二十一世纪出版社 , 2014.9
（中国现代文学经典名著）

ISBN 978-7-5391-9086-0

Ⅰ . ①桨… Ⅱ . ①朱… Ⅲ . ①散文集－中国－现代
Ⅳ . ① I266

中国版本图书馆 CIP 数据核字 (2013) 第 224288 号

桨声灯影里的秦淮河 : 朱自清散文经典 朱自清 / 著

策　　划	张　明
责任编辑	刘　刚
出版发行	二十一世纪出版社集团
	（江西省南昌市子安路75号　330025）
	www.21cccc.com　cc21@163.net
出 版 人	张秋林
经　　销	新华书店
印　　刷	北京永顺兴望印刷厂
版　　次	2014年10月第1版　2017年12月第2次印刷
开　　本	720mm×1000mm　1/16
印　　张	22
字　　数	280千
书　　号	ISBN 978-7-5391-9086-0
定　　价	35.00元

赣版权登字—04—2013—678

如发现印装质量问题，请寄本社图书发行公司调换 0791-86524997

目 录

导　论

张冬梅

朱自清，原名朱自华，号秋实，字佩弦，后改名朱自清；笔名有余捷、柏香、白水、知白等。朱自清是中国现代散文家、诗人、文学研究家、民主战士、语文教育家、学者。朱自清作为文学研究会早期的重要会员之一，文学创作始自"五四"，无论诗歌还是散文，都清新可人，意蕴丰富，尤以散文著称于世。一生著作 20 余种，近 200 万字。朱自清在创作中严格地恪守着为社会、为人生的现实主义原则，正如 1922 年写的《＜背影＞序》讲到散文在"近三四年的发展"时说："……种种的样式，种种的流派，表现着、批评着、解释着人生的各面。"自谦为"大时代中一名小卒的我"的朱自清，从未与他所处的时代隔离。他关心世事，同情弱者，反抗不平，思索人生，在时间的回廊里穿行，在历史的碧波里泛舟，用文学写人生，以美文立其言。朱自清是极少数能用白话写出脍炙人口名篇（可与古典散文名著媲美）的散文家。他的重要性，为很多评论家所公认，无论是语文教育，还是中国文学史编写，谈到现代散文语言之丰富、文体之完美，朱自清都是绕不过去的话题。朱自清散文的艺术创作"漂亮和缜密"，对于创建白话散文作出了不可磨灭的历史性的贡献，曾被誉为"白话美文的模范"。

丰富的个性与孤高的气节

朱自清 1898 年 11 月 22 日生于江苏东海（今江苏省连云港市海州区），因为祖父、父亲长期定居扬州，自己毕业于当时设在扬州的江苏第八中学高中（今扬州中学），而且在扬州做过教师，所以常自称"扬州人"（祖籍实为浙江绍兴）。朱自清幼年在私塾读书，深受中国传统文化的影响。1912 年进入高等小学，1916 年考入北京大学预科。1919 年 2 月出版了第一本诗集《睡吧，小小的人》，1920 年北京大学哲学系毕业。1931

年 8 月，朱自清留学英国，修习语言学和英国文学；随后漫游欧洲五国；1932 年 7 月回国，任清华大学中国文学系主任。1934 年出版的《欧游杂记》和 1943 年出版的《伦敦杂记》，都与留学生活有关，是以浓淡有致的印象画派笔法写成的两部游记；1935 年编辑《〈中国新文学大系〉诗集》并撰写了《导言》。第二年出版散文集《你我》，其中，《给亡妇》饱含深情追忆亡妻武钟谦生前种种往事，细腻真挚，凄婉动人。这一时期，朱自清散文的情致之美虽稍逊于早期，但构思的精巧、态度的诚恳、行文的流畅仍一如既往，文学的口语化则更为质朴自然、纯净洗练。叶圣陶曾指出：讲授中国文学或编写现代文学史，"论到文体的完美，文字的全写口语，朱先生该是首先被提及的"。(《朱佩弦先生》)

抗日战争爆发后，朱自清随清华大学南下长沙，1938 年 3 月到昆明，任西南联大中国文学系主任，并当选为中华全国文艺界抗敌协会理事。在抗日战争的艰苦岁月里，在贫困潦倒的日子里，他以认真严谨的态度从事教学和文学研究，曾与叶圣陶合著《国文教学》等书。抗战胜利后，国民党政府发动内战，镇压民主运动，杀害了很多进步人士，包括朱自清的好友李公朴和闻一多。两人的先后遇害，让朱自清无比愤慨和悲痛，他不顾个人安危，挺身而出，出席成都各界举行的李、闻惨案追悼大会，演说闻一多生平事迹。1946 年 10 月，他从四川回到北平，担任"整理闻一多先生遗著委员会"召集人。经过漫长曲折的道路，在黑暗现实寻找光明的经历和在爱国民主运动的推动下，在血与泪的斗争中，朱自清终于成为一名坚定的民主主义革命战士。

朱自清生命晚期身患严重的胃病，然而在反饥饿、反内战的斗争中，他还是毫不犹豫地在《抗议美国扶日政策并拒绝领取美援面粉宣言》上签了名，并嘱告家人不买配售面粉，始终保持着一个正直的爱国知识分子的高尚气节和可贵情操。1948 年 8 月 24 日，朱自清先生因严重的胃溃疡导致的胃穿孔不幸逝世，年仅 50 岁。临终前，朱自清再次严肃地告诫家人："要记住，我是在拒绝美援面粉的文件上签过名的，我们家以后不买国民党的美国面粉。"朱自清在签名前体重已下降到 77.6 斤，迫切需要营养和治疗，但他仍旧拒绝这种"收买灵魂性质"的施舍，表现了一位中华民族优秀知识分子的尊严和气节。毛泽东称赞他和闻一多"表现了我们民族的英雄气

概"。(《别了，司徒雷登》)

严肃的散文观

朱自清既不满意陶醉于抒写琐屑小事的"言志派"，也不满意后来的所谓轻松洒脱的幽默派。他的写作态度严肃认真，不追逐潮流，也不为他人所扰，始终执著地表现人生。无论是朴素动人如《背影》，或者明净淡雅如《荷塘月色》，委婉真挚如《儿女》，从中都能感到他的诚挚和正直。朱自清性情敏感，心思细腻，现实生活的压力常常让他对人生充满惆怅和叹息，颇觉不堪重负；但他又有着"五四"学人普遍具有的理性自觉，对个人的社会使命有着清楚的认知。一方面，他坚持现实批判和文化反思与重建，不回避社会问题和人生真相，体现了一个现代知识分子的精神操守和文化立场，个人性情表达里蕴涵着现代理性思辨；另一方面，朱自清面对现实的黑暗和生活的灰茫，无以排遣，常常把自己的情怀忧思寄寓于美好的大自然，获得短暂的心灵宁静和超脱，于是形成了灵动悠远而又略带感伤诗意的抒情风格。

散文创作的风格

朱自清的散文大体上可以分为两类。其一是反映社会偏重于议论的散文。这类散文从现实出发，针砭时弊，针对性强。代表性作品有《执政府大屠杀记》《生命的价格——七毛钱》《白种人——上帝的骄子》等篇。这类社会批评散文体现出了朱自清作为现代公共知识分子的社会责任感，不仅写出了郁积的个人之情，也写出了沉重的家国之情，因人生体验的深切和社会意识的强烈，而在理性力量之外平添真挚动人的情绪感染力。《生命的价格——七毛钱》，记叙一个小女孩仅以七毛钱的价格被卖掉的悲惨故事，并从生活现实出发，设想她被卖后将遭遇的种种境况。作者愤怒地诘问："这是谁之罪呢？这是谁之责呢？"他指出："钱世界里的生命市场存在一日，都是我们孩子的危险！"从而深刻揭露应负这个罪责的黑暗社会。《白种人——上帝的骄子》，写于1925年"五卅"惨案之后的第十九天，朱自清运用对比的手法，以生活中许多"可爱的小孩"，反衬电车上遇到的"小西洋人"的可憎，并从他旁若无人的傲慢神情看到了"他的脸上便缩印着一部中国的外交史"。表达了作者反对帝国主义欺凌和压迫中国的爱国主义思想。《执政府大屠杀记》写于 1926 年，朱自清亲自参加了"三·一八"游行示威，以亲眼目击的事实，揭露出北洋军阀屠杀爱国学生的残暴罪行，叙事真切，言之凿凿，戳穿了反动派妄图一手尽掩天下耳目的阴谋，并以愤怒的议论，对封建军阀段祺瑞之流进行了严厉的质问和无情的揭露。

还有一类则是抒情、叙事、写景散文（美文）。在新文学史上，朱自清与冰心并驾齐驱，成为散文创作各具特色的两大家。《背影》《桨声灯影里的秦淮河》《温州的踪迹·绿》《荷塘月色》等是朱自清叙事、写景抒情的名篇，具有深厚的情感，结构细密、意境幽远、笔法圆润。《背影》是朱自清叙事抒情散文的代表性作品，也是现代散文史上值得重视的篇章。它"论行数不满五十行，论字数不过千五百言"，却不仅在当时誉满文坛，而且能够"历经传诵而有感人至深的力量"。《背影》不仅展现了一个知识分子在旧社会颠沛流离的生活，更主要的是，通过家庭逢遭变故时父子别离的描述，表现了社会中下层人们特别是父子之间真挚淳厚的人情美。那淡淡感伤与深深自责紧密交织的语调，极为平实的叙述与"白描"的情感笼罩了浓郁的抒情氛围。散文语言质朴自然，宛如对座叙谈，富有真实感，这与表达父子相亲的真挚之情，是十分和谐的。朱自清还是散文领域里卓越的风景画家，《桨声灯影里的秦淮河》《荷塘月色》，都是美妙的山水风景画。尤其是后者，摆脱了前篇那种纤秾繁缛之气，文笔绮丽而又自然清新，文章细致描摹了池塘的幽静，荷花的风姿韵色，而且衬之以轻烟与淡雾的交替，月光与云影的更迭，构成一幅变幻奇妙的画图。毫无疑问，在"五四"以来的现代散文史上，朱自清是有着重要贡献的建树者。他以清新简约，细腻委婉的艺术风格和漂亮缜密的文体，在新文学的散文园地绽放了别样的花朵。

艺术上鲜明而独到的特点

首先，真挚深厚的感情倾注是朱自清散文脍炙人口的重要原因。《给亡妇》悼妻与自惭之情、《背影》父亲的舐犊之情，无不真诚亲切。朱自清是个重感情的人，他对山川草木，对一花一叶，对普通人生，对茫茫人世，都怀有朴素真挚的情感，并且通过自己的眼睛和心灵，一一呈现，真的是悠悠千古事，尽在带有感情之汁的笔墨中。

其次，情景交融的意境刻画，感性与理性的完美融合，构成细密幽远、深沉旷达的艺术氛围。诗人写散文不失其诗人本色，散文中有着浓郁的诗情画意，对人世的领悟，对自然的热爱，对不幸的同情，对历史的透视，对文化的理解，都浸透着生命的爱意与珍惜。

再次，构思缜密、精巧，脉络清晰。朱自清的散文大都篇幅不长，构思却篇篇匠心独具。《背影》出奇制胜；《荷塘月色》意在写"颇不宁静"，但一路写来，却处处见静。

最后，朱自清散文的语言艺术具有鲜明的个性化，清幽细密而又丰富多彩。《背影》的质朴，《绿》的纤秾，尽显朱自清的散文之美，有口皆碑。继《背影》之后，朱自清又先后出版了《你我》、《欧游杂记》等散文集。后期的作品，朱自清更注意从口语中采撷提炼，追求一种"谈话风"，语言质朴平淡而周密妥帖，生气盎然，富有一种逼人的风采。

朱自清是中国新文学史上一位地位很高、影响很大的散文作家。他的一生虽然生活艰苦，艺术的探索却永不停息，既有尖锐的批判和反思，也有精神的隐逸与放达，既有难以舒缓的人生之痛，也有永不磨灭的生命之爱，既有情绪的波澜起伏，也有文字的静如止水，既清秀隽永，又质朴丰盈，既皓月当歌，又深邃婉曲，他以执著的爱和灵动的笔，为我们留下了无数珠圆玉润的散文经典名篇。

2011年秋

匆　匆

　　燕子去了，有再来的时候；杨柳枯了，有再青的时候；桃花谢了，有再开的时候。但是，聪明的，你告诉我，我们的日子为什么一去不复返呢？——是有人偷了他们罢：那是谁？又藏在何处呢？是他们自己逃走了罢：现在又到了哪里呢？

　　我不知道他们给了我多少日子；但我的手确乎是渐渐空虚了。在默默里算着，八千多日子已经从我手中溜去；像针尖上一滴水滴在大海里，我的日子滴在时间的流里，没有声音，也没有影子。我不禁头涔涔而泪潸潸[1]了。

　　去的尽管去了，来的尽管来着；去来的中间，又怎样地匆匆呢？早上我起来的时候，小屋里射进两三方斜斜的太阳。太阳他有脚啊，轻轻悄悄地挪移了；我也茫茫然跟着旋转。于是——洗手的时候，日子从水盆里过去；吃饭的时候，日子从饭碗里过去；默默时，便从凝然的双眼前过去。我觉察他去的匆匆了，伸出手遮挽[2]时，他又从遮挽着的手边过去，天黑时，我躺在床上，他便伶伶俐俐地从我身上跨过，从我脚边飞去了。等我睁开眼和太阳再见，这算又溜走了一日。我掩着面叹息。但是新来的日子的影儿又开始在叹息里闪过了。

　　在逃去如飞的日子里，在千门万户的世界里的我能做些什么呢？只有徘徊罢了，只有匆匆罢了；在八千多日的匆匆里，除徘徊外，又剩些什么呢？过去的日子如轻烟，被微风吹散了，如薄雾，被初阳蒸融[3]了；我留着些什么痕迹呢？我何曾留着像游丝样的痕迹呢？我赤裸裸来到这世界，转眼间也将赤裸裸的回去罢？但不能平的，为什么偏要白白走这一遭啊？

　　你聪明的，告诉我，我们的日子为什么一去不复返呢？

1922年3月28日。

（原载1922年4月11日《时事新报·文学旬刊》第34期）

注释

1. 泪潸潸（lèi shān shān）：指哭泣的样子，流了很多泪水。表示很伤心。
2. 遮挽：拦阻，挽留。
3. 蒸融：是作者自造的词。意为被初升的太阳热得融化，蒸发消融。

导读

　　《匆匆》等几篇散文选自《踪迹》。《踪迹》是朱自清的诗与散文合集，1924 年 12 月由上海亚东图书馆出版。第一辑是新诗，第二辑是散文。本书收录其散文部分，仍以"踪迹"为辑名，同时将散文诗《匆匆》也一并收入。

　　朱自清于 1923 年春受浙江省立第十中学聘请来温州任教。那时他还只有 26 岁。学生们"在未开学之前，在新教员名单上看见'朱自清'三字便手舞足蹈起来，快活得不敢信以为真"，"上课时大家都洗耳恭听，只是为他那急促的，怕羞的样子发愁。他常在讲台上红脸，擦汗；我也好像随着他红脸，出汗；生怕出些差池，致使那些年龄较大而爱好旧文学的同班生吐露不满之辞。他虽然没有雄辩家的口才，然而始终没有人忍心说他的坏话，因为他的认真，诚恳，感动了全体学生"。"而他也很爱他的学生。他很忙，一方面要教课，批改作业，预备讲义，一方面又要创作，再加上家庭琐事，教育子女，但凡是学生来找他，他没有一次不是热情接待的。学生们把自己的习作，一本本的'诗集'、'散文集'送去请他批改，他非但没有讨嫌，没有敷衍了事，反而鼓励他们多多写作。稿子送去以后，过了几天便发下来了，上面满是紫色墨水的批改和圈点"。

　　《匆匆》是朱自清散文代表作之一，写于 1922 年 3 月 28 日。正值"五四"落潮时期，轰轰烈烈的时代变革风雨消歇，社会现实依旧沉闷黯淡，知识分子面对未来，何去何从，多有迷惘和徘徊。但是朱自清不甘在彷徨中沉沦，他认为："生活中的各种过程都有它独立的意义和价值——每一刹那有每一刹那的意义与价值！每一刹那在持续的时间里，有它相当的位置。"（朱自清《给俞平伯的信》，1922 年 11 月 7 日。）他渴望跟紧光阴的脚步，每一步都能踏踏实实留下自己的足迹。《匆匆》一文在淡淡的哀愁中，流露出作者心灵深处不平的低诉，在对时间流逝的无奈、焦急、惋惜之中，传达出"五四"落潮期青年知识分子的普遍情绪。

　　时光是如何的"匆匆"？"我们的日子为什么一去不复返呢？"一个淡淡的疑问，表达了作者对时光逝去而无法挽留的无奈，以及对尘封成过往的日子满怀的眷恋。朱自清没有直抒胸臆，大发感慨，也没有理性阐发，鸿篇大论，他从眼前之景，现实之物，从从容容舒展开去，"燕子去了，有再来的时候；杨柳枯了，有再青的时候；桃花谢了，有再开的时候"。寥寥几笔勾勒出清新含蓄的画面。抽象的时间具象化了，无处捕捉的流逝历历都在眼前，在无可奈何花落去的感怀里，是作者独特而执著的思考。沉重的现实反衬着自己内心的失意，时间的匆匆映照着自己的年华虚度，"过去的日子如轻烟，被微风吹散了，如薄雾，被初阳蒸融了"。时间的流逝有声有形，却无可挽回，有色彩，是淡蓝色、乳白色的；有动感，是被"吹散去"，被"蒸融了"。作者看到了，触到了，感受到了，在光阴流转中，努力追寻自己生命的"游丝般的痕迹"。时光轻盈的脚步声里，是作者心灵的律动。

《匆匆》写出了作者追寻时间踪迹而引起情绪的飞动，节奏和谐悠扬，轻盈流畅，诗意盎然。作者运用了一系列排比句："洗手的时候，日子从水盆里过去；吃饭的时候，日子从饭碗里过去；默默时……"大多是短句，五六字一句，显得活泼灵动，韵律感强。全文既有强烈的画面感，又有神秘的音乐感。平和的追问是情绪流动的线索，问而不答，而答案隐含其中，留下了大片的想象空间，引人深思，含蓄蕴藉，在跳荡的诗情画意里，蕴涵着深刻的人生哲理。

桨声灯影里的秦淮河

　　一九二三年八月的一晚，我和平伯[1]同游秦淮河；平伯是初泛，我是重来了。我们雇了一只"七板子"，在夕阳已去，皎月方来的时候，便下了船。于是桨声汩——汩，我们开始领略那晃荡着蔷薇色的历史的秦淮河的滋味了。

　　秦淮河里的船，比北京万牲[2]园，颐和园的船好，比西湖的船好，比扬州瘦西湖的船也好。这几处的船不是觉着笨，就是觉着简陋、局促；都不能引起乘客们的情韵，如秦淮河的船一样。秦淮河的船约略可分为两种：一是大船；一是小船，就是所谓"七板子"。大船舱口阔大，可容二三十人。里面陈设着字画和光洁的红木家具，桌上一律嵌着冰凉的大理石面。窗格雕镂颇细，使人起柔腻之感。窗格里映着红色蓝色的玻璃；玻璃上有精致的花纹，也颇悦人目。"七板子"规模虽不及大船，但那淡蓝色的栏干，空敞的舱，也足系人情思。而最出色处却在它的舱前。舱前是甲板上的一部。上面有弧形的顶，两边用疏疏的栏杆支着。里面通常放着两张藤的躺椅。躺下，可以谈天，可以望远，可以顾盼两岸的河房。大船上也有这个，便在小船上更觉清隽罢了。舱前的顶下，一律悬着灯彩；灯的多少，明暗，彩苏的精粗，艳晦，是不一的。但好歹总还你一个灯彩。这灯彩实在是最能钩人的东西。夜幕垂垂地下来时，大小船上都点起灯火。从两重玻璃里映出那辐射着的黄黄的散光，反晕出一片朦胧的烟霭；透过这烟霭，在黯黯的水波里，又逗起缕缕的明漪。在这薄霭和微漪里，听着那悠然的间歇的桨声，谁能不被引入他的美梦去呢？只愁梦太多了，这些大小船儿如何载得起呀？我们这时模模糊糊的谈着明末的秦淮河的艳迹，如《桃花扇》及《板桥杂记》里所载的。我们真神往了。我们仿佛亲见那时华灯映水，画舫凌波的光景了。于是我们的船便成了历史的重载了。我们终于恍然秦淮河的船所以雅丽过于他处，而又有奇异的吸引力的，实在是许多历史的影像使然了。

　　秦淮河的水是碧阴阴的；看起来厚而不腻，或者是六朝金粉所凝么？

我们初上船的时候，天色还未断黑，那漾漾的柔波是这样的恬静，委婉，使我们一面有水阔天空之想，一面又憧憬着纸醉金迷之境了。等到灯火明时，阴阴的变为沉沉了：黯淡的水光，像梦一般；那偶然闪烁着的光芒，就是梦的眼睛了。我们坐在舱前，因了那隆起的顶棚，仿佛总是昂着首向前走着似的；于是飘飘然如御风而行的我们，看着那些自在的湾泊着的船，船里走马灯般的人物，便像是下界一般，迢迢的远了，又像在雾里看花，尽朦朦胧胧的。这时我们已过了利涉桥，望见东关头了。沿路听见断续的歌声：有从沿河的妓楼飘来的，有从河上船里渡来的。我们明知那些歌声，只是些因袭的言词，从生涩的歌喉里机械的发出来的；但它们经了夏夜的微风的吹漾和水波的摇拂，袅娜着到我们耳边的时候，已经不单是她们的歌声，而混着微风和河水的密语了。于是我们不得不被牵惹着，震撼着，相与浮沉于这歌声里了。从东关头转湾，不久就到大中桥。大中桥共有三个桥拱，都很阔大，俨然是三座门儿；使我们觉得我们的船和船里的我们，在桥下过去时，真是太无颜色了。桥砖是深褐色，表明它的历史的长久；但都完好无缺，令人太息于古昔工程的坚美。桥上两旁都是木壁的房子，中间应该有街路？这些房子都破旧了，多年烟熏的迹，遮没了当年的美丽。我想象秦淮河的极盛时，在这样宏阔的桥上，特地盖了房子，必然是髹漆得富富丽丽的；晚间必然是灯火通明的。现在却只剩下一片黑沉沉！但是桥上造着房子，毕竟使我们多少可以想见往日的繁华；这也慰情聊胜无[3]了。过了大中桥，便到了灯月交辉，笙歌彻夜的秦淮河；这才是秦淮河的真面目哩。

　大中桥外,顿然空阔,和桥内两岸排着密密的人家的大异了。一眼望去，疏疏的林，淡淡的月，衬着蓝蔚的天，颇像荒江野渡光景；那边呢，郁葱葱的，阴森森的，又似乎藏着无边的黑暗：令人几乎不信那是繁华的秦淮河了。但是河中眩晕着的灯光，纵横着的画舫，悠扬着的笛韵，夹着那吱吱的胡琴声，终于使我们认识绿如茵陈酒的秦淮水了。此地天裸露着的多些，故觉夜来的独迟些；从清清的水影里，我们感到的只是薄薄的夜——这正是秦淮河的夜。大中桥外，本来还有一座复成桥，是船夫口中的我们的游踪尽处，或也是秦淮河繁华的尽处了。我的脚曾踏过复成桥的脊，在十三四岁的时候。但是两次游秦淮河，却都不曾见着复成桥的面；明知总在前途的，却常觉得有些虚无缥缈似的。我想，不见倒也好。这时正是盛夏。我们下船后，借着新生的晚凉和河上的微风，暑气已渐渐消散；到了此地，豁然开朗，身子顿然轻了——习习的清风荏苒在面上，手上，衣上，这便又感到了一缕新凉了。南京的日光，大概没有杭州猛烈；西湖的夏夜老是热蓬蓬的，水像沸着一般，秦淮河的水却尽是这样冷冷地绿着。任你人影的憧憧，歌声的扰扰，总像隔着一层薄薄的绿纱面幂似的；它尽是这样静静的，冷冷的绿着。我们出了大中桥，走不上半里路，船夫便将船划到一旁，停了桨由它宕着。他以为那里正是繁华的极点，再过去就是荒凉了；所以让我们多多赏鉴一会儿。他自己却静静的蹲着。他是看惯这光景的了，大约只是一个无可无不可。这无可无不可，无论是升的沉的，总之，都比我们高了。

那时河里闹热极了；船大半泊着，小半在水上穿梭似的来往。停泊着的都在近市的那一边，我们的船自然也夹在其中。因为这边略略的挤，便觉得那边十分的疏了。在每一只船从那边过去时，我们能画出它的轻轻的影和曲曲的波，在我们的心上；这显着是空，且显着是静了。那时处处都是歌声和凄厉的胡琴声，圆润的喉咙，确乎是很少的。但那生涩的，尖脆的调子能使人有少年的，粗率不拘的感觉，也正可快我们的意。况且多少隔开些儿听着，因为想象与渴慕的做美，总觉更有滋味；而竞发的喧嚣，抑扬的不齐，远近的杂沓，和乐器的嘈嘈切切，合成另一意味的谐音，也使我们无所适从，如随着大风而走。这实在因为我们的心枯涩久了，变为脆弱；故偶然润泽一下，便疯狂似的不能自主了。但秦淮河确也腻人。即如船里的人面，无论是和我们一堆儿泊着的，无论是从我们眼前过去的，总是模模糊糊的，甚至渺渺茫茫的；任你张圆了眼睛，揩净了眦垢[4]，也是枉然。这真够人想呢。在我们停泊的地方，灯光原是纷然的；不过这些灯光都是黄而有晕的。黄已经不能明了，再加上了晕，便更不成了。灯愈多，晕就愈甚；在繁星般的黄的交错里，秦淮河仿佛笼上了一团光雾。光芒与雾气腾腾的晕着，什么都只剩了轮廓了；所以人面的详细的曲线，便消失于我们的眼底了。但灯光究竟夺不了那边的月色；灯光是浑的，月色是清的，在浑沌的灯光里，渗入了一派清辉，却真是奇迹！那晚月儿已瘦削了两三分。她晚妆才罢，盈盈的上了柳梢头。天是蓝得可爱，仿佛一汪水似的；

月儿便更出落得精神了。岸上原有三株两株的垂杨树，淡淡的影子，在水里摇曳着。它们那柔细的枝条浴着月光，就像一只只美人的臂膊，交互的缠着，挽着；又像是月儿披着的发。而月儿偶然也从它们的交叉处偷偷窥看我们，大有小姑娘怕羞的样子。岸上另有几株不知名的老树，光光的立着；在月光里照起来，却又俨然是精神矍铄的老人。远处——快到天际线了，才有一两片白云，亮得现出异彩，像美丽的贝壳一般。白云下便是黑黑的一带轮廓；是一条随意画的不规则的曲线。这一段光景，和河中的风味大异了。但灯与月竟能并存着，交融着，使月成了缠绵的月，灯射着渺渺的灵辉；这正是天之所以厚秦淮河，也正是天之所以厚我们了。

　　这时却遇着了难解的纠纷。秦淮河上原有一种歌妓，是以歌为业的。从前都在茶舫上，唱些大曲之类。每日午后一时起；什么时候止，却忘记了。晚上照样也有一回。也在黄晕的灯光里。我从前过南京时，曾随着朋友去听过两次。因为茶舫里的人脸太多了，觉得不大适意，终于听不出所以然。前年听说歌妓被取缔了，不知怎的，颇设想了几次——却想不出什么。这次到南京，先到茶舫上去看看，觉得颇是寂寥，令我无端的怅怅了。不料她们却仍在秦淮河里挣扎着，不料她们竟会纠缠到我们，我于是很张皇了。她们也乘着"七板子"，她们总是坐在舱前的。舱前点着石油汽灯，光亮眩人眼目：坐在下面的，自然是纤毫毕见了——引诱客人们的力量，也便在此了。舱里躲着乐工等人，映着汽灯的余辉蠕动着；他们是永远不被注意的。每船的歌妓大约都是二人；天色一黑。她们的船就在大中桥外往来不息的兜生意。无论行着的船，泊着的船，都要来兜揽的。这都是我后来推想出来的。那晚不知怎样，忽然轮着我们的船了。我们的船好好的停着，一只歌舫划向我们来的；渐渐和我们的船并着了。铄铄的灯光逼得我们皱起了眉头；我们的风尘色全给它托出来了，这使我踟蹰[5]不安了。那时一个伙计跨过船来，拿着摊开的歌折，就近塞向我的手里，说，"点几出吧"！他跨过来的时候，我们船上似乎有许多眼光跟着。同时相近的别的船上也似乎有许多眼睛炯炯的向我们船上看着。我真窘了！我也装出大方的样子，向歌妓们瞥了一眼，但究竟是不成的！我勉强将那歌折翻了一翻，却不曾看清了几个字；便赶紧递还那伙计，一面不好意思地说，"不要，我们……不要。"他便塞给平伯。平伯掉转头去，摇手说，"不要！"那人还腻着不走。

平伯又回过脸来，摇着头道，"不要！"于是那人重到我处。我窘着再拒绝了他。他这才有所不屑似的走了。我的心立刻放下，如释了重负一般。我们就开始自白了。

我说我受了道德律的压迫，拒绝了她们；心里似乎很抱歉的。这所谓抱歉，一面对于她们，一面对于我自己。她们于我们虽然没有很奢的希望；但总有些希望的。我们拒绝了她们，无论理由如何充足，却使她们的希望受了伤；这总有几分不做美了。这是我觉得很怅怅的。至于我自己，更有一种不足之感。我这时被四面的歌声诱惑了，降服了；但是远远的，远远的歌声总仿佛隔着重衣搔痒似的，越搔越搔不着痒处。我于是憧憬着贴耳的妙音了。在歌舫划来时，我的憧憬，变为盼望；我固执的盼望着，有如饥渴。虽然从浅薄的经验里，也能够推知，那贴耳的歌声，将剥去了一切的美妙；但一个平常的人像我的，谁愿凭了理性之力去丑化未来呢？我宁愿自己骗着了。不过我的社会感性是很敏锐的；我的思力能拆穿道德律的西洋镜，而我的感情却终于被它压服着，我于是有所顾忌了，尤其是在众目昭彰的时候。道德律的力，本来是民众赋予的；在民众的面前，自然更显出它的威严了。我这时一面盼望，一面却感到了两重的禁制：一，在通俗的意义上，接近妓者总算一种不正当的行为；二，妓是一种不健全的职业，我们对于她们，应有哀矜[6]勿喜之心，不应赏玩的去听她们的歌。在众目睽睽之下，这两种思想在我心里最为旺盛。她们暂时压倒了我的听歌的盼望，这便成就了我的灰色的拒绝。那时的心实在异常状态中，觉得颇是昏乱。歌舫去了，暂时宁静之后，我的思绪又如潮涌了。两个相反的意思在我心头往复：卖歌和卖淫不同，听歌和狎妓不同，又干道德甚事？——但是，但是，她们既被逼的以歌为业，她们的歌必无艺术味的；况她们的身世，我们究竟该同情的。所以拒绝倒也是正办。但这些意思终于不曾撇开我的听歌的盼望。它力量异常坚强；它总想将别的思绪踏在脚下。从这重重的争斗里，我感到了浓厚的不足之感。这不足之感使我的心盘旋不安，起坐都不安宁了。唉！我承认我是一个自私的人！平伯呢，却与我不同。他引周启明先生的诗，"因为我有妻子，所以我爱一切的女人，因为我有子女，所以我爱一切的孩子[7]。"他的意思可以见了。他因为推及的同情，爱着那些歌妓，并且尊重着她们，所以拒绝了她们。在这种情形下，他自然以为听歌是对于她们的一种侮辱。但他也是想听歌的，虽然不和我一样，所以在他的心中，当然也有一番小小的争斗；争斗的结果，是同情胜了。至于道德律，在他是没有什么的；因为他很有蔑视一切的倾向，民众的力量在他是不大觉着的。这时他的心意的活动比较简单，又比较松弱，故事后还怡然自若；我却不能了。这里平伯又比我高了。

在我们谈话中间，又来了两只歌舫。伙计照前一样的请我们点戏，我们照前一样的拒绝了。我受了三次窘，心里的不安更甚了。清艳的夜景也为之减色。船夫大约因为要赶第二趟生意，催着我们回去；我们无可无不可的答应了。我们渐渐和那些晕黄的灯光远了，只有些月色冷清清的随着我们的归舟。我们的船竟没个伴儿，秦淮河的夜正长哩！到大中桥近处，才遇着一只来船。这是一只载妓的板船，黑漆漆的没有一点光。船头上坐着一个妓女；暗里看出，白地小花的衫子，黑的下衣。她手里拉着胡琴，口里唱着青衫的调子。她唱得响亮而圆转；当她的船箭一般驶过去时，余音还袅袅的在我们耳际，使我们倾听而向往。想不到在弩末的游踪里，还能领略到这样的清歌！这时船过大中桥了，森森的水影，如黑暗张着巨口，要将我们的船吞了下去。我们回顾那渺渺的黄光，不胜依恋之情；我们感到了寂寞了！这一段地方夜色甚浓，又有两头的灯火招邀着；桥外的灯火不用说了，过了桥另有东关头疏疏的灯火。我们忽然仰头看见依人的素月，不觉深悔归来之早了！走过东关头，有一两只大船湾泊着，又有几只船向我们来着。嚣嚣的一阵歌声人语，仿佛笑我们无伴的孤舟哩。东关头转湾，河上的夜色更浓了；临水的妓楼上，时时从帘缝里射出一线一线的灯光；仿佛黑暗从酣睡里眨了一眨眼。我们默然的对着，静听那泪——泪的桨声，几乎要入睡了；朦胧里却温寻着适才的繁华的余味。我那不安的心在静里愈显活跃了！这时我们都有了不足之感，而我的更其浓厚。我们却又不愿回去，于是只能由懊悔而怅惘了。船里便满载着怅惘了。直到利涉桥下，微微嘈杂的人声，才使我豁然一惊；那光景却又不同。右岸的河房里，都大开了窗户，里面亮着晃晃的电灯，电灯的光射到水上，蜿蜒曲折，闪闪不息，正如跳舞着的仙女的臂膊。我们的船已在她的臂膊里了；如睡在摇篮里一样，倦了的我们便又入梦了。那电灯下的人物，只觉像蚂蚁一般，更不去萦念。这是最后的梦；可惜是最短的梦！黑暗重复落在我们面前，我们看见傍岸的空船上一星两星的，枯燥无力又摇摇不定的灯光。我们的梦醒了，我们知道就要上岸了；我们心里充满了幻灭的情思。

1923年10月11日作完，于温州。
（原载1924年1月25日《东方杂志》第21卷第2号20周年纪念号）

注释

1. 俞平伯（1900—1990），原名俞铭衡，字平伯。现代诗人、作家、红学家。与作者为好友。
2. 牪（shēn）：意为众多。
3. 聊胜无：聊，略微。比没有要好一点。
4. 眦垢（zì gòu）：眼眵（chī），俗称眼屎。
5. 踧踖（cù jí）：恭敬而不安的样子。
6. 哀矜（āi jīn）：哀怜，怜悯。
7. 原诗是，"我为了自己的儿女才爱小孩子，为了自己的妻才爱女人"，见《雪朝》第48页。

导读

　　朱自清散文成名作《桨声灯影里的秦淮河》1923年8月22日写于北京。记叙了夏夜泛舟秦淮河的见闻感受，作者在声光色影的协奏中，敏锐地捕捉到了秦淮河不同时地、不同情境中的绝代风华，引人发思古之幽情。

　　俞平伯与朱自清同游秦淮河，以《桨声灯影里的秦淮河》为共同的题目，各作散文一篇，以风格不同、各有千秋而传世，成为现代文学史上的一段佳话。这两篇散文写作时，"五四"大时代风雨消歇，新文化运动的统一战线进一步分化，如鲁迅所言："有的高升，有的退隐，有的前进。"知识分子普遍感到前途茫茫，内心充满惆怅，这种情绪在朱自清和俞平伯的文中都不难看出。面对良辰美景，悠悠历史长河，思想的苦闷，命运的感叹，都让朱自清无以释怀。"这实在是因为我们的心枯涩久了，变为脆弱；故偶然润泽一下，便疯狂似的，不能自主了。"俞平伯则写道："其实同被因袭的癖趣所沉浸。"他们在现实中目睹了太多的艰辛苦涩和不满，都渴望在秦淮河的柔波里，涤荡世俗生活的尘埃，润泽日渐干枯的心灵，慰藉一下寂寞苦闷的灵魂。但是眼前的美景，却又加深了他心中的惆怅，在灯月交辉、笙歌彻夜的秦淮河上，怀着内心的隐忧，无法真正的旷达，也无法全身心地沉醉，在迷离中清醒，在清醒里苦闷，朱自清把内心的曲折情绪完全融入写景，由形及神，由今到古，笔致简练，典雅清新，朴素亲切。

首先，文章纯净优美。朱自清眼中的秦淮河繁复明丽。既像一首韵律和谐的诗作，又似一幅浓妆淡抹的山水，有诗的意蕴，有画的意境，朱自清以微忧的心绪，写出了秦淮河的诗情画意和万种风姿。一河碧水，凝着六朝金粉；歌声缥缈，原是温香软玉，多少羞涩与寂寥应和，那些残留的胭脂原本是老去的年华……作者笔墨精致细腻，充分展现了秦淮河之美，船只、绿水、灯光、月光、大中桥、歌声……种种景物，作者抓住其光、形、色、味，一路看过，一路细细描绘，人在其中，清韵其中，浑然不知今夕何夕。其次，文章虚实相生。朱自清安坐游船，由眼前而至历史，思绪自由穿越，借助对历史影像的缅怀，虚实相应，内外交融，意蕴深厚，自然流畅。"灯火未阑人散"这句结尾处的感慨，怕才是朱自清内心最深处的寂寞吧。总之，《桨声灯影里的秦淮河》情景交融，自然之境，历史之影，内心之情，缓缓流淌，彼此融会，一气呵成，浑然一体。

温州的踪迹

一 "月朦胧，鸟朦胧，帘卷海棠红"[1]

这是一张尺多宽的小小的横幅，马孟容君画的。上方的左角，斜着一卷绿色的帘子，稀疏而长；当纸的直处三分之一，横处三分之二。帘子中央，着一黄色的，茶壶嘴似的钩儿——就是所谓软金钩么？"钩弯"垂着双穗，石青色；丝缕微乱，若小曳于轻风中。纸右一圆月，淡淡的青光遍满纸上；月的纯净，柔软与平和，如一张睡美人的脸。从帘的上端向右斜伸而下，是一枝交缠的海棠花。花叶扶疏，上下错落着，共有五丛；或散或密，都玲珑有致。叶嫩绿色，仿佛掐得出水似的；在月光中掩映着，微微有浅深之别。花正盛开，红艳欲流；黄色的雄蕊历历的，闪闪的。衬托在丛绿之间，格外觉着妖娆了。枝欹斜而腾挪，如少女的一只臂膊。枝上歇着一对黑色的八哥，背着月光，向着帘里。一只歇得高些，小小的眼儿半睁半闭的，似乎在入梦之前，还有所留恋似的。那低些的一只别过脸来对着这一只，已缩着颈儿睡了。帘下是空空的，不着一些痕迹。

试想在圆月朦胧之夜，海棠是这样的妩媚而嫣润；枝头的好鸟为什么却双栖而各梦呢？在这夜深人静的当儿，那高踞着的一只八哥儿，又为何尽撑着眼皮儿不肯睡去呢？他到底等什么来着？舍不得那淡淡的月儿么？舍不得那疏疏的帘儿么？不，不，不，您得到帘下去找，您得向帘中去找——您该找着那卷帘人了？他的情韵风怀，原是这样这样的哟！朦胧的岂独月呢；岂独鸟呢？但是，咫尺天涯，教我如何耐得？我拼着千呼万唤；你能够出来么？

这页画布局那样经济，设色那样柔活，故精彩足以动人。虽是区区尺幅，而情韵之厚，已足沦肌浃髓而有余。我看了这画。瞿然[2]而惊：留恋之怀，不能自已。故将所感受的印象细细写出，以志这一段因缘。但我于中西的画都是门外汉，所说的话不免为内行所笑。——那也只好由他了。

1924年2月1日，温州作。

二　绿

我第二次到仙岩³的时候，我惊诧于梅雨潭的绿了。

梅雨潭是一个瀑布潭。仙岩有三个瀑布，梅雨瀑最低。走到山边，便听见哗哗哗哗的声音；抬起头，镶在两条湿湿的黑边儿里的，一带白而发亮的水便呈现于眼前了。我们先到梅雨亭。梅雨亭正对着那条瀑布；坐在亭边，不必仰头，便可见它的全体了。亭下深深的便是梅雨潭。这个亭踞在突出的一角的岩石上，上下都空空儿的；仿佛一只苍鹰展着翼翅浮在天宇中一般。三面都是山，像半个环儿拥着；人如在井底了。这是一个秋季的薄阴的天气。微微的云在我们顶上流着；岩面与草丛都从润湿中透出几分油油的绿意。而瀑布也似乎分外的响了。那瀑布从上面冲下，仿佛已被扯成大小的几绺；不复是一幅整齐而平滑的布。岩上有许多棱角；瀑流经过时，作急剧的撞击，便飞花碎玉般乱溅着了。那溅着的水花，晶莹而多芒；远望去，像一朵朵小小的白梅。微雨似的纷纷落着。据说，这就是梅雨潭之所以得名了。但我觉得像杨花，格外确切些。轻风起来时，点点随风飘散，那更是杨花了。——这时偶然有几点送入我们温暖的怀里，便倏的钻了进去，再也寻它不着。

梅雨潭闪闪的绿色招引着我们；我们开始追捉她那离合的神光了。揪着草，攀着乱石，小心探身下去，又鞠躬过了一个石穹门，便到了汪汪一碧的潭边了。瀑布在襟袖之间；但我的心中已没有瀑布了。我的心随潭水的绿而摇荡。那醉人的绿呀！仿佛一张极大极大的荷叶铺着，满是奇异的绿呀。我想张开两臂抱住她；但这是怎样一个妄想呀。——站在水边，望到那面，居然觉着有些远呢！这平铺着，厚积着的绿，着实可爱。她松松的皱缬着，像少妇拖着的裙幅；她轻轻的摆弄着，像跳动的初恋的处女的心；她滑滑的明亮着，像涂了"明油"一般，有鸡蛋清那样软，那样嫩，令人想着所曾触过的最嫩的皮肤；她又不杂些儿尘滓，宛然一块温润的碧玉，只清清的一色——但你却看不透她！我曾见过北京什刹海拂地的绿杨，脱不了鹅黄的底子，似乎太淡了。我又曾见过杭州虎跑寺近旁高峻而深密的"绿壁"，丛叠着无穷的碧草与绿叶的，那又似乎太浓了。其余呢，西湖的波太明了，秦淮河的也太暗了。可爱的，我将什么来比拟你呢？我怎么比拟得出呢？大约潭是很深的，故能蕴蓄着这样奇异的绿；仿佛蔚蓝的天融了一块在里面似的，这才这般的鲜润呀。——那醉人的绿呀！我若能裁你以为带，我将赠给那轻盈的舞女；她必能临风飘举了。我若能挹你以为眼，我将赠给那善歌的盲妹；她必明眸善睐了。我舍不得你；我怎舍得你呢？我用手拍着你，抚摩着你，如同一个十二三岁的小姑娘。我又掬你入口，便是吻着她了。我送你一个名字，我从此叫你"女儿绿"，好么？

　　我第二次到仙岩的时候，我不禁惊诧于梅雨潭的绿了。

1924年2月8日，温州作。

三　白水漈

　　几个朋友伴我游白水漈。

　　这也是个瀑布；但是太薄了，又太细了。有时闪着些许的白光；等你定睛看去，却又没有——只剩一片飞烟而已。从前有所谓"雾縠[4]"，大概就是这样了。所以如此，全由于岩石中间突然空了一段；水到那里，无可凭依，凌虚飞下，便扯得又薄又细了。当那空处，最是奇迹。白光嬗[5]为飞烟，已是影子，有时却连影子也不见。有时微风过来，用纤手挽着那影子，它便袅袅的成了一个软弧；但她的手才松，它又像橡皮带儿似的，立刻伏伏帖帖的缩回来了。我所以猜疑，或者另有双不可知的巧手，要将这些影子织成一个幻网。——微风想夺了她的，她怎么肯呢？

　　幻网里也许织着诱惑；我的依恋便是个老大的证据。

1924年3月16日，宁波作。

四　生命的价格——七毛钱

　　生命本来不应该有价格的；而竟有了价格！人贩子，老鸨[6]，以至近来的绑票土匪，都就他们的所有物，标上参差的价格，出卖于人；我想将来许还有公开的人市场呢！在种种"人货"里，价格最高的，自然是土匪们的票了，少则成千，多则成万；大约是有历史以来，"人货"的最高的行情了。其次是老鸨们所有的妓女，由数百元到数千元，是常常听到的。最贱的要算是人贩子的货色！他们所有的，只是些男女小孩，只是些"生货"，所以便卖不起价钱了。

人贩子只是"仲买人"，他们还得取给于"厂家"，便是出卖孩子们的人家。"厂家"的价格才真是道地呢！《青光》里曾有一段记载，说三块钱买了一个丫头；那是移让过来的，但价格之低，也就够令人惊诧了！"厂家"的价格，却还有更低的！三百钱，五百钱买一个孩子，在灾荒时不算难事！但我不曾见过。我亲眼看见的一条最贱的生命，是七毛钱买来的！这是一个五岁的女孩子。一个五岁的"女孩子"卖七毛钱，也许不能算是最贱；但请您细看：将一条生命的自由和七枚小银元各放在天平的一个盘里，您将发现，正如九头牛与一根牛毛一样，两个盘儿的重量相差实在太远了！

我见这个女孩，是在房东家里。那时我正和孩子们吃饭；妻走来叫我看一件奇事，七毛钱买来的孩子！孩子端端正正的坐在条凳上；面孔黄黑色，但还丰润；衣帽也还整洁可看。我看了几眼，觉得和我们的孩子也没有什么差异；我看不出她的低贱的生命的符记——如我们看低贱的货色时所容易发现的符记。我回到自己的饭桌上，看看阿九和阿菜，始终觉得和那个女孩没有什么不同！但是，我毕竟发现真理了！我们的孩子所以高贵，正因为我们不曾出卖他们，而那个女孩所以低贱，正因为她是被出卖的；这就是她只值七毛钱的缘故了！呀，聪明的真理！

妻告诉我这孩子没有父母，她哥嫂将她卖给房东家姑爷开的银匠店里的伙计，便是带着她吃饭的那个人。他似乎没有老婆，手头很窘的，而且喜欢喝酒，是一个糊涂的人！我想这孩子父母若还在世，或者还舍不得卖她，至少也要迟几年卖她；因为她究竟是可怜可怜的小羔羊。到了哥嫂的手里，情形便不同了！家里总不宽裕，多一张嘴吃饭，多费些布做衣，是显而易见的。将来人大了，由哥嫂卖出，究竟是为难的；说不定还得找补些儿，才能送出去。这可多么冤呀！不如趁小的时候，谁也不注意，做个人情，送了干净！您想，温州不算十分穷苦的地方，也没碰着大荒年，干什么得了七个小毛钱，就心甘情愿的将自己的小妹子捧给人家呢？说等钱用？谁也不信！七毛钱了得什么急事！温州又不是没人买的！大约买卖两方本来相知；那边恰要个孩子玩儿，这边也乐得出脱，便半送半卖的含糊定了交易。我猜想那时伙计向袋里一摸一股脑儿掏了出来，只有七毛钱！哥哥原也不指望着这笔钱用，也就大大方方收了完事。于是财货两交，那女孩便归伙计管业了！

这一笔交易的将来，自然是在运命手里；女儿本姓"碰"，由她去碰罢了！但可知的，运命决不加惠于她！第一幕的戏已启示于我们了！照妻所说，那伙计必无这样耐心，抚养她成人长大！他将像豢养小猪一样，等到相当的肥壮的时候，便卖给屠户，任他宰割去；这其间他得了赚头，是理所当然的！但屠户是谁呢？在她卖做丫头的时候，便是主人！"仁慈的"主人只宰割她相当的劳力，如养羊而剪它的毛一样。到了相当的年纪，便将她配人。能够这样，她虽然被搋在丫头坏里，却还算不幸中之幸哩。但在目下这钱世界里，如此大方的人究竟是少的；我们所见的，十有六七是刻薄人！她若卖到这种人手里，他们必拶榨[7]她过量的劳力。供不应求时，便骂也来了，打也来了！等她成熟时，却又好转卖给人家作妾；平常拶榨的不够，这儿又找补一个尾子！偏生这孩子模样儿又不好；入门不能得丈夫的欢心，容易遭大妇的凌虐，又是显然的！她的一生，将消磨于眼泪中了！也有些主人自己收婢作妾的；但红颜白发，也只空断送了她的一生！和前例相较，只是五十步与百步而已。——更可危的，她若被那伙计卖在妓院里，老鸨才真是个令人肉颤的屠户呢！我们可以想到：她怎样逼她学弹学唱，怎样驱遣她去做粗活！怎样用藤筋打她，用针刺她！怎样督责她承欢卖笑！她怎样吃残羹冷饭！怎样打熬着不得睡觉！怎样终于生了一身毒疮！她的相貌使她只能做下等妓女；她的沦落风尘是终生的！她的悲剧也是终生的！——唉！七毛钱竟买了你的全生命——你的血肉之躯竟抵不上区区七个小银元么！生命真太贱了！生命真太贱了！

因此想到自己的孩子的运命，真有些胆寒！钱世界里的生命市场存在一日，都是我们孩子的危险！都是我们孩子的侮辱！您有孩子的人呀，想想看，这是谁之罪呢？这是谁之责呢？

1924年4月9日，宁波作。

（原载《我们的七月》）

注释

1. "月朦胧，鸟朦胧，帘卷海棠红"：画题，系旧句。
2. 瞿（qú）然：惊视貌。
3. 仙岩：山名，瑞安的胜迹。
4. 雾縠（wù hú）：薄雾般的轻纱。
5. 嬗（shàn）：更替，变迁。
6. 老鸨（bǎo）：指开设妓院的女人。
7. 拶榨（zā zhà）：压榨。

导读

　　《温州的踪迹》系列文章共 4 篇，前 3 篇《月朦胧，鸟朦胧，帘卷海棠红》、《绿》、《白水漈》重在写景，寄情于景，是朱自清情景交汇的优美散文的代表，一字一句皆是美，一笔一画尽醉人，自然天成，清丽隽永。后一篇《生命的价格——七毛钱》侧重记事，借事抒发了作者对现实的不满，对漠视生命的痛心。

　　《月朦胧，鸟朦胧，帘卷海棠红》是马孟容先生的横幅，画的布局精巧有致。"虽是区区尺幅，而情韵之厚，已足沦肌浃髓而有余。"这画幅描绘的景致、传递的情感、营造的意境可比唐五言绝句，虽短小，但情深境悠。作者赏画文字也充满诗情画意，"纸右一圆月，淡淡的青光遍满纸上；月的纯净，柔软与平和，如一张睡美人的脸"，"花叶扶疏，上下错落着，共有五丛；或散或密，都玲珑有致。叶嫩绿色，仿佛掐得出水似的；在月光中掩映着，微微有浅深之别"。月光，海棠花，醉了的人，"朦胧的岂独月呢；岂独鸟呢？但是，咫尺天涯，教我如何耐得？"人似融入画的情境当中，是那月？还是那枝叶？情思幽深，回味悠长。

　　《绿》是朱自清散文中有代表性的名篇佳作。开头结尾各一句："惊诧""不禁惊诧"，回环缠绕，印象叠加，作者对梅雨潭的绿深感震撼，同时引领读者进入这绿的世界，忘情地沉醉其中。中间两段，前段写瀑布，后段写瀑布的绿。不愧为散文大师，语言之纯熟优美，相较这"绿"更让人惊诧。作者分别运用形象生动的比喻"像少妇拖着的裙幅"，"像跳动的初恋的处女的心"，"像涂了'明油'--般，有鸡蛋清那样软，那样嫩，令人想着所曾触过的最嫩的皮肤"，

"宛然一块温润的碧玉";作者还以清晰明朗的对比,再次突出梅雨潭的绿是如此独特动人:北京什刹海拂地的绿杨"太淡",杭州虎跑寺近旁高峻而深密的"绿壁"又"太深",西湖"太明",秦淮河"太暗",深淡明暗间,梅雨潭之绿正如那"多一分太胖,少一分太瘦",难能可贵就在于恰到好处。"可爱的,我将什么来比拟你呢?我怎么比拟得出呢?"强有力的反问将情感再推高潮。

《白水漈》薄雾如烟,亦幻亦真。在作者短小的文字段落中,我们如亲见了"又薄又细"的白水漈。

《生命的价格——七毛钱》讲的是一个没有父母的小女孩,被哥嫂卖了,卖了七毛钱。这类故事在旧社会中并不鲜见,普通人的生命低微,就像鲁迅所言从未曾争得到做人的资格。朱自清在此文中,一改惯常的温润如玉,笔锋犀利,眼光敏锐,细致中透出抑郁,沉着中透出激愤,显示出他作为一个正直的知识分子的社会良知和批判现实主义精神。关于人的价值,本来就是"五四"新文化运动和文学革命的基本主题。鲁迅的文化观核心就是"立人"而后"立国"。如何才能争取到做人的资格和尊严,鲁迅认为,必先得打翻这吃人的宴席,毁掉吃人筵宴的厨房。朱自清与鲁迅不同,他不长于议论,而以质朴的叙事,紧紧围绕出卖小孩的联想,关注孩子的命运,同情孩子的不幸,追问不幸的根源,批判社会的黑暗,引发我们的深思。作者满篇的"!"像一把把悬空的利剑,随时坠落,直刺人心。谁之过?谁之责?谁之罪?每一个追问都让我们悚然惊觉自身的责任。

女　人

白水 [1] 是个老实人，又是个有趣的人。他能在谈天的时候，滔滔不绝地发出长篇大论。这回听勉子说，日本某杂志上有《女?》一文，是几个文人以"女"为题的桌话的记录。他说，"这倒有趣，我们何不也来一下？"我们说，"你先来！"他搔了搔头发道："好！就是我先来；你们可别临阵脱逃才好。"我们知道他照例是开口不能自休的。果然，一番话费了这多时候，以致别人只有补充的工夫，没有自叙的余裕。那时我被指定为临时书记，曾将桌上所说，拉杂写下。现在整理出来，便是以下一文。因为十之八是白水的意见，便用了第一人称，作为他自述的模样；我想，白水大概不至于不承认吧？

老实说，我是个欢喜女人的人；从国民学校时代直到现在，我总一贯地欢喜着女人。虽然不曾受着什么"女难"，而女人的力量，我确是常常领略到的。女人就是磁石，我就是一块软铁；为了一个虚构的或实际的女人，呆呆的想了一两点钟，乃至想了一两个星期，真有不知肉味光景——这种事是屡屡有的。在路上走，远远的有女人来了，我的眼睛便像蜜蜂们嗅着花香一般，直攫 [2] 过去。但是我很知足，普通的女人，大概看一两眼也就够了，至多再掉一回头。像我的一位同学那样，遇见了异性，就立正——向左或向右转，仔细用他那两只近视眼，从眼镜下面紧紧追出去半日半日，然后看不见，然后开步走——我是用不着的。我们地方有句土话说："乖子望一眼，呆子望到晚；"我大约总在"乖子"一边了。我到无论什么地方，第一总是用我的眼睛去寻找女人。在火车里，我必走遍几辆车去发现女人；在轮船里，我必走遍全船去发现女人。我若找不到女人时，我便逛游戏场去，赶庙会去，——我大胆地加一句——参观女学校去；这些都是女人多的地方。于是我的眼睛更忙了！我拖着两只脚跟着她们走，往往直到疲倦为止。

我所追寻的女人是什么呢？我所发现的女人是什么呢？这是艺术的女人。从前人将女人比做花，比做鸟，比做羔羊；他们只是说，女人是自然手里创造出来的艺术，使人们欢喜赞叹——正如艺术的儿童是自然的创作，使人们欢喜赞叹一样。不独男人欢喜赞叹，女人也欢喜赞叹；而"妒"便是欢喜赞叹的另一面，正如"爱"是欢喜赞叹的一面一样。受欢喜赞叹的，又不独是女人，男人也有。"此柳风流可爱，似张绪当年，"[3] 便是好例；而"美丰仪"一语，尤为"史不绝书"。但男人的艺术气氛，似乎总要少些；贾宝玉说得好：男人的骨头是泥做的，女人的骨头是水做的。这是天命呢？还是人事呢？我现在还不得而知；只觉得事实是如此罢了。——你看，目下学绘画的"人体习作"的时候，谁不用了女人做他的模特儿呢？这不是因为女人的曲线更为可爱么？我们说，自有历史以来，女人是比男人更其艺术的；这句话总该不会错吧？所以我说，艺术的女人。所谓艺术的女人，有三种意思：是女人中最为艺术的，是女人的艺术的一面，是我们以艺术的眼去看女人。我说女人比男人更其艺术的，是一般的说法；说女人中最为艺术的，是个别的说法。——而"艺术"一词，我用它的狭义，专指眼睛的艺术而言，与绘画，雕刻，跳舞同其范类。艺术的女人便是有着美好的颜色和轮廓和动作的女人，便是她的容貌，身材，姿态，使我们看了感到"自己圆满"的女人。这里有一块天然的界碑，我所说的只是处女，少妇，中年妇人，那些老太太们，为她们的年岁所侵蚀，已上了凋零与枯萎的路途，在这一件上，已是落伍者了。女人的圆满相，只是她的"人的诸相"之一；她可以有大才能，大智慧，大仁慈，大勇毅，大贞洁等等，但都无碍于这一相。诸相可以帮助这一相，使其更臻于充实；这一相也可帮助诸相，分其圆满于它们，有时更能遮盖它们的缺处。我们之看女人，若被她的圆满相所吸引，便会不顾自己，不顾她的一切，而只陶醉于其中；这个陶醉是刹那的，无关心的，而且在沉默之中的。

我们之看女人，是欢喜而决不是恋爱。恋爱是全般的，欢喜是部分的。恋爱是整个"自我"与整个"自我"的融合，故坚深而久长；欢喜是"自我"间断片的融合，故轻浅而飘忽。这两者都是生命的趣味，生命的姿态。但恋爱是对人的，欢喜却兼人与物而言。——此外本还有"仁爱"，便是"民胞物与"之怀；再进一步，"天地与我并生，万物与我为一"[4]，便是"神爱"，"大爱"了。这种无分物我的爱，非我所要论；但在此又须立一界碑，凡伟大庄严之像，无论属人属物，足以吸引人心者，必为这种爱；而优美艳丽的光景则始在"欢喜"的阈中。至于恋爱，以人格的吸引为骨子，有极强的占有性，又与二者不同。Ｙ君以人与物平分恋爱与欢喜，以为"喜"仅属物，"爱"乃属人；若对人言"喜"，便是蔑视他的人格了。现在有许多人也以为将女人比花，比鸟，比羔羊，便是侮辱女人；赞颂女人的体态，也是侮辱女人。所以者何？便是蔑视她们的人格了！但我觉得我们若不能将"体态的美"排斥于人格之外，我们便要慢慢的说这句话！而美若是一种价值，人格若是建筑于价值的基石上，我们又何能排斥那"体态的美"呢？所以我以为只须将女人的艺术的一面作为艺术而鉴赏它，与鉴赏其他优美的自然一样；艺术与自然是"非人格"的，当然便说不上"蔑视"与否。在这样的立场上，将人比物，欢喜赞叹，自与因袭的玩弄的态度相差十万八千里，当可告无罪于天下。——只有将女人看作"玩物"，才真是蔑视呢；即使是在所谓的"恋爱"之中。艺术的女人，是的，艺术的女人！我们要用惊异的眼去看她，那是一种奇迹！

　　我之看女人，十六年于兹了，我发现了一件事，就是将女人作为艺术而鉴赏时，切不可使她知道；无论是生疏的，是较熟悉的。因为这要引起她性的自卫的羞耻心或他种嫌恶心，她的艺术味便要变稀薄了；而我们因她的羞耻或嫌恶而关心，也就不能静观自得了。所以我们只好秘密地鉴赏；艺术原来是秘密的呀，自然的创作原来是秘密的呀。但是我所欢喜的艺术的女人，究竟是怎样的呢？您得问了。让我告诉您：我见过西洋女人，日本女人，江南江北两个女人，城内的女人，名闻浙东西的女人；但我的眼光究竟太狭了，我只见过不到半打的艺术的女人！而且其中只有一个西洋人，没有一个日本人！那西洋的处女是在Ｙ城里一条僻巷的拐角上遇着的，惊鸿一瞥[5]似地便过去了。其余有两个是在两次火车里遇着的，一个看了半天，一个看了两天；还有一个是在乡村里遇着的，足足看了三个月。——我以为艺术的女人第一是有她的温柔的空气；使人如听着箫管的悠扬，如嗅着玫瑰花的芬芳，如躺着在天鹅绒的厚毯上。她是如水的密，如烟的轻，笼罩着我们；我们怎能不欢喜赞叹呢？这是由她的动作而来的；她的一举步，一伸腰，一掠鬓，一转眼，一低头，乃至衣袂的微扬，裙幅的轻舞，都如蜜的流，风的微漾；我们怎能不欢喜赞叹呢？最可爱的是那软软的腰儿；从前人说临风的垂柳，《红楼梦》里说晴雯的"水蛇腰儿"，都是说腰肢的细软的；但我所欢喜的腰呀，简直和苏州的牛皮糖一样，使我满舌头的甜，满牙齿的软呀。腰是这般软了，手足自也有飘逸不凡之概。你瞧她的足胫多么丰满呢！从膝关节以下，渐渐的隆起，像新蒸的面包一样；后来又渐渐渐渐地缓下去了。这足胫上正罩着丝袜，淡青的？或者白的？拉得紧紧的，一些儿皱纹没有，更将那丰满的曲线显得丰满了；而那闪闪的鲜嫩的光，简直可以照出人的影子。你再往上瞧，她的两肩又多么亭匀呢！像双生的小羊似的，又像两座玉峰似的；正是秋山那般瘦，秋水那般平呀。肩以上，便到了一般人讴歌颂赞所集的"面目"了。我最不能忘记的，是她那双鸽子般的眼睛。伶俐到像要立刻和人说话。在惺忪微倦的时候，尤其可喜，因为正像一对睡了的褐色小鸽子。和那润泽而微红的双颊，苹果般照耀着的，恰如曙色之与夕阳，巧妙的相映衬着。再加上那覆额的，稠密而蓬松的发，像天空的乱云一般，点缀得更有情趣了。而她那甜蜜的微笑也是可爱的东西；微笑是半开的花朵，里面流溢着诗与画与无声的音乐。是的，我说的已多了；我不必将我所见的，一个人一个人分别说给你，我只将她们融合成一个 Sketch[6] 给你看——这就是我的惊异的型，就是我所谓艺术的女子的型。但我的眼光究竟太狭了！我的眼光究竟太狭了！

在女人的聚会里，有时也有一种温柔的空气；但只是笼统的空气，没有详细的节目。所以这是要由远观而鉴赏的，与个别的看法不同；若近观时，那笼统的空气也许会消失了的。说起这艺术的"女人的聚会"，我却想着数年前的事了，云烟一般，好惹人怅惘的。在 P 城一个礼拜日的早晨，我到一所宏大的教堂里去做礼拜；听说那边女人多，我是礼拜女人去的。那教堂是男女分坐的。我去的时候，女坐还空着，似乎颇遥遥的；我的遐想便去充满了每个空坐里。忽然眼睛有些花了，在薄薄的香泽当中，一群白上衣，黑背心，黑裙子的女人，默默的，远远的走进来了。我现在不曾看见上帝，却看见了带着翼子的这些安琪儿了！另一回在傍晚的湖上，暮霭四合的时候，一只插着小红花的游艇里，坐着八九个雪白雪白的白衣的姑娘；湖风舞弄着她们的衣裳，便成一片浑然的白。我想她们是湖之女神，以游戏三昧，展现色相于人间的呢！第三回在湖中的一座桥上，淡月微云之下，倚着十来个，也是姑娘，朦朦胧胧的与月一齐白着。在抖荡的歌喉里，我又遇着月姊儿的化身了！——这些是我所发现的又一型。

是的，艺术的女人，那是一种奇迹！

1925年2月15日，白马湖。

注释

1. 白水：作者笔名。
2. 攫（jué）：抓取。
3. "此柳风流可爱，似张绪当年"：张绪是南齐吴郡人，字思曼，官至国子祭酒，风姿清雅，武帝置蜀柳于灵和殿前，尝曰："此柳风流可爱，似张绪当年。"
4. "天地与我并生，万物与我为一"：语出《庄子·内篇·齐物论》。
5. 惊鸿一瞥：鸿，即鸿雁，也叫大雁。惊鸿即轻捷飞起的鸿雁。曹植《洛神赋》用"翩若惊鸿，婉若游龙"来描绘洛神美态。后来就用"惊鸿"形容女性轻盈如雁之身姿。"一瞥"，很快地看一下。"惊鸿一瞥"似乎与"掠影"的意思相近，但感情色彩更强烈，意思是人或者物，只是匆匆看了一眼，却给人留下强烈、深刻的印象。
6. *Sketch*：英文，素描。

导读

《女人》等几篇散文选自《背影》。《背影》是朱自清的第一本散文集，1928年10月由开明书店出版。分甲乙两辑，并有序文一篇：《论现代中国的小品文》。

《女人》写于1925年2月15日，当时，朱自清在浙江白马湖畔的春晖中学教书。本文是一篇新颖别致的散文，作者通过此文委婉表达了自己的文艺观和审美情趣。

作者推崇的是艺术的女人，坦言："我是个欢喜女人的人。"无论火车、轮船、游戏场、庙会、教堂、学校，女人总是成为目光焦点所在，"远远的有女人来了，我的眼睛便像蜜蜂们嗅着花香一般，直攫过去"。大胆直接地写出了对女性的欣赏。但作者强调了，他们的欢喜，不同于恋爱，"我们之看女人，是欢喜而决不是恋爱。恋爱是全般的，欢喜是部分的。恋爱是整个'自我'与整个'自我'的融合，故坚深而久长；欢喜是'自我'间断片的融合，故轻浅而飘忽"。作者所言的欢喜，含有一种尊重的意味。"五四"以来，女性解放和两性平等渐成社会共识，从旧礼教中解放出来的女性获得了独立的价值和自由。女人不再是附从，是具有独立人格、生命价值的个体。虽然通篇还是男性观看的视角，不过，朱自清对女性的热爱表达的是对艺术美的渴求。

　　"所谓艺术的女人，有三种意思：是女人中最为艺术的，是女人的艺术的一面，是我们以艺术的眼去看女人。"艺术会带给人以愉悦，女人是美的，作者引导大众，要以艺术的眼光去欣赏女人，美是一种客观存在，同时也是一种主观感受。于外，则从容貌、轮廓、姿态，女人应当追求一种"圆满相"，这个相就是相由心生的相；于内，则要具仁爱、智慧、人格魅力。这样的女人就是艺术的女人了，而所有这些特质当中，最为重要的当属温柔。"我以为艺术的女人第一是有她的温柔的空气"，可以带给人如箫管的悠扬、玫瑰的芬芳、绒毯的柔软般的感觉，作者从所见女人的腰、足、眼、脸颊、眼睛细细描绘，那具有艺术魅力的女人跃然纸上。篇末作者细述另一型的美会令人产生那种眩晕的，朦胧的，充满遐想的惊异之感，其实是作者对于爱与美善完美结合的天使的向往，是借着赞美女性而将内心那个理想人性的梦，含蓄地呈现出来。

背　影

　　我与父亲不相见已二年余了，我最不能忘记的是他的背影。那年冬天，祖母死了，父亲的差使也交卸[1]了，正是祸不单行的日子，我从北京到徐州，打算跟着父亲奔丧回家。到徐州见着父亲，看见满院狼藉的东西，又想起祖母，不禁簌簌地流下眼泪。父亲说，"事已如此，不必难过，好在天无绝人之路！"

　　回家变卖典质，父亲还了亏空；又借钱办了丧事。这些日子，家中光景很是惨淡，一半为了丧事，一半为了父亲赋闲[2]。丧事完毕，父亲要到南京谋事，我也要回北京念书，我们便同行。

　　到南京时，有朋友约去游逛，勾留[3]了一日；第二日上午便须渡江到浦口，下午上车北去。父亲因为事忙，本已说定不送我，叫旅馆里一个熟识的茶房陪我同去。他再三嘱咐茶房，甚是仔细。但他终于不放心，怕茶房不妥帖；颇踌躇了一会。其实我那年已二十岁，北京已来往过两三次，是没有甚么要紧的了。他踌躇了一会，终于决定还是自己送我去。我两三回劝他不必去；他只说，"不要紧，他们去不好！"

　　我们过了江，进了车站。我买票，他忙着照看行李。行李太多了，得向脚夫行些小费，才可过去。他便又忙着和他们讲价钱。我那时真是聪明过分，总觉他说话不大漂亮，非自己插嘴不可。但他终于讲定了价钱；就送我上车。他给我拣定了靠车门的一张椅子；我将他给我做的紫毛大衣铺好坐位。他嘱我路上小心，夜里警醒些，不要受凉。又嘱托茶房好好照应我。我心里暗笑他的迂；他们只认得钱，托他们真是白托！而且我这样大年纪的人，难道还不能料理自己么？唉，我现在想想，那时真是太聪明了！

　　我说道，"爸爸，你走吧。"他望车外看了看，说，"我买几个橘子去。你就在此地，不要走动。"我看那边月台的栅栏外有几个卖东西的等着顾客。走到那边月台，须穿过铁道，须跳下去又爬上去。父亲是一个胖子，走过去自然要费事些。我本来要去的，他不肯，只好让他去。我看见他戴着黑布小帽，穿着黑布大马褂，深青布棉袍，蹒跚地走到铁道边，慢慢探身下去，尚不大难。可是他穿过铁道，要爬上那边月台，就不容易了。他用两手攀着上面，两脚再向上缩；他肥胖的身子向左微倾，显出努力的样子。这时我看见他的背影，我的泪很快地流下来了。我赶紧拭干了泪，怕他看见，也怕别人看见。我再向外看时，他已抱了朱红的橘子望回走了。过铁道时，他先将橘子散放在地上，自己慢慢爬下，再抱起橘子走。到这边时，我赶紧去搀他。他和我走到车上，将橘子一股脑儿放在我的皮大衣上。于是扑扑衣上的泥土，心里很轻松似的，过一会说，"我走了；到那边来信！"我望着他走出去。他走了几步，回过头看见我，说，"进去吧，里边没人。"等他的背影混入来来往往的人里，再找不着了，我便进来坐下，我的眼泪又来了。

近几年来，父亲和我都是东奔西走，家中光景是一日不如一日。他少年出外谋生，独力支持，做了许多大事。那知老境却如此颓唐！他触目伤怀，自然情不能自已。情郁于中，自然要发之于外；家庭琐屑便往往触他之怒。他待我渐渐不同往日。但最近两年的不见，他终于忘却我的不好，只是惦记着我，惦记着我的儿子。我北来后，他写了一信给我，信中说道，"我身体平安，惟膀子疼痛利害，举箸[4]提笔，诸多不便，大约大去之期不远矣。"我读到此处，在晶莹的泪光中，又看见那肥胖的，青布棉袍，黑布马褂的背影。唉！我不知何时再能与他相见！

1925年10月在北京。

（原载1925年11月22日《文学周报》第200期）

注释

1．交卸：旧时官吏卸职向后任交代情况。这里指失业。
2．赋闲：指没有职业在家闲着，失业在家。
3．勾留：逗留，停留。
4．箸（zhù）：筷子。

导读

　　《背影》是朱自清散文代表作，也是中国现代散文经典之作。长期被选入中学语文教材，拥有无数读者，影响可谓深远。文章写于1925年，记述的是1917年作者在北大读书时的一件刻骨铭心的往事。这一时期中国社会风雨飘摇，军阀割据，动荡不安，知识分子的理想无处悬系，普通人的生活日渐艰难。"光景很是惨淡"，"一日不如一日"。散文开篇即交代家境破败，父亲失业，自己孤独的远行。作为一名正直、善良的知识分子，朱自清于国难家愁之际，深感压抑和痛苦，全文以"背影"作为聚焦点，本身就隐含了凄凉落寞的意绪。

　　这篇散文主要是截取生活中的一个片段，通过站台送别，表现父亲对儿子的疼爱与牵挂。作者开篇点题：思念父亲，最不能忘怀的是他的"背影"。然后沉湎于往事追怀，深情地忆起在车站与父亲离别的情景，展示了父子间的真挚感情。包括交代父子分别时的家庭情况，为"背影"渲染悲凉的气氛；父亲送行前的细心关照，为写"背影"做好了层层铺垫；父亲爬过铁道去买橘子的"背影"，工笔白描，浓墨重彩，成为全文的情感重心。最后写对父亲的思念。以在泪光中再现"背影"作结，直接抒发深切怀念之情。

　　或许可以说，短短的一千多字，《背影》表达的感情是复杂的。父亲对儿子的深爱，儿子对父亲的怀念，朱自清对世事的慨叹，对生活的感悟，交织在一起，意境深远，意味深长。朱自清因为自己的家庭生活，一度和父亲矛盾重重相当疏远。人到中年，突然悟出父亲的不易，谅解了当年的嫌隙并满怀愧悔。无限感念之中，有朱自清对人生的深刻感悟，透彻理解，也有面对生活的无力感和沧桑感，不乏人生的沉重与感伤。文章抓住"背影"这条主线，细节白描，气氛烘托，感情铺垫，起承转合，丝丝入扣，移步换景，情随境迁，情景相融，韵味悠长。

阿　河

　　我这一回寒假,因为养病,住到一家亲戚的别墅里去。那别墅是在乡下。前面偏左的地方，是一片淡蓝的湖水，对岸环拥着不尽的青山。山的影子倒映在水里，越显得清清朗朗的。水面常如镜子一般。风起时，微有皱痕；像少女们皱她们的眉头，过一会子就好了。湖的余势束成一条小港，缓缓地不声不响地流过别墅的门前。门前有一条小石桥，桥那边尽是田亩。这边沿岸一带，相间地栽着桃树和柳树，春来当有一番热闹的梦。别墅外面缭绕着短短的竹篱，篱外是小小的路。里边一座向南的楼，背后便倚着山。西边是三间平屋，我便住在这里。院子里有两块草地，上面随便放着两三块石头。另外的隙地上，或罗列着盆栽，或种莳 [1] 着花草。篱边还有几株枝干蟠曲的大树，有一株几乎要伸到水里去了。

　　我的亲戚韦君只有夫妇二人和一个女儿。她在外边念书，这时也刚回到家里。她邀来三位同学，同到她家过这个寒假；两位是亲戚，一位是朋友。她们住着楼上的两间屋子。韦君夫妇也住在楼上。楼下正中是客厅，常是闲着，西间是吃饭的地方；东间便是韦君的书房，我们谈天，喝茶，看报，都在这里。我吃了饭，便是一个人，也要到这里来闲坐一回。我来的第二天，韦小姐告诉我，她母亲要给她们找一个好好的女用人；长工阿齐说有一个表妹，母亲叫他明天就带来做做看呢。她似乎很高兴的样子，我只是不经意地答应。

　　平屋与楼屋之间，是一个小小的厨房。我住的是东面的屋子，从窗子里可以看见厨房里人的来往。这一天午饭前，我偶然向外看看，见一个面生的女用人，两手提着两把白铁壶，正往厨房里走；韦家的李妈在她前面领着，不知在和她说甚么话。她的头发乱蓬蓬的，像冬天的枯草一样。身上穿着镶边的黑布棉袄和夹裤，黑里已泛出黄色；棉袄长与膝齐，夹裤也直拖到脚背上。脚倒是双天足 [2]，穿着尖头的黑布鞋，后跟还带着两片同色的"叶拔儿"。想这就是阿齐带来的女用人了；想完了就坐下看书。晚饭后，韦小姐告诉我，女用人来了，她的名字叫"阿河"。我说，"名字很好，只是人土些；还能做么？"她说，"别看她土，很聪明呢。"我说，"哦。"便接着看手中的报了。

以后每天早上，中上，晚上，我常常看见阿河挈着水壶来往；她的眼似乎总是望前看的。两个礼拜匆匆地过去了。韦小姐忽然和我说，你别看阿河土，她的志气很好，她是个可怜的人。我和娘说，把我前年在家穿的那身棉袄裤给了她吧。我嫌那两件衣服太花，给了她正好。娘先不肯，说她来了没有几天；后来也肯了。今天拿出来让她穿，正合式呢。我们教给她打绒绳鞋，她真聪明，一学就会了。她说拿到工钱，也要打一双穿呢。我等几天再和娘说去。

"她这样爱好！怪不得头发光得多了，原来都是你们教她的。好！你们尽教她讲究，她将来怕不愿回家去呢。"大家都笑了。

旧新年是过去了。因为江浙的兵事，我们的学校一时还不能开学。我们大家都乐得在别墅里多住些日子。这时阿河如换了一个人。她穿着宝蓝色挑着小花儿的布棉袄裤；脚下是嫩蓝色毛绳鞋，鞋口还缀着两个半蓝半白的小绒球儿。我想这一定是她的小姐们给帮忙的。古语说得好，"人要衣裳马要鞍"，阿河这一打扮，真有些楚楚可怜了。她的头发早已是刷得光光的，覆额的刘海儿也梳得十分伏帖。一张小小的圆脸，如正开的桃李花；脸上并没有笑，却隐隐地含着春日的光辉，像花房里充了蜜一般。这在我几乎是一个奇迹；我现在是常站在窗前看她了。我觉得在深山里发见了一粒猫儿眼；这样精纯的猫儿眼，是我生平所仅见！我觉得我们相识已太长久，极愿和她说一句话——极平淡的话，一句也好。但我怎好平白地和她攀谈呢？这样郁郁了一礼拜。

这是元宵节的前一晚上。我吃了饭，在屋里坐了一会，觉得有些无聊，便信步走到那书房里。拿起报来，想再细看一回。忽然门钮一响，阿河进来了。她手里拿着三四支颜色铅笔；出乎意料地走近了我。她站在我面前了，静静地微笑着说："白先生，你知道铅笔刨在哪里？"一面将拿着的铅笔给我看。我不自主地立起来，匆忙地应道，"在这里；"我用手指着南边柱子。但我立刻觉得这是不够的。我领她走近了柱子。这时我像闪电似地踌躇了一下，便说，"我……我……"她一声不响地已将一支铅笔交给我。我放进刨子里刨给她看。刨了两下，便想交给她；但终于刨完了一支。交还了她。她接了笔略看一看，仍仰着脸向我。我窘极了。刹那间念头转了好几个圈子；到底硬着头皮搭讪着说，"就这样刨好了。"我赶紧向门外一瞥，就走回原处看报去。但我的头刚低下，我的眼已抬起来了。于是远远地从容地问道，"你会么？"她不曾掉过头来，只"嘤"了一声，也不说话。我看了她背影一会。觉得应该低下头了。等我再抬起头来时，她已默默地向外走了。她似乎总是望前看的；我想再问她一句话，但终于不曾出口。我撇下了报，站起来走了一会，便回到自己屋里。我一直想着些什么，但什么也没有想出。

第二天早上看见她往厨房里走时，我发愿我的眼将老跟着她的影子！她的影子真好。她那几步路走得又敏捷，又匀称，又苗条，正如一只可爱的小猫。她两手各提着一只水壶，又令我想到在一条细细的索儿上抖擞精神走着的女子。这全由于她的腰；她的腰真太软了，用白水的话说，真是软到使我如吃苏州的牛皮糖一样。不止她的腰，我的日记里说得好："她有一套和云霞比美，水月争灵的曲线，织成大大的一张迷惑的网！"而那两颊的曲线，尤其甜蜜可人。她两颊是白中透着微红，润泽如玉。她的皮肤，嫩得可以掐出水来；我的日记里说，"我很想去掐她一下呀！"她的眼像一双小燕子，老是在潋滟3的春水上打着圈儿。她的笑最使我记住，像一朵花漂浮在我的脑海里。我不是说过，她的小圆脸像正开的桃花么？那么，她微笑的时候，便是盛开的时候了：花房里充满了蜜，真如要流出来的样子。她的发不甚厚，但黑而有光，柔软而滑，如纯丝一般。只可惜我不曾闻着一些儿香。唉！从前我在窗前看她好多次，所得的真太少了；若不是昨晚一见，——虽只几分钟——我真太对不起这样一个人儿了。

午饭后，韦君照例地睡午觉去了，只有我，韦小姐和其他三位小姐在书房里。我有意无意地谈起阿河的事。我说：

"你们怎知道她的志气好呢？"

"那天我们教给她打绒绳鞋，"一位蔡小姐便答道，"看她很聪明，就问她为甚么不念书？她被我们一问，就伤心起来了。……"

"是的，"韦小姐笑着抢了说，"后来还哭了呢；还有一位傻子陪她淌眼泪呢。"

那边黄小姐可急了，走过来推了她一下。蔡小姐忙拦住道，"人家说正经话，你们尽闹着玩儿！让我说完了呀——"

"我代你说啵，"韦小姐仍抢着说，"——她说她只有一个爹，没有娘。嫁了一个男人，倒有三十多岁，土头土脑的，脸上满是疱！他是李妈的邻舍，我还看见过呢。……"

"好了，底下我说吧。"蔡小姐接着道，"她男人又不要好，尽爱赌钱；她一气，就住到娘家来，有一年多不回去了。"

"她今年几岁？"我问。

"十七不知十八？前年出嫁的，几个月就回家了，"蔡小姐说。

"不，十八，我知道，"韦小姐改正道。

"哦。你们可曾劝她离婚？"

"怎么不劝；"韦小姐应道，"她说十八回去吃她表哥的喜酒，要和她的爹去说呢。"

"你们教她的好事，该当何罪！"我笑了。

她们也都笑了。

十九的早上，我正在屋里看书，听见外面有嚷嚷的声音；这是从来没有的。我立刻走出来看；只见门外有两个乡下人要走进来，却给阿齐拦住。他们只是央告，阿齐只是不肯。这时韦君已走出院中，向他们道：

"你们回去吧。人在我这里，不要紧的。快回去，不要瞎吵！"

两个人面面相觑[4]，说不出一句话；俄延了一会，只好走了。我问韦君什么事？他说，

"阿河罗！还不是瞎吵一回子。"

我想他于男女的事向来是懒得说的，还是回头问他小姐的好；我们便谈到别的事情上去。

吃了饭，我赶紧问韦小姐，她说，

"她是告诉娘的，你问娘去。"

我想这件事有些尴尬，便到西间里问韦太太；她正看着李妈收拾碗碟呢。她见我问，便笑着说：

"你要问这些事做什么？她昨天回去，原是借了阿桂的衣裳穿了去的，打扮得娇滴滴的，也难怪，被她男人看见了，便约了些不相干的人，将她抢回去过了一夜。今天早上，她骗她男人，说要到此地来拿行李。她男人

就会信她，派了两个人跟着。那知她到了这里，便叫阿齐拦着那跟来的人；她自己便跪在我面前哭诉，说死也不愿回她男人家去。你说我有什么法子。只好让那跟来的人先回去再说。好在没有几天，她们要上学了，我将来交给她的爹吧。唉，现在的人，心眼儿真是越过越大了；一个乡下女人，也会闹出这样惊天动地的事了！"

"可不是，"李妈在旁插嘴道，"太太你不知道；我家三叔前儿来，我还听他说呢。我本不该说的，阿弥陀佛！太太，你想她不愿意回婆家，老愿意住在娘家，是什么道理？家里只有一个单身的老子；你想那该死的老畜生！他舍不得放她回去呀！"

"低些，真的么？"韦太太惊诧地问。

"他们说得千真万确的。我早就想告诉太太了，总有些疑心；今天看她的样子，真有几分对呢。太太，你想现在还成什么世界！"

"这该不至于吧。"我淡淡地插了一句。

"少爷，你那里知道！"韦太太叹了一口气，"——好在没有几天了，让她快些走吧；别将我们的运气带坏了。她的事，我们以后也别谈吧。"

开学的通告来了，我定在二十八走。二十六的晚上，阿河忽然不到厨房里挈水了。韦小姐跑来低低地告诉我，"娘叫阿齐将阿河送回去了；我在楼上，都不知道呢。"我应了一声，一句话也没有说。正如每日有三顿饱饭吃的人，忽然绝了粮；却又不能告诉一个人！而且我觉得她的前面是黑洞洞的，此去不定有什么好歹！那一夜我是没有好好地睡，只翻来覆去地做梦，醒来却又一例茫然。这样昏昏沉沉地到了二十八早上，懒懒地向韦君夫妇和韦小姐告别而行，韦君夫妇坚约春假再来住，我只得含糊答应着。出门时，我很想回望厨房几眼；但许多人都站在门口送我，我怎好回头呢？

到校一打听，老友陆已来了。我不及料理行李，便找着他，将阿河的事一五一十告诉他。他本是个好事的人；听我说时，时而皱眉，时而叹气，时而擦掌。听到她只十八岁时，他突然将舌头一伸，跳起来道：

"可惜我早有了我那太太！要不然，我准得想法子娶她！"

"你娶她就好了；现在不知鹿死谁手呢？"

我俩默默相对了一会，陆忽然拍着桌子道，

"有了，老汪不是去年失了恋么？他现在还没有主儿，何不给他俩撮合一下。"

我正要答说，他已出去了。过了一会子，他和汪来了；进门就嚷着说："我和他说，他不信；要问你呢！"

"事是有的，人呢，也真不错。只是人家的事，我们凭什么去管！"我说。

"想法子呀！"陆嚷着。

"什么法子？你说！"

"好，你们尽和我开玩笑，我才不理会你们呢！"汪笑了。

我们几乎每天都要谈到阿河，但谁也不曾认真去"想法子。"

一转眼已到了春假。我再到韦君别墅的时候，水是绿绿的，桃腮柳眼，着意引人。我却只惦着阿河，不知她怎么样了。那时韦小姐已回来两天。我背地里问她，她说：

"奇得很！阿齐告诉我，说她二月间来求娘来了。她说她男人已死了心，不想她回去；只不肯白白地放掉她。他教她的爹拿出八十块钱来，人就是她的爹的了；他自己也好另娶一房人。可是阿河说她的爹那有这些钱？她求娘可怜可怜她！娘的脾气你知道。她是个古板的人；她数说了阿河一顿，一个钱也不给！我现在和阿齐说，让他上镇去时，带个信儿给她，我可以给她五块钱。我想你也可以帮她些，我教阿齐一块儿告诉她吧。只可惜她未必肯再上我们这儿来罗！"

"我拿十块钱吧，你告诉阿齐就是。"

我看阿齐空闲了，便又去问阿河的事。他说：

"她的爹正给她东找西找地找主儿呢。只怕难吧，八十块大洋呢！"

我忽然觉得不自在起来，不愿再问下去。

过了两天，阿齐从镇上回来，说：

"今天见着阿河了。娘的，齐整起来了。穿起了裙子，做老板娘娘了！据说是自己拣中的；这种年头！"

我立刻觉得，这一来全完了！只怔怔地看着阿齐，似乎想在他脸上找出阿河的影子。咳，我说什么好呢？愿命运之神长远庇护着她吧！

第二天我便托故离开了那别墅；我不愿再见那湖光山色，更不愿再见那间小小的厨房！

1926年1月11日作。
（原载1926年11月22日《文学周报》第200期）

注释

1. 种莳（shì）：种植。语出北魏·贾思勰《＜齐民要术＞序》："其有五谷果蓏，非中国所殖者，存其名目而已；种莳之法，盖无闻焉。"
2. 天足：封建时代我国妇女有缠足陋习，清末始禁缠足，因谓未缠裹之天然足为天足。
3. 潋滟：水光貌，形容水波微漾的样子。
4. 面面相觑（qù）：觑即看；你看我，我看你，不知道如何是好；形容人们因惊惧或无可奈何而互相望着，都不说话。

导读

《阿河》写于1926年1月11日，这是一篇带有故事情节的精美散文，读者一方面会被清丽优美的语言吸引，同时也会心悬于阿河的命运。朱自清通过阿河这个具体可感的女子形象，细致入微地表达"女人的艺术"，以一种心底无私的开阔胸襟来赞扬女性的美。

在《女人》一文中，作者站在宏观理论的高度来赞美女人，文中概括艺术的女人的外貌、轮廓、姿态应该是什么样的。我们不妨看看作者本文是如何将这些落实到具体人物身上的。"一张小小的圆脸，如正开的桃李花；脸上并没有笑，却隐隐地含着春日的光辉，像花房里充了蜜一般。""我觉得在深山里发见了一粒猫儿眼；这样精纯的猫儿眼，是我生平所仅见！"作者用春花，暖日和玉石，毫不吝惜地赞美一个美好的女子。再看"她有一套和云霞比美，水月争灵的曲线，织成大大的一张迷惑的网""她的皮肤，嫩得可以掐出水来""她的眼像一双小燕子，老是在潋滟的春水上打着圈儿""她微笑的时候，便是盛开的时候了：花房里充满了蜜，真如要流出来的样子""她的发不甚厚，但黑而有光，柔软而滑，如纯丝一般"。发现美的眼睛最可贵，感受美的心灵最可赞，描绘美的能力可贵亦可赞。除对阿河的形象描写外，本文还运用了大量的心理描写，"我不自主地立起来，匆忙地应道""这时我像闪电似地踌躇了一下""刹那间念头转了好几个圈子""但我的头刚低下，我的眼已抬起来了"。一连串的动作：立，应，踌躇，转，低下，抬起，那种忐忑不安、犹疑、欲说还休生动形象地出现在读者眼前，似乎在窘着作者的窘，忐忑着作者的忐忑。

　　通过记述阿河的曲折经历，表达了作者深刻的悲悯情怀。阿河，一个18岁的女子，从开始做女佣的"土"，到一经打扮便灵秀十足，再到引起作者关注，得知其丧母、嫁与赌徒的身世，唤起了内心更热切的同情，到最终阿河做起了老板娘，朱自清对女性生命的体恤之情溢于言表，对女性美的珍视和歌咏同样感人至深，而对女性命运的追问和思考，更是给我们以启迪：女人不能依靠外界改变自己，真正的救赎还是自身的抗争。

儿 女

　　我现在已是五个儿女的父亲了。想起圣陶[1]喜欢用的"蜗牛背了壳"的比喻，便觉得不自在。新近一位亲戚嘲笑我说，"要剥层皮呢！"更有些悚然[2]了。十年前刚结婚的时候，在胡适之先生的《藏晖室札记》里，见过一条，说世界上有许多伟大的人物是不结婚的；文中并引培根[3]的话，"有妻子者，其命定矣。"当时确吃了一惊，仿佛梦醒一般；但是家里已是不由分说给娶了媳妇，又有甚么可说？现在是一个媳妇，跟着来了五个孩子；两个肩头上，加上这么重一副担子，真不知怎样走才好。"命定"是不用说了；从孩子们那一面说，他们该怎样长大，也正是可以忧虑的事。我是个彻头彻尾自私的人，做丈夫已是勉强，做父亲更是不成。自然，"子孙崇拜"，"儿童本位"的哲理或伦理，我也有些知道；既做着父亲，闭了眼抹杀孩子们的权利，知道是不行的。可惜这只是理论，实际上我是仍旧按照古老的传统，在野蛮地对付着，和普通的父亲一样。近来差不多是中年的人了，才渐渐觉得自己的残酷；想着孩子们受过的体罚和叱责，始终不能辩解——像抚摩着旧创痕那样，我的心酸溜溜的。有一回，读了有岛武郎[4]《与幼小者》的译文，对了那种伟大的，沉挚的态度，我竟流下泪来了。去年父亲来信，问起阿九，那时阿九还在白马湖呢；信上说，"我没有耽误你，你也不要耽误他才好。"我为这句话哭了一场；我为什么不像父亲的仁慈？我不该忘记，父亲怎样待我们来着！人性许真是二元的，我是这样地矛盾；我的心像钟摆似的来去。

　　你读过鲁迅先生的《幸福的家庭》么？我的便是那一类的"幸福的家庭"！每天午饭和晚饭，就如两次潮水一般。先是孩子们你来他去地在厨房与饭间里查看，一面催我或妻发"开饭"的命令。急促繁碎的脚步，夹着笑和嚷，一阵阵袭来，直到命令发出为止。他们一递一个地跑着喊着，将命令传给厨房里佣人；便立刻抢着回来搬凳子。于是这个说，"我坐这儿！"那个说，"大哥不让我！"大哥却说，"小妹打我！"我给他们调解，说好话。但是他们有时候很固执，我有时候也不耐烦，这便用着叱责了；

叱责还不行，不由自主地，我的沉重的手掌便到他们身上了。于是哭的哭，坐的坐，局面才算定了。接着可又你要大碗，他要小碗，你说红筷子好，他说黑筷子好；这个要干饭，那个要稀饭，要茶要汤，要鱼要肉，要豆腐，要萝卜；你说他菜多，他说你菜好。妻是照例安慰着他们，但这显然是太迂缓了。我是个暴躁的人，怎么等得及？不用说，用老法子将他们立刻征服了；虽然有哭的，不久也就抹着泪捧起碗了。吃完了，纷纷爬下凳子，桌上是饭粒呀，汤汁呀，骨头呀，渣滓呀，加上纵横的筷子，欹斜⁵的匙子，就如一块花花绿绿的地图模型。吃饭而外，他们的大事便是游戏。游戏时，大的有大主意，小的有小主意，各自坚持不下，于是争执起来；或者大的欺负了小的，或者小的竟欺负了大的，被欺负的哭着嚷着，到我或妻的面前诉苦；我大抵仍旧要用老法子来判断的，但不理的时候也有。最为难的，是争夺玩具的时候：这一个的与那一个的是同样的东西，却偏要那一个的；而那一个便偏不答应。在这种情形之下，不论如何，终于是非哭了不可的。这些事件自然不至于天天全有，但大致总有好些起。我若坐在家里看书或写什么东西，管保一点钟里要分几回心，或站起来一两次的。若是雨天或礼拜日，孩子们在家的多，那么，摊开书竟看不下一行，提起笔也写不出一个字的事，也有过的。我常和妻说，"我们家真是成日的千军万马呀！"有时是不但"成日"，连夜里也有兵马在进行着，在有吃乳或生病的孩子的时候！

我结婚那一年，才十九岁。二十一岁，有了阿九；二十三岁，又有了阿菜。那时我正像一匹野马，那能容忍这些累赘的鞍鞯，辔头，和缰绳？摆脱也知是不行的，但不自觉地时时在摆脱着。现在回想起来，那些日子，真苦了这两个孩子；真是难以宽宥的种种暴行呢！阿九才两岁半的样子，我们住在杭州的学校里。不知怎地，这孩子特别爱哭，又特别怕生人。一不见了母亲，或来了客，就哇哇地哭起来了。学校里住着许多人，我不能让他扰着他们，而客人也总是常有的；我懊恼极了，有一回，特地骗出了妻，关了门，将他按在地下打了一顿。这件事，妻到现在说起来，还觉得有些不忍；她说我的手太辣了，到底还是两岁半的孩子！我近年常想着那时的光景，也觉黯然。阿菜在台州，那是更小了；才过了周岁，还不大会走路。也是为了缠着母亲的缘故吧，我将她紧紧地按在墙角里，直哭喊了三四分钟；因此生了好几天病。妻说，那时真寒心呢！但我的苦痛也是真的。我曾给圣陶写信，说孩子们的折磨，实在无法奈何；有时竟觉着还是自杀的好。这虽是气愤的话，但这样的心情，确也有过的。后来孩子是多起来了，磨折也磨折得久了，少年的锋棱渐渐地钝起来了；加以增长的年岁增长了理性的裁制力，我能够忍耐了——觉得从前真是一个"不成材的父亲"，如我给另一个朋友信里所说。但我的孩子们在幼小时，确比别人的特别不安静，我至今还觉如此。我想这大约还是由于我们抚育不得法；从前只一味地责备孩子，让他们代我们负起责任，却未免是可耻的残酷了！

正面意义的"幸福"，其实也未尝没有。正如谁所说，小的总是可爱，孩子们的小模样，小心眼儿，确有些教人舍不得的。阿毛现在五个月了，你用手指去拨弄她的下巴，或向她做趣脸，她便会张开没牙的嘴格格地笑，笑得像一朵正开的花。她不愿在屋里待着；待久了，便大声儿嚷。妻常说，"姑娘又要出去溜达了。"她说她像鸟儿般，每天总得到外面溜一些时候。闰儿上个月刚过了三岁，笨得很，话还没有学好呢。他只能说三四个字的短语或句子，文法错误，发音模糊，又得费气力说出；我们老是要笑他的。他说"好"字，总变成"小"字；问他"好不好？"他便说"小"，或"不小"。我们常常逗着他说这个字玩儿；他似乎有些觉得，近来偶然也能说出正确的"好"字了——特别在我们故意说成"小"字的时候。他有一只搪瓷碗，是一毛来钱买的；买来时，老妈子教给他，"这是一毛钱。"他便记住"一毛"两个字，管那只碗叫"一毛"，有时竟省称为"毛"。这在新来的老妈子，是必需翻译了才懂的。他不好意思，或见着生客时，便咧着嘴痴笑；我们常用了土话，叫他做"呆瓜"。他是个小胖子，短短的腿，走起路来，蹒跚可笑；若快走或跑，便更"好看"了。他有时学我，将两手叠在背后，一摇一摆的；那是他自己和我们都要乐的。他的大姊便是阿菜，已是七岁多了，在小学校里念着书。在饭桌上，一定得啰啰唆唆地报告些同学或他们父母的事情；气喘喘地说着，不管你爱听不爱听。说完了总问我："爸爸认识么？""爸爸知道么？"妻常禁止她吃饭时说话，所以她总是问我。她的问题真多：看电影便问电影里的是不是人？是不是真人？怎么不说话？看照相也是一样。不知谁告诉她，兵是要打人的。她回来便问，兵是人么？为什么打人？近来大约听了先生的话，回来又问张作霖的兵是帮谁的？蒋介石的兵是不是帮我们的？诸如此类的问题，每天短不了，常常闹得我不知怎样答才行。她和闰儿在一处玩儿，一大一小，不很合式，老是吵着哭着。但合式的时候也有：譬如这个往床底下躲，那个便钻进去追着；这个钻出来，那个也跟着——从这个床到那个床，只听见笑着，嚷着，喘着，真如妻所说，像小狗似的。现在在京的，便只有这三个孩子；阿九和转儿是去年北来时，让母亲暂时带回扬州去了。

阿九是欢喜书的孩子。他爱看《水浒》，《西游记》，《三侠五义》，《小朋友》等；没有事便捧着书坐着或躺着看。只不欢喜《红楼梦》，说是没有味儿。是的，《红楼梦》的味儿，一个十岁的孩子，哪里能领略呢？去年我们事实上只能带两个孩子来；因为他大些，而转儿是一直跟着祖母的，便在上海将他俩丢下。我清清楚楚记得那分别的一个早上。我领着阿九从二洋泾桥的旅馆出来，送他到母亲和转儿住着的亲戚家去。妻嘱咐说，"买点吃的给他们吧。"我们走过四马路，到一家茶食铺里。阿九说要熏鱼，我给买了；又买了饼干，是给转儿的。便乘电车到海宁路。下车时，看着他的害怕与累赘，很觉恻然。到亲戚家，因为就要回旅馆收拾上船，只说了一两句话便出来；转儿望望我，没说什么，阿九是和祖母说什么去了。我回头看了他们一眼，硬着头皮走了。后来妻告诉我，阿九背地里向她说："我知道爸爸欢喜小妹，不带我上北京去。"其实这是冤枉的。他又曾和我们说，"暑假时一定来接我啊！"我们当时答应着；但现在已是第二个暑假了，他们还在迢迢的扬州待着。他们是恨着我们呢？还是惦着我们呢？妻是一年来老放不下这两个，常常独自暗中流泪；但我有什么法子呢！想到"只为家贫成聚散"一句无名的诗，不禁有些凄然。转儿与我较生疏些。但去年离开白马湖时，她也曾用了生硬的扬州话（那时她还没有到过扬州呢），和那特别尖的小嗓子向着我："我要到北京去。"她晓得什么北京，只跟着大孩子们说罢了；但当时听着，现在想着的我，却真是抱歉呢。这兄妹俩离开我，原是常事，离开母亲，虽也有过一回，这回可是太长了；小小的心儿，知道是怎样忍耐那寂寞来着！

我的朋友大概都是爱孩子的。少谷有一回写信责备我，说儿女的吵闹，也是很有趣的，何至可厌到如我所说；他说他真不解。子恺为他家华瞻写的文章，真是"蔼然仁者之言"。圣陶也常常为孩子操心：小学毕业了，到什么中学好呢？——这样的话，他和我说过两三回了。我对他们只有惭愧！可是近来我也渐渐觉着自己的责任。我想，第一该将孩子们团聚起来，其次便该给他们些力量。我亲眼见过一个爱儿女的人，因为不曾好好地教育他们，便将他们荒废了。他并不是溺爱，只是没有耐心去料理他们，他们便不能成材了。我想我若照现在这样下去，孩子们也便危险了。我得计划着，让他们渐渐知道怎样去做人才行。但是要不要他们像我自己呢？这一层，我在白马湖教初中学生时，也曾从师生的立场上问过丏尊，他毫不踌躇地说，"自然啰。"近来与平伯谈起教子，他却答得妙，"总不希望比自己坏啰。"是的，只要不"比自己坏"就行，"像"不"像"倒是不在乎的。职业，人生观等，还是由他们自己去定的好；自己顶可贵，只要指导，帮助他们去发展自己，便是极贤明的办法。

　　予同说，"我们得让子女在大学毕了业，才算尽了责任。"SK 说，"不然，要看我们的经济，他们的材质与志愿；若是中学毕了业，不能或不愿升学，便去做别的事，譬如做工人吧，那也并非不行的。"自然，人的好坏与成败，也不尽靠学校教育；说是非大学毕业不可，也许只是我们的偏见。在这件事上，我现在毫不能有一定的主意；特别是这个变动不居的时代，知道将来怎样？好在孩子们还小，将来的事且等将来吧。目前所能做的，只是培养他们基本的力量——胸襟与眼光；孩子们还是孩子们，自然说不上高的远的，慢慢从近处小处下手便了。这自然也只能先按照我自己的样子："神而明之，存乎其人，"[6]光辉也罢，倒楣也罢，平凡也罢，让他们各尽各的力去。我只希望如我所想的，从此好好地做一回父亲，便自称心满意。——想到那"狂人""救救孩子"的呼声，我怎敢不悚然自勉呢？

1928年6月24日晚写毕，北京清华园。
（原载1928年10月10日《小说月报》第19卷第10号）

注释

1. 叶圣陶（1894—1988），原名叶绍钧，字秉臣，汉族人，江苏苏州人，著名作家、教育家、编辑家、文学出版家和社会活动家。

2. 悚然（sǒng rán）：形容害怕的样子。

3. 弗朗西斯·培根（1561—1626），英国文艺复兴时期最重要的散文作家、哲学家。他不但在文学、哲学上多有建树，在自然科学领域里，也取得了重大成就。

4. 有岛武郎（1878—1923），日本近代著名作家，白桦派文学兴盛期的重要人物之一。

5. 敧斜（qī xié）：倾斜，歪斜。

6. "神而明之，存乎其人"：要真正明白某一事物的奥妙，在于各人的领会。出处：《易·系辞上》："纪而裁之，存乎变；推而行之，存乎通；神而明之，存乎其人。"

导读

《儿女》写于 1928 年 6 月 24 日，当年朱自清 30 岁，5 个孩子的父亲。本文是以父亲的视角就家庭生活而展开的抒情之作。整篇文章情感真挚，语言朴素，情深深，意切切。早婚多子，物质贫乏，因此产生的无奈、辛酸、矛盾、忏悔，纠结在一起。复杂的情感中蕴涵了无尽的爱，对儿女的爱，对家庭的爱，对生活的热爱。

一写孩子的教育。从父亲的自省、自责到自勉，写出了对孩子教育的一路转变：父亲年轻时，理论上的育子方法是懂得的——"子孙崇拜"，"儿童本位"，但实践起来还是"武力制裁"；人到中年，自觉育子的方法过于残酷，时时反省，体罚与怒叱所产生的伤痕常常滑过眼前，内心隐痛不止，自责中认识到，对待子女要的是深沉与慈爱；鲁迅对作者的影响甚深，幸福是鲁迅《幸福的家庭》中的那种幸福，成日成夜如同"千军万马"，同时作者在"救救孩子"的呼喊中自勉：要培养孩子们基本的力量——胸襟与眼光，好好地做一回父亲。

二写成长琐事。孩子的成长，细碎而充满温情的家庭琐事。作者选取最具代表性的吃饭、游戏说开来。作者将午饭、晚饭形容成两次潮水，开饭的命令一经发出，5 个孩子各不相让，你争我夺：我要坐这儿，不能坐那儿，他要黑筷子，不要红筷子，她要汤……这阵势真切得如身临其境，如耳闻目睹。往往这个时候，就是作者出手解决问题的时刻，也是作者中年后最为心痛自责的时刻。文中详写了 3 岁闰儿的憨态可笑，吐字不清，又笨又呆，学父走路，一摇一摆，痴笑可爱。7 岁阿莱的勤思多问，"兵是人么？""为什么打人？""张作霖的兵是帮谁的？蒋介石的兵是不是帮我们的？"10 岁阿九离别的不舍，阿九与转儿在扬州老家，没与父母同在北京，答应过暑期接回，但过了一个暑期又一个暑期，"小小的心儿，知道是怎样忍耐那寂寞来着！"父亲的心啊，疼惜无奈。开篇亲戚嘲笑"要剥层皮呢"作者感到悚然，结尾"狂人"呼喊"救救孩子"又感悚然，可见，作者是以一个什么样的心情行文收笔。

旅行杂记

这次中华教育改进社在南京开第三届年会，我也想观观光；故"不远千里"的从浙江赶到上海，决于七月二日附赴会诸公的车尾而行。

一　殷勤的招待

七月二日正是浙江与上海的社员乘车赴会的日子。在上海这样大车站里，多了几十个改进社社员，原也不一定能够显出甚么异样；但我却觉得确乎是不同了，"一时之盛"的光景，在车站的一角上，是显然可见的。这是在茶点室的左边；那里丛着一群人，正在向两位特派的招待员接洽。壁上贴着一张黄色的磅纸，写着龙蛇飞舞的字："二等四元□，三等二元□。"两位招待员开始执行职务了；这时已是六点四十分，离开车还有二十分钟了。招待员所应做的第一大事，自然是买车票。买车票是大家都会的，买半票却非由他们二位来"优待"一下不可。"优待"可真不是容易的事！他们实行"优待"的时候，要向每个人取名片，票价，——还得找钱。他们往还于茶点室和售票处之间，少说些，足有二十次！他们手里是拿着一叠名片和钞票洋钱；眼睛总是张望着前面，仿佛遗失了什么，急急寻觅一样；面部筋肉平板地紧张着；手和足的运动都像不是他们自己的。好容易费了二虎之力，居然买了几张票，凭着名片分发了。每次分发时，各位候补人都一拥而上。等到得不着票子，便不免有了三三两两的怨声了。那两位招待员买票事大，却也顾不得这些。可是钟走得真快，不觉七点还欠五分了。这时票子还有许多人没买着，大家都着急；而招待员竟不出来！有的人急忙寻着他们，情愿取回了钱，自买全票；有的向他们顿足舞手的责备着。他们却只是忙着照名片退钱，一言不发。——真好性儿！于是大家三步并作两步，自己去买票子；这一挤非同小可！我除照付票价外，还出了一身大汗，才弄到一张三等车票。这时候对两位招待员的怨声真载道了：

"这样的饭桶！""真饭桶！""早做什么事的？""六点钟就来了，还是自己买票，冤不冤！"我猜想这时候两位招待员的耳朵该有些儿热了。其实我倒能原谅他们，无论招待的成绩如何，他们的眼睛和腿总算忙得可以了，这也总算是殷勤了；他们也可以对得起改进社了，改进社也可以对得起他们的社员了。——上车后，车就开了；有人问，"两个饭桶来了没有？""没有吧！"车是开了。

二　"躬逢其盛"[1]

七月二日的晚上，花了约莫一点钟的时间，才在大会注册组买了一张旁听的标识。这个标识很不漂亮，但颇有实用。七月三日早晨的年会开幕大典，我得躬逢其盛，全靠着它呢。

七月三日的早晨，大雨口倾盆而下。这次大典在中正街公共讲演厅举行。该厅离我所住的地方有六七里路远；但我终于冒了狂风暴雨，乘了黄包车赴会。在这一点上，我的热心决不下于社员诸君的。

到了会场门首，早已停着许多汽车，马车；我知道这确乎是大典了。走进会场，坐定细看，一切都很从容，似乎离开会的时间还远得很呢！——虽然规定的时间已经到了。楼上正中是女宾席，似乎很是寥寥；两旁都是军警席——正和楼下的两旁一样。一个黑色的警察，间着一个灰色的兵士，静默的立着。他们大概不是来听讲的，因为既没有赛磁的社员徽章，又没有和我一样的旁听标识，而且也没有真正的"席"——坐位。（我所谓"军警席"，是就实际而言，当时场中并无此项名义，合行声明。）听说督军省长都要"驾临"该场；他们原是保卫"两长"来的,他们原是监视我们来的,好一个武装的会场！

那时"两长"未到，盛会还未开场；我们忽然要做学生了！一位教员风的女士走上台来，像一道光闪在听众的眼前；她请大家练习《尽力中华》歌。大家茫然的立起，跟着她唱。但"出其不意，攻其不备"，有些人不敢高唱，有些人竟唱不出。所以唱完的时候，她温和地笑着向大家说："这回太低了，等等再唱一回。"她轻轻的鞠了躬，走了。等了一等，她果然又来了。说完"一——二——三——四"之后，《尽力中华》的歌声果然很响地起来了。她将左手插在腰间，右手上下的挥着，表示节拍；挥手的时候，腰部以上也随着微微的向左右倾侧，显出极为柔软的曲线；她的头略略偏右仰着，嘴唇轻轻的动着，嘴唇以上，尽是微笑。唱完时，她仍笑着说，"好些了，等等再唱。"再唱的时候，她拍着两手，发出清脆的响，其余和前回一样。唱完，她立刻又"一——二——三——四"的要大家唱。大家似乎很惊愕，似乎她真看得大家和学生一样了；但是半秒钟的惊愕与不耐以后，终于又唱起来了——自然有一部分人，因疲倦而休息。于是大家的临时的学生时代告终。不一会，场中忽然纷扰，大家的视线都集中在东北角上；这是齐督军，韩省长来了，开会的时间真到了！

　　空空的讲坛上，这时竟济济一台了。正中有三张椅子，两旁各有一排椅子。正中的三人是齐燮元[2]，韩国钧[3]，另有一个西装少年；后来他演说，才知是"高督办"——就是讳"恩洪"的了——的代表。这三人端坐在台的正中，使我联想到大雄宝殿上的三尊佛像；他们虽坦然的坐着，我却无端的为他们"惶恐"着。——于是开会了，照着秩序单进行。详细的情形，有各报记述可看，毋庸在下再来饶舌。现在单表齐燮元，韩国钧和东南大学校长郭秉文博士的高论。齐燮元究竟是督军兼巡阅使，他的声音是加倍的洪亮；那时场中也特别肃静——齐燮元究竟与众不同呀！他咬字眼儿真咬得清白；他的话是"字本位"，是一个字一个字吐出来的。字与字间的时距，我不能指明，只觉比普通人说话延长罢了；最令我惊异而且焦躁的，是有几句说完之后。那时我总以为第二句应该开始了，岂知一等不来，二等不至，三等不到；他是在唱歌呢，这儿碰着全休止符了！等到三等等完，四拍拍毕，第二句的第一个字才姗姗的来了。这其间至少有一分钟；要用主观的计时法，简直可说足有五分钟！说来说去，究竟他说的是什么呢？我恭恭敬敬的答道：半篇八股！他用拆字法将"中华教育改进社"一题拆为四段：先做"教育"二字，是为第一股；次做"教育改进"，是为第二股；"中华教育改进"是第三股；加上"社"字，是第四股。层层递进，如他由督军而升巡阅使一样。齐燮元本是廪贡生[4]，这类文章本是他的拿手戏；只因时代维新，不免也要改良一番，才好应世；八股只剩了四股，大约便是为此了。最教我不忘记的，是他说完后的那一鞠躬。那一鞠躬真是与众不同，鞠下去时，上半身全与讲桌平行，我们只看见他一头的黑发；他然后慢慢的立起退下。这其间费了普通人三个一鞠躬的时间，是的的确确的。接着便是韩国钧了。他有一篇改进社开会词，是开会前已分发了的。里面曾有一节，论及现在学风的不良，颇有痛心疾首之概。我很想听听他的高见。但他却不曾照本宣扬，他这时另有一番说话。他也经过了许多时间；但不知是我的精神不济，还是另有原因，我毫没有领会他的意思。只有煞尾的时候，他提高了喉咙，我也竖起了耳朵，这才听见他的警句了。他说："现在政治上南北是不统一的。今天到会诸君，却南北都有，同以研究教育为职志，毫无畛域之见 [5]。可见统一是要靠文化的，不能靠武力！"这最后一句话确是漂亮，赢得如雷的掌声和许多轻微的赞叹。他便在掌声里退下。这时我们所注意的，是在他肘腋之旁的齐燮元；可惜我眼睛不佳，不能看到他面部的变化，因而他的心情也不能详说：这是很遗憾的。于是——是我行文的"于是"，不是事实的"于是"，请注意——来了郭秉文博士。他说，我只记得他说，"青年的思想应稳健，正确。"旁边有一位告诉我说："这是齐燮元的话。"但我却发见了，这也是韩国钧的话，便是开会辞里所说的。究竟是谁的话呢？或者是"英雄所见，大略相同"么？这却要请问郭博士自己了。但我不能明白：什么思想才算正确和稳健呢？郭博士的演说里不曾下注脚，我也只好终于莫测高深了。

还有一事，不可不记。在那些点缀会场的警察中，有一个瘦长的，始终笔直的站着，几乎不曾移过一步，真像石像一般，有着可怕的静默。我最佩服他那昂着的头和垂着的手；那天真苦了他们三位了！另有一个警官，也颇可观。他那肥硕的身体，凸出的肚皮，老是背着的双手，和那微微仰起的下巴，高高翘着的仁丹胡子，以及胸前累累挂着的徽章——那天场中，这后两件是他所独有的——都显出他的身份和骄傲。他在楼下左旁往来的徘徊着，似乎在督率着他的部下。我不能忘记他。

三　第三人称

七月□日，正式开会。社员全体大会外，便是许多分组会议。我们知道全体大会不过是那么回事，值得注意的是后者。我因为也忝然的做了国文教师，便决然无疑地投到国语教学组旁听。不幸听了一次，便生了病，不能再去。那一次所议的是"采用他，她，牠⁶案"（大意如此，原文忘记了）；足足议了两个半钟头，才算不解决地解决了。这次讨论，总算详细已极，无微不至；在讨论时，很有几位英雄，舌本翻澜，妙绪环涌，使得我茅塞顿开，摇头佩服。这不可以不记。

其实我第一先应该佩服提案的人！在现在大家已经"采用""他，她，牠"的时候，他才从容不迫地提出了这件议案，真可算得老成持重，"不敢为天下先"，确遵老子遗训的了。在我们礼义之邦，无论何处，时间先生总是要先请一步的；所以这件议案不因为他的从容而被忽视，反因为他的从容而被尊崇，这就是所谓"让德"。且看当日之情形，谁不兴高而采烈？便可见该议案的号召之力了。本来呢，"新文学"里的第三人称代名词也太分歧了！既"她""伊"之互用，又"牠""它"之不同，更有"佢""彼"之流，窜跳其间；于是乎乌烟瘴气，一塌糊涂！提案人虽只为辨"性"起见，但指定的三字，皆属于也字系统，俨然有正名之意。将来"也"字系统若竟成为正统，那开创之功一定要归于提案人的。提案人有如彼的力量，如此的见解，怎不教人佩服？

讨论的中心点是在女人，就是在"她"字。"人"让他站着，"牛"也让它站着；所饶不过的是"女"人，就是"她"字旁边立着的那"女"人！于是辩论开始了。一位教师说，"据我的'经验'，女学生总不喜欢'她'字——男人的'他'，只标一个'人'字旁，女子的'她'，却特别标一个'女'字旁，表明是个女人；这是她们所不平的！我发出的讲义，上面的'他'字，她们常常要将'人'字旁改成'男'字旁，可以见她们报复的意思了。"大家听了，都微微笑着，像很有味似的。另一位却起来驳道，"我也在女学堂教书，却没有这种情形！"海格尔的定律不错，调和派来了，他说，"这本来有两派：用文言的欢喜用'伊'字，如周作人先生便是；用白话的欢喜用'她'字，'伊'字用的少些；其实两个字都是一样的。""用文言的欢喜用'伊'字，"这句话却有意思！文言里间或有"伊"字看见，这是真理；但若说那些"伊"都是女人，那却不免委屈了许多男人！周作人先生提倡用"伊"字也是实，但只是用在白话里；我可保证，他决不曾有什么"用文言"的话！而且若是主张"伊"字用于文言，那和主张人有两只手一样，何必周先生来提倡呢？于是又冤枉了周先生！——调和终于无效，一位女教师立起来了。大家都倾耳以待，因为这是她们的切身问题，必有一番精当之论！她说话快极了，我听到的警句只是，"历来加'女'字旁的字都是不好的字；'她'字是用不得的！"一位"他"立刻驳道，"'好'字岂不是'女'字旁么？"大家都大笑了，在这大笑之中，忽有苍老的声音："我看'他'字譬如我们普通人坐三等车；'她'字加了'女'字旁，是请她们坐二等车，有什么不好呢？"这回真哄堂了，有几个人笑得眼睛亮晶晶的，眼泪几乎要出来；真是所谓"笑中有泪"了。后来的情形可有些模糊，大约便在谈笑中收了场；于是乎一幕喜剧告成。

　　"二等车"，"三等车"这一个比喻，真是新鲜，足为修辞学开一崭新的局面，使我有永远的趣味。从前贾宝玉说男人的骨头是泥做的，女人的骨头是水做的，至今传为佳话；现在我们的辩士又发明了这个"二三等车"的比喻，真是媲美前修，启迪来学了。但这个"二三等之别"究竟也有例外；我离开南京那一晚，明明在三等车上看见三个"她"！我想："她""她""她"何以不坐二等车呢？难道客气不成？——那位辩士的话应该是不错的！

1924年7月14日，温州。
（原载1924年《时事新报》副刊《文学周报》第130期）

注释

1. 躬逢其盛：亲身经历那种盛况。出自唐代王勃《滕王阁序》"童子何知，躬逢胜饯。"
2. 齐燮元（1879—1946），字抚万。河北宁河（今天津市）人。清末秀才。北洋陆军学堂炮科毕业。曾任江苏军务督办、苏皖赣巡阅副使。
3. 韩国钧（1857—1942），字紫石，亦字止石，晚号止叟。江苏海安人。清光绪五年（1879年）中举。先后任行政、矿务、军事、外交等职，曾任吉林省民政使。民国成立后，历任江苏省民政长，安徽巡按使，江苏巡按使、省长、督军等职。
4. 廪（lǐn）贡生：用以称以廪生的资格而被选拔为贡生者。廪生，廪膳生员，科举制度中生员名目之一。贡生，科举时代，挑选府、州、县生员（秀才）中成绩或资格优异者，升入京师的国子监读书，称为贡生。
5. 畛（zhěn）域之见：比喻由宗派情绪产生的偏见。姚雪垠《李自成》第三卷第三十六章："时中，你要告诉你手下的将士们，从今往后，你们的心中千万再别存在'小袁营'和'闯营'的畛域之见。"
6. 牠（tā）：它。

导读

　　《旅行杂记》写于 1924 年 7 月 14 日，正处于民国军阀割据时期。本文是朱自清参加"中华教育改进社在南京开第三届年会"的一些见闻及所感所想，在夹叙夹议中展开，通篇皆尽讽刺之能事。从文章题目看，作者似乎就没对会议寄予期望，权当一次旅行了。可见，这是一次缺乏严肃与实际意义的会议。

　　文章按日程行进顺序，先讲"招待"，细述组委会所派两名招待人员的无能，作者宽容地认为这两名招待的手、脚、眼睛都是殷切的，但单单就买个车票一件小事，都办不明白，终究惹恼了参会的改进社社员："这样的饭桶"、"真饭桶"、"早做什么事的"、"六点钟就来了，还是自己买票，冤不冤"……七嘴八舌，恨不能吃了这两位招待。这一段写得生动形象，具有画面感和动感，是一个镜头接一个镜头，连贯得很像一部喜剧短片。而这短短一段文字，却可以看出作者隐约的批判锋芒，混乱的时局和严重的官僚主义、形式主义在众人的嘈杂声中清晰地浮现。中间部分讲作者赴"开幕大典"，作者对官僚作风的批判更见尖锐，会议在众人找不着调儿的歌声中逾期再逾期，而官员大都装腔作势，不知所云的发言更是让人昏昏欲睡。朱自清以旁观者的眼光洞穿了所谓盛会的空洞和虚假，看穿了达官贵人的无聊嘴脸，冷峻地嘲讽了这一切。"正式会议"的分组会议中，讨论的是"第三人称""她"的使用。关于"她"字使用与否的讨论，作者写得非常有趣，其中对一女教师做如此描写：她说话快极了，我听到的警句只是，"历来加'女'字旁的字都是不好的字；'她'字是用不得的！"而一位"他"立刻驳道，"'好'字岂不是'女'字旁么？"在朱自清的笔下，两位发言代表煞有介事的神态活灵活现，让人忍俊不禁。作者对一些没有必要争论的问题，花很多时间讨论得乌烟瘴气深感不满，嘲讽之意也就溢于言表了。

海行杂记

　　这回从北京南归，在天津搭了通州轮船，便是去年曾被盗劫的。盗劫的事，似乎已很渺茫；所怕者船上的肮脏，实在令人不堪入耳。这是英国公司的船；这样的肮脏似乎尽够玷污了英国国旗的颜色。但英国人说：这有什么呢？船原是给中国人乘的，肮脏是中国人的自由，英国人管得着！英国人要乘船，会去坐在大菜间里，那边看看是什么样子？那边，官舱以下的中国客人是不许上去的，所以就好了。是的，这不怪同船的几个朋友要骂这只船是"帝国主义"的船了。"帝国主义的船"！我们到底受了些什么"压迫"呢？有的，有的！

　　我现在且说茶房吧。

　　我若有常常恨着的人，那一定是宁波的茶房了。他们的地盘，一是轮船，二是旅馆。他们的团结，是宗法社会而兼梁山泊式的；所以未可轻侮，正和别的"宁波帮"一样。他们的职务本是照料旅客；但事实正好相反，旅客从他们得着的只是侮辱，恫吓，与欺骗罢了。中国原有"行路难"之叹，那是因交通不便的缘故；但在现在便利的交通之下，即老于行旅的人，也还时时发出这种叹声，这又为什么呢？茶房与码头工人之艰于应付，我想比仅仅的交通不便，有时更显其"难"吧！所以从前的"行路难"是唯物的；现在的却是唯心的。这固然与社会的一般秩序及道德观念有多少关系，不能全由当事人负责任；但当事人的"性格恶"实也占着一个重要的地位的。

　　我是乘船既多，受侮不少，所以姑说轮船里的茶房。你去定舱位的时候，若遇着乘客不多，茶房也许会冷脸相迎；若乘客拥挤，你可就倒楣了。他们或者别转脸，不来理你；或者用一两句比刀子还尖的话，打发你走路——譬如说："等下趟吧。"他说得如此轻松，凭你急死了也不管。大约行旅的人总有些异常，脸上总有一付着急的神气。他们是以逸待劳的，乐得和你开开玩笑，所以一切反应总是懒懒的，冷冷的；你愈急，他们便愈乐了。他们于你也并无仇恨，只想玩弄玩弄，寻寻开心罢了，正和太太们玩弄叭儿狗一样。所以你记着：上船定舱位的时候，千万别先高声呼唤茶房。你不是急于要找他们说话么？但是他们先得训你一顿，虽然只是低低的自言自语："啥事体啦？哇啦哇啦的！"接着才响声说，"噢，来哉，啥事体啦？"你还得记着：你的话说得愈慢愈好，愈低愈好；不要太客气，也不要太不客气。这样你便是门槛里的人，便是内行；他们固然不见得欢迎你，但也不会玩弄你了。——只冷脸和你简单说话；要知道这已算承蒙青眼[1]，应该受宠若惊的了。

定好了舱位，你下船是愈迟愈好；自然，不能过了开船的时候。最好开船前两小时或一小时到船上，那便显得你是一个有"涵养工夫"的，非急莘莘的"阿木林"[2]可比了。而且茶房也得上岸去办他自己的事，去早了倒绊住了他；他虽然可托同伴代为招呼，但总之麻烦。为了客人而麻烦，在他们是不值得，在客人是不必要；所以客人便只好受"阿木林"的待遇了。有时船于明早十时开行，你今晚十点上去，以为晚上总该合式了；但也不然。晚上他们要打牌，你去了足以扰乱他们的清兴；他们必也恨恨不平的。这其间有一种"分"，一种默喻的"规矩"，有一种"门槛经"，你得先做若干次"阿木林"，才能应付得"恰到好处"呢。

开船以后，你以为茶房闲了，不妨多呼唤几回。你若真这样做时，又该受教训了。茶房日里要谈天，料理私货；晚上要抽大烟，打牌，哪有闲工夫来伺候你！他们早上给你舀一盆脸水，日里给你开饭，饭后给你拧手巾；还有上船时给你摊开铺盖，下船时给你打起铺盖：好了，这已经多了，这已经够了。此外若有特别的事要他们做时，那只算是额外效劳。你得自己走出舱门，慢慢地叫着茶房，慢慢地和他说，他也会照你所说的做，而不加损害于你。最好是预先打听了两个茶房的名字，到这时候悠然叫着，那是更其有效的。但要叫得大方，仿佛很熟悉的样子，不可有一点讷讷。叫名字所以更其有效者，被叫者觉得你有意和他亲近（结果酒资不会少给），而别的茶房或竟以为你与这被叫者本是熟悉的，因而有了相当的敬意；所以你第二次第三次叫时，别人往往会帮着你叫的。但你也只能偶尔叫他们；若常常麻烦，他们将发见，你到底是"阿木林"而冒充内行，他们将立刻改变对你的态度了。至于有些人睡在铺上高声朗诵的叫着"茶房"的，那确似乎搭足了架子；在茶房眼中，其为"阿"字号无疑了。他们于是忿然的答应："啥事体啦？哇啦啦！"但走来倒也会走来的。你若再多叫两声，他们又会说："啥事体啦？茶房当山歌唱！"除非你真麻木，或真生了气，你大概总不愿再叫他们了吧。

"子入太庙，每事问，"至今传为美谈。但你入轮船，最好每事不必问。茶房之怕麻烦，之懒惰，是他们的特征；你问他们，他们或说不晓得，或故意和你开开玩笑，好在他们对客人们，除行李外，一切是不负责任的。大概客人们最普遍的问题，"明天可以到吧？""下午可以到吧？"一类。他们或随便答复，或说，"慢慢来好啰，总会到的。"或简单的说，"早呢！"总是不得要领的居多。他们的话常常变化，使你不能确信；不确信自然不回了。他们所要的正是耳根清净呀。

茶房在轮船里，总是盘踞在所谓"大菜间"的吃饭间里。他们常常围着桌子闲谈，客人也可插进一两个去。但客人若是坐满了，使他们无处可坐，他们便恨恨了；若在晚上，他们老实不客气将电灯灭了，让你们暗中摸索去吧。所以这吃饭间里的桌子竟像他们专利的。当他们围桌而坐，有几个固然有话可谈；有几个却连话也没有，只默默坐着，或者在打牌。我似乎为他们觉着无聊，但他们也就这样过去了。他们的脸上充满了倦怠，嘲讽，麻木的气氛，仿佛下工夫练就了似的。最可怕的就是这满脸：所谓"诡诡然拒人于千里之外"者，便是这种脸了。晚上映着电灯光，多少遮过了那灰滞的颜色；他们也开始有了些生气。他们搭了铺抽大烟，或者拖开桌子打牌。他们抽了大烟，渐有笑语；他们打牌，往往通宵达旦——牌声，争论声充满那小小的"大菜间"里。客人们，尤其是抱了病，可睡不着了；但于他们有甚么相干呢？活该你们洗耳恭听呀！他们也有不抽大烟，不打牌的，便搬出香烟画片来一张张细细赏玩：这却是"雅人深致"[3]了。

我说过茶房的团结是宗法社会而兼梁山泊式的，但他们中间仍不免时有战氛。浓郁的战氛在船里是见不着的；船里所见，只是轻微淡远的罢了。"唯口出好兴戎"，茶房的口，似乎很值得注意。他们的口，一例是练得极其尖刻的；一面自然也是地方性使然。他们大约是"宁可输在腿上，不肯输在嘴上"。所以即使是同伴之间，往往因为一句有意的或无意的，不相干的话，动了真气，抢眉竖目的恨恨半天而不已。这时脸上全失了平时冷静的颜色，而换上热烈的狰狞了。但也终于只是口头"恨恨"而已，真个拔拳来打，举脚来踢的，倒也似乎没有。语云，"君子动口，小人动手；"茶房们虽有所争乎，殆仍不失为君子之道也。有人说，"这正是南方人之所以为南方人，"我想，这话也有理。茶房之于客人，虽也"不肯输在嘴上"，但全是玩弄的态度，动真气的似乎很少；而且你愈动真气，他倒愈可以玩弄你。这大约因为对于客人，是以他们的团体为靠山的；客人总是孤单的多，他们"倚众欺"起来，不怕你不就范的：所以用不着动真气。而且万一吃了客人的亏，那也必是许多同伴陪着他同吃的，不是一个人失了面子：又何必动真气呢？克实说来，客人要他们动真气，还不够资格哪！至于他们同伴间的争执，那才是切身的利害，而且单枪匹马做去，毫无可恃的现成的力量；所以便是小题，也不得不大做了。

茶房若有向客人微笑的时候，那必是收酒资的几分钟了。酒资的数目照理虽无一定，但却有不成文的谱。你按着谱斟酌给与，虽也不能得着一声"谢谢"，但言语的压迫是不会来的了。你若给得太少，离谱太远，他们会始而嘲你，继而骂你，你还得加钱给他们；其实既受了骂，大可以不加的了，但事实上大多数受骂的客人，慑于他们的威势，总是加给他们的。加了以后，还得听许多唠叨才罢。有一回，和我同船的一个学生，本该给一元钱的酒资的，他只给了小洋四角。茶房狠狠力争，终不得要领，于是说："你好带回去做车钱吧！"将钱向铺上一撂，怂然而去。那学生后来终于添了一些钱重交给他；他这才默然拿走，面孔仍是板板的，若有所不屑然。——付了酒资，便该打铺盖了；这时仍是要慢慢来的，一急还是要受教训，虽然你已给过酒资了。铺盖打好以后，茶房的压迫才算是完了，你再预备受码头工人和旅馆茶房的压迫吧。

我原是声明了叙述通州轮船中事的，但却做了一首"诅茶房文"；在这里，我似乎有些自己矛盾。不，"天下老鸦一般黑"，我们若很谨慎的将这句话只用在各轮船里的宁波茶房身上，我想是不会悖谬的。所以我虽就一般立说，通州轮船的茶房却已包括在内；特别指明与否，是无关重要的。

1926年7月，白马湖。

注释

1. 青眼：指对人喜爱或器重。与"白眼"相对。
2. 阿木林：方言，上海人用来形容某人不谙世道，做事不灵活，为人迟钝，易轻信人。
3. 雅人深致：雅指高雅，高尚；雅人指风雅之士，多指文人；致指情趣；深致指情趣深远；雅人深致意即人品高尚，情趣深远。原是赞赏《诗经·大雅》的作者有深刻的见解，后形容人的言谈举止不俗，比较有格调。

导读

《海行杂记》写于 1926 年，朱自清自天津乘英国公司的轮船返浙江，一路颇受茶房冷待，有感而发，写就这篇针对轮船茶房的讨伐檄文。"帝国主义"轮船，中国人管理及乘坐，船上肮脏至极，而且茶房懒散不讲道理，简直就是可耻、可恶、可恨。由此作者无限感慨："中国原有'行路难'之叹，那是因交通不便的缘故；但在现在便利的交通之下，即老于行旅的人，也还时时发出这种叹声，这又为什么呢？茶房与码头工人之艰于应付，我想比仅仅的交通不便，有时更显其'难'吧！"

接下来作者用具体事例加以说明，列数茶房的种种劣迹。比如，定舱位时，那种慢你所急，乐你所气，"一切反应总是懒懒的，冷冷的；你愈急，他们便愈乐了。他们于你也并无仇恨，只想玩弄玩弄，寻寻开心罢了，正和太太们玩弄叭儿狗一样"。"茶房日里要谈天，料理私货；晚上要抽大烟，打牌，哪有闲工夫来伺候你！"同胞间应有的友善，人与人之间起码的尊重，一丝一毫都寻不见。作者写此文的目的绝不仅是发泄心中怨恨，还反映出人生的失意，对现实的不满，以及对世事的洞悉。全文写人绘景皆层次分明，刀刀见血，锋利至极。

荷塘月色

这几天心里颇不宁静。今晚在院子里坐着乘凉，忽然想起日日走过的荷塘，在这满月的光里，总该另有一番样子吧。月亮渐渐地升高了，墙外马路上孩子们的欢笑，已经听不见了；妻在屋里拍着闰儿，迷迷糊糊地哼着眠歌。我悄悄地披了大衫，带上门出去。

沿着荷塘，是一条曲折的小煤屑路。这是一条幽僻的路；白天也少人走，夜晚更加寂寞。荷塘四面，长着许多树，蓊蓊郁郁的。路的一旁，是些杨柳，和一些不知道名字的树。没有月光的晚上，这路上阴森森的，有些怕人。今晚却很好，虽然月光也还是淡淡的。

路上只我一个人，背着手踱着。这一片天地好像是我的；我也像超出了平常的自己，到了另一世界里。我爱热闹，也爱冷静；爱群居，也爱独处。像今晚上，一个人在这苍茫的月下，什么都可以想，什么都可以不想，便觉是个自由的人。白天里一定要做的事，一定要说的话，现在都可不理。这是独处的妙处，我且受用这无边的荷香月色好了。

曲曲折折的荷塘上面，弥望¹的是田田的叶子。叶子出水很高，像亭亭的舞女的裙。层层的叶子中间，零星地点缀着些白花，有袅娜地开着的，有羞涩地打着朵儿的；正如一粒粒的明珠，又如碧天里的星星，又如刚出浴的美人。微风过处，送来缕缕清香，仿佛远处高楼上渺茫的歌声似的。这时候叶子与花也有一丝的颤动，像闪电般，霎时传过荷塘的那边去了。叶子本是肩并肩密密地挨着，这便宛然有了一道凝碧的波痕。叶子底下是脉脉的流水，遮住了，不能见一些颜色；而叶子却更见风致了。

月光如流水一般，静静地泻在这一片叶子和花上。薄薄的青雾浮起在荷塘里。叶子和花仿佛在牛乳中洗过一样；又像笼着轻纱的梦。虽然是满月，天上却有一层淡淡的云，所以不能朗照；但我以为这恰是到了好处——酣眠固不可少，小睡也别有风味的。月光是隔了树照过来的，高处丛生的灌木，落下参差的斑驳的黑影，峭楞楞如鬼一般；弯弯的杨柳的稀疏的倩影,却又像是画在荷叶上。塘中的月色并不均匀;但光与影有着和谐的旋律,如梵婀玲[2]上奏着的名曲。

荷塘的四面,远远近近,高高低低都是树,而杨柳最多。这些树将一片荷塘重重围住;只在小路一旁,漏着几段空隙,像是特为月光留下的。树色一例是阴阴的,乍看像一团烟雾;但杨柳的丰姿,便在烟雾里也辨得出。树梢上隐隐约约的是一带远山,只有些大意罢了。树缝里也漏着一两点路灯光,没精打采的,是渴睡人的眼。这时候最热闹的,要数树上的蝉声与水里的蛙声;但热闹是它们的,我什么也没有。

忽然想起采莲的事情来了。采莲是江南的旧俗,似乎很早就有,而六朝时为盛;从诗歌里可以约略知道。采莲的是少年的女子,她们是荡着小船,唱着艳歌去的。采莲人不用说很多,还有看采莲的人。那是一个热闹的季节,也是一个风流的季节。梁元帝[3]《采莲赋》里说得好:

> 于是妖童媛女,荡舟心许;鹢首徐回,兼传羽杯;櫂将移而藻挂,
> 船欲动而萍开。尔其纤腰束素,迁延顾步;夏始春余,叶嫩花初,
> 恐沾裳而浅笑,畏倾船而敛裾。

可见当时嬉游的光景了。这真是有趣的事,可惜我们现在早已无福消受了。于是又记起《西洲曲》里的句子:

> 采莲南塘秋,莲花过人头;低头弄莲子,莲子清如水。

今晚若有采莲人,这儿的莲花也算得"过人头"了;只不见一些流水的影子,是不行的。这令我到底惦着江南了。——这样想着,猛一抬头,不觉已是自己的门前;轻轻地推门进去,什么声息也没有,妻已睡熟好久了。

1927年7月,北京清华园。

注释

1. 弥望:充满视野,满眼。
2. 梵婀玲:小提琴。

3. 梁元帝，即萧绎（508—554），字世诚，小字七符，自号金楼子，汉族，南兰陵
（今江苏武进）人。南北朝时期梁代皇帝（552—554 年在位），元帝。

导读

《荷塘月色》是一篇经典散文，是 1927 年 7 月朱自清任教清华大学时所写，
因收入中学语文教材而广为人知。全文以水墨画的方式，呈现了荷塘与月色的
清幽之美。是乱世的片刻超脱，是盛夏的一份清凉。全文给人一种深邃宁寂的
美感，人生的迷惘与虚静，岁月的流逝与寂静，人世的苦涩与沉静，幻化出一
种静悄悄的美。读《荷塘月色》，宛若置身荷塘，拥抱月色花香，仿佛在那幽
静里徜徉的就是自己。那亭亭碧绿的荷叶，婀娜多姿的荷花，迷蒙淡远的月色，
薄雾缭绕的荷塘，既是写实，又是作者美与爱的乌托邦。

《荷塘月色》表面写荷塘与月色。荷叶是亭亭的如舞女的裙，荷花"有袅
娜地开着的，有羞涩地打着朵儿的"。"微风过处，送来缕缕清香，仿佛远处
高楼上渺茫的歌声似的。"流波溢彩，叶、花、形、色、味浑然一体。人也在
微风中全身心地沉醉在这荷塘美景之中了。"月光如流水一般，静静地泻在这
一片叶子和花上。薄薄的青雾浮起在荷塘里。叶子和花仿佛在牛乳中洗过一样；
又像笼着轻纱的梦。"月色迷蒙柔和、薄雾青烟浮动，这月下的荷塘真是恍如
仙境。作者以细致的工笔和绝妙的色彩，动静结合，浓淡错杂，绘制了月色清
淡、清荷动人、光影如梦的一幅画卷。

《荷塘月色》暗中写作者情怀。全文以典丽优美的语言，抒发出作者因置
身于良辰美景自然而然生出的"淡淡的喜悦"，以及因社会现实扰攘而难以排
遣的"淡淡的哀愁"。荷塘月色如此纯净美好，正如作者的人格理想和社会理想。
而雾锁明月，荷香渺杳，现实人生距离自己的理想何其远矣，内心因而颇不宁静，
愁闷之情浮出水面，挥之不去。朱自清几乎没有直接写自己的内心感受，只是
通过月光和荷香，隐约传达出自己繁复的思绪。内心情怀的外化，自然而传神。
荷塘漫步让人陶醉，流连忘返；但是，逃避是暂时的，作者无法全身心融入缥
缈的月光和满塘的荷香，喜悦是"淡淡的"，淡淡的喜悦里还有着淡淡的哀愁。《荷
塘月色》之所以如此美不胜收，就在于作者画出了世界一隅的幻美，写出了高
洁性情的纯美，营造出了超越世俗朝向永恒的静美。这是一篇有感而发的非常
典型的"独语体"散文。

"海阔天空"与"古今中外"

　　有一天，我和一位新同事闲谈。我偶然问道："你第一次上课，讲些什么？"他笑着答我，"我古今中外了一点钟！"他这样说明事实，且示谦逊之意。我从来不曾想到"古今中外"一个兼词可以作动词用，并且可以加上"了"字表时间的过去；骤然听了，很觉新鲜，正如吃刚上市的广东蚕豆。隔了几日，我用同样的问题问另一位新同事。他却说道："海阔天空！海阔天空！"我原晓得"海阔凭鱼跃，天空任鸟飞"的联语，——是在一位同学家的厅堂里常常看见的——但这样的用法，却又是第一次听到！我真高兴，得着两个新鲜的意思，让我对于生活的方法，能触类旁通地思索一回。

　　黄远生在《东方杂志》上曾写过一篇《国民之公毒》，说中国人思想笼统的弊病。他举小说里的例，文的必是琴棋书画无所不晓，武的必是十八般武艺件件精通！我想，他若举《野叟曝言》里的文素臣，《九尾龟》里的章秋谷，当更适宜，因为这两个都是文武全才！好一个文武"全"才！这"全"字儿竟成了"国民之公毒"！我们自古就有那"博学无所成名"的"大成至圣先师"，又有"一物不知，儒者之耻"的传统的教训，还有那"谈天雕龙"的邹衍之流，所以流风余韵，扇播至今；大家变本加厉，以为凡是大好老必"上知天文，下识地理"，而"中学为体，西学为用"便是这大好老的另一面。"笼统"固然是"全"，"沟通""调和"也正是"全"呀！"全"来"全"去，"全"得乌烟瘴气，一塌糊涂！你瞧西洋人便聪明多了，他们悄悄地将"全知""全能"送给上帝，决不想自居"全"名；所以处处"算账"，刀刀见血，一点儿不含糊！——他们不懂得那八面玲珑的劲儿！

　　但是王尔德也说过一句话，貌似我们的公毒而实非；他要"吃尽地球花园里的果子"！他要享乐，他要尽量地享乐！他什么都不管！可是他是"人"，不像文素臣、章秋谷辈是妖怪；他是呆子，不像沟通中西者流是滑头。总之，他是反传统的。他的话虽不免夸大，但不如中国传统思想之甚；因为只说地而不说天。况且他只是"要"而不是"能",和文素臣辈又是有别;"要"在人情之中,"能"便出人情之外了!"全知","全能",或者真只有上帝一个;但"全"的要求是谁都有权利的——有此要求,才成其为"人生"!——还有易卜生"全或无"的"全",那却是一把锋利的钢刀;因为是另一方面的,不具论。

但王尔德的要求专属于感觉的世界,我总以为太单调了。人生如万花筒,因时地的殊异,变化不穷,我们要能多方面的了解,多方面的感受,多方面的参加,才有真趣可言;古人所谓"胸襟","襟怀","襟度",略近乎此。但"多方面"只是概括的要求:究竟能有若干方面,却因人的才力而异——我们只希望多多益善而已!这与传统的"求全"不同,"便是暗中摸索,也可知道吧"。这种胸襟——用此二字所能有的最广义——若要具体地形容,我想最好不过是采用我那两位新同事所说的:"海阔天空"与"古今中外"!我将这两个兼词用在积极的意义上,或者更对得起它们些。——"古今中外"原是骂人的话,初见于《新青年》上,是钱玄同先生造作的。后来周作人先生有一篇杂感,却用它的积极的意义,大概是论知识上的宽容的;但这是两三年前的事了,我于那篇文的内容已模糊了。

法朗士在他的《灵魂之探险》里说:

> 人之永不能跳出己身以外,实一真理,而亦即吾人最大苦恼之一。苟能用一八方观察之苍蝇视线,观览宇宙,或能用一粗鲁而简单之猿猴的脑筋,领悟自然,虽仅一瞬,吾人何所惜而不为?乃于此而竟不能焉。……吾人被锢于一身之内,不啻被锢于永远监禁之中。(据杨袁昌英女士译文,见《太平洋》四卷四号。)

蔼理斯在他的《感想录》中《自己中心》一则里也说:

> 我们显然都从自己中心的观点去看宇宙,看重我们自己所演的脚色。(见《语丝》第十三期。)

这两种"说数",我们可总称为"我执"——却与佛法里的"我执"不同。

一个人有他的身心，与众人各异；而身心所从来，又有遗传，时代，周围，教育等等，尤其五花八门，千差万别。这些合而织成一个"我"，正如密密的魔术的网一样；虽是无形，而实在是清清楚楚，不易或竟不可逾越的界。于是好的劣的，乖的蠢的，村的俏的，长的短的，肥的瘦的，各有各的样儿，都来了，都来了。"把戏人人会变，各有巧妙不同"；正因各人变各人的把戏，才有了这大千世界呀。说到各人只会变自己的一套把戏，而且只自以为巧妙，自然有些："可怜而可气"；"谓天盖高"，"谓地盖厚"，区区的"我"，真是何等区区呢！但是——哎呀，且住！亏得尚有"巧妙不同"一句注脚，还可上下其手一番；这"不同"二字正是灵丹妙药，千万不可忽略过去！我们的"我执"，是由命运所决定，其实无法挽回；只有一层，"我"决不是由一架机器铸出来的，决不是从一副印板刷下来的，这其间有种种的不同，上文已约略又约略地拈出了——现在再要拈出一种不同："我"之广狭是悬殊的！"我执"谁也免不了，也无须免得了，但所执有大有小，有深有浅，这其间却大有文章；所谓上下其手，正指此一关而言。

你想"顶天立地"是一套把戏，是一个"我"，"局天蹐地"，或说"局促如辕下驹"，如井底蛙，如磨坊里的驴子，也是一套把戏，也是一个"我"！这两者之间，相差有多少远呢？说得简截些，一是天，一是地；说得噜苏些，一是九霄，一是九渊；说得新鲜些，一是太阳，一是地球！世界上有些人读破万卷书，有些人游遍万里地，乃至达尔文之创进化说，恩斯坦之创相对原理；但也有些人伏处穷山僻壤，一生只关在家里，亲族邻里之外，不曾见过人，自己方言之外，不曾听过话——天球，地球，固然与他们无干，英国，德国，皇帝，总统，金镑，银洋，也与他们丝毫无涉！他们之所以异于磨坊的驴子者，真是"几希"！也只是蒙着眼，整天儿在屋里绕弯儿，日行千里，足不出户而已。你可以说，这两种人也只是一样，横直跳不出如来佛——"自己！"——的掌心；他们都坐在"自己"的监里，盘算着"自己"的重要呢！是的，但你知道这两种人决不会一样！你我跳不出如来佛的掌心，孙悟空也跳不出他老人家的掌心；但你我能翻十万八千里的筋斗么？若说不能，这就不一样了！"不能"尽管"不能"，"不同"仍旧"不同"呀。你想天地是怎样怎样的广大，怎样怎样的悠久！若用数字计算起来，只怕你画一整天的圈儿，也未必能将数目里所有的圈儿都画完哩！在这样的天地的全局里，地球已若一微尘，人更数不上了，只好算微尘之微尘吧！人是这样小，无怪乎只能在"自己"里绕圈儿。但是能知道"自己"的小，便是大了；最要紧是在小中求大！长子里的矮子到了矮子中，便是长子了，这便是小中之大。我们要做矮子中的长子，我们要尽其所能地扩大我们自己！我们还是变自己的把戏，但不仅自以为巧妙，还须自以为"比别人"巧妙；我们不但可在内地开一班小杂货铺，我们要到上海去开先施公司！

"我"有两方面，深的和广的。"自己中心"可说是深的一面；哲学家说的"自知"（"Knowest thyself"），道德学家说的"自私"——"利己"，也都可算入这一面。如何使得我的身子好？如何使得我的脑子好？我懂得些什么？我喜爱些什么？我做出些什么？我要些什么？怎样得到我所要的？怎样使我成为他们之中一个最重要的脚色？这一大串儿的疑问号，总可将深的"我"的面貌的轮廓说给你了；你再"自个儿"去内省一番，就有八九分数了。但你马上也就会发现，这深深的"我"并非独自个儿待着，它还有个亲亲儿的，热热儿的伴儿哩。它俩你搂着我，我搂着你；不知谁给它们缚上了两只脚！就像三足竞走一样，它俩这样永远地难解难分！你若要开玩笑，就说它俩"狼狈为奸"，它俩亦无法自辩的。——可又来！究竟这伴儿是谁呢？这就是那广的"我"呀！我不是说过么？知道世界之大，才知道自己之小！所以"自知"必先要"知他"。兵法有云："知己知彼，百战百胜。"可以旁证此理。原来"我"即在世界中；世界是一张无大不大[1]的大网，"我"只是一个极微极微的结子；一发尚且会牵动全身，全网难道倒不能牵动一个细小的结子么？实际上，"我"是"极天下之赜"的！"自知"而不先"知他"，只是聚在方隅，老死不相往来的办法；只是"不可以语冰"的"夏虫"，井底蛙，磨坊里的驴子之流而已。能够"知他"，才真有"自知之明"；正如铁扇公主的扇子一样，要能放才能收呀。所知愈多，所接愈广；将"自己"散在天下，渗入事事物物之中看它的大小方圆，看它的轻重疏密，这才可以剖析毫芒地渐渐渐渐地认出"自己"的真面目呀。俗语说："把你烧成了灰，我都认得你！"我们正要这样想：先将这个"我"一拳打碎了，碎得成了灰，然后随风飏举，或飘茵席之上，或堕溷厕之中[2]，或落在老鹰的背上，或跳在珊瑚树的梢上，或藏在爱人的鬓边，或沾在关云长的胡子里，……然后再收灰入掌，抟灰成形，自然便须眉毕现，光采照人，不似初时"浑沌初开"的情景了！所以深的"我"即在广的"我"中，而无深的"我"，广的"我"亦无从立脚；这是不做矮子，也不吹牛的道地老实话，所谓有限的无穷也。

在有限中求无穷，便是我们所能有的自由。这或者是"野马以被骑乘的自由为更多[3]"的自由，或者是"和猪有飞的自由一样[4]"；但自由总和不自由不同，管他是白的，是黑的！说"猪有飞的自由"，在半世纪前，正和说"人有飞的自由"一样。但半世纪后的我们，已可见着自由飞着的人了，虽然还是要在飞机或飞艇里。你或者冷笑着说，有所待而然！有所待而然！至多仍旧是"被骑乘的自由"罢了！但这算什么呢？鸟也要靠翼翅的呀！况且还有将来呢，还有将来的将来呢！就如上文所引法朗士的话："倘若我们能够一刹那间用了苍蝇的多面的眼睛去观察天地……"[5]目下诚然是做不到的，但竟有人去企图了！我曾见过一册日本文的书，——记得是《童谣の缀方》，卷首有一幅彩图，下面题着《苍蝇眼中的世界》（大意）。图中所有，极其光怪陆离；虽明知苍蝇眼中未必即是如此，而颇信其如此——自己仿佛飘飘然也成了一匹小小的苍蝇，陶醉在那奇异的世界中了！这样前去，谁能说法朗士的"倘若"永不会变成"果然"呢！——"语丝"拉得太长了，总而言之，统而言之，我们只是要变比别人巧妙的把戏，只是要到上海去开先施公司；这便是我们所能有的自由。"秀才不出门，能知天下事。"这种或者稍嫌旧式的了；那么，来个新的，"看世界面上"[6]，我们来做个"世界民"吧——"世界民"（Cosmopolitan）者，据我的字典里说，是"无定居之人"，又有"弥漫全世界"，"世界一家"等义；虽是极简单的解释，我想也就够用，恕不再翻那笨重的大字典了。

我"海阔天空"或"古今中外"了九张稿纸；尽绕着圈儿，你或者有些"头痛"吧？"只听楼板响，不见人下来！"你将疑心开宗明义第一节所说的"生活的方法"，我竟不曾"思索"过，只冤着你，"青山隐隐水迢迢"地逗着你玩儿！不！别着急，这就来了也。既说"海阔天空"与"古今中外"，又要说什么"方法"，实在有些儿像左手望外推，右手又赶着望里拉，岂不可笑！但古语说得好，"大丈夫能屈能伸"，我正可老着脸借此解嘲；况且一落言诠，总有边际，你又何苦斤斤较量呢？况且"方法"虽小，其中也未尝无大；这也是所谓"有限的无穷"也。说到"无穷"，真使我为难！方法也正是千头万绪，比"一部十七史"更难得多多；虽说"大处着眼，小处下手"，但究竟从何处下手，却着实费我踌躇！——有了！我且学着那李逵，从黑松林里跳了出来，挥动板斧，随手劈他一番便了！我就是这个主意！李逵决非吴用；当然不足语于丝丝入扣的谨严的论理的！但我所说的方法，原非斗胆为大家开方案，只是将我所喜欢用的东西，献给大家看看而已。这只是我的"到自由之路"，自然只是从我的趣味中寻出来的；而在大宇长宙之中，无量数的"我"之内，区区的我，真是何等区区呢？而且我"本人"既在企图自己的放大，则他日之趣味，是否即今日之趣味，也殊未可知。所以此文也只是我姑妄言之，你姑妄听之；但倘若看了之后，能自己去思索一番，想出真个巧妙的方法，去做个"海阔天空"与"古今中外"的人，那时我虽觉着自己更是狭窄，非另打主意不可，然而总很高兴了；我将仰天大笑，到草帽从头上落下为止。

其实关于所谓"方法"，我已露过些口风了："我们要能多方面的了解，多方面的感受，多方面的参加，才有真趣可言。"

我现在做着教书匠。我做了五年教书匠了，真个腻得慌！黑板总是那样黑，粉笔总是那样白，我总是那样的我！成天儿浑淘淘的，有时对于自己的活着，也会惊诧。我想我们这条生命原像一湾流水，可以随意变成种种的花样；现在却筑起了堰，截断它的流，使它怎能不变成浑淘淘呢？所以一个人老做一种职业，老只觉着是"一种"职业，那真是一条死路！说来可笑，我是常常在想改业的；正如未来派剧本说的"换个丈夫吧"[7]，我也不时地提着自己，"换个行当[8]吧！"我不想做官，但很想知道官是怎样做的。这不是一件容易事！《官场现形记》所形容的究竟太可笑了！况且现在又换了世界！《努力周刊》的记者在王内阁时代曾引汤尔和——当时的教育总长——的话："你们所论的未尝无理；但我到政府里去看看，全不是那么一回事！"（大意）"全不是那么一回事！"可见不入虎穴，焉得虎子！我于是想做个秘书，去看看官到底是怎样做的？因秘书而想到文书科科员：我想一个人赚了大钱，成了资本家，不知究竟是怎样活着的？最要紧，他是怎样想的？我们只晓得他有汽车，有高大的洋房，有姨太太，那是不够的。——由资本家而至于小伙计，他们又怎样度他们的岁月？银行的行员尽爱买马票，当铺的朝奉尽爱在夏天打赤膊——其余的，其余的我便有些茫茫了！我们初到上海，总要到大世界去一回。但上海有个五光十色的商世界，我们怎可不去逛逛呢？我于是想做个什么公司里的文书科科员，尝些商味儿。上海不但有个商世界，还有个新闻世界。我又想做个新闻记者，可以多看些稀奇古怪的人，稀奇古怪的事。此外我想做的事还多！戴着龌龊的便帽，穿着蓝布衫裤的工人，拖着黄泥腿，衔着旱烟管的农人，扛着枪的军人，我都想做做他们的生活看。可是谈何容易；我不是上帝，究竟是没有把握的！这些都是非分的妄想，岂不和癞蛤蟆想吃天鹅肉一样！——话虽如此；"不问收获，只问耕耘"，也未尝不是一种解嘲的办法。况且退一万步讲，能够这样想想，也未尝没有淡淡的味儿，和"加力克"香烟一样的味儿。况且我们的上帝万一真个吝惜他的机会，我也想过了：我从今日今时起，努力要在"黑白生涯"中找寻些味儿，不像往日随随便便地上课下课，想来也是可以的！意大利 Amicis 的《爱的教育》里说有一位先生，在一个小学校里做了六十年的先生；年老退职之后，还时时追忆从前的事情：一闭了眼，就像有许多的孩子，许多的班级在眼前；偶然听到小孩的书声，便悲伤起来，说："我已没有学校没有孩子了！"[9] 可见天下无难事，只怕有心人！但我一面羡慕这位可爱的先生，一面总还打不断那些妄想；我的心不是一条清静的荫道，而是十字街头呀！

　　我的妄想还可以减价；自己从不能做"诸色人等"，却可以结交"诸色人等"的朋友。从他们的生活里，我也可以分甘共苦，多领略些人味儿；虽然到底不如亲自出马的好。《爱的教育》里说："只在一阶级中交际的人，恰和只读一册书籍的学生一样。"真是"有理呀有理"！现在的青年，都喜欢结识几个女朋友；一面固由于性的吸引，一面也正是要润泽这干枯而单调的生活。我的一位先生曾经和我们说：他有一位朋友，新从外国回到北京；待了一个多月，总觉有一件事使他心里不舒畅，却又说不出是什么事。后来有一天，不知怎样，竟被他发见了：原来北京的街上太缺乏女人！他觉得这样的生活，实在干燥无味！但单是女朋友，我觉得还是不够；我又常想结识些小孩子，做我的小朋友。有人说和孩子们作伴，和孩子们共同生活，会使自己也变成一个孩子，一个大孩子；所以小学教师是不容易老的。这话颇有趣，使我相信。我去年上半年和一位有着童心的朋友，曾约了附近一所小学校的学生，开过几回同乐会；大家说笑话，讲故事，拍七，吃糖果，看画片，都很高兴的。后来暑假期到了，他们还抄了我们的地址，说要和我们通信呢。不但学龄儿童可以做我的朋友，便是幼稚园里的也可以的，而且更加有趣哩。且请看这一段：

终于，母亲逃出了庭间了。小孩们追到栏栅旁，脸挡住了栅缝，把小手伸出，纷纷地递出面包呀，苹果片呀，牛油块等东西来。一齐叫说：

"再会，再会！明天再来，再请过来！"（见《爱的教育》译本第七卷内《幼儿院》中。）

倘若我有这样的小朋友，我情愿天天去呀！此外，农人，工人，也要相与些才好。我现在住在乡下，常和邻近的农人谈天，又曾和他们喝过酒，觉得另有些趣味。我又晓得在北京，上海的我的朋友的朋友，每天总找几个工人去谈天；我且不管他们谈的什么，只觉每天换几个人谈谈，是很使人新鲜的。若再能交结几个外国朋友，那是更别致了。从前上海中华世界语学会教人学世界语，说可以和各国人通信；后来有人非议他们，说世界语的价值岂就是如此的！非议诚然不错。但与各国人通信，到底是一件有趣的事呀！——还有一件，自己的妻和子女，若在别一方面作为朋友看时，也可得着新的启示的。不信么？试试看！

若你以为阶级的障壁不容易打破，人心的隔膜不容易揭开；你于是皱着眉，咂着嘴，说："要这样地交朋友，真是千难万难！"是的；但是——你太小看自己了，那里就这样地不济事！也罢，我还有一套便宜些的变给你瞧瞧；这就叫做"知人"呀。交不着朋友是没法的，但晓得些别人的"闲事"，总可以的；只须不尽着去自扫门前雪，而能多管些一般人所谓"闲事"，就行了。我所谓"多管闲事"，其实只是"参加"的别名。譬如前次上海日本纱厂工人大罢工，我以为是要去参加的；或者帮助他们，或者只看看那激昂的实况，都无不可。总之，多少知道了他们，使自己与他们间多少有了关系，这就得了。又如我的学生和报馆打官司，我便要到法庭里去听审；这样就可知道法官和被告是怎样的人了。又如吴稚晖先生，我本不认识的；但听过他的讲演，读过他的书，我便能约略晓得他了。——读书真是巧算盘！不但可以知今人，且可以知古人；不但可以知中国人，且可以知洋人。同样的巧算盘便是看报！看报可以遇着许多新鲜的问题，引起新鲜的思索。譬如共产党加入国民党，究竟是利用呢，还是联合作战呢？孙中山先生若死在"段执政"自己夸诩的"革命"之前，曹锟当国的时候，一班大人，老爷，绅士乃至平民，会不会（姑不说"敢不敢"）这样"热诚地"追悼呢？黄色的班禅在京在沪，为什么也会受着那样"热诚的"欢迎呢？英国退还庚子赔款，始而说"用于教育的目的"，继而说"用于相互有益之目的"，——于是有该国的各工业联合会建议，痛斥中国教育之无效，主张用此款筑路——继而又说用于中等教育；真令人目迷五色，到底他们什么葫芦里卖什么药呢？德国新总统为什么会举出兴登堡将军，后事又如何呢？还有，"一夫多妻的新护符"和"新性道德"究竟是一是二呢？欧阳予倩的《回家以后》，到底是不是提倡东方道德呢？——这一大篇帐都是从报上"过"过来的，毫不稀奇；但可以证明，看报的确是最便宜的办法，可以知道许多许多的把戏。

旅行也是刷新自己的一帖清凉剂。我曾做过一个设计：四川有三峡的幽峭，有栈道的蜿蜒，有峨嵋的雄伟，我是最向慕的！广东我也想去得长久了。乘了香港的上山电车，可以"上天"[10]；而广州的市政，长堤，珠江的繁华，也使我心痒痒的！由此而北，蒙古的风沙，的牛羊，的天幕，又在招邀着我！至于红墙黄土的北平，六朝烟水气的南京，先施公司的上海，我总算领略过了。这样游了中国以后，便跨出国门：到日本看她的樱花，看她的富士；到俄国看列宁的墓，看第三国际的开会；到德国访康德的故居，听《月光曲》的演奏；到美国瞻仰巍巍的自由神和世界第一的大望远镜。再到南美洲去看看那莽莽的大平原，到南非洲去看看那茫茫的大沙漠，到南洋群岛去看看那郁郁的大森林——于是浩然归国；若有机缘，再到北极去探一回险，看看冰天雪海，到底如何，那更妙了！梁绍文说得有理：

我们不赞成别人整世的关在一个地方而不出来和世界别一部分相接触，倘若如此，简直将数万里的地球缩小到数英里，关在那数英里的圈子内就算过了一生，这未免太不值得！所以我们主张：能够遍游全世界，将世界上的事事物物都放在脑筋里的炽炉中锻炼一过，然后才能成为一种正确的经验，才算有世界的眼光。（《南洋旅行漫记》上册二五三页。）

　　但在一钱不名的穷措大如我辈者，这种设计恐终于只是"过屠门而大嚼"而已；又怎样办呢？我说正可学胡，梁二先生开国学书目的办法，不妨随时酌量核减；只看能力如何。便是真个不名一钱，也非全无法想。听说日本的谁，因无钱旅行，便在室中绕着圈儿，口里只是叫着，某站到啦，某埠到啦；这样也便过了瘾。这正和孩子们搀瞎子一样：一个蒙了眼做瞎子，一个在前面用竹棒引着他，在室中绕行；这引路的尽喊着到某处啦，到某处啦的口号，彼此便都满足。正是，精神一到，何事不成！这种人却决非磨坊里的驴子；他们的足虽不出户，他们的心尽会日行千里的！

　　说到心的旅行，我想到《文心雕龙·神思篇》说的：

　　　　古人云："形在江海之上，心存魏阙之下。"[11] 神思之谓也。……故寂然凝虑，思接千载；悄然动容，视通万里……

罗素论"哲学的价值"，也说：

　　　　保存宇宙内的思辨（玄想）之兴趣，……总是哲学事业的一部。
　　　　或者它的最要之价值，就是它所潜思的对象之伟大，结果，便解脱了偏狭的和个人的目的。
　　　　哲学的生活是幽静的，自由的。
　　　　本能利益的私世界是一个小的世界，搁在一个大而有力的世界中间，迟早必把我们私的世界，磨成粉碎。
　　　　我们若不扩大自己的利益，汇涵那外面的整个世界，就好像一个兵卒困在炮台里边，知道敌人不准逃跑，投降是不可避免的一样。
　　　　哲学的潜思就是逃脱的一种法门。（摘抄黄凌霜译《哲学问题》第十五章）

　　所谓神思，所谓玄想之兴味，所谓潜思，我以为只是三位一体，只是大规模的心的旅行。心的旅行决不以现有的地球为限！到火星去的不是很多么？到太阳去的不也有么？到太阳系外，和我们隔着三十万光年的星上去的不也有么？这三十万光年，是美国南加州威尔逊山绝顶上，口径百时之最大反射望远镜所能观测的世界之最远距离。"换言之，现在吾人一目之下所望见之世界，不仅现在之世界而已，三十余万年之大过去以来，所有年代均同时见之。历史家尝谓吾人由书籍而知过去，直忘却吾人能直接而见过去耳。"[12] 吾人固然能直接而见过去，由书籍而见过去，还能由岩石地层等而见过去，由骨殖化石等而见过去。目下我们所能见的过去，真是悠久，真是伟大！将现在和它相比，真是大海里一根针而已！姑举一例：德国的谁假定地球的历史为二十四点钟，而人类有历史的时期仅为十分钟；人类有历史已五千年了，一千年只等于二分钟而已！一百年只等于十二秒钟而已！十年只等于一又十分之二秒而已！这还是就区区的地球而论呢。若和全宇宙的历史（人能知道么？）相较量，那简直是不配！又怎样办呢？但毫不要紧！心尽可以旅行到未曾凝结的星云里，到大爬虫的中生代，到类人猿的脑筋里；心究竟是有些儿自由的。不过旅行要有向导；我觉《最近物理学概观》，《科学大纲》，《古生物学》，《人的研究》等书都很能胜任的。

　　心的旅行又不以表面的物质世界为限！它用实实在在的一支钢笔，在实实在在的白瑞典纸簿上一张张写着日记；它马上就能看出钢笔与白纸只是若干若干的微点，叫做电子的——各电子间有许多的空隙，比各电子的总积还大。这正像一张"有结而无线的网"[13]，只是这么空空的；其实说不上什么"一支"与"一张张"的！这么看时，心便旅行到物质的内院，电子的世界了。而老的物质世界只有三根台柱子（三次元），现在新的却添上了一根（四次元）；心也要去逛逛的。心的旅行并且不以物质世界为限！精神世界是它的老家，不用说是常常光顾的。意识的河流里，它是常常驶着一只小船的。但这个年头儿，世界是越过越多了。用了坐标轴作地基，竖起方程式的柱子，架上方程式的梁，盖上几何形体的瓦，围上几何形体的墙，这是数学的世界。将各种"性质的共相"（如"白""头"等概念）分门别类地陈列在一个极大的弯弯曲曲，层层叠叠的场上；在它们之间，再点缀着各种"关系的共相"（如"大""类似""等于"等概念）。这是论理的世界。将善人善事的模型和恶人恶事的分门别类陈列着的，是道德的世界。但所谓"模型"，却和城隍庙所塑"二十四孝"的像与十王殿的像绝不相同。模型又称规范，如"正义"，"仁爱"，"奸邪"等是——只是善恶的度量衡也；道德世界里，全摆着大大小小的这种度量衡。还是艺术的世界，东边是音乐的旋律，西边是跳舞的曲线，南边是绘画的形色，北边是诗歌的情韵[14]。——心若是好奇的，它必像唐三藏经过三十六国[15]一样，——经过这些国土的。

更进一步说，心的旅行也不以存在的世界为限！上帝的乐园，它是要去的；阎罗的十殿，它也是要去的。爱神的弓箭，它是要看看的；孙行者的金箍棒，它也要看看的。总之，神话的世界，它要穿上梦的鞋去走一趟。它从神话的世界回来时，便道又可游玩童话的世界。在那里有苍蝇目中的天地，有永远不去的春天；在那里鸟能唱歌，水也能唱歌，风也能唱歌；在那里有着靴的猫，有在背心里掏出表来的兔子；在那里有水晶的宫殿，带着小白翼子的天使。童话的世界的那边，还有许多邻国，叫做乌托邦，它也可迂道一往观的。姑举一二给你看看。你知道吴稚晖先生是崇拜物质文明的，他的乌托邦自然也是物质文明的。他说，将来大同世界实现时，街上都该铺大红缎子。他在春晖中学校讲演时，曾指着"电灯开关"说：

科学发达了，我们讲完的时候，啤啼叭哒几声，要到房里去的就到了房里，要到宁波的就到了宁波，要到杭州的就到了杭州：这也算不来什么奇事。（见《春晖》二十九期。）

呀！啤啼叭哒几声，心已到了铺着大红缎子的街上了！——若容我借了法朗士的话来说，这些正是"灵魂的冒险"呀。

上面说的都是"大头天话"，现在要说些小玩意儿，新新耳目，所谓能放能收也。我曾说书籍可作心的旅行的向导，现在就谈读书吧。周作人先生说他目下只想无事时喝点茶，读点新书。喝茶我是无可无不可，读新书却很高兴！读新书有如幼时看西洋景，一页一页都有活鲜鲜的意思；又如到一个新地方，见一个新朋友。读新出版的杂志，也正是如此，或者更闹热些。读新书如吃时鲜鲥鱼，读新杂志如到惠罗公司去看新到的货色。我还喜欢读冷僻的书。冷僻的书因为冷僻的缘故，在我觉着和新书一样；仿佛旁人都不熟悉，只我有此眼福，便高兴了。我之所以喜欢搜阅各种笔记，就是这个缘故。尺牍，日记等，也是我所爱读的；因为原是随随便便，老老实实地写来，不露咬牙切齿的样子，便更加亲切，不知不觉将人招了入内。同样的理由，我爱读野史和逸事；在它们里，我见着活泼泼的真实的人。——它们所记，虽只一言一动之微，却包蕴着全个的性格；最要紧的，包蕴着与众不同的趣味。旧有的《世说新语》，新出的《欧美逸话》，都曾给我满足。我又爱读游记；这也是穷措大替代旅行之一法，从前的雅人叫做"卧游"的便是。从游记里，至少可以"知道"些异域的风土人情；好一些，还可以培养些异域的情调。前年在温州师范学校图书馆中，翻看《小方壶斋舆地丛钞》的目录，里面全是游记，虽然已是过时货，却颇引起我的向往之诚。"这许多好东西哟！"尽这般地想着；但终于没有勇气去借来细看，真是很可恨的！后来《徐霞客游记》石印出版，我的朋友买了一部，我又欲读不能！近顷《南洋旅行漫记》和《山野掇拾》出来了，我便赶紧买得，复仇似地读完，这才舒服了。我因为好奇，看报看杂志，也有特别的脾气。看报我总是先看封面广告的。一面是要找些新书，一面是要找些新闻；广告里的新闻，虽然是不正式的，或者算不得新闻，也未可知，但都是第一身第二身的，有时比第三身的正文还值得注意呢。譬如那回中华制糖公司董事的互讦，我看得真是热闹煞了！又如"印送安士全书"的广告，"读报至此，请念三声阿弥陀佛"的广告，真是"好聪明的糊涂法子"！看杂志我是先查补白，好寻着些轻松而隽永的东西：或名人的趣语，或当世的珍闻，零金碎玉，更见异彩！——请看"二千年前玉门关外一封情书"，"时新旦角戏"等标题[16]便知分晓。

　　我不是曾恭维看报么？假如要参加种种趣味的聚会，那也非看报不可。譬如前一两星期，报上登着世界短跑家要在上海试跑；我若在上海，一定要去看看跑是如何短法？又如本月十六日上海北四川路有洋狗展览会，说有四百头之多；想到那高低不齐的个儿，松密互映，纯驳争辉的毛片，或嘤嘤或呜呜或汪汪的吠声，我也极愿意去的。又我记得在《上海七日刊》（？）上见过一幅法国儿童同乐会的摄影。摄影中济济一堂的满是儿童——

这其间自然还有些抱着的母亲，领着的父亲，但不过二三人，容我用了四舍五入法，将他们略去吧。那前面的几个，丰腴圆润的庞儿，覆额的短发，精赤的小腿，我现在还记着呢。最可笑的，高高的房子，塞满了这些儿童，还空着大半截，大半截；若塞满了我们，空气一定是没有那么舒服的，便宜了空气了！这种聚会不用说是极使我高兴的！只是我便在上海，也未必能去；说来可恨恨！这里却要引起我别的感慨，我不说了。此外如音乐会，绘画展览会，我都乐于赴会的。四年前秋天的一个晚上，我曾到上海市政厅去听"中西音乐大会"；那几支广东小调唱得真入神，靡靡是靡靡到了极点，令人欢喜赞叹！而歌者隐身幕内，不露一丝色相，尤动人无穷之思！绘画展览会，我在北京，上海也曾看过几回。但都像走马看花似的，不能自知冷暖——我真是太外行了，只好慢慢来吧。我却最爱看跳舞。五六年前的正月初三的夜里，我看了一个意大利女子的跳舞：黄昏的电灯光映着她裸露的微红的两臂，和游泳衣似的粉红的舞装；那腰真软得可怜，和麦粉搓成的一般。她两手擎着小小的钹，钱孔里拖着深红布的提头；她舞时两臂不住地向各方扇动，两足不住地来往跳跃，钹声便不住地清脆地响着——她舞得如飞一样，全身的曲线真是瞬息万变，转转不穷，如闪电吐舌，如星星眨眼；使人目眩心摇，不能自主。我看过了，恍然若失！从此我便喜欢跳舞。前年暑假时，我到上海，刚碰着卡尔登影戏院开演跳舞片的末一晚，我没有能去一看。次日写信去"特烦"，却如泥牛入海；至今引为憾事！我在北京读书时，又颇爱听旧戏；因为究竟是"外江"人，更爱听旦角戏，尤爱听尚小云的戏，——但你别疑猜，我却不曾用这支笔去捧过谁。我并不懂戏词，甚至连情节也不甚仔细，只爱那宛转凄凉的音调和楚楚可怜的情韵。我在理论上也左袒新戏，但那时的北京实在没有可称为新戏的新戏给我看；我的心也就渐渐冷了。南归以后，新戏固然和北京是"一丘之貉"，旧戏也就每况愈下，毫无足观。我也看过一回机关戏，但只足以广见闻，无深长的趣味可言。直到去年，上海戏剧协社演《少奶奶的扇子》，朋友们都说颇有些意思——在所曾寓目的新戏中，这是得未曾有的。又实验剧社演《葡萄仙子》，也极负时誉；黎明辉女士所唱"可怜的秋香"一句，真是脍炙人口——便是不曾看过这戏的我，听人说了此句，也会有"一种薄醉似的感觉，超乎平常所谓舒适以上[17]"。——《少奶奶的扇子》，我也还无一面之缘——真非到上海去开先施公司不可！上海的朋友们又常向我称述影戏；但我之于影戏，还是"猪八戒吃人参果"[18]呢！也只好慢慢来吧。说起先施公司，我总想起惠罗公司。我常在报纸的后幅看见他家的广告，满幅画着新货色的图样，真是日本书店里所谓"诱惑状"[19]了。我想若常去看看新货色，也是一乐。最好能让我自由地鉴赏地看一回；心爱的也不一定买来，只须多多地，重重地看上几眼，便可权当占有了——朋友有新东西的时候，我常常把玩不肯释手，便是这个主意。

若目下不能到上海去开先施公司，或到上海而无本钱去开先施公司，则还有个经济的办法，我现在正用着呢。不过这种办法，便是开先施公司，也可同时采用的；因为我们原希望"多多益善"呀。现在我所在的地方，是没有绘画展览会；但我和人家借了左一册右一册的摄影集，画片集[20]，也可使我的眼睛饱餐一顿。我看见"群羊"[21]，在那淡远的旷原中，着乳一样白，丝一样软的羽衣的小东西，真和浮在浅浅的梦里的仙女一般。我看见"夕云"[22]，地上是疏疏的树木，偃蹇欹侧作势，仿佛和天上的乱云负固似的；那云是层层叠叠的，错错落落的，斑斑驳驳的，使我觉得天是这样厚，这样厚的！我看见"五月雨"[23]，是那般蒙蒙密密的一片，三个模糊的日本女子，正各张着有一道白圈儿的纸伞，在台阶上走着，走上一个什么坛去呢；那边还有两个人，却只剩了影儿！我看见"现在与未来"[24]；这是一个人坐着，左手托着一个骷髅，两眼凝视着，右手正支颐默想着。这还是摄影呢，画片更是美不胜收了！弥爱的《晚祷》是世界的名作，不用说了。意大利 Gino 的名画《跳舞》[25]，满是跃着的腿儿，牵着的臂儿，并着的脸儿；红的，黄的，白的，蓝的，黑的，一片片地飞舞着——那边还攒动着无数的头呢。是夜的繁华哟！是肉的薰蒸哟！还有日本中泽弘光的《夕潮》[26]：红红的落照轻轻地涂在玲珑的水阁上；阁之前浅蓝的潮里，伫立着白衣编发的少女，伴着两只夭矫的白鹤；她们因水光的映射，这时都微微地蓝了；她只扭转头凝视那斜阳的颜色。又椎冢猪知雄的《花》[27]，三个样式不同，花色互异的精巧的瓶子，分插着红白各色的，大的小的鲜花，都丰丰满满的。另有一个细长的和一个荸荠样的瓶子，放在三个大瓶之前和之间；一高一矮，甚是别致，也都插着鲜花，只一瓶是小朵的，一瓶是大朵的。我说的已多了——还有图案画，有时带着野蛮人和儿童的风味，也是我所爱的。书籍中的插画，偶然也有很好的；如什么书里有一幅画，显示惠士敏斯特大寺的里面，那是很伟大的——正如我在灵隐寺的高深的大殿里一般。而房龙《人类的故事》中的插画，尤其别有心思，马上可以引人到他所画的天地中去。

我所在的地方，也没有音乐会。幸而有留声机，机片里中外歌曲乃至国语唱歌都有；我的双耳尚不至大寂寞的。我或向人借来自开自听，或到别人寓处去听，这也是"揩油"之一道了。大约借留声机，借画片，借书，总还算是雅事，不致像借钱一样，要看人家脸孔的（虽然也不免有例外）；所以有时竟可大大方方地揩油。自然，自己的油有时也当大大方方地被别人揩的。关于留声机，北平有零卖一法。一个人背了话匣子（即留声机）和唱片，沿街叫卖；若要买的，就喊他进屋里，让他开唱几片，照定价给他铜子——唱完了，他仍旧将那话匣子等用蓝布包起，背了出门去。我们做学生时，每当冬夜无聊，常常破费几个铜子，买他几曲听听；虽然没有佳片，却也算消寒之一法。听说南方也有做这项生意的人。——我所在的地方，宁波是其一。宁波 S 中学现有无线电话收音机，我很想去听听大陆报馆的音乐。这比留声机又好了！不但声音更是亲切，且花样日日翻新；二者相差，何可以道里计呢！除此以外，朋友们的箫声与笛韵，也是很可过瘾的；但这看似易得而实难，因为好手甚少。我从前有一位朋友，吹箫极悲酸幽抑之致，我最不能忘怀！现在他从外国回来，我们久不见面，也未写信，不知他还能来一点儿否？

内地虽没有惠罗公司，却总有古董店，尽可以对付一气。我们看看古瓷的细润秀美，古泉币的陆离斑驳，古玉的丰腴有泽，古印的肃肃有仪，胸襟也可豁然开朗。况内地更有好处，为五方杂处，众目具瞻的上海等处所不及的；如花木的趣味，盆栽的趣味便是。上海的匆忙使一般人想不到白鸽笼外还有天地；花是怎样美丽，树是怎样青青，他们似乎早已忘怀了！这是我的朋友郢君所常常不平的。"暮春三月，江南草长，杂花生树，群莺乱飞。"——这在上海人怕只是一场春梦吧！像我所在的乡间：芊芊的碧草踏在脚上软软的，正像吃樱花糖；花是只管开着，来了又去，来了又去——杨贵妃一般的木笔，红着脸的桃花，白着脸的绣球……好一个"香遍满，色遍满的花儿的都"[28] 呀！上海是不容易有的！我所以虽向慕上海式的繁华，但也不舍我所在的白马湖的幽静。我爱白马湖的花木，我爱Ｓ家的盆栽——这其间有诗有画，我且说给你。一盆是小小的竹子，栽在方的小白石盆里；细细的干子疏疏的隔着，疏疏的叶子淡淡地撇着，更点缀上两三块小石头；颇有静远之意。上灯时，影子写在壁上，尤其清隽可亲。另一盆是棕竹，瘦削的干子亭亭地立着；下部是绿绿的，上部颇劲健地坼着几片长长的叶子，叶根有细极细极的棕丝网着。这像一个丰神俊朗而蓄着微须的少年。这种淡白的趣味，也自是天地间不可少的。

天地间还有一种不可少的趣味，也是简便易得到的，这是"谈天"。——普通话叫做"闲谈"；但我以"谈天"二字，更能说出那"闲旷"的味儿！傅孟真先生在《心气薄弱之中国人》一评里，引顾宁人的话，说南方之学者，"群居终日，言不及义"；北方之学者，"饱食终日，无所用心"。他说"到了现在已经二百多年了，这评语仍然是活泼泼的"[29]"谈天"大概也只能算"不及义"的言；纵有"及义"的时候，也只是偶然碰到，并非立意如此。若立意要"及义"，那便不是"谈天"而是"讲茶"了。"讲茶"也有"讲茶"的意思，但非我所要说。"终日言不及义"，诚哉是无益之事；而且岂不疲倦？"舌敝唇焦"，也未免"穷斯滥矣"！不过偶尔"茶余酒后"，"月白风清"，约两个密友，吸着烟卷儿，尝着时新果子，促膝谈心，随兴趣之所至。时而上天，时而入地，时而论书，时而评画，时而纵谈时局，品鉴人伦，时而剖析玄理，密诉衷曲……等到兴尽意阑，便各自回去睡觉；明早一觉醒来，再各奔前程，修持"胜业"，想也不致耽误的。或当公私交集，身心俱倦之后，约几个相知到公园里散散步，不愿散步时，便到绿荫下长椅上坐着；这时作无定向的谈话，也是极有意味的。至于"'辟克匿克'来江边"，那更非"谈天"不可！我想这种"谈天"，无论如何，总不能算是大过吧。人家说清谈亡了晋朝，我觉得这未免是栽赃的办法。请问晋人的清谈，谁为为之？孰令致之？——这且不说，我单觉得清谈也正是一种"生活之艺术"，只要有节制。有的如针尖的微触，有的如剪刀的一断；恰像吹皱一池春水，你的心便会这般这般了。"谈天"本不想求其有用，但有时也有大用；英哲洛克（Locke）的名著《人间悟性论》中述他著书之由——说有一日，与朋友们谈天，端绪愈引而愈远，不知所从来，也不知所届；他忽然惊异：人知的界限在何处呢？这便是他的大作最初的启示了。——这是我的一位先生亲口告诉我的。

我说海说天，上下古今谈了一番，自然仍不曾跳出我佛世尊——自己——的掌心，现在我还是偃旗息鼓，"回到自己的灵魂"[30] 吧。自己有今日的自己，有昨日的自己，有北京时的自己，有南京时的自己，有在父母怀抱中的自己……乃至一分钟有一个自己，一秒钟有一个自己。每一个自己无论大的，小的，都各提挈着一个世界，正如旅客带着一只手提箱一样。各个世界，各个自己之不相同，正如旅客手提箱里所装的东西之不同一样。各个自己与它所提挈的世界是一个大大的联环，决不能拆开的。譬如去年十月，我正仆仆于轮船火车之中。我现在回想那时的我，第一不能忘记的，是江浙战争；第二便是国庆。因战争而写来的父亲的岳父的信，一页页在眼前翻过；因战争而搬家的人，一阵阵在面前走过；眼看学校一日日挨下去，直到关门为止。念头忽然转弯：林纾死了，法朗士死了；国际联盟第五届大会也闭幕了！……正如水的涟漪一样，一圈一圈地尽管晕开去，可以至于非常之多。只区区一个月的我，所提挈的已这样多，则积了三百几十个月的我，所提挈的当有无穷！要算起账来，倒是"大笔头"[31] 呢！若有那样细心，再把月化为日，日化为时，时化为分秒，我的世界当更不了不了！这其间有吃的，有睡的，有玩的，有笑的，有哭的，有糊涂的，有聪明的……若能将它们陈列起来，必大有意思；若能影戏片似地将它们摇过去，那更有意思了！人总有念旧之情的。我的一个朋友回到母校作教师的时候，偶然在故纸堆中翻到他十四岁时投考该校的一张相片，便爱它如儿子。我们对于过去的自己，大都像嚼橄榄一样，总有些儿甜的。我们依着时光老人的导引，一步步去温寻已失的自己；这走的便是"忆之路"。在"忆之路"上愈走得远，愈是有味；因苦味渐已蒸散而甜味却还留着的缘故。最远的地方是"儿时"，在那里只有一味极淡极淡的甜；所以许多人都惦记着那里。这"忆之路"是颇长的，也是世界上一条大路。要成为一个自由的"世界民"，这条路不可不走走的。

我的把戏变完了——咳！多么贫呢！我总之羡慕齐天大圣；他虽也跳不出佛爷的掌心，但到底能翻十万八千里的筋斗，又有七十二变化的！

1925年5月9日。

注释

1. 无大不大:这是一句土话,"极大"之意。

2. "或飘"句见范缜语,用在此处,与他的原意不尽同。

3. "野马"句见《西还》158页。

4. "和猪"句见《阿丽思漫游奇境记》译本。

5. "倘若"句用周作人先生译文,见《自己的园地》181页。

6. "看世界面上":《金瓶梅》中的词语,此处只取其辞。

7. "换个丈夫吧":出自宋春舫译的《换个丈夫罢》,曾载《东方杂志》。

8. 行当:职业。

9. *Amicis*,亚米契斯(1846—1908),意大利作家。以上内容见该书译本第七卷。

10. "上天":刘半农《登香港太平山》诗中述他的"稚儿"的话:"今日啊爹,携我上天。"见《新青年》八卷二号。

11. "形在"句见《庄子》。

12. "换言"句见《最近物理学概观》44—45页。

13. "有结而无线的网":见罗素 A.B.C.of Atoms, P.L.

14. "还是"句大旨见 *Marvin: History of European Philosophy* 论 *New Realism* 节中;论共相处。据《哲学问题》译本第九章《共相的世界》。

15. 唐三藏经过三十六国:据《大唐三藏取经诗话》。

16. "时新旦角戏":《我们的六月》中补白的标题。

17. "一种"句见叶圣陶《泪的徘徊》中。

18. "猪八戒吃人参果":一句歇后语,意即食而不知其味也。

19. "诱惑状":意即新到书籍广告。

20. 画片集:摄影集,画片集中的作品,都是复制的。

21. "群羊":见《大风集》。

22. "夕云":《夕云》,见日本写真杂志 *Camera* 第 1 卷,1921 年版。

23. "五月雨":《五月雨》,见日本写真杂志 *Camera* 第 1 卷,1921 年版。

24. "现在与未来":见日本《写真界》6 卷 6 号。

25. 《跳舞》:《东方》19 卷 3 号。

26. 《夕潮》:平和纪念东京博览会美术馆出品。

27. 《花》:日本第八回"二科展览会"出品。

28. "香遍"句见俞平伯诗。

29. "到了"句见《新潮》1 卷 2 号。

30. "回到自己的灵魂":法朗士的话。

31. "大笔头":此是宁波方言,本系记账术语,"多"也;引申作"甚"之意。这里用作双关语。

导读

《"海阔天空"与"古今中外"》等几篇散文,选自朱自清的散文集《你我》。这部散文集于1936年3月由商务印书馆出版。共收1925年至1934年秋所作的29篇文章,分甲乙两辑,甲辑共13篇,除《自序》外本书全收;乙辑为书评序跋集,共16篇。

《"海阔天空"与"古今中外"》朱自清写于1925年5月9日。本文以作者同事讲课"我古今中外了一点钟"、"海阔天空!海阔天空"使作者"对生活的方法,触类旁通的思索一回"开篇。作者希望通过本文引发读者自我思索,去寻求适于自己的生活方法,去做有胸襟之人,也就是去做一个"海阔天空"与"古今中外"的人。

作者在阐述方法前,以人的自我、人的自知、人的自由作前导,用作者的话"'青山隐隐水迢迢'地逗着你玩儿!"岂知,不跋山,不涉水,如何见沿途美景,如何抵达理想彼岸?人要有自我。着重讲述了人因环境不同,致使视野不同,最终思想不同,每个人都是单独的个体,千差万别;勿求全,重融通;需具有观览宇宙、领悟自然的能力。

人要做到自知。"在这样的天地的全局里,地球已若一微尘,人更数不上了,只好算微尘之微尘吧!人是这样小,无怪乎只能在'自己'里绕圈儿。但是能知道'自己'的小,便是大了;最要紧是在小中求大!"

人要向往自由。"在有限中求无穷,便是我们所能有的自由。"如卢梭言:"人生而自由,却无往不在枷锁之中。"

"人生如万花筒,因时地的殊异,变化不穷,我们要能多方面的了解,多方面的感受,多方面的参加,才有真趣可言。"这句话正是作者经思索而得出的生活的方法。简言之:多了解,多感受,多参加。如此,势必塑造出有胸襟之人。而如何做到多了解,多感受,多参加呢?

首先从职业说起,作者写此文章时,教书5年,"我想我们这条生命原像一湾流水,可以随意变成种种的花样;现在却筑起了堰,截断它的流,使它怎能不变成浑淘淘呢?"他幻想尝试不同职业,获取不同感受,比如官员、商人、文职、资本家等,即使不能,那么与这"诸色人等"交朋友也不失一种妙方,各色朋友带来无穷生活乐趣。同时,多参与,"上海日本纱厂工人大罢工"、"我的学生和报馆打官司"都参与,80年前,朱自清就指出了人生重在参与。

另外,开阔胸襟,扩展视野的方法还有旅行,"旅行也是刷新自己的一帖清凉剂"。"所以我们主张:能够遍游全世界,将世界上的事事物物都放在脑筋里的炽炉中锻炼一过，然后才能成为一种正确的经验，才算有世界的眼光。"
游历中外、饱览自然人文。美好的计划无法实现，那么就来一个心的旅行吧，
心的旅行"不以表面的物质世界为限"，"也不以存在的世界为限"，以书籍做
心的旅行的向导，才能无际无涯，不断接近理想的境界。

　　文章后部分，作者还分述了画展、音乐会、古董店，谈天，这些雅致的情趣，
都在作者的"把戏"之列，"我单觉得清谈也正是一种'生活之艺术'，只要
有节制。有的如针尖的微触，有的如剪刀的一断；恰像吹皱一池春水，你的心
便会这般这般了"。怎么样？读过此文，透过作者那海阔天空的豪迈，古今中
外的通达，世事洞明的智慧，你是否找寻到适于自己的生活的方法？但愿如作
者所期，我们都能做一名有胸襟的人。

你 我

现在受过新式教育的人，见了无论生熟朋友，往往喜欢你我相称。这不是旧来的习惯而是外国语与翻译品的影响。这风气并未十分通行；一般社会还不愿意采纳这种办法——所谓粗人一向你呀我的，却当别论。有一位中等学校校长告诉人，一个旧学生去看他，左一个"你"，右一个"你"，仿佛用指头点着他鼻子，真有些受不了。在他想，只有长辈该称他"你"，只有太太和老朋友配称他"你"。够不上这个份儿，也来"你"呀"你"的，倒像对当差老妈子说话一般，岂不可恼！可不是，从前小说里"弟兄相呼，你我相称"，也得够上那份儿交情才成。而俗语说的"你我不错"，"你我还这样那样"，也是托熟的口气，指出彼此的依赖与信任。

同辈你我相称，言下只有你我两个，旁若无人；虽然十目所视，十手所指，视他们的，指他们的，管不着。杨震[1]在你我相对的时候，会想到你我之外的"天知地知"，真是一个玄远的托辞，亏他想得出。常人说话称你我，却只是你说给我，我说给你；别人听见也罢，不听见也罢，反正说话的一点儿没有想着他们那些不相干的。自然也有时候"取瑟而歌"，也有时候"指桑骂槐"，但那是话外的话或话里的话，论口气却只对着那一个"你"。这么着，一说你我，你我便从一群人里除外，单独地相对着。离群是可怕又可怜的，只要想想大野里的独行，黑夜里的独处就明白。你我既甘心离群，彼此便非难解难分不可；否则岂不要吃亏？难解难分就是亲昵；骨肉是亲昵，结交也是个亲昵，所以说只有长辈该称"你"，只有太太和老朋友配称"你"。你我相称者，你我相亲而已。然而我们对家里当差老妈子也称"你"，对街上的洋车夫也称"你"，却不是一个味儿。古来以"尔汝"为轻贱之称；就指的这一类。但轻贱与亲昵有时候也难分，譬如叫孩子为"狗儿"，叫情人为"心肝"，明明将人比物，却正是亲昵之至。而长辈称晚辈为"你"，也夹杂着这两种味道——那些亲谊疏远的称"你"，有时候简直毫无亲昵的意思，只显得辈分高罢了。大概轻贱与亲昵有一点相同；就是，都可以随随便便，甚至于动手动脚。

生人相见不称"你"。通称是"先生"，有带姓不带姓之分；不带姓好像来者是自己老师，特别客气，用得少些。北平人称"某爷"，"某几爷"，如"冯爷"，"吴二爷"，也是通称，可比"某先生"亲昵些。但不能单称"爷"，与"先生"不同。"先生"原是老师，"爷"却是"父亲"；尊人为师犹之可，尊人为父未免吃亏太甚。（听说前清的太监有称人为"爷"的时候，那是刑余之人，只算例外。）至于"老爷"，多一个"老"字，就不会与父亲相混，所以仆役用以单称他的主人，旧式太太用以单称她的丈夫。女的通称"小姐"，"太太"，"师母"，却都带姓；"太太"，"师母"更其如此。因为单称"太太"，自己似乎就是老爷，单称"师母"，自己似乎就是门生，所以非带姓不可。"太太"是北方的通称，南方人却嫌官僚气；"师母"是南方的通称，北方人却嫌头巾气。女人麻烦多，真是无法奈何。比"先生"亲近些是"某某先生"，"某某兄"，"某某"是号或名字；称"兄"取其仿佛一家人。再进一步就以号相称，同时也可称"你"。在正式的聚会里，有时候得称职衔，如"张部长"，"王经理"；也可以不带姓，和"先生"一样；偶尔还得加上一个"贵"字，如"贵公使"。下属对上司也得称职衔。但像科员等小脚色却不便称衔，只好屈居在"先生"一辈里。

仆役对主人称"老爷"，"太太"，或"先生"，"师母"；与同辈分别的，一律不带姓。他们在同一时期内大概只有一个老爷，太太，或先生，师母，是他们衣食的靠山；不带姓正所以表示只有这一对儿才是他们的主人。对于主人的客，却得一律带姓；即使主人的本家，也得带上号码儿，如"三老爷"，"五太太"。——大家庭用的人或两家合用的人例外。"先生"本可不带姓，"老爷"本是下对上的称呼，也常不带姓；女仆称"老爷"，虽和旧式太太称丈夫一样，但身份声调既然各别，也就不要紧。仆役称"师母"，决无门生之嫌，不怕尊敬过分；女仆称"太太"，毫无疑义，男仆称"太太"，与女仆称"老爷"同例。晚辈称长辈，有"爸爸"，"妈妈"，"伯伯"，"叔叔"等称。自家人和近亲不带姓，但有时候带号码儿；远亲和父执，母执，都带姓；干亲带"干"字，如"干娘"；父亲的盟兄弟，母亲的盟姊妹，有些人也以自家人论。

　　这种种称呼，按刘半农先生说，是"名词替代代词"，但也可说是他称替代对称。不称"你"而称"某先生"，是将分明对面的你变成一个别人；于是乎对你说的话，都不过是关于"他"的。这么着，你我间就有了适当的距离，彼此好提防着；生人间说话提防着些，没有错儿。再则一般人都可以称你"某先生"，我也跟着称"某先生"，正见得和他们一块儿，并没有单独挨近你身边去。所以"某先生"一来，就对面无你，旁边有人。这种替代法的效用，因所代的他称广狭而转移。譬如"某先生"，谁对谁都可称，用以代"你"，是十分"敬而远之"；又如"某部长"，只是僚属对同官与长官之称，"老爷"只是仆役对主人之称，敬意过于前者，远意却不及；至于"爸爸""妈妈"，只是弟兄姊妹对父母的称，不像前几个名字可以移用在别人身上，所以虽不用"你"，还觉得亲昵，但敬远的意味总免不了有一些；在老人家前头要像在太太或老朋友前头那么自由自在，到底是办不到的。

　　北方话里有个"您"字，是"你"的尊称，不论亲疏贵贱全可用，方便之至。这个字比那拐弯抹角的替代法干脆多了，只是南方人听不进去，他们觉得和"你"也差不多少。这个字本是闭口音，指众数；"你们"两字就从此出。南方人多用"你们"代"你"。用众数表尊称，原是语言常例。指的既非一个，你旁边便仿佛还有些别人和你亲近的，与说话的相对着；说话的天然不敢侵犯你，也不敢妄想亲近你。这也还是个"敬而远之"。湖北人尊称人为"你家"，"家"字也表众数，如"人家""大家"可见。

　　此外还有个方便的法子，就是利用呼位，将他称与对称拉在一块儿。说话的时候先叫声"某先生"或别的，接着再说"你怎样怎样"；这么着好像"你"字儿都是对你以外的"某先生"说的，你自己就不会觉得唐突了。这个办法上下一律通行。在上海，有些不三不四的人问路，常叫一声"朋友"，再说"你"；北平老妈子彼此说话，也常叫声"某姐"，再"你"下去——她们觉得这么称呼倒比说"您"亲昵些。但若说"这是兄弟你的事"，"这是他爸爸你的责任"，"兄弟""你"，"他爸爸""你"简直连成一串儿，与用呼位的大不一样。这种口气只能用于亲近的人。第一例的他称意在加重全句的力量，表示虽与你亲如弟兄，这件事却得你自己办，不能推给别人。第二例因"他"而及"你"，用他称意在提醒你的身份，也是加重那个句子；

好像说你我虽亲近，这件事却该由做他爸爸的你，而不由做自己的朋友的你负责任；所以也不能推给别人。又有对称在前他称在后的；但除了"你先生"，"你老兄"还有敬远之意以外，别的如"你太太"，"你小姐"，"你张三"，"你这个人"，"你这家伙"，"你这位先生"，"你这该死的"，"你这没良心的东西"，却都是些亲口埋怨或破口大骂的话。"你先生"，"你老兄"的"你"不重读，别的"你"都是重读的。"你张三"直呼姓名，好像听话的是个远哉遥遥的生人，因为只有毫无关系的人，才能直呼姓名；可是加上"你"字，却变了亲昵与轻贱两可之间。近指形容词"这"，加上量词"个"成为"这个"，都兼指人与物；说"这个人"和说"这个碟子"，一样地带些无视的神气在指点着。加上"该死的"，"没良心的"，"家伙"，"东西"，无视的神气更足。只有"你这位先生"稍稍客气些；不但因为那"先生"，并且因为那量词"位"字。"位"指"地位"，用以称人，指那有某种地位的，就与常人有别。至于"你老"，"你老人家"，"老人家"是众数，"老"是敬辞——老人常受人尊重。但"你老"用得少些。

最后还有省去对称的办法，却并不如文法书里所说，只限于祈使语气，也不限于上辈对下辈的问语或答语，或熟人间偶然的问答语：如"去吗"，"不去"之类。有人曾遇见一位颇有名望的省议会议长，随意谈天儿。那议长的说话老是这样的：

> 去过北京吗？
>
> 在那儿住？
>
> 觉得北京怎么样？
>
> 几时回来的？

始终没有用一个对称，也没有用一个呼位的他称，仿佛说到一个不知是谁的人。那听话的觉得自己没有了，只看见俨然的议长。可是偶然要敷衍一两句话，而忘了对面人的姓，单称"先生"又觉不值得的时候，这么办却也可以救眼前之急。

生人相见也不多称"我"。但是单称"我"只不过傲慢，仿佛有点儿瞧不起人，却没有那过分亲昵的味儿，与称你我的时候不一样。所以自称比对称麻烦少些。若是不随便称"你","我"字尽可麻麻糊糊通用；不过要留心声调与姿态，别显出拍胸脯指鼻尖的神儿。若是还要谨慎些，在北京可以说"咱"，说"俺"，在南方可以说"我们"；"咱"和"俺"原来也都是闭口音，与"我们"同是众数。自称用众数，表示听话的也在内，"我"说话，像是你和我或你我他联合宣言；这么着，我的责任就有人分担，谁也不能说我自以为是了。也有说"自己"的，如"只怪自己不好"，"自己没主意，怨谁！"但同样的句子用来指你我也成。至于说"我自己"，那却是加重的语气，与这个不同。又有说"某人"，"某某人"的；如张三说，"他们老疑心这是某人做的，其实我一点也不知道。"这个"某人"就是张三，但得随手用"我"字点明。若说"张某人岂是那样的人！"却容易明白。又有说"人"，"别人"，"人家"，"别人家"的；如，"这可叫人怎么办？""也不管人家死活。"指你我也成。这些都是用他称（单数与众数）替代自称，将自己说成别人；但都不是明确的替代，要靠上下文，加上声调姿态，才能显出作用，不像替代对称那样。而其中如"自己"，"某人"，能替代"我"的时候也不多，可见自称在我的关系多，在人的关系少，老老实实用"我"字也无妨；所以历来并不十分费心思去找替代的名词。

演说称"兄弟"，"鄙人"，"个人"或自己名字，会议称"本席"，也是他称替代自称，却一听就明白。因为这几个名词，除"兄弟"代"我"，平常谈话里还偶然用得着之外，别的差不多都已成了向公众说话专用的自称。"兄弟"，"鄙人"全是谦词，"兄弟"亲昵些；"个人"就是"自己"；称名字不带姓，好像对尊长说话。——称名字的还有仆役与幼儿。仆役称名字兼带姓，如"张顺不敢"。幼儿自称乳名，却因为自我观念还未十分发达，听见人家称自己乳名，也就如法炮制，可教大人听着乐，为的是"像煞有介事"。——"本席"指"本席的人"，原来也该是谦称；但以此自称的人往往有一种诡诡然[2]的声调姿态，所以反觉得傲慢了。这大约是"本"字作怪，从"本总司令"到"本县长"，虽也是以他称替代自称，可都是告诫下属的口气，意在显出自己的身份，让他们知所敬畏。这种自称用的机会却不多。对同辈也偶然有要自称职衔的时候，可不用"本"字而用"敝"字。但"司令"可"敝"，"县长"可"敝"，"人"却"敝"不得；"敝人"是凉薄之人，自己骂得未免太苦了些。同辈间也可用"本"字，是在开玩笑的当儿，如"本科员"，"本书记"，"本教员"，取其气昂昂的，有俯视一切的样子。

他称比"我"更显得傲慢的还有；如"老子"，"咱老子"，"大爷我"，"我某几爷"，"我某某某"。老子本非同辈相称之词，虽然加上众数的"咱"，似乎只是壮声威，并不为的分责任。"大爷"，"某几爷"也都是尊称，加在"我"上，是增加"我"的气焰的。对同辈自称姓名，表示自己完全是个无关系的陌生人；本不如此，偏取了如此态度，将听话的远远地推开去，再加上"我"，更是神气。这些"我"字都是重读的。但除了"我某某某"，那几个别的称呼大概是丘八流氓用得多。他称也有比"我"显得亲昵的。如对儿女自称"爸爸"，"妈"，说"爸爸疼你"，"妈在这儿，别害怕"。对他们称"我"的太多了，对他们称"爸爸"，"妈"的却只有两个人，他们最亲昵的两个人。所以他们听起来，"爸爸"，"妈"比"我"鲜明得多。幼儿更是这样；他们既然还不甚懂得什么是"我"，用"爸爸"，"妈"就更要鲜明些。听了这两个名字，不用捉摸，立刻知道是谁而得着安慰；特别在他们正专心一件事或者快要睡觉的时候。若加上"你"，说"你爸爸""你妈"，没有"我"，只有"你的"，让大些的孩子听了，亲昵的意味更多。对同辈自称"老某"，如"老张"，或"兄弟我"，如"交给兄弟我办吧，没错儿"，也是亲昵的口气。"老某"本是称人之词。单称姓，表示彼此非常之熟，一提到姓就会想起你，再不用别的；同姓的虽然无数，而提到这一姓，却偏偏只想起你。"老"字本是敬辞，但平常说笑惯了的人，忽然敬他一下，只是惊他以取乐罢了；姓上加"老"字，原来怕不过是个玩笑，正和"你老先生"，"你老人家"有时候用作滑稽的敬语一种。日子久了，不觉得，反变成"熟得很"的意思。于是自称"老张"，就是"你熟得很的张"，不用说，顶亲昵的。"我"在"兄弟"之下，指的是做兄弟的"我"，当然比平常的"我"客气些；但既有他称，还用自称，特别着重那个"我"，多少免不了自负的味儿。这个"我"字也是重读的。用"兄弟我"的也以江湖气的人为多。自称常可省去；或因叙述的方便，或因答语的方便，或因避免那傲慢的字。

"他"字也须因人而施，不能随便用。先得看"他"在不在旁边儿。还得看"他"与说话的和听话的关系如何——是长辈，同辈，晚辈，还是不相干的，不相识的？北平有个"怹"[3]字，用以指在旁边的别人与不在旁边的尊长；别人既在旁边听着，用个敬词，自然合式些。这个字本来也是闭口音，与"您"字同是众数，是"他们"所从出。可是不常听见人说；常说的还是"某先生"。也有称职衔，行业，身份，行次，姓名号的。"他"和"你""我"情形不同，在旁边的还可指认，不在旁边的必得有个前词才明白。前词也不外乎这五样儿。职衔如"部长"，"经理"。行业如店主叫"掌柜的"，手艺人叫"某师傅"，是通称；做衣服的叫"裁缝"，做饭的叫"厨子"，是特称。身份如妻称夫为"六斤的爸爸"，洋车夫称坐车人为"坐儿"，主人称女仆为"张妈"，"李嫂"。——"妈"，"嫂"，"师傅"都是尊长之称，却用于既非尊长，又非同辈的人，也许称"张妈"是借用自己孩子们的口气，称"师傅"是借用他徒弟的口气，只有称"嫂"才是自己的口气，用意都是要亲昵些。借用别人口气表示亲昵的，如媳妇跟着他孩子称婆婆为"奶奶"，自己矮下一辈儿；又如跟着熟朋友用同样的称呼称他亲戚，如"舅母"，"外婆"等，自己近走一步儿；只有"爸爸"，"妈"，假借得极少。对于地位同的既可如此假借，对于地位低的当然更可随便些；反正谁也明白，这些不过说得好听罢了。——行次如称朋友或儿女用"老大"，"老二"；称男仆也常用"张二"，"李三"。称号在亲子间，夫妇间，朋友间最多，近亲与师长也常这么称。称姓名往往是不相干的人。有一回政府不让报上直称当局姓名，说应该称衔带姓，想来就是恨这个不相干的劲儿。又有指点似地说"这个人""那个人"的，本是疏远或轻贱之称。可是有时候不愿，不便，或不好意思说出一个人的身份或姓名，也用"那个人"；这里头却有很亲昵的，如要好的男人或女人，都可称"那个人"。至于"这东西"，"这家伙"，"那小子"，是更进一步；爱憎同辞，只看怎么说出。又有用泛称的，如"别怪人"，"别怪人家"，"一个人别太不知足"，"人到底是人"。但既是泛称，指你我也未尝不可。又有用虚称的，如"他说某人不好，某人不好"；"某人"虽确有其人，却不定是谁，而两个"某人"所指也非一人。还有"有人"就是"或人"。用这个称呼有四种意思：一是不知其人，如"听说有人译这本书"。二是知其人而不愿明言，如"有人说怎样怎样"，这个人许是个大人物，自己不愿举出他的名字，以免矜夸之嫌。这个人许是个不甚知名的脚色，提起来听话的未必知道，乐得不提省事。又如"有人说你的闲话"，却大大不同。三是知其人而不屑明言，如"有人在一家报纸上骂我"。四是其人或他的关系人就在一旁，故意"使子闻之"；如，"有人不乐意，我知道。""我知道，有人恨我，我不怕。"——这么着简直是挑战的态度了。又有前词与"他"字连文的，如"你爸爸他辛苦了一辈子，真是何苦来?"是加重的语气。

亲近的及不在旁边的人才用"他"字；但这个字可带有指点的神儿，仿佛说到的就在眼前一样。自然有些古怪，在眼前的尽管用"您"或别的向远处推；不在的却又向近处拉。其实推是为说到的人听着痛快；他既在一旁，听话的当然看得亲切，口头上虽向远处推无妨。拉却是为听话人听着亲切，让他听而如见。因此"他"字虽指你我以外的别人，也有亲昵与轻贱两种情调，并不含含糊糊地"等量齐观"。最亲昵的"他"，用不着前词；如流行甚广的"看见她"歌谣里的"她"字——一个多情多义的"她"字。这还是在眼前的。新婚少妇谈到不在眼前的丈夫，也往往没头没脑地说"他如何如何"，一面还红着脸儿。但如"管他，你走你的好了"，"他——他只比死人多口气"，就是轻贱的"他"了。不过这种轻贱的神儿若"他"不在一旁却只能从上下文看出；不像说"你"的时候永远可以从听话的一边直接看出。"他"字除人以外，也能用在别的生物及无生物身上；但只在孩子们的话里如此。指猫指狗用"他"是常事；指桌椅指树木也有用"他"的时候。譬如孩子让椅子绊了一交，哇的哭了；大人可以将椅子打一下，说"别哭。是他不好。我打他"。孩子真会相信，回嗔作喜，甚至于也捏着小拳头帮着捶两下。孩子想着什么都是活的，所以随随便便地"他"呀"他"的，大人可就不成。大人说"他"，十回九回指人；别的只称名字，或说"这个"，"那个"，"这东西"，"这件事"，"那种道理"。但也有例外，像"听他去吧"，"管他成不成，我就是这么办"。这种"他"有时候指事不指人。还有个"彼"字，口语里已废而不用，除了说"不分彼此"，"彼此都是一样"。这个"彼"字不是"他"而是与"这个"相对的"那个"，已经在"人称"之外。"他"字不能省略，一省就与你我相混；只除了在直截的答语里。

代词的三称都可用名词替代，三称的单数都可用众数替代，作用是"敬而远之"。但三称还可互代；如"大难临头，不分你我"，"他们你看我，我看你，一句话不说"，"你""我"就是"彼""此"。又如"此公人弃我取"，"我"是"自己"。又如论别人，"其实你去不去与人无干，我们只是尽朋友之道罢了。""你"实指"他"而言。因为要说得活灵活现，才将三人间变为二人间，让听话的更觉得亲切些。意思既指别人，所以直呼"你""我"，无需避忌。这都以自称对称替代他称。又如自己责备自己说："咳，你真糊涂！"这是化一身为两人。又如批评别人，"凭你说干了嘴唇皮，他听你一句才怪！""你"就是"我"，是让你设身处地替自己想。又如，"你只管不动声色地干下去，他们知道我怎么办？""我"就是"你"；是自己设身处地替对面人想。这都是着急的口气：我的事要你设想，让你同情我；你的事我代设想，让你亲信我。可不一定亲昵，只在说话当时见得彼此十二分关切就是了。只有"他"字，却不能替代"你""我"，因为那么着反把话说远了。

众数指的是一人与一人，一人与众人，或众人与众人，彼此间距离本远，避忌较少。但是也有分别；名词替代，还用得着。如"各位"，"诸位"，"诸位先生"，都是"你们"的敬词；"各位"是逐指，虽非众数而作用相同。代词名词连文，也用得着。如"你们这些人"，"你们这班东西"，轻重不一样，却都是责备的口吻。又如发牢骚的时候不说"我们"而说"这些人"，"我们这些人"，表示多多少少，是与众不同的人。但替代"我们"的名词似乎没有。又如不说"他们"而说"人家"，"那些位"，"这班东西"，"那班东西"，或"他们这些人"。三称众数的对峙，不像单数那样明白的鼎足而三。"我们"，"你们"，"他们"相对的时候并不多；说"我们"，常只与"你们"，"他们"二者之一相对着。这儿的"你们"包括"他们"，"他们"也包括"你们"；所以说"我们"的时候，实在只有两边儿。所谓"你们"，有时候不必全都对面，只是与对面的在某些点上相似的人；所谓"我们"，也不一定全在身旁，只是与说话的在某些点上相似的人。所以"你们"，"我们"之中，都有"他们"在内。"他们"之近于"你们"的，就收编在"你们"里；"他们"之近于"我们"的，就收编在"我们"里；于是"他们"就没有了。"我们"与"你们"也有相似的时候，"我们"可以包括"你们"，"你们"就没有了；只剩下"他们"和"我们"相对着。演说的时候，对听众可以说"你们"，也可以说"我们"。说"你们"显得自己高出他们之上，在教训着；说"我们"，自己就只在他们之中，在彼此勉励着。听众无疑地是愿意听"我们"的。只有"我们"，永远存在，不会让人家收编了去；因为没有"我们"，就没有了说话的人。"我们"包罗最广，可以指全人类，而与一切生物无生物对峙着。"你们"，"他们"都只能指人类的一部分；而"他们"除了特别情形，只能指不在眼前的人，所以更狭窄些。

北平自称的众数有"咱们"，"我们"两个。第一个发现这两个自称的分别的是赵元任先生。他在《阿丽思漫游奇境记》的凡例里说：

> "咱们"是对他们说的，听话的人也在内的。
> "我们"是对你们或他们说的，听话的人不在内的。

赵先生的意思也许说，"我们"是对你们或（你们和）他们说的。这么着"咱们"就收编了"你们"，"我们"就收编了"他们"——不能收编的时候，"我们"就与"你们"，"他们"成鼎足之势。这个分别并非必需，但有了也好玩儿；因为说"咱们"亲昵些，说"我们"疏远些，又多一个花样。北平还有个"俩"字，只能两个，"咱们俩"，"你们俩"，"他们俩"，无非显得两个人更亲昵些；不带"们"字也成。还有"大家"是同辈相称或上称下之词，可用在"我们"，"你们"，"他们"之下。单用是所有相关的人都在内；加"我们"拉得近些，加"你们"推得远些，加"他们"更远些。至于"诸位大家"，当然是个笑话。

代词三称的领位，也不能随随便便的。生人间还是得用替代，如称自己丈夫为"我们老爷"，称朋友夫人为"你们太太"，称别人父亲为"某先生的父亲"。但向来还有一种简便的尊称与谦称，如"令尊"，"令堂"，"尊夫人"，"令弟"，"令郎"，以及"家父"，"家母"，"内人"，"舍弟"，"小儿"等等。"令"字用得最广，不拘那一辈儿都加得上，"尊"字太重，用处就少；"家"字只用于长辈同辈，"舍"字，"小"字只用于晚辈。熟人也有用通称而省去领位的，如自称父母为"老人家"，——长辈对晚辈说他父母，也这么称——称朋友家里人为"老太爷"，"老太太"，"太太"，"少爷"，"小姐"；可是没有称人家丈夫为"老爷"或"先生"的，只能称"某先生"，"你们先生"。此外有称"老伯"，"伯母"，"尊夫人"的，为的亲昵些；所省去的却非"你的"而是"我的"。更熟的人可称"我父亲"，"我弟弟"，"你学生"，"你姑娘"，却并不大用"的"字。"我的"往往只用于呼位：如"我的妈呀！""我的儿呀！""我的天呀！"被领位若不是人而是事物，却可随便些。"的"字还用于独用的领位，如"你的就是我的"，"去他的"。领位有了"的"字，显得特别亲昵似的。也许"的"字是齐齿音，听了觉得挨挤着，紧缩着，才有此感。平常领位，所领的若是人，而也用"的"字，就好像有些过火；"我的朋友"差不多成了一句嘲讽的话，一半怕就是为了那个"的"字。众数的领位也少用"的"字。其实真正众数的领位用的机会也少；用的大多是替代单数的。"我家"，"你家"，"他家"有时候也可当众数的领位用，如"你家孩子真懂事"，"你家厨子走了"，"我家运气不好"。北平还有一种特别称呼，也是关于自称领位的。譬如女的向人说："你兄弟这样长那样短。""你兄弟"却是她丈夫；男的向人说："你侄儿这样短，那样长。""你侄儿"却是他儿子。这也算对称替代自称，可是大规模的；用意可以说是"敬而近之"。因为"近"，才直称"你"。被领位若是事物，领位除可用替代外，也有用"尊"字的，如"尊行"（行次），"尊寓"，但少极；带滑稽味而上"尊"号的却多，如"尊口"，"尊须"，"尊靴"，"尊帽"等等。

外国的影响引我们抄近路，只用"你"，"我"，"他"，"我们"，"你们"，"他们"，倒也是干脆的办法；好在声调姿态变化是无穷的。"他"分为三，在纸上也还有用，口头上却用不着；读"她"为"I"，"它"或"牠"为"□□"，大可不必，也行不开去。"它"或"牠"用得也太洋味儿，真彆扭，有些实在可用"这个""那个"。再说代词用得太多，好些重复是不必要的；而领位"的"字也用得太滥点儿[4]。

1933年8月25日作。

（原载1933年10月10日《文学》第1卷第4号）

注释

1. 杨震（59—124），字伯起，东汉弘农华阴人。他出身名门，八世祖杨喜，在汉高祖时因诛杀项羽有功，被封为"赤泉侯"。高祖杨敞，汉昭帝时为丞相，因功被封安平侯。

2. 诩诩然：形容扬扬得意。"[妻]与妾讪其良人同，而相泣于中庭，而良人未之知

也，施施从外来，骄其妻妾。"——《孟子·离娄下》

3. 您（tān）：方言，"他"的敬称。

4. 二十二年暑中看《马氏文通》，杨遇夫先生《高等国文法》，刘半农先生《中国文法讲话》，胡适之先生《文存》里的《尔汝篇》，对于人称代名词有些不成系统的意见，略加整理，写成此篇。但所论只现代口语所用为限，作文写信用的，以及念古书时所遇见的，都不在内。

导读

《你我》写于1933年8月25日，是朱自清议论汉语的人称的一篇文字，写得妙趣横生。你我他，三种人称，但放到具体情境中，称谓复杂多样，各有各的讲究，各有各的侧重。《你我》一文，朱自清对三种人称口语用法进行了详尽细致的说明，透过这不同的称谓，可以看出，作者对生活现象观察深入细致，并善于归纳总结。中国，是具有悠久历史的文明古国，各种称谓，代代相传并不断演变，但一条准则恒定不变，那就是称谓中随处可见的长幼尊卑、礼义廉耻。

作者开篇一句："现在受过新式教育的人，见了无论生熟朋友，往往喜欢你我相称。"这一句当中，让我们了解到当时，在新旧思想碰撞交织的过程中，人们渐渐开始抛弃繁文缛节，追求个性解放、思想解放——自由、民主、平等。文章分别从你、我、他三种人称，从单数到众数，从同辈、主仆、生熟等不同方面举例详述国人的口语习惯，以及不同称呼间所体现出的人与人之间距离的差异、亲疏的不同。比如尊称：您、贵、令、爷，这类称谓拉大了人与人之间的距离，但提升讲话者对听者的尊重；谦：敝人、家父、舍弟、小儿，这类称谓放低了自己的调子，同样达到对听者尊敬的效用。

口语，也是文化传播众多方式的一种，人与人之间的沟通，开口前必有称呼，所以，口语称谓也是中国历史文化中的一个组成部分，在国际融通、世界一体的大潮流当中，中国人的口语称谓也在不断改变，慢慢简化为单一的三种单复数形式，简单明了。而传统文化中这种人称的细分，讲话的方式，在多年以后，要么仅存于民间，要么或许只有到朱自清先生的文章中才可寻到。

给亡妇

　　谦，日子真快，一眨眼你已经死了三个年头了。这三年里世事不知变化了多少回，但你未必注意这些个，我知道。你第一惦记的是你几个孩子，第二便轮着我。孩子和我平分你的世界，你在日如此；你死后若还有知，想来还如此的。告诉你，我夏天回家来着：迈儿长得结实极了，比我高一个头。闰儿父亲说是最乖，可是没有先前胖了。采芷和转子都好。五儿全家夸她长得好看；却在腿上生了湿疮，整天坐在竹床上不能下来，看了怪可怜的。六儿，我怎么说好，你明白，你临终时也和母亲谈过，这孩子是只可以养着玩儿的，他左挨右挨去年春天，到底没有挨过去。这孩子生了几个月，你的肺病就重起来了。我劝你少亲近他，只监督着老妈子照管就行。你总是忍不住，一会儿提，一会儿抱的。可是你病中为他操的那一份儿心也够瞧的。那一个夏天他病的时候多，你成天儿忙着，汤呀，药呀，冷呀，暖呀，连觉也没有好好儿睡过。那里有一分一毫想着你自己。瞧着他硬朗点儿你就乐，干枯的笑容在黄蜡般的脸上，我只有暗中叹气而已。

　　从来想不到做母亲的要像你这样。从迈儿起，你总是自己喂乳，一连四个都这样。你起初不知道按钟点儿喂，后来知道了，却又弄不惯；孩子们每夜里几次将你哭醒了，特别是闷热的夏季。我瞧你的觉老没睡足。白天里还得做菜，照料孩子，很少得空儿。你的身子本来坏，四个孩子就累你七八年。到了第五个，你自己实在不成了，又没乳，只好自己喂奶粉，另雇老妈子[1]专管她。但孩子跟老妈子睡，你就没有放过心；夜里一听见哭，就竖起耳朵听，工夫一大就得过去看。十六年初，和你到北京来，将迈儿，转子留在家里；三年多还不能去接他们，可真把你惦记苦了。你并不常提，我却明白。你后来说你的病就是惦记出来的；那个自然也有份儿，不过大半还是养育孩子累的。你的短短的十二年结婚生活，有十一年耗费在孩子们身上；而你一点不厌倦，有多少力量用多少，一直到自己毁灭为止。你对孩子一般儿爱，不问男的女的，大的小的。也不想到什么"养儿防老，积谷防饥"，只拼命的爱去。你对于教育老实说有些外行，孩子们只要吃得好玩得好就成了。这也难怪你，你自己便是这样长大的。况且孩子们原都还小，吃和玩本来也要紧的。你病重的时候最放不下的还是孩子。病的只剩皮包着骨头了，总不信自己不会好；老说："我死了，这一大群孩子可苦了。"后来说送你回家，你想着可以看见迈儿和转子，也愿意；你万不想到会一走不返的。我送车的时候，你忍不住哭了，说："还不知能不能再见？"可怜，你的心我知道，你满想着好好儿带着六个孩子回来见我的。谦，你那时一定这样想，一定的。

除了孩子，你心里只有我。不错，那时你父亲还在；可是你母亲死了，他另有个女人，你老早就觉得隔了一层似的。出嫁后第一年你虽还一心一意依恋着他老人家，到第二年上我和孩子可就将你的心占住，你再没有多少工夫惦记他了。你还记得第一年我在北京，你在家里。家里来信说你待不住，常回娘家去。我动气了，马上写信责备你。你教人写了一封覆信[2]，说家里有事，不能不回去。这是你第一次也可以说第末次的抗议，我从此就没给你写信。暑假时带了一肚子主意回去，但见了面，看你一脸笑，也就拉倒了。打这时候起，你渐渐从你父亲的怀里跑到我这儿。你换了金镯子帮助我的学费，叫我以后还你；但直到你死，我没有还你。你在我家受了许多气，又因为我家的缘故受你家里的气，你都忍着。这全为的是我，我知道。那回我从家乡一个中学半途辞职出走。家里人讽你也走。哪里走！只得硬着头皮往你家去。那时你家像个冰窖子，你们在窖里足足住了三个月。好容易我才将你们领出来了，一同上外省去。小家庭这样组织起来了。你虽不是什么阔小姐，可也是自小娇生惯养的，做起主妇来，什么都得干一两手；你居然做下去了，而且高高兴兴地做下去了。菜照例满是你做，可是吃的都是我们；你至多夹上两三筷子就算了。你的菜做得不坏，有一位老在行大大地夸奖过你。你洗衣服也不错，夏天我的绸大褂大概总是你亲自动手。你在家老不乐意闲着；坐前几个"月子"，老是四五天就起床，说是躺着家里事没条没理的。其实你起来也还不是没条理；咱们家那么多孩子，哪儿来条理？在浙江住的时候，逃过两回兵难，我都在北平。真亏你领着母亲和一群孩子东藏西躲的；末一回还要走多少里路，翻一道大岭。这两回差不多只靠你一个人。你不但带了母亲和孩子们，还带了我一箱箱的书；你知道我是最爱书的。在短短的十二年里，你操的心比人家一辈子还多；谦，你那样身子怎么经得住！你将我的责任一股脑儿担负了去，压死了你；我如何对得起你！

你为我的劳什子书也费了不少神；第一回让你父亲的男佣人从家乡捎到上海去。他说了几句闲话，你气得在你父亲面前哭了。第二回是带着逃难，别人都说你傻子。你有你的想头："没有书怎么教书？况且他又爱这个玩意儿。"其实你没有晓得，那些书丢了也并不可惜；不过教你怎么晓得，我平常从来没和你谈过这些个！总而言之，你的心是可感谢的。这十二年里你为我吃的苦真不少，可是没有过几天好日子。我们在一起住，算来也还不到五个年头。无论日子怎么坏，无论是离是合，你从来没对我发过脾气，连一句怨言也没有。——别说怨我，就是怨命也没有过。老实说，我的脾气可不大好，迁怒的事儿有的是。那些时候你往往抽噎着流眼泪，从不回嘴，也不号啕³。不过我也只信得过你一个人，有些话我只和你一个人说，因为世界上只你一个人真关心我，真同情我。你不但为我吃苦，更为我分苦；我之有我现在的精神，大半是你给我培养着的。这些年来我很少生病。但我最不耐烦生病，生了病就呻吟不绝，闹那伺候病的人。你是领教过一回的，那回只一两点钟，可是也够麻烦了。你常生病，却总不开口，挣扎着起来；一来怕搅我，二来怕没人做你那份儿事。我有一个坏脾气，怕听人生病，也是真的。后来你天天发烧，自己还以为南方带来的疟疾⁴，一直瞒着我。明明躺着，听见我的脚步，一骨碌就坐起来。我渐渐有些奇怪，让大夫一瞧，这可糟了，你的一个肺已烂了一个大窟窿了！大夫劝你到西山去静养，你丢不下孩子，又舍不得钱；劝你在家里躺着，你也丢不下那份儿家务。越看越不行了，这才送你回去。明知凶多吉少，想不到只一个月工夫你就完了！本来盼望还见得着你，这一来可拉倒了。你也何尝想到这个？父亲告诉我，你回家独住着一所小住宅，还嫌没有客厅，怕我回去不便哪。

前年夏天回家，上你坟上去了。你睡在祖父母的下首，想来还不孤单的。只是当年祖父母的坟太小了，你正睡在圹底下。这叫做"抗圹"，在生人看来是不安心的；等着想办法哪。那时圹上圹下密密地长着青草，朝露浸湿了我的布鞋。你刚埋了半年多，只有圹下多出一块土，别的全然看不出新坟的样子。我和隐今夏回去，本想到你的坟上来；因为她病了没来成。

我们想告诉你，五个孩子都好，我们一定尽心教养他们，让他们对得起死了的母亲——你！谦，好好儿放心安睡吧，你。

1932年10月11日作。

（原载1933年1月1日《东方杂志》第30卷第1号）

注释

1. 老妈子：旧指岁数较大的女仆。
2. 覆信：同复信，回信。
3. 号啕（háo táo）：放声大哭。
4. 疟疾（nüè jí）：以疟蚊为媒介，由疟原虫引起的周期性发作的急性传染病。

导读

　　《给亡妇》是朱自清写给妻子武仲谦的祭文，此文写于武仲谦去世3年，朱自清娶了第二任妻子陈竹隐新婚3个月之际。武仲谦19岁与朱自清结婚，婚后12年间，育有三儿三女。作者采用书信格式，质朴平实的语言，层层递进的文章结构，写就了此篇感人至深的文章。一个单字"谦"的呼唤，唤出多少内心的思念。作者在轻声细语中，吐露无限深情，加之殷殷悔意。"你第一惦记的是你几个孩子，第二便轮着我。孩子和我平分你的世界，你在日如此；你死后若还有知，想来还如此的。"妻子生前的世界，无我，只有孩子及丈夫，仅这一句话，慈母贤妻的形象立刻浮现于读者眼前。"你的短短的十二年结婚生活，有十一年耗费在孩子们身上；而你一点不厌倦，有多少力量用多少，一直到自己毁灭为止。"12年间，生养了6个孩子，到第五个孩子时就没了奶水，身体渐被累垮，最小孩子出世后，妻子便得了肺病，早早离世，孩子早夭。作者写作过程中毫不回避，深深自责：对妻子常回娘家的责问，对妻儿照顾不周，妻子独担家庭重任，妻儿辛苦逃难还不忘作者的书，这所有的具体事件中都体现了妻子那颗宽厚善解人意的心。

　　妻子所有的付出，作者历历在心，真真切切。文中作者写到"不过我也只信得过你一个人，有些话我只和你一个人说，因为世界上只你一个人真关心我，真同情我。"这是一种真正的理解，也是一种明朗朗的真爱，或是因了作者心念如此，其妻感念如此，毫无私心，拼命去爱。"谦，你那样身子怎么经得住！你将我的责任一股脑儿担负了去，压死了你；我如何对得起你！"朱自清追忆往事悔不堪言。不免让人感叹，给了作者如此好的妻子，却又过早将两人各置生死。所有的叙述情深意绵，语言朴实无华。或许正是那句"平平淡淡才是真"，动人之处就在于一个真字。

作者借事抒情，交代了孩子，回忆了妻子对自己的爱，细琐小事，累积厚厚真情，叹过了，悔过了，"我们想告诉你，五个孩子都好，我们一定尽心教养他们，让他们对得起死了的母亲——你！谦，好好儿放心安睡吧，你"。朱自清在悔恨和眷念中，承诺了对孩子的教育，承诺了愿在孩子身上延续自己的爱与期望，回报当年妻子的付出。全文至此，真情直抵人心，催人泪下。

南　京

南京是值得留连的地方，虽然我只是来来去去，而且又都在夏天。也想夸说夸说，可惜知道的太少；现在所写的，只是一个旅行人的印象罢了。

逛南京像逛古董铺子，到处都有些时代侵蚀的遗痕。你可以摩挲[1]，可以凭吊，可以悠然遐想；想到六朝的兴废，王谢的风流，秦淮的艳迹。这些也许只是老调子，不过经过自家一番体贴，便不同了。所以我劝你上鸡鸣寺去，最好选一个微雨天或月夜。在朦胧里，才酝酿着那一缕幽幽的古味。你坐在一排明窗的豁蒙楼上，吃一碗茶，看面前苍然蜿蜒着的台城。台城外明净荒寒的玄武湖就像大涤子的画。豁蒙楼一排窗子安排得最有心思，让你看的一点不多，一点不少。寺后有一口灌园的井，可不是那陈后主和张丽华躲在一堆儿的"胭脂井"。那口胭脂井不在路边，得破费点工夫寻觅。井栏也不在井上；要看，得老远地上明故宫遗址的古物保存所去。

从寺后的园地，拣着路上台城；没有垛子，真像平台一样。踏在茸茸的草上，说不出的静。夏天白昼有成群的黑蝴蝶，在微风里飞；这些黑蝴蝶上下旋转地飞，远看像一根粗的圆柱子。城上可以望南京的每一角。这时候若有个熟悉历代形势的人，给你指点，隋兵是从这角进来的，湘军是从那角进来的，你可以想象异样装束的队伍，打着异样的旗帜，拿着异样的武器，汹汹涌涌地进来，远远仿佛还有哭喊之声。假如你记得一些金陵怀古的诗词，趁这时候暗诵几回，也可印证印证，许更能领略作者当日的情思。

从前可以从台城爬出去，在玄武湖边；若是月夜，两三个人，两三个零落的影子，歪歪斜斜地挪移下去，够多好。现在可不成了，得出寺，下山，绕着大弯儿出城。七八年前，湖里几乎长满了苇子，一味地荒寒，虽有好月光，也不大能照到水上；船又窄，又小，又漏，教人逛着愁着。这几年大不同了，一出城，看见湖，就有烟水苍茫之意；船也大多了，有藤椅子可以躺着。水中岸上都光光的；亏得湖里有五个洲子点缀着，不然便一览无余了。这里的水是白的，又有波澜，俨然长江大河的气势，与西湖的静绿不同，最宜于看月，一片空蒙，无边无界。若在微醺² 之后，迎着小风，似睡非睡地躺在藤椅上，听着船底汩汩的波响与不知何方来的箫声，真会教你忘却身在哪里。五个洲子似乎都局促无可看，但长堤宛转相通，却值得走走。湖上的樱桃最出名。据说樱桃熟时，游人在树下现买，现摘，现吃，谈着笑着，多热闹的。

清凉山在一个角落里，似乎人迹不多。扫叶楼的安排与豁蒙楼相仿佛，但窗外的景象不同。这里是滴绿的山环抱着，山下一片滴绿的树；那绿色真是扑到人眉宇上来。若许我再用画来比，这怕像王石谷³ 的手笔了。在豁蒙楼上不容易坐得久，你至少要上台城去看看。在扫叶楼上却不想走；窗外的光景好像满为这座楼而设，一上楼便什么都有了。夏天去确有一股"清凉"味。这里与豁蒙楼全有素面吃，又可口，又贱。

莫愁湖在华严庵里。湖不大，又不能泛舟，夏天却有荷花荷叶。临湖一带屋子，凭栏眺望，也颇有远情。莫愁小像，在胜棋楼下，不知谁画的，大约不很古吧；但脸子开得秀逸之至，衣褶也柔活之至，大有"挥袖凌虚翔"的意思；若让我题，我将毫不踌躇地写上"仙乎仙乎"四字。另有石刻的画像，也在这里，想来许是那一幅画所从出；但生气反而差得多。这里虽也临湖，因为屋子深，显得阴暗些；可是古色古香，阴暗得好。诗文联语当然多，只记得王湘绮⁴ 的半联云："莫轻他北地胭脂，看艇子初来，江南儿女无颜色。"气概很不错。所谓胜棋楼，相传是明太祖与徐达⁵ 下棋，徐达胜了，太祖便赐给他这一所屋子。太祖那样人，居然也会做出这种雅事来了。左手临湖的小阁却敞亮得多，也敞亮得好。有曾国藩画像，忘记是谁横题着"江天小阁坐人豪"一句。我喜欢这个题句，"江天"与"坐人豪"，景象阔大，使得这屋子更加开朗起来。

秦淮河我已另有记。但那文里所说的情形，现在已大变了。从前读《桃花扇》《板桥杂记》一类书，颇有沧桑之感；现在想到自己十多年前身历的情形，怕也会有沧桑之感了。前年看见夫子庙前旧日的画舫，那样狼狈的样子，又在老万全酒栈看秦淮河水，差不多全黑了，加上巴掌大，透不出气的所谓秦淮小公园，简直有些厌恶，再别提做什么梦了。贡院原也在秦淮河上，现在早拆得只剩一点儿了。民国五年父亲带我去看过，已经荒凉不堪，号舍里草都长满了。父亲曾经办过江南闱差，熟悉考场的情形，说来头头是道。他说考生入场时，都有送场的，人很多，门口闹嚷嚷的。天不亮就点名，搜夹带。大家都归号。似乎直到晚上，头场题才出来，写在灯牌上，由号军扛着在各号里走。所谓"号"，就是一条狭长的胡同，两旁排列着号舍，口儿上写着什么天字号，地字号等等的。每一号舍之大，恰好容一个人坐着；从前人说是像轿子，真不错。几天里吃饭，睡觉，做文章，都在这轿子里；坐的伏的各有一块硬板，如是而已。官号稍好一些，是给达官贵人的子弟预备的，但得补褂朝珠地入场，那时是夏秋之交，天还热，也够受的。父亲又说，乡试时场外有兵巡逻，防备通关节。场内也竖起黑幡，叫鬼魂们有冤报冤，有仇报仇；我听到这里，有点毛骨悚然。现在贡院已变成碎石路；在路上走的人，怕很少想起这些事情的了吧？

明故宫只是一片瓦砾场，在斜阳里看，只感到李太白《忆秦娥》的"西风残照，汉家陵阙"二语的妙。午门还残存着，遥遥直对洪武门的城楼，有万千气象。古物保存所便在这里，可惜规模太小，陈列得也无甚次序。明孝陵道上的石人石马，虽然残缺零乱，还可见泱泱大风；享殿并不巍峨，只陵下的隧道，阴森袭人，夏天在里面待着，凉风沁人肌骨。这陵大概是开国时草创的规模，所以简朴得很；比起长陵，差得真太远了。然而简朴得好。

雨花台的石子，人人皆知；但现在怕也捡不着什么了。那地方毫无可看。记得刘后村的诗云："昔年讲师何处在，高台犹以'雨花'名。有时宝向泥寻得，一片山无草敢生。"我所感的至多也只如此。还有，前些年南京枪决囚人都在雨花台下，所以洋车夫遇见别的车夫和他争先时，常说，"忙什么！赶雨花台去！"这和从前北京车夫说"赶菜市口儿"一样。现在时移势异，这种话渐渐听不见了。

燕子矶在长江里看，一片绝壁，危亭翼然，的确惊心动魄。但到了上边，逼窄污秽，毫无可以盘桓之处。燕山十二洞，去过三个。只三台洞层层折折，由幽入明，别有匠心，可是也年久失修了。

南京的新名胜，不用说，首推中山陵。中山陵全用青白两色，以象征青天白日，与帝王陵寝用红墙黄瓦的不同。假如红墙黄瓦有富贵气，那青琉璃瓦的享堂，青琉璃瓦的碑亭却有名贵气。从陵门上享堂，白石台阶不知多少级，但爬得够累的；然而你远看，决想不到会有这么多的台阶儿。这是设计的妙处。德国波慈达姆无愁宫前的石阶，也同此妙。享堂进去也不小；可是远处看，简直小得可以，和那白石的飞阶不相称，一点儿压不住，仿佛高个儿戴着小尖帽。近处山角里一座阵亡将士纪念塔，粗粗的，矮矮的，正当着一个青青的小山峰，让两边儿的山紧紧抱着，静极，稳极。——谭墓没去过，听说颇有点丘壑。中央运动场也在中山陵近处，全仿外洋的样子。全国运动会时，也不知有多少照相与描写登在报上；现在是时髦的游泳的地方。

若要看旧书，可以上江苏省立图书馆去。这在汉西门龙蟠里，也是一个角落里。这原是江南图书馆，以丁丙的善本书室藏书为底子；词曲的书特别多。此外中央大学图书馆近年来也颇有不少书。中央大学是个散步的好地方。宽大，干净，有树木；黄昏时去兜一个或大或小的圈儿，最有意思。后面有个梅庵，是那会写字的清道人的遗迹。这里只是随宜地用树枝搭成的小小的屋子。庵前有一株六朝松，但据说实在是六朝桧；桧荫遮住了小院子，真是不染一尘。

南京茶馆里干丝很为人所称道。但这些人必没有到过镇江，扬州，那儿的干丝比南京细得多，又从来不那么甜。我倒是觉得芝麻烧饼好，一种长圆的，刚出炉，既香，且酥，又白，大概各茶馆都有。咸板鸭才是南京的名产，要热吃，也是香得好；肉要肥要厚，才有咬嚼。但南京人都说盐水鸭更好，大约取其嫩，其鲜；那是冷吃的，我可不知怎样，老觉得不大得劲儿。

1934年8月12日作。

（原载1934年10月1日《中学生》第48号）

注释

1. 摩挲（mó suō，也作 mā sā）：用手轻轻按着并一下一下移动。
2. 微醺（xūn）：稍微有点醉的感觉。
3. 王翚（huī）（1632—1717），字石谷，号耕烟散人、乌目山人、清晖主人等。师王鉴、王时敏，临摹宋、元名迹，吸取名家技法，冶为一炉。是清代著名画家，被称为"清初画圣"。

4. 王闿(kǎi)运(1833—1916)，晚清经学家、文学家。字壬秋，又字壬父，号湘绮，世称湘绮先生。

5. 徐达（1332—1385），明朝开国军事统帅。字天德。汉族，濠州钟离（今安徽凤阳东北）人。

导读

　　南京，211—557 年间，吴、东晋、宋、齐、梁、陈先后定都于此，故有"六朝古都"之称，南京地处长江下游沿岸，千百年来，滔滔江水，孕养着世世代代的南京人，见证着南京这座江南城市的历史变迁。南京既是一处风水佳境，具有得天独厚的地理环境，有山，有水，有平原，同时也是一座殇城，过往历史中多次出现大规模的血腥屠杀事件，尤以"南京大屠杀"最令世人瞩目。凤凰浴火重生，南京城亦如此，如同中华民族的历史，历经兴衰成败，而灾难只能使其更加顽强向上，正如海明威所言"可以打倒我，但不会打败我"。

　　这篇被作者称为"旅行印象"的文章，写于 1934 年 8 月，较 1923 年作者与友人俞平伯同游秦淮河已隔 11 年之久。朱自清从大处着眼小处落笔，目光所及，美景尽收。只是玄武湖的水面变大了，秦淮河的水变黑了，各处景点，处处透着落败荒凉，沧桑阴郁。清凉山、莫愁湖、秦淮河、明故宫、雨花台、燕子矶，要么残存，要么荒凉，要么年久失修。南京常给人以"重"的感觉，我们从作者的笔下也不难看出，想必当时作者的心情也不乏历史的沧桑沉重。台城今日的静，回响着昔日战争的兵戈相交之声。玄武湖的水是白的，月映其中，清冷寂寥。"前年看见夫子庙前旧日的画舫，那样狼狈的样子，又在老万全酒栈看秦淮河水，差不多全黑了，加上巴掌大，透不出气的所谓秦淮小公园，简直有些厌恶，再别提做什么梦了。"尽是些灰而暗的色调与情怀。倒是结尾处一书一院，一茶一饭，回到现实生活，踏实温暖，自然地流露出朱自清的文人情趣和散淡情怀。

叶圣陶的短篇小说

圣陶谈到他作小说的态度，常喜欢说：我只是如实地写。这是作者的自白，我们应该相信。但他初期的创作，在"如实地"取材与描写之外，确还有些别的，我们称为理想，这种理想有相当的一致，不能逃过细心的读者的眼目。后来经历渐渐多了，思想渐渐结实了，手法也渐渐老练了，这才有真个"如实地写"的作品。仿佛有人说过，法国的写实主义¹到俄国就变了味，这就是加进了理想的色彩。假使这句话不错，圣陶初期的作风可以说是近于俄国的，而后期可以说是近于法国的。

圣陶的身世和对于文艺的见解，顾颉刚²先生在《隔膜》序里说得极详。我所见他的生活，也已具于另一文。这里只须指出他是生长在一个古风的城市——苏州——中的人，后来又在一个乡镇——角直——里住了四五年，一径是做着小学教师；最后才到中国工商业中心的上海市，做商务印书馆的编辑，直至现在。这二十年来时代的大变动，自然也给他不少的影响：辛亥革命，他在苏州；五四运动，他在角直；五卅运动与国民革命，却是他在上海亲见亲闻的。这几行简短的历史，暗示着他思想变迁的轨迹，他小说里所表现的思想变迁的轨迹。

因为是"如实地写"，所以是客观的。他的小说取材于自己及家庭的极少，又不大用第一身，笔锋也不常带情感。但他有他的理想，在人物的对话及作者关于人物或事件的解释里，往往出现，特别在初期的作品中。《不快之感》或《啼声》是两个极端的例子。这是理智的表现。圣陶的静默，是我们朋友里所仅有；他的"爱智"，不是偶然的。

爱与自由的理想是他初期小说的两块基石。这正是新文化运动开始时的思潮；但他能用艺术表现，便较一般人为深入。他从母爱性爱一直写到儿童送一个小蚬³回家，真算得博大周详。母爱的力量在牺牲自己；顾颉刚先生最爱读的《潜隐的爱》（见顾先生《火灾》序），是一篇极好的代表。一个孤独的蠢笨的乡下妇人用她全部的心与力，偷偷摸摸去爱一个邻家的孩子。这是透过一层的表现。性爱的理想似乎是夫妇一体,《隔膜》与《未厌集》中两篇《小病》, 可以算相当的实例。但这个理想是不容易达到的;有时不免来点儿"说谎的艺术"(看《火灾》中《云翳[4]》篇), 有时母爱分了性爱的力量, 不免觉得"两样";夫妇不能一体时, 有时更免不了离婚。离婚是近年常有的现象。但圣陶在《双影》里所写的是女的和男的离了婚,另嫁了一个气味相投的人;后来却又舍不得那男的。这是一个怪思想, 是对夫妇一体论的嘲笑。圣陶在这问题上, 也许终于是个"怀疑派"罢? 至于广泛地爱人爱动物, 圣陶以为只有孩子们行;成人是只有隔膜与冷酷罢了。《隔膜》,《游泳》(《线下》中),《晨》便写的这一类情形。他又写了些没有爱的人的苦闷, 如《归宿》里的青年,《春光不是她的了》里被离弃的妇人,《孤独》里的"老先生"都是的。而《被忘却的》(《火灾》中)里田女士与童女士的同性爱, 也正是这种苦闷的另一样写法。

　　自由的一面是解放, 还有一面是尊重个性。圣陶特别着眼在妇女与儿童身上。他写出被压迫的妇女, 如农妇, 童养媳, 歌女, 妓女等的悲哀;《隔膜》第一篇《一生》便是写一个农妇的。对于中等家庭的主妇的服从与苦辛, 他也有哀矜[5]之意。《春游》(《隔膜》中)里已透露出一些反抗的消息;《两封回信》里说得更是明白:女子不是"笼子里的画眉, 花盆里的蕙兰", 也不是"超人";她"只是和一切人类平等的一个'人'"。他后来在《未厌集》里还有两篇小说(《遗腹子》,《小妹妹》), 写重男轻女的传统对于女子压迫的力量。圣陶做过多年小学教师, 他最懂得儿童, 也最关心儿童。他以为儿童不是供我们游戏和消遣的, 也不是给我们防老的, 他们应有他们自己的地位。他们有他们的权利与生活, 我们不应嫌恶他们, 也不应将他们当作我们的具体而微看。《啼声》(《火灾》中)是用了一个女婴口吻的激烈的抗议;在圣陶的作品中, 这是一篇仅见的激昂的文字。但写得好的是《低能儿》,《一课》,《义儿》,《风潮》等篇;前两篇写儿童的爱好自然, 后两篇写教师以成人看待儿童, 以致有种种的不幸。其中《低能儿》是早经著名的。此外, 他还写了些被榨取着的农人, 那些都是被田租的重负压得不能喘气的。他憧憬着"艺术的生活", 艺术的生活是自由的, 发展个性的;而现在我们的生活, 却都被撅[6]在些一定的模型或方式里。圣陶极厌恶这些模型或方式;在这些方式之下, 他"只觉一个虚幻的自己包围在广大的虚幻里"（见《隔膜》中《不快之感》）。

圣陶小说的另一面是理想与现实的冲突。假如上文所举各例大体上可说是理想的正面或负面的单纯表现，这种便是复杂的纠纷的表现。如《祖母的心》（《火灾》中）写亲子之爱与礼教的冲突，结果那一对新人物妥协了；这是现代一个极普遍极葛藤的现象。《平常的故事》里，理想被现实所蚕食，几至一些无余；这正是理想主义者烦闷的表白。《前途》与此篇调子相类，但写的是另一面。《城中》写腐败社会对于一个理想主义者的疑忌与阴谋；而他是还在准备抗争。《校长》与《搭班子》里两个校长正在高高兴兴地计划他们的新事业，却来了旧势力的侵蚀；一个妥协了，一个却似乎准备抗争一下。但《城中》与《搭班子》只说到"准备"而止，以后怎样呢？是成功？失败？还是终于妥协呢？据作品里的空气推测，成功是不会的；《城中》的主人公大概要失败，《搭班子》里的大概会妥协吧？圣陶在这里只指出这种冲突的存在与自然的进展，并没有暗示解决的方法或者出路。到写《桥上》与《抗争》，他似乎才进一步地追求了。《桥上》还不免是个人的"浪漫"的行动，作者没有告诉我们全部的故事；《抗争》却有"集团"的意义，但结果是失败了，那领导者做了祭坛前的牺牲。圣陶所显示给我们的，至此而止。还有《在民间》是冲突的别一式。

圣陶后期作品（大概可以说从《线下》后半部起）的一个重要的特色，便是写实主义手法的完成。别人论这些作品，总侧重在题材方面；他们称赞他的"对于城市小资产阶级的描写"。这是并不错的。圣陶的生活与时代都在变动着，他的眼从村镇转到城市，从儿童与女人转到战争与革命的侧面的一些事件了。他写城市中失业的知识工人（《城中》里的《病夫》）和教师的苦闷；他写战争时"城市的小资产阶级"与一部分村镇人物的利己主义，提心吊胆，琐屑等（如茅盾先生最爱的《潘先生在难中》，及《外国旗》）。他又写战争时兵士的生活（《金耳环》）；又写"白色的恐怖"（如《夜》，《冥世别》——《大江月刊》三期）和"目前政治的黑暗"（如《某城纪事》）。他还有一篇写"工人阶级的生活"的《夏夜》（《未厌集》）（看钱杏邨先生《叶绍钧的创作的考察》，见《现代中国文学作家》第二卷）。他这样"描写了广阔的世间"；茅盾先生说他作《倪焕之》时才"第一次描写了广阔的世间"，似乎是不对的（看《读〈倪焕之〉》，附录在《倪焕之》后面）。他诚然"长于表现城市小资产阶级"（钱语），但他并不是只长于这一种表现，更不是专表现这一种人物，或侧重于表现这一种人物，即使在他后期的作品里。这时期圣陶的一贯的态度，似乎只是"如实地写"一点；他的取材只是选择他所熟悉的，与一般写实主义者一样，并没有显明的"有意的"目的。他的长篇作品《倪焕之》，茅盾先生论为"有意为之的小说"，我也有同感；但他在《作者自记》里还说："每一个人物，我都用严正的态度如实地写"，这可见他所信守的是什么了。这时期中的作品，大抵都有着充分的客观的冷静（初期作品如《饭》也如此，但不多），文字也越发精炼，写实主义的手法至此才成熟了；《晨》这一篇最可代表，是我所最爱的。——只有《冥世别》是个例外；但正如鲁迅先生写不好《不周山》一样，圣陶是不适于那种表现法的。日本藏原惟人《到新写实主义之路》（林伯脩译）里说写实主义有三种。圣陶的应属于第二种，所谓"小布尔乔亚写实主义"；在这一点上说他是小资产阶级的作家，我可以承认。

我们的短篇小说，"即兴"而成的最多，注意结构的实在没有几个人；鲁迅先生与圣陶便是其中最重要的。他们的作品都很多，但大部分都有谨严而不单调的布局。圣陶的后期作品更胜于初期的。初期里有些别体，《隔膜》自颇紧凑，但《不快之感》及《啼声》，就没有多少精彩；又《晓行》，《旅路的伴侣》两篇（《火灾》中），虽穿插颇费苦心，究竟嫌破碎些（《悲哀的重载》却较好）。这些时候，圣陶爱用抽象观念的比喻，如"失望之渊"，"烦闷之渊"等，在现在看来，似乎有些陈旧或浮浅了。他又爱用骈句[7]，有时使文字失去自然的风味。而各篇中作者出面解释的地方，往往太正经，又太多。如《苦菜》（《隔膜》中）固是第一身的叙述，但后面那一个公式与其说明，也太煞风景了。圣陶写对话似不顶擅长。各篇中对话往往嫌平板，有时说教气太重；这便在后期作品中也不免。圣陶写作最快，但决非不经心；他在《倪焕之》的《自记》里说："斟酌字句的癖习越来越深"，我们可以知道他平日的态度。他最擅长的是结尾，他的作品的结尾，几乎没有一篇不波俏的。他自己曾戏以此自诩；钱杏邨先生也说他的小说，"往往在收束的地方，使人有悠然不尽之感。"

1930年7月，北平清华园。

注释

1. 写实主义：又译现实主义，一般被定义为关于现实和实际而排斥理想主义。

2. 顾颉（jié）刚（1893—1980），江苏吴县人。原名诵坤，字铭坚，是现代古史辨学派的创始人，也是中国历史地理学和民俗学的开创者。

3. 蚬（xiǎn）：软体动物，介壳形状像心脏，表面暗褐色，有轮状纹，内面色紫，栖淡水软泥中。肉可食，壳可入药。亦称"扁螺"。

4. 云翳（yún yì）：阴影。

5. 哀矜（āi jīn）：哀怜；怜悯。

6. 揿（qìn）：用手按。

7. 骈（pián）句：是一种讲求对仗的文体，它要求文字的对偶，重视声韵的和谐。

导读

　　朱自清和叶圣陶是挚友。这份友情自 1921 年二人相识一直持续至 1948 年作者病逝。1921 年 9 月，叶圣陶应上海中国公学代理校长张东荪和中学部主任舒新城的邀请，来到上海吴淞中国公学中学部教国文，同时被邀请的还有刘延陵和朱自清。叶圣陶和朱自清成了同事，从此开始了两个人长达 20 多年的深厚友谊。两个人同住一室，促膝谈心，泛舟西湖，畅谈文学。叶圣陶每写完一篇作品，总是请朱自清当第一位读者，征询他的意见。朱自清也总是毫不隐瞒地直陈自己的观点。1948 年朱自清逝世后，叶圣陶非常悲伤，一连写下《佩弦的死讯》《谈佩弦的一首诗》《朱佩弦先生》《悼念朱自清先生》4 篇文章，表达自己的无尽哀思和怀念，赞美朱自清的高尚人格。二人的友情如高山流水，感人肺腑。

　　《叶圣陶的短篇小说》写于 1930 年 7 月，同期朱自清还写了另外一篇《我所见的叶圣陶》。《我所见的叶圣陶》文如其题，通篇讲的是人，并未涉及作品，而本文恰恰是对叶圣陶短篇小说创作的一个总结。二人共过事、合著过书、合编过期刊杂志；二人志趣相投，相互有成文先阅之谊。所以，作者能对叶圣陶的作品信手拈来，评得自如、点得透彻，就如作者《我所见的叶圣陶》结尾那句话："……如或人所想的，这个我也知道。"二人一同行走在教书育人的路途中，一同徜徉在文学创作的世界里。拉拉杂杂的点评行文中，由作品推及友人，自然而然地流露出对挚友淡淡的欣赏和维护——这时恰恰是新文化运动低潮，叶圣陶被抨击和遭攻击的时候。如果说这篇文章是散文而非评论文，那么缘由应该就是隐藏在若干书名号下的那份友情。

潭柘寺　戒坛寺

　　早就知道潭柘[1]寺，戒坛寺。在商务印书馆的《北平指南》上，见过潭柘的铜图，小小的一块，模模糊糊的，看了一点没有想去的意思。后来不断地听人说起这两座庙；有时候说路上不平静，有时候说路上红叶好。说红叶好的劝我秋天去；但也有人劝我夏天去。有一回骑驴上八大处，赶驴的问逛过潭柘没有，我说没有。他说潭柘风景好，那儿满是老道，他去过，离八大处[2]七八十里地，坐轿骑驴都成。我不大喜欢老道的装束，尤其是那满蓄着的长头发，看上去啰里啰唆，龌里龌龊的。更不想骑驴走七八十里地，因为我知道驴子与我都受不了。真打动我的倒是"潭柘寺"这个名字。不懂不是？就是不懂的妙。躲懒的人念成"潭拓寺"，那更莫名其妙了。这怕是中国文法的花样；要是来个欧化，说是"潭和柘的寺"，那就用不着咬嚼或吟味了。还有在一部诗话里看见近人咏戒台松的七古，诗腾挪夭矫，想来松也如此。所以去。但是在夏秋之前的春天，而且是早春；北平的早春是没有花的。

　　这才认真打听去过的人。有的说住潭柘好，有的说住戒坛好。有的人说路太难走，走到了筋疲力尽，再没兴致玩儿；有人说走路有意思。又有人说，去时坐了轿子，半路上前后两个轿夫吵起来，把轿子搁下，直说不抬了。于是心中暗自决定，不坐轿，也不走路；取中道，骑驴子。又按普通说法，总是潭柘寺在前，戒坛寺在后，想着戒坛寺一定远些；于是决定住潭柘，因为一天回不来，必得住。门头沟下车时，想着人多，怕雇不着许多驴，但是并不然——雇驴的时候，才知道戒坛去便宜一半，那就是说近一半。这时候自己忽然逞起能来，要走路。走吧。

　　这一段路可够瞧的。像是河床，怎么也挑不出没有石子的地方，脚底下老是绊来绊去的，教人心烦。又没有树木，甚至于没有一根草。这一带原是煤窑，拉煤的大车往来不绝，尘土里饱和着煤屑，变成黯淡的深灰色，教人看了透不出气来。走一点钟光景。自己觉得已经有点办不了，怕没有走到便筋疲力尽；幸而山上下来一条驴，如获至宝似地雇下，骑上去。这一天东风特别大。平常骑驴就不稳，风一大真是祸不单行。山上东西都有路，很窄，下面是斜坡；本来从西边走，驴夫看风势太猛，将驴拉上东路。就这么着，有一回还几乎让风将驴吹倒；若走西边，没有准儿会驴我同归哪。想起从前人画风雪骑驴图，极是雅事；大概那不是上潭柘寺去的。驴背上照例该有些诗意，但是我，下有驴子，上有帽子眼镜，都要照管；又有迎风下泪的毛病，常要掏手巾擦干。当其时真恨不得生出第三只手来才好。

东边山峰渐起，风是过不来了；可是驴也骑不得了，说是坎儿多。坎儿可真多。这时候精神倒好起来了：崎岖的路正可以练腰脚，处处要眼到心到脚到，不像平地上。人多更有点竞赛的心理，总想走上最前头去，再则这儿的山势虽然说不上险，可是突兀，丑怪，巉刻[3]的地方有的是。我们说这才有点儿山的意思；老像八大处那样，真教人气闷闷的。于是一直走到潭柘寺后门；这段坎儿路比风里走过的长一半，小驴毫无用处，驴夫说："咳，这不过给您做个伴儿！"

墙外先看见竹子，且不想进去。又密，又粗，虽然不够绿。北平看竹子，真不易。又想到八大处了，大悲庵殿前那一溜儿，薄得可怜，细得也可怜，比起这儿，真是小巫见大巫了。进去过一道角门，门旁突然亭亭地矗立着两竿粗竹子，在墙上紧紧地挨着；要用批文章的成语，这两竿竹子足称得起"天外飞来之笔"。

正殿屋角上两座琉璃瓦的鸱吻[4]，在台阶下看，值得徘徊一下。神话说殿基本是青龙潭，一夕风雨，顿成平地，涌出两鸱吻。只可惜现在的两座太新鲜，与神话的朦胧幽秘的境界不相称。但是还值得看，为的是大得好，在太阳里嫩黄得好，闪亮得好；那拴着的四条黄铜链子也映衬得好。寺里殿很多，层层折折高上去，走起来已经不平凡，每殿大小又不一样，塑像摆设也各出心裁。看完了，还觉得无穷无尽似的。正殿下延清阁是待客的地方，远处群山像屏障似的。屋子结构甚巧，穿来穿去，不知有多少间，好像一所大宅子。可惜尘封不扫，我们住不着。话说回来，这种屋子原也不是预备给我们这么多人挤着住的。寺门前一道深沟，上有石桥；那时没有水，若是现在去，倚在桥上听潺潺的水声，倒也可以忘我忘世。过桥四株马尾松，枝枝覆盖，叶叶交通，另成一个境界。西边小山上有个古观音洞。洞无可看，但上去时在山坡上看潭柘的侧面，宛如仇十洲的《仙山楼阁图》；往下看是陡峭的沟岸，越显得深深无极，潭柘简直有海上蓬莱的意味了。寺以泉水著名，到处有石槽引水长流，倒也涓涓可爱。只是流觞亭雅得那样俗，在石地上楞刻着蚯蚓般的槽；那样流觞，怕只有孩子们愿意干。现在兰亭的"流觞曲水"也和这儿的一鼻孔出气，不过规模大些。晚上因为带的铺盖薄，冻得睁着眼，却听了一夜的泉声；心里想要不冻着，这泉声够多清雅啊！寺里并无一个老道，但那几个和尚，满身铜臭，满眼势利，教人老不能忘记，倒也麻烦的。

第二天清早，二十多人满雇了牲口，向戒坛而去，颇有浩浩荡荡之势。我的是一匹骡子，据说稳得多。这是第一回，高高兴兴骑上去。这一路要翻罗喉岭。只是土山，可是道儿窄，又曲折，虽不高，老那么凸凸凹凹的。许多处只容得一匹牲口过去。平心说，是险点儿。想起古来用兵，从间道袭敌人，许也是这种光景吧。

戒坛在半山上，山门是向东的。一进去就觉得平旷；南面只有一道低低的砖栏，下边是一片平原，平原尽处才是山，与众山屏蔽的潭柘气象便不同。进二门，更觉得空阔疏朗，仰看正殿前的平台，仿佛汪洋千顷。这平台东西很长，是戒坛最胜处，眼界最宽，教人想起"振衣千仞冈"的诗句。三株名松都在这里。"卧龙松"与"抱塔松"同是偃仆的姿势，身躯奇伟，鳞甲苍然，有飞动之意。"九龙松"老干槎枒，如张牙舞爪一般。若在月光底下，森森然的松影当更有可看。此地最宜低徊流连，不是匆匆一览所可领略。潭柘以层折胜，戒坛以开朗胜；但潭柘似乎更幽静些。戒坛的和尚，春风满面，却远胜于潭柘的；我们之中颇有悔不该在潭柘的。戒坛后山上也有个观音洞。洞宽大而深，大家点了火把嚷嚷闹闹地下去；半里光景的洞满是油烟，满是声音。洞里有石虎，石龟，上天梯，海眼等等，无非是凑凑人的热闹而已。

还是骑骡子。回到长辛店的时候，两条腿几乎不是我的了。

1934年8月3日作。

（原载1934年8月6日《清华暑期周刊》第9卷第3、4合刊）

注释

1. 柘（zhè）：落叶灌木或乔木。
2. 八大处：八大处公园，位于北京市西郊西山风景区南麓。现公园内有八座古寺（灵光寺、长安寺、三山庵、大悲寺、龙泉庙、香界寺、宝珠洞、证果寺），"八大处"由此得名。
3. 巉（chán）刻：巉，山势高峻。词意山峰陡峭。
4. 鸱（chī）吻：相传鸱吻是龙的儿子，所谓龙生九子，鸱吻为其中之一。中国古代建筑屋脊正脊两端的一种饰物。
5. 流觞（shāng）：古人每逢农历三月上巳日于弯曲的水渠旁集会，在上游放置酒杯，杯随水流，流到谁面前，谁就取杯把酒喝下，叫做流觞。

导读

　　戒台寺始建于隋代开皇年间（581—600），至今已有1400多年的历史，原名慧聚寺，明朝英宗皇帝赐名为万寿禅寺，因寺内建有全国最大的佛教戒坛，民间通称为戒坛寺，又叫戒台寺。风以"戒坛、奇松、古洞"而著称于世。

　　潭柘寺始建于西晋，至今已有近1700年的历史，是北京地区最早修建的一座佛教寺庙，在北京民间有"先有潭柘，后有幽州"的谚语。潭柘寺在晋代时名叫嘉福寺，唐代时改称龙泉寺，金代御赐寺名为大万寿寺，在明代又先后恢复了龙泉寺和嘉福寺的旧称，清代康熙皇帝赐名为岫云寺，但因其寺后有龙潭，寺周有柘树，故而民间一直称其"潭柘寺"。

　　这篇散文写于1934年，此文中朱自清重在写景议事，作者开篇先来一个预设，"早就知道潭柘寺，戒坛寺。在商务印书馆的《北平指南》上，见过潭柘的铜图，小小的一块，模模糊糊的，看了一点没有想去的意思。""早就知道"，并且"一点没有想去的意思"，那为什么又去了呢？原因在于寺的名字"潭柘寺"，作者认为躲懒的人都会读成"潭拓寺"，就这一个"柘"字，给作者带来了一游的兴致。"柘"字确实比较生僻，或许读者就因为读了此篇游记，得以扫盲。

　　文章侧重路途的描写，坐轿、骑驴、步行，都不是舒服的上山方式，早春的劲风吹着行走在蜿蜒曲折山路的一行人，这不免让人想起，"在路上"，也不失为一种美妙过程，沿途风景尽收于心，心内盼望着终点的景色与惊喜，那路途中所有的辛苦、劳顿都有了意义。不过，看到作者不停叫苦，"驴背上照例该有些诗意，但是我，下有驴子，上有帽子眼镜，都要照管；又有迎风下泪的毛病,常要掏毛巾擦干。当其时真恨不能生出第三只手来才好。"也不免感叹,一介文人哪经得起这般风雨颠簸,也难怪"回到长辛店的时候,两条腿几乎不是我的了"。感受深,感触多,也因此,作者用了更多的文字来描述路途中的风吹路颠。寺院的景色描写也称得上细致入微,妙笔生花:历史风烟,古树松韵,红墙青瓦,钟声浑厚,喜静善悟的人自然是一沙一世界,一花一天堂。

山野掇拾

　　我最爱读游记。现在是初夏了；在游记里却可以看见烂漫的春花，舞秋风的落叶……——都是我惦记着，盼望着的！这儿是白马湖读游记的时候，我却能到神圣庄严的罗马城，纯朴幽静的Loisieux村——都是我羡慕着，想象着的！游记里满是梦："后梦赶走了前梦，前梦又赶走了大前梦。"[2]这样地来了又去，来了又去；像树梢的新月，像山后的晚霞，像田间的萤火，像水上的箫声，像隔座的茶香，像记忆中的少女，这种种都是梦。我在中学时，便读了康更甡的《欧洲十一国游记》，——实在只有（?）意大利游记——当时做了许多好梦；滂卑古城最是我低徊留恋而不忍去的！那时柳子厚的山水诸记，也常常引我入胜。后来得见《洛阳伽蓝记》，记诸寺的繁华壮丽，令我神往；又得见《水经注》，所记奇山异水，或令我惊心动魄，或让我游目骋怀。（我所谓"游记"，意义较通用者稍广，故将后两种也算在内。）这些或记风土人情，或记山川胜迹，或记"美好的昔日"，或记美好的今天，都有或浓或淡的彩色，或工或泼的风致。而我近来读《山野掇拾》，和这些又是不同：在这本书里，写着的只是"大陆的一角"，"法国的一区[3]"，并非特著的胜地，脍炙人口的名所；所以一空依傍，所有的好处都只是作者自己的发见！前举几种中，只有柳子厚的诸作也是如此写出的；但柳氏仅记风物，此书却兼记文化——如Vicard序中所言。所谓"文化"，也并非在我们平日意想中的庞然巨物，只是人情之美；而书中写Loisieux村的文化，实较风物为更多：这又有以异乎人。而书中写Loisieux村的文化，实在也非写Loisieux村的文化，只是作者孙福熙先生暗暗地巧巧地告诉我们他的哲学，他的人生哲学。所以写的是"法国的一区"，写的也就是他自己！他自己说得好：

　　我本想尽量掇拾山野风味的，不知不觉的掇拾了许多掇拾者自己。（原书261页。）

但可爱的正是这个"自己"，可贵的也正是这个"自己"！

孙先生自己说这本书是记述"人类的大生命分配于他的式样"的，我们且来看看他的生命究竟是什么式样？世界上原有两种人：一种是大刀阔斧的人，一种是细针密线的人。前一种人真是一把"刀"，一把斩乱麻的快刀！什么纠纷，什么葛藤，到了他手里，都是一刀两断！——正眼也不去瞧，不用说靠他理纷解结了！他行事只看准几条大干，其余的万千枝叶，都一扫个精光；所谓"擒贼必擒王"，也所谓"以不了了之"！英雄豪杰是如此办法：他们所图远大，是不屑也无暇顾念那些琐细的节目！蠢汉笨伯也是如此办法，他们却只图省事！他们的思力不足，不足剖析入微，鞭辟入里；如两个小儿争闹，做父亲的更不思索，便照例每人给一个耳光！这真是"不亦快哉"！但你我若既不能为英雄豪杰，又不甘做蠢汉笨伯，便自然而然只能企图做后一种人。这种人凡事要问底细；"打破沙缸问到底！还要问沙缸从哪里起[4]？"他们于一言一动之微，一沙一石之细，都不轻轻放过！从前人将桃核雕成一只船，船上有苏东坡，黄鲁直，佛印等；或于元旦在一粒芝麻上写"天下太平"四字，以验目力：便是这种脾气的一面。他们不注重一千一万，而注意一毫一厘；他们觉得这一毫一厘便是那一千一万的具体而微——只要将这一毫一厘看得透彻，正和照相的放大一样，其余也可想见。他们所以于每事每物，必要拆开来看，拆穿来看；无论锱铢之别，淄渑之辨，总要看出而后已，正如显微镜一样。这样可以辨出许多新异的滋味，乃是他们独得的秘密！总之，他们对于怎样微渺的事物，都觉吃惊；而常人则熟视无睹！故他们是常人而又有以异乎常人。这两种人——孙先生，画家，若容我用中国画来比，我将说前者是"泼笔"，后者是"工笔"。孙先生自己是"工笔"，是后一种人。他的朋友号他为"细磨细琢的春台"，真不错，他的全部都在这儿了！他纪念他的姑母和父亲，他说他们以细磨细琢的工夫传授给他，然而他远不如他们了。从他的父亲那里，他"知道一句话中，除字面上的意思之外，还有别的话在这里边，只听字面，还远不能听懂说话音的意思哩"[5]。这本书的长处，也就在"别的话"这一点；乍看岂不是淡淡的？缓缓咀嚼一番，便会有浓密的滋味从口角流出！你若看过瀼瀼的朝露，皱皱的水波，茫茫的冷月，薄薄的女衫，你若吃过上好的皮丝，鲜嫩的毛笋，新制的龙井茶：你一定懂得我的话。

　　我最觉得有味的是孙先生的机智。孙先生收藏的本领真好！他收藏着怎样多的虽微末却珍异的材料，就如慈母收藏果饵一样；偶然拈出一两件来，令人惊异他的富有！其实东西本不稀奇，经他一收拾，便觉不凡了。他于人们忽略的地方，加倍地描写，使你于平常身历之境，也会有惊异之感。他的选择的工夫又高明；那分析的描写与精彩的对话，足以显出他敏锐的观察力。所以他的书既富于自己的个性，一面也富于他人的个性，无怪乎他自己也会觉得他的富有了。他的分析的描写含有论理的美，就是精严与圆密；像一个扎缚停当的少年武士，英姿飒爽而又妩媚可人！又像医生用的小解剖刀，银光一闪，骨肉判然！你或者觉得太琐屑了，太腻烦了；但这不是腻烦和琐屑，这乃是悠闲（idle）。悠闲也是人生的一面，其必要正和不悠闲一样！他的对话的精彩，也正在悠闲这一面！这才真是村人的话，因为真的乡村生活是悠闲的。他在这些对话中，介绍我们面晤一个个活泼泼的 Loisieux 村人！总之，我们读这本书，往往能由几个字或一句话里，窥见事的全部，人的全性；这便是我所谓"孙先生的机智"了。孙先生是画家。他从前有过一篇游记，以"画"名文，题为《赴法途中漫画》[6]；篇首有说明，深以作文不能如作画为恨。其实他只是自谦；他的文几乎全是画，他的作文便是以文字作画！他叙事，抒情，写景，固然是画；就是说理，也还是画。人家说"诗中有画"，孙先生是文中有画；不但文中有画，画中还有诗，诗中还有哲学。

　　我说过孙先生的画工，现在再来说他的诗意——画本是"无声诗"呀。他这本书是写民间乐趣的；但他有些什么乐趣呢？采葡萄的落后是一；画风柳，纸为风吹，画瀑布，纸为水溅是二；与绿的蚱蜢，黑的蚂蚁等"合画"是三。这些是他已经说出的，但重要的是那未经说出的"别的话"；他爱村人的性格，那纯朴，温厚，乐天，勤劳的性格。他们"反直不想与人相打"；他们不畏缩，不鄙夷，爱人而又自私，藏匿而又坦白；他们只是作工，只是太作工，"真的不要自己的性命！"[7]——非为衣食，也非不为衣食，只是浑然的一种趣味。这些正都是他们健全的地方！你或者要笑他们没有理想，如书中 R 君夫妇之笑他们雇来的工人[8]；但"没有理想"的可笑，不见得比"有理想"的可笑更甚——在现在的我们，"原始的"与"文化的"实觉得一般可爱。而这也并非全为了对比的趣味，"原始的"实是更近于我们所常读的诗，实是"别有系人心处"！譬如我读这本书，就常常觉得是在读面熟得很的诗！"村人的性格"还有一个"联号"，便是"自然的风物"，孙先生是画家，他之爱自然的风物，是不用说的；而自然的风物便是自然的诗，也似乎不用说的。孙先生是画家，他更爱自然的动象，说也是一种社会的变幻。他爱风吹不绝的柳树，他爱水珠飞溅的瀑布，他爱绿的蚱蜢，黑的蚂蚁，赭褐的六足四翼不曾相识的东西；它们虽怎样地困苦他，但却是活的画，生命的诗！——在人们里，他最爱老年人和小孩子。他敬爱辛苦一生至今扶杖也不能行了的老年人，他更羡慕见火车而抖的小孩子[9]。是的，老年人如已熟的果树，满垂着沉沉的果实，任你去摘了吃；你只要眼睛亮，手法好，必能果腹而回！小孩子则如刚打朵儿的花，蕴藏着无穷的允许：这其间有红的，绿的，有浓的，淡的，有小的，大的，有单瓣的，重瓣的，有香的，有不香的，有努力开花的，有努力结实的——结女人脸的苹果，黄金的梨子，珠子般的红樱桃，璎珞般的紫葡萄……而小姑娘尤为可爱！——读了这本书的，谁不爱那叫喊尖利的"啊"的小姑娘呢？其实胸怀润朗的人，什么于他都是朋友：他觉得一切东西里都有些意思，在习俗的衣裳底下，躲藏着新鲜的身体。凭着这点意思去发展自己的生活，便是诗的生活。"孙先生的诗意"，也便在这儿。

在这种生活的河里伏流着的，便是孙先生的哲学了。他是个含忍与自制的人，是个中和的（Moderate）人；他不能脱离自己，同时却也理会他人。他要"尽量的理会他人的苦乐，——或苦中之乐，或乐中之苦，——免得眼睛生在额上的鄙夷他人，或胁肩谄笑的阿谀他人"[10]。因此他论城市与乡村，男子与女子，团体与个人，都能寻出他们各自的长处与短处。但他也非一味宽容的人，像"烂面糊盆"一样；他是不要阶级的，他同情于一切——便是牛也非例外！他说：

> 我们住在宇宙的大乡土中，一切孩儿都在我们的心中；没有一个乡土不是我的乡土，没有一个孩儿不是我的孩儿！（原书64页。）

这是最大的"宽容"，但是只有一条路的"宽容"——其实已不能叫做"宽容"了。在这"未完的草稿"的世界之中，他虽还免不了疑虑与鄙夷，他虽鄙夷人间的争闹，以为和三个小虫的权利问题一样[11]；但他到底能从他的"泪珠的镜中照见自己以至于一切大千世界的将来的笑影了"[12]。他相信大生命是有希望的；他相信便是那"没有果实，也没有花"的老苹果树，那"只有折断而且曾经枯萎的老干上所生的稀少的枝叶"的老苹果树。"也预备来年开得比以前更繁荣的花，结得更香美的果！"[13] 在他的头脑里，世界是不会陈旧的，因为他能够常常从新做起；他并不长嘘短叹，叫着不足，他只尽他的力做就是了。他教中国人不必自馁[14]；真的，他真是个不自馁的人！他写出这本书是不自馁，他别的生活也必能不自馁的！或者有人说他的思想近乎"圆通"，但他的本意只是"中和"，并无容得下"调和"的余地；他既"从来不会做所谓漂亮及出风头的事"[15]，自然只能这样缓缓地锲而不舍地去开垦他的乐土！这和他的画笔，诗情，同为他的"细磨细琢的功夫"的表现。

书中有孙先生的几幅画。我最爱《在夕阳的抚弄中的湖景》一幅；那是色彩的世界！而本书的装饰与安排，正如湖景之因夕阳抚弄而可爱，也因孙先生抚弄（若我猜得不错）而可爱！在这些里，我们又可以看见"细磨细琢的春台"呢。

1925年6月9日。

（原载《我们的六月》）

注释

1. 山野掇拾：孙福熙的游记集。
2. "后梦"句见唐俟先生诗句。
3. 法国的一区：《山野掇拾》序中语。
4. "打破"句系当地的土话。
5. "知道"句见原书 171 页。
6. 《赴法途中漫画》：曾载《晨报副刊》及《新潮》。
7. "真的"句见原书 124 页。
8. 此情节见原书 128 页。
9. 此情节见原书 253 页。

10. "尽量"句见原书 265 页。
11. 此情节见原书 139 页。
12. "泪珠"句见原书 159—160 页。
13. "也预备"句见原书 228 页。
14. 此情节见原书 51—52 页。
15. "从来"句见原书 60 页。

导读

　　《山野掇拾》是孙福熙留学法国期间写成的，也是孙福熙的第一本书。全书共 82 篇，以游记的形式记录了作者在 1922 年暑假期间，从里昂到 Savoie 乡村去画山野时的种种见闻：法国山村的美景，淳朴善良的乡民，异国的风俗。此书在鲁迅的大力帮助下于 1925 年 2 月出版。本文是朱自清读过此书后所作的书评，写于 1925 年 6 月 9 日。

　　纵观全文，朱自清在孙福熙这本游记的书画当中，不止流连于美景风土人情，而是更深层次地感悟到，孙福熙借此书是在"暗暗地巧巧地告诉我们他的哲学，他的人生哲学"。"这本书的长处，也就在'别的话'这一点；乍看岂不是淡淡的？缓缓咀嚼一番，便会有浓密的滋味从口角流出！"超然物外的人生境界，隐忍自制的人生哲学，机智敏锐的行事风格，这位画家很有一种道家的味道。人生的态度重在平和，于平和中发现人事的美，自然的美，万物的美，再用一颗温润的心去感受这一切，信心与希望便常伴左右。法国雕塑家罗丹说："所谓大师，就是这样的人，他们用自己的眼睛去看别人见过的东西，在别人司空见惯的东西上能够发现出美来。"

　　回头我们再看看朱自清是怎样陶醉于书中诗画般的梦幻世界的。旅行是梦，"像树梢的新月，像山后的晚霞，像田间的萤火，像水上的箫声，像隔座的茶香，像记忆中的少女，这种种都是梦"。是诗，是画，"文中有画，画中还有诗，诗中还有哲学"。诗画哲学，悠闲人生，快意人生，何等洒脱而达观的人生态度和生命状态。"一种是大刀阔斧的人，一种是细针密线的人。"前一种人"英雄豪杰是如此办法：他们所图远大，是不屑也无暇顾念那些琐细的节目！蠢汉笨伯也是如此办法，他们却只图省事！他们的思力不足，不足剖析入微，鞭辟入里……"后一种人"他们不注重一千一万，而注意一毫一厘；他们觉得这一毫一厘便是那一千一万的具体而微——只要将这一毫一厘看得透彻，正和照相的放大一样，其余也可想见了"。在对孙福熙人生哲学的记述里，我们同时见到了"细磨细琢的春台"和朱自清这位散文大师的精湛艺术。

威尼斯

威尼斯（Venice）是一个别致地方。出了火车站，你立刻便会觉得；这里没有汽车，要到哪儿，不是搭小火轮，便是雇"刚朵拉"（Gondola）。大运河穿过威尼斯像反写的 S；这就是大街。另有小河道四百十八条，这些就是小胡同。轮船像公共汽车，在大街上走；"刚朵拉"是一种摇橹的小船，威尼斯所特有，它哪儿都去。威尼斯并非没有桥；三百七十八座，有的是。只要不怕转弯抹角，哪儿都走得到，用不着下河去。可是轮船中人还是很多，"刚朵拉"的买卖也似乎并不坏。

威尼斯是"海中的城"，在意大利半岛的东北角上，是一群小岛，外面一道沙堤隔开亚得利亚海。在圣马克方场的钟楼上看，团花簇锦似的东一块西一块在绿波里荡漾着。远处是水天相接，一片茫茫。这里没有什么煤烟，天空干干净净；在温和的日光中，一切都像透明的。中国人到此，仿佛在江南的水乡；夏初从欧洲北部来的，在这儿还可看见清清楚楚的春天的背影。海水那么绿，那么酽，会带你到梦中去。

威尼斯不单是明媚，在圣马克方场走走就知道。这个方场南面临着一道运河；场中偏东南便是那可以望远的钟楼。威尼斯最热闹的地方是这儿，最华妙庄严的地方也是这儿。除了西边，围着的都是三百年以上的建筑，东边居中是圣马克堂，却有了八九百年——钟楼便在它的右首。再向右是"新衙门"；教堂左首是"老衙门"。这两溜儿楼房的下一层，现在满开了铺子。铺子前面是长廊，一天到晚是来来去去的人。紧接着教堂，直伸向运河去的是公爷府；这个一半属于小方场，另一半便属于运河了。

圣马克堂是方场的主人，建筑在十一世纪，原是卑赞廷式，以直线为主。十四世纪加上戈昔式[1]的装饰，如尖拱门等；十七世纪又参入文艺复兴期的装饰，如栏干等。所以庄严华妙，兼而有之；这正是威尼斯人的漂亮劲儿。教堂里屋顶与墙壁上满是碎玻璃嵌成的画，大概是真金色的地，蓝色和红色的圣灵像。这些像做得非常肃穆。教堂的地是用大理石铺的，颜色花样种种不同。在那种空阔阴暗的氛围中，你觉得伟丽，也觉得森严。教堂左右那两溜儿楼房，式样各别，并不对称；钟楼高三百二十二英尺，也偏在一边儿。但这两溜房子都是三层，都有许多拱门，恰与教堂的门面与圆顶相称；又都是白石造成，越衬出教堂的金碧辉煌来。教堂右边是向运河去的路，是一个小方场，本来显得空阔些，钟楼恰好填了这个空子。好像我们戏里大将出场，后面一杆旗子总是偏着取势；这方场中的建筑，节奏其实是和谐不过的。十八世纪意大利卡那来陀（Canaletto）[2] 一派画家专画威尼斯的建筑，取材于这方场的很多。德国德莱司敦画院中有几张，真好。

公爷府里有好些名人的壁画和屋顶画，丁陶来陀（Tinotoretto，十六世纪）[3] 的大画《乐园》最著名；但更重要的是它建筑的价值。运河上有了这所房子，增加了不少颜色。这全然是戈昔式；动工在九世纪初，以后屡次遭火，屡次重修，现在的据说还是原来的式样。最好看的是它的西南两面；西面斜对着圣马克方场，南面正在运河上。在运河里看，真像在画中。它也是三层：下两层是尖拱门，一眼看去，无数的柱子。最下层的拱门简单疏阔，是载重的样子；上一层便繁密得多，为装饰之用；最上层却更简单，一根柱子没有，除了疏疏落落的窗和门之外，都是整块的墙面。墙面上用白的与玫瑰红的大理石砌成素朴的方纹，在日光里鲜明得像少女一般。威尼斯人真不愧着色的能手。这所房子从运河中看，好像在水里。下两层是玲珑的架子，上一层才是屋子；这是很巧的结构，加上那艳而雅的颜色，令人有惝恍迷离之感。府后有太息桥；从前一边是监狱，一边是法院，狱囚提讯须过这里，所以得名。拜伦诗中曾咏此，因而便脍炙人口起来，其实也只是近世的东西。

威尼斯的夜曲是很著名的。夜曲本是一种抒情的曲子，夜晚在人家窗下随便唱。可是运河里也有：晚上在圣马克方场的河边上，看见河中有红绿的纸球灯，便是唱夜曲的船。雇了"刚朵拉"摇过去，靠着那个船停下，船在水中间，两边挨次排着"刚朵拉"，在微波里荡着，像是两只翅膀。唱曲的有男有女，围着一张桌子坐，轮到了便站起来唱，旁边有音乐和着。曲词自然是意大利语，意大利的语音据说最纯粹，最清朗。听起来似乎的确斩截些，女人的尤其如此——意大利的歌女是出名的。音乐节奏繁密，声情热烈，想来是最流行的"爵士乐"。在微微摇摆的红绿灯球底下，颤着酽酽的歌喉，运河上一片朦胧的夜也似乎透出玫瑰红的样子。唱完几曲之后，船上有人跨过来，反拿着帽子收钱，多少随意。不愿意听了，还可摇到第二处去。这个略略像当年的秦淮河的光景，但秦淮河却热闹得多。

从圣马克方场向西北去，有两个教堂在艺术上是很重要的。一个是圣罗珂堂，旁边有一所屋子，墙上屋顶上满是画；楼上下大小三间屋，共六十二幅画，是丁陶来陀的手笔。屋里暗极，只有早晨看得清楚。丁陶来陀作画时，因地制宜，大部分只粗粗勾勒，利用阴影，教人看了觉得是几经琢磨似的。《十字架》一幅在楼上小屋内，力量最雄厚。佛拉利堂在圣罗珂近旁，有大画家铁沁（Titian，十六世纪）[4]和近代雕刻家卡奴洼（Canova）[5]的纪念碑。卡奴洼的，灵巧，是自己打的样子；铁沁的，宏壮，是十九世纪中叶才完成的。他的《圣处女升天图》挂在神坛后面，那朱红与亮蓝两种颜色鲜明极了，全幅气韵流动，如风行水上。倍里尼（Giovanni Bellini，十五世纪）[6]的《圣母像》，也是他的精品。他们都还有别的画在这个教堂里。

从圣马克方场沿河直向东去，有一处公园；从一八九五年起，每两年在此地开国际艺术展览会一次。今年是第十八届；加入展览的有意，荷，比，西，丹，法，英，奥，苏俄，美，匈，瑞士，波兰等十三国，意大利的东西自然最多，种类繁极了；未来派立体派的图画雕刻，都可见到，还有别的许多新奇的作品，说不出路数。颜色大概鲜明，教人眼睛发亮；建筑也是新式，简截不啰嗦，痛快之至。苏俄的作品不多，大概是工农生活的表现，兼有沉毅和高兴的调子。他们也用鲜明的颜色，但显然没有很费心思在艺术上，作风老老实实，并不向牛犄角里寻找新奇的玩意儿。

威尼斯的玻璃器皿，刻花皮件，都是名产，以典丽风华胜，缂丝也不错。大理石小雕像，是著名大品的缩本，出于名手的还有味。

1932年7月13日作。

（原载1932年9月1日《中学生》第27号）

注释

1. 戈昔式：一种建筑形式。

2. 卡那来陀：*Antonio Canaletto*，即卡纳莱托（1697—1768），意大利画家。
3. 丁陶来陀：*Tintoretto*，即丁陶列托（1518—1594），意大利色彩大师。
4. 铁沁：*Titian*，即提香（1477—1576），意大利威尼斯画派代表画家。
5. 卡奴注：*Canova*（1757—1822），意大利著名雕塑家。
6. 倍里尼：*Giovanni Bellini*，即乔凡尼·贝里尼（1427—1516），意大利威尼斯画派画家。

导读

　　《威尼斯》等几篇散文选自朱自清的散文集《欧游杂记》。《欧游杂记》1934 年 9 月由开明书店出版。收录游记 11 篇，其中《西行通讯》为附录。朱自清一直希望走出狭小的书斋，看看祖国和世界的名山胜迹。他也喜欢读游记，20 世纪 30 年代初他终于实现了自己的愿望。1931 年 8 月至 1932 年 7 月他到英国去留学并漫游了法国、德国、荷兰、瑞士、意大利 5 国，历时 11 个月。回国后根据这段旅游生活写了两部游记《欧游杂记》和《伦敦杂记》。《欧游杂记》共收散文 11 篇，均发表在《中学生》杂志上。从具体内容看，作者主要对欧洲文化、古迹、风俗、人情等进行描述，并在描述中表现了作者把学习本国文化和学习外国的进步文化结合起来，使人类文化发展的积极成果得以相互补充和交流的一贯主张，这样写能使读者开阔眼界，增长见识。总之，从这部游记里，我们可以看出作者对西欧文化的热心了解和细致考察，描述客观细腻，生动自然，而又朴质亲切。

　　在朱自清众多优美的散文作品中，游记是其中的一大类，而且推动中国新文学史上的游记散文一类走向成熟。朱自清于 1931 年 8 月留学英国，1932 年 7 月回国，此间，漫游欧洲五国，"以我们主张：能够遍游全世界，将世界上的事事物物都放在脑筋里的炽炉中锻炼一过，然后才能成为一种正确的经验，才算有世界的眼光"。（《南洋旅行漫记》上册 253 页。）

　　《威尼斯》是朱自清著名的游记散文，写于 1932 年，文章着重写景，作者笔下的威尼斯别致而富有韵味。

　　首先，别致于她是"水城"一座，没有汽车，成反 S 形状的运河贯穿南北，只有"刚朵拉"、轮船，纵横交错的河道，无处不至的小船，作者将河道比喻成小胡同，转弯抹角，但四通八达，异常方便。有河便离不开桥，别致的韵味伴着自然气息扑向眼前耳际。其次，别致于她是"海中的城"，花团锦簇的一群小岛点缀在亚得里亚海上，明珠般熠熠生辉。对整座城的感受是干净透明、明媚梦幻。想来作者已深深沉醉其中，词语无不优美，情感丰富，赞叹不已。再其次，作者所言的别致，还在于这是一座文化艺术之城，欧洲的文艺复兴以13世纪末意大利各城市兴起为开端，16世纪盛行全欧洲，作者细致描绘了教堂钟楼的伟丽肃穆，栏杆柱子的庄严华妙，闻名于世的夜曲、歌剧，有着辉煌灿烂历史的绘画艺术，典丽风华的玻璃器皿。作者在描述过程中，毫不吝惜，华词丽句纷至沓来、美不胜收。

作者的游记素有明晰的空间概念，本文以圣马克广场这一中心点写开来，由点及面，南临运河，东抵公园，东南钟楼，西北教堂，布局巧妙，结构紧凑，重点突出，详略得当。再来看作者本文所用的修辞："在这儿还可看见清清楚楚的春天的背影。"依依眷恋，难舍春色，景色拟人化，"墙面上用白的与玫瑰红的大理石砌成素朴的方纹，在日光里鲜明得像少女一般"。作者极其善用少女来比喻景或物。文中也常见口语式的表达，增强了文字的趣味感，也拉近了与读者的距离。

佛罗伦司

佛罗伦司（Florence）最教你忘不掉的是那色调鲜明的大教堂与在它一旁的那高耸入云的钟楼。教堂靠近闹市，在狭窄的旧街道与繁密的市房中，展开它那伟大的个儿，好像一座山似的。它的门墙全用大理石砌成，黑的红的白的线条相间着。长方形是基本图案，所以直线虽多，而不觉严肃，也不觉浪漫；白天里绕着教堂走，仰着头看，正像看达文齐的《摩那丽沙》（Mona Lisa）[2] 像，她在你上头，可也在你里头。这不独是线形温和平静的缘故，那三色的大理石，带着它们的光泽，互相显映，也给你鲜明稳定的感觉；加上那朴素而黯淡的周围，衬托着这富丽堂皇的建筑，像给它打了很牢固的基础一般。夜晚就不同些；在模糊的街灯光里，这庞然的影子便有些压迫着你了。教堂动工在十三世纪，但门墙只是十九世纪的东西；完成在一八八四年，算到现在才四十九年。教堂里非常简单，与门墙决不相同，只穹隆顶宏大而已。

钟楼在教堂的右首，高二百九十二英尺，是乔陀（Giotto，十四世纪）[3] 的杰作。乔陀是意大利艺术的开山祖师；从这座钟楼可以看出他的大匠手。这也用颜色大理石砌成墙面；宽度与高度正合式，玲珑而不显单薄。墙面共分七层：下四层很短，是打根基的样子，最上层最长，以助上耸之势。窗户越高越少越大，最上层只有一个；在长方形中有金字塔形的妙用。教堂对面是受洗所，以吉拜地（Ghiberti）[4] 做的铜门著名。有两扇最工，上刻《圣经》故事图十方，分远近如画法，但未免太工些；门上并有作者的肖像。密凯安杰罗（十六世纪）说过这两扇门真配做天上乐园的门，传为佳话。

教堂内容富丽的，要推送子堂，以《送子图》得名。门外廊子里有沙陀（Sarto，十六世纪）的壁画，他自己和他太太都在画中；画家以自己或太太作模特儿是常见的。教堂里屋顶以金漆花纹界成长方格子，灿烂之极。门内左边有一神龛，明灯照耀，香花供养，墙上便是《送子图》。画的是天使送耶稣给处女玛利亚，相传是天使的手笔。平常遮着不让我们俗眼看；每年只复活节的礼拜五揭开一次。这是塔斯干省最尊的神龛了。

梅迭契（Medici）家庙也以富丽胜，但与别处全然不同。梅迭契家是中古时大公爵，治佛罗伦司多年。那时佛罗伦司非常富庶，他们家穷极奢华；佛罗伦司艺术的兴盛，一半便由于他们的爱好。这个家庙是历代大公爵家族的葬所。房屋是八角形，有穹隆顶；分两层，下层是坟墓，上层是雕像与纪念碑等。上层墙壁，全用各色上好大理石作面子，中间更用宝石嵌成花纹，地也用大理石嵌花铺成；屋顶是名人的画。光彩焕发，五色纷纶；嵌工最精细，平滑如天然。佛罗伦司嵌石是与威尼斯嵌玻璃齐名的，梅迭契家造这个庙，用过二千万元，但至今并未完成；雕像座还空着一大半，地也没有全铺好。旁有新庙，是密凯安杰罗[5]所建，朴质无华；中有雕像四座，叫做《昼》《夜》《晨》《昏》，是纪念碑的装饰，是出于密凯安杰罗的手，颇有名。

十字堂是"佛罗伦司的西寺"，"塔斯干的国葬院"；前面是但丁的造像。密凯安杰罗与科学家格里雷的墓都在这里，但丁也有一座纪念碑；此外名人的墓还很多。佛罗伦司与但丁有关系的遗迹，除这所教堂外，在送子堂附近是他的住宅；是一所老老实实的小砖房，带一座方楼，据说那时阔人家都有这种方楼的。他与他的情人佩特拉齐相遇，传说是在一座桥旁；这个情景常见于图画中。这座有趣的桥，照画看便是阿奴河上的三一桥；桥两头各有雕像两座，风光确是不坏。佩特拉齐的住宅离但丁的也不远；她葬在一个小教堂里，就在住宅对面小胡同内。这个教堂双扉紧闭，破旧得可以，据说是终年不常开的。但丁与佩特拉齐的屋子，现在都已作别用，不能进去，只墙上钉些纪念的木牌而已。佩特拉齐住宅墙上有一块木牌，专抄但丁的诗两行，说他遇见了一个美人，却有些意思。还有一所教堂，据说原是但丁写《神曲》的地方；但书上没有，也许是"齐东野人"之语罢。密凯安杰罗住过的屋子在十字堂近旁，是他侄儿的住宅。现在是一所小博物院，其中两间屋子陈列着密凯安杰罗塑的小品，有些是名作的雏形，都奕奕有神采。在这一层上，他似乎比但丁还有幸些。

佛罗伦司著名的方场叫做官方场，据说也是历史的和商业的中心，比威尼斯的圣马克方场黯淡冷落得多。东边未周府，原是共和时代的议会，现在是市政府。要看中古时佛罗伦司的堡子，这便是个样子，建筑仿佛铜墙铁壁似的。门前有密凯安杰罗《大卫》（David）像的翻本（原件存本地国家美术院中）。府西是著名的喷泉，雕像颇多；中间亚波罗驾四马，据说是一块大理石凿成。但死板板的没有活气，与旁边有血有肉的《大卫》像一比，便看出来了。密凯安杰罗说这座像白费大理石，也许不错。府东是朗齐亭，原是人民会集的地方，里面有许多好的古雕像；其中一座像有两个面孔，后一个是作者自己。

　　方场东边便是乌费齐画院（Uffizi Gallery）。这画院是梅迭契家立的，收藏十四世纪到十六世纪的意大利画最多；意大利画的精华荟萃于此，比哪儿都好。乔陀，波铁乞利（Botticelli，十五世纪），达文齐（十五世纪），拉飞尔（十六世纪），密凯安杰罗，铁沁的作品，这儿都有；波铁乞利和铁沁的最多。乔陀，波铁乞利，达文齐都是佛罗伦司派，重形线与构图；拉飞尔曾到佛罗伦司，也受了些影响。铁沁是威尼斯派，重著色。这两个潮流是西洋画的大别。波铁乞利的作品如《勃里马未拉的寓言》，《爱神的出生》等似乎最能代表前一派；达文齐的《送子图》，构图也极巧妙。铁沁的《佛罗拉像》和《爱神》，可以看出丰富的颜色与柔和的节奏。另有《蓝色圣母像》，沙琐费拉陀（Sossoferrato，十七世纪）所作，后来临摹的很多；《小说月报》曾印作插图。古雕像以《梅迭契爱神》，《摔跤》为最：前者情韵欲流，后者精力饱满，都是神品。隔阿奴河有辟第（Pitti）画院，有长廊与乌费齐相通；这条长廊架在一座桥的顶上，里面挂着许多画像。辟第画院是辟第（Luca Pitti）立的。他和梅迭契是死冤家。可是后来扩充这个画院的还是梅迭契家。收藏的名画有拉飞尔的两幅《圣母像》，《福那利那像》与铁沁的《马达来那像》等。福那利那是拉飞尔的未婚妻，是他许多名作的模特儿。铁沁此幅和《佛罗拉像》作风相近，但金发飘拂，节奏更要生动些。

　　两个画院中常看见女人坐在小桌旁用描花笔蘸着粉临摹小画像，这种小画像是将名画临摹在一块长方的或椭圆的小纸上，装在小玻璃框里，作案头清供之用。因为地方太小，只能临摹半身像。这也是西方一种特别的艺术，颇有些历史。看画院的人走过那些小桌子旁，她们往往请你看她们的作品；递给你扩大镜让你看出那是一笔不苟的。每件大约二十元上下。

她们特别拉住些太太们，也许太太们更能赏识她们的耐心些。

十字堂邻近，许多做嵌石的铺子。黑地嵌石的图案或带图案味的花卉人物等都好；好在颜色与光泽彼此衬托，恰到佳处。有几块小丑像，趣极了。但临摹风景或图画的却没有什么好。无论怎么逼真，总还隔着一层；嵌石决不能如作画那么灵便的。再说就使做得和画一般，也只是因难见巧，没有一点新东西在内。威尼斯嵌玻璃却不一样。他们用玻璃小方块嵌成风景图；这些玻璃块相似而不尽相同，它们所构成的不是一个简单的平面，而是许多颜色的点儿。你看时会觉得每一点都触着你，它们间的光影也极容易跟着你的角度变化；至少这"触着你"一层，画是办不到的。不过佛罗伦司所用大理石，色泽胜于玻璃多多；威尼斯人虽会著色，究竟还赶不上。

（原载1932年9月1日《中学生》第27号）

注释

1. 佛罗伦司：今译名为佛罗伦萨。
2. 《摩那丽沙》：今译名为《蒙娜丽莎》。
3. 乔陀：*Giotto*，即乔托（约1266—1337），佛罗伦萨画派的创始人。
4. 吉拜地：*Ghiberti, Lorenzo*，即吉贝尔蒂（约1378—1455），意大利文艺复兴早期主要青铜雕刻家。
5. 密凯安杰罗：即米开朗基罗。

导读

佛罗伦萨，位于意大利的中部。意大利是欧洲文艺复兴的起源地，而佛罗伦萨又是意大利文艺复兴运动的中心。朱自清本篇游记着重描写佛罗伦萨这座古城的文化艺术成就，笔触细腻，所到之处，不错过任何一个精细环节。

首先写大教堂及钟楼，大教堂像山一样注视着闹市，见证着历史，俗世忙碌的人们穿过熙攘来到教堂虔诚礼拜。门墙上的大理石历经千百年的风雨，在阳光下依旧散发着温润光泽，钟楼与教堂和谐统一，一同闪耀着文艺复兴时期的璀璨光芒。

　　接下来的梅迭契家庙及十字堂，前者是家族的葬所，而十字堂则是闻名于世的大师巨匠的古迹，米开朗基罗、但丁、波提切利、达·芬奇、拉斐尔、提香，千古流传的这些名人的或雕像，或画作，或旧居，都可寻见，巨匠们的思想成就，艺术成就，透过这短短的一篇游记，便得到了印证，在某一瞬的光影间与读者重逢，千百年的历史就在那一刻鲜活。

　　后部分描写了古老的商业中心官方场，有败落的迹象。乌费齐画院，作者提到西方绘画艺术的两种不同派别：重构图及线条的佛罗伦萨派、重色彩的威尼斯派，徐志戎说："佛罗伦萨的理想美，在威尼斯变成了彻头彻尾的肉体美。"古典绘画，题材紧贴宗教，尊崇上帝，仰慕古希腊神话美，佛罗伦萨派绘画当时取得了登峰造极的成就。

罗　马

罗马（Rome）是历史上大帝国的都城，想象起来，总是气象万千似的。现在它的光荣虽然早过去了，但是从七零八落的废墟里，后人还可仿佛于百一。这些废墟，旧有的加上新发掘的，几乎随处可见，像特意点缀这座古城的一般。这边几根石柱子，那边几段破墙，带着当年的尘土，寂寞地陷在大坑里；虽然在夏天中午的太阳，照上去也黯黯淡淡，没有多少劲儿。就中罗马市场（Forum Romanum）规模最大。这里是古罗马城的中心，有法庭，神庙，与住宅的残迹。卡司多和波鲁斯庙的三根哥林斯式的柱子，顶上还有片石相连着；在全场中最为秀拔，像三个丰姿飘洒的少年用手横遮着额角，正在眺望这一片古市场。想当年这里终日挤挤闹闹的也不知有多少人，各有各的心思，各有各的手法；现在只剩三两起游客指手画脚地在死一般的寂静里。犄角[1]上有一所住宅，情形还好；一面是三间住屋，有壁画，已模糊了，地是嵌石铺成的；旁厢是饭厅，壁画极讲究，画的都是正大的题目，他们是很看重饭厅的。市场上面便是巴拉丁山，是饱历兴衰的地方。最早是一个村落，只有些茅草屋子；罗马共和末期，一姓贵族聚居在这里；帝国时代，更是繁华。游人走上山去，两旁宏壮的住屋还留下完整的黄土坯子，可以见出当时阔人家的气局。屋顶一片平场，原是许多花园，总名法内塞园子，也是四百年前的旧迹；现在点缀些花木，一角上还有一座小喷泉。在这园子里看脚底下的古市场，全景都在望中了。

市场东边是斗狮场，还可以看见大概的规模；在许多宏壮的废墟里，这个算是情形最好的。外墙是一个大圆圈儿，分四层，要仰起头才能看到顶上。下三层都是一色的圆拱门和柱子，上一层只有小长方窗户和楞子，这种单纯的对照教人觉得这座建筑是整整的一块，好像直上云霄的松柏，老干亭亭，没有一些繁枝细节。里面中间原是大平场；中古时在这儿筑起堡垒，现在满是一道道颓毁的墙基，倒成了四不像。这场子便是斗狮场；环绕着的是观众的坐位。下两层是包厢，皇帝与外宾的在最下层，上层是贵族的；第三层公务员坐；最上层平民坐：共可容四五万人。狮子洞还在下一层，有口直通场中。斗狮是一种刑罚，也可以说是一种裁判：罪囚放在狮子面前，让狮子去搏他；他若居然制死了狮子，便是直道在他一边，他就可自由了。但自然是让狮子吃掉的多；这些人大约就算活该。想到临场的罪囚和他亲族的悲苦与恐怖，他的仇人的痛快，皇帝的威风，与一般观众好奇的紧张的面目，真好比一场恶梦。这个场子建筑在一世纪，原是戏园子，后来才改作斗狮之用。

斗狮场南面不远是卡拉卡拉浴场。古罗马人颇讲究洗澡，浴场都造得好，这一所更其华丽。全场用大理石砌成，用嵌石铺地；有壁画，有雕像，用具也不寻常。房子高大，分两层，都用圆拱门，走进去觉得稳稳的；里面金碧辉煌，与壁画雕像相得益彰。居中是大健身房，有喷泉两座。场子占地六英亩，可容一千六百人洗浴。洗浴分冷热水蒸气三种，各占一所屋子。古罗马人上浴场来，不单是为洗澡；他们可以在这儿商量买卖，和解讼事等等，正和我们上茶店上饭店一般作用。这儿还有好些游艺，他们公余或倦后来洗一个澡，找几个朋友到游艺室去消遣一回，要不然，到客厅去谈谈话，都是很"写意"的。现在却只剩下一大堆遗迹。大理石本来还有不少，早给搬去造圣彼得等教堂去了；零星的物件陈列在博物院里。我们所看见的只是些巍巍峨峨[2]参参差差的黄土骨子，站在太阳里，还有学者们精心研究出来的《卡拉卡拉浴场图》的照片，都只是所谓过屠门大嚼而已。

罗马从中古以来便以教堂著名。康南海《罗马游纪》中引杜牧的诗"南朝四百八十寺，多少楼台烟雨中"，光景大约有些相像的；只可惜初夏去的人无从领略那烟雨罢了。圣彼得堂最精妙，在城北尼罗圆场的旧址上。尼罗在此地杀了许多基督教徒。据说圣彼得上十字架后也便葬在这里。这教堂几经兴废，现在的房屋是十六世纪初年动工，经了许多建筑师的手。密凯安杰罗七十二岁时，受保罗第三的命，在这儿工作了十七年。后人以为天使保罗第三假手于这一个大艺术家，给这座大建筑定下了规模；以后虽有增改，但大体总是依着他的。教堂内部参照卡拉卡拉浴场的式样，许多高大的圆拱门稳稳地支着那座穹隆顶。教堂长六百九十六英尺，宽四百五十英尺，穹隆顶高四百零三英尺，可是乍看不觉得是这么大。因为平常看屋子大小，总以屋内饰物等为标准，饰物等的尺寸无形中是有谱子的。圣彼得堂里的却大得离了谱子，"天使像巨人，鸽子像老鹰"；所以教堂真正的大小，一下倒不容易看出了。但是你若看里面走动着的人，便渐渐觉得不同。教堂用彩色大理石砌墙，加上好些嵌石的大幅的名画，大都是亮蓝与朱红二色；鲜明丰丽，不像普通教堂一味阴沉沉的。密凯安杰罗雕的彼得像，温和光洁，别具一格，在教堂的犄角上。

圣彼得堂两边的列柱回廊像两只胳膊拥抱着圣彼得圆场；留下一个口子，却又像个玦[3]。场中央是一座埃及的纪功方尖柱，左右各有大喷泉。那两道回廊是十七世纪时亚历山大第三所造，成于倍里尼（Pernini）之手。廊子里有四排多力克式石柱，共二百八十四根；顶上前后都有栏干，前面栏干上并有许多小雕像。场左右地上有两块圆石头，站在上面看同一边的廊子，觉得只有一排柱子，气魄更雄伟了。这个圆场外有一道弯弯的白石线，便是梵蒂冈与意大利的分界。教皇每年复活节站在圣彼得堂的露台上为人民祝福，这个场子内外据说是拥挤不堪的。

圣保罗堂在南城外，相传是圣保罗葬地的遗址，也是柱子好。门前一个方院子，四面廊子里都是些整块石头凿出来的大柱子，比圣彼得的两道廊子却质朴得多。教堂里面也简单空廓，没有什么东西。但中间那八十根花岗石的柱子，和尽头处那六根蜡石的柱子，纵横地排着，看上去仿佛到了人迹罕至的远古的森林里。柱子上头墙上，周围安着嵌石的历代教皇像，一律圆框子。教堂旁边另有一个小柱廊，是十二世纪造的。这座廊子围着一所方院子，在低低的墙基上排着两层各色各样的细柱子——有些还嵌着金色玻璃块儿。这座廊子精工可以说像湘绣，秀美却又像王羲之的书法。

在城中心的威尼斯方场上巍然踞蹲着的，是也马奴儿第二的纪功廊。这是近代意大利的建筑，不缺少力量。一道弯弯的长廊，在高大的石基上。前面三层石级：第一层在中间，第二三层分开左右两道，通到廊子两头。这座廊子左右上下都匀称，中间又有那一弯，便兼有动静之美了。从廊前列柱间看到暮色中的罗马全城，觉得幽远无穷。

罗马艺术的宝藏自然在梵蒂冈宫；卡辟多林博物院中也有一些，但比起梵蒂冈来就太少了。梵蒂冈有好几个雕刻院，收藏约有四千件，著名的《拉奥孔》（Laocoon）便在这里。画院藏画五十幅，都是精品，拉飞尔的《基督现身图》是其中之一，现在却因修理关着。梵蒂冈的壁画极精彩，多是拉飞尔和他门徒的手笔，为别处所不及。有四间拉飞尔室和一些廊子，里面满是他们的东西。拉飞尔由此得名。他是乌尔比奴人，父亲是诗人兼画家。他到罗马后，极为人所爱重，大家都要他教画；他忙不过来，只好收些门徒作助手。他的特长在画人体。这是实在的人，肢体圆满而结实，有肉有骨头。这自然受了些佛罗伦司派的影响，但大半还是他的天才。他对于气韵，远近，大小与颜色也都有敏锐的感觉，所以成为大家。他在罗马住的屋子还在，坟在国葬院里。歇司丁堂与拉飞尔室齐名，也在宫内。这个神堂是十五世纪时歇司土司第四造的，高一百三十三英尺，宽四十五英尺。两旁墙的上部，都由佛罗伦司派画家装饰，有波铁乞利在内。屋顶的画满都是密凯安杰罗的，歇司丁堂著名在此。密凯安杰罗是佛罗伦司派的极峰。他不多作画，一生精华都在这里。他画这屋顶时候，以深沉肃穆的心情渗入画中。他的构图里气韵流动着，形体的勾勒也自然灵妙，还有那雄伟出尘的风度，都是他独具的好处。堂中祭坛的墙上也是他的大画，叫做《最后的审判》。这幅壁画是以后多年画的，费了他七年工夫。

罗马城外有好几处隧道，是一世纪到五世纪时候基督教徒挖下来做墓穴的，但也用作敬神的地方。尼罗搜杀基督教徒，他们往往避难于此。最值得看的是圣卡里斯多隧道。那儿还有一种热诚花，十二瓣，据说是代表十二使徒的。我们看的是圣赛巴司提亚堂底下的那一处，大家点了小蜡烛下去。曲曲折折的狭路，两旁是大大小小深深浅浅的墓穴；现在自然是空的，可是有时还看见些零星的白骨。有一处据说圣彼得住过，成了龛堂，壁上画得很好。另处也还有些壁画的残迹。这个隧道似乎有四层，占的地方也不小。圣赛巴司提亚堂里保存着一块石头，上有大脚印两个；他们说是耶稣基督的，现在供养在神龛里。另一个教堂也供着这么一块石头，据说是仿本。

缧绁[4]堂建于第五世纪，专为供养拴过圣彼得的一条铁链子。现在这条链子还好好的在一个精美的龛子里。堂中周理乌司第二纪念碑上有密凯安杰罗雕的几座像；摩西像尤为著名。那种原始的坚定的精神和勇猛的力量从眉目上，胡须上，胳膊上，手上，腿上，处处透露出来，教你觉得见着了一个伟大的人。又有个阿拉古里堂，中有圣婴像。这个圣婴自然便是耶稣基督；是十五世纪耶路撒冷一个教徒用橄榄木雕的。他带它到罗马，供养在这个堂里。四方来许愿的很多，据说非常灵验；它身上密层层地挂着许多金银饰器都是人家还愿的。还有好些信写给它，表示敬慕的意思。

罗马城西南角上，挨着古城墙，是英国坟场或叫做新教坟场。这里边葬的大都是艺术家与诗人，所以来参谒来凭吊的意大利人和别国的人终日不绝。就中最有名的自然是十九世纪英国浪漫诗人雪莱与济兹的墓。雪莱的心葬在英国，他的遗灰在这儿。墓在古城墙下斜坡上，盖有一块长方的白石；第一行刻着"心中心"，下面两行是生卒年月，再下三行是莎士比亚《风暴》中的仙歌。

　　　　彼无毫毛损，
　　　　海涛变化之，
　　　　从此更神奇。

好在恰恰关合雪莱的死和他的为人。济兹墓相去不远，有墓碑，上面刻着道：

　　　　这座坟里是，
　　　　英国一位少年诗人的遗体；
　　　　他临死时候，
　　　　想着他仇人们的恶势力，
　　　　痛心极了，叫将下面这一句话
　　　　刻在他的墓碑上：
　　　　"这儿躺着一个人，
　　　　他的名字是用水写的。"

末一行是速朽的意思；但他的名字正所谓"不废江河万古流"，又岂是当时人所料得到的。后来有人别作新解，根据这一行话做了一首诗，连济兹的小像一块儿刻铜嵌在他墓旁墙上。这首诗的原文是很有风趣的。

济兹名字好，

说是水写成；

一点一滴水，

后人的泪痕——

英雄枯万骨，

难如此感人。

安睡吧，

陈词虽挂漏，

高风自峥嵘。

　　这座坟场是罗马富有诗意的一角；有些爱罗马的人虽不死在意大利，也会遗嘱葬在这座"永远的城"的永远的一角里。

（原载1932年10月1日《中学生》第28号）

注释

1. 犄角（jī jiǎo）：两个边沿成角形的地方，棱角，角落。
2. 巍巍峨峨（wēi wēi é é）：高大壮观，雄伟矗立的样子。
3. 玦（jué）：半环形有缺口的佩玉。
4. 缧绁（léi xiè）：缚犯人的绳索，这里借指监狱。

导读

　　《罗马》一文原载于1932年10月1日《中学生》第28号。游记重在写景，在本文中，朱自清运用由点到面，由上而下，由东至西，由北往南的写作手法，技巧类似中国画的"移步换形"，高低起伏、错落有致，带给读者无尽的想象空间。

　　作者以罗马市场为中心，向城四周辐射开来，所到之处，目之所及，细细描绘，形成完美画卷，尽现古罗马的繁华大气。作者首先写城上方的马拉丁山，接着转写城东的斗狮场，斗狮场南面的卡拉卡拉浴场，城北的圣彼得堂，城南的圣保罗堂，西南角的新教坟场，此外，着重笔墨于梵蒂冈宫，梵蒂冈精彩的壁画，精美的雕刻。著名的画家拉飞尔"他对于气韵，远近，大小与颜色也都有敏锐的感觉，所以成为大家"。密凯安杰罗"是佛罗伦司派的极峰。他不多作画，一生精华都在这里。他画这屋顶的时候，以深沉肃穆的心情渗入画中。他的构图里气韵流动着，形体的勾勒也自然灵妙，还有那雄伟出尘的风度，都是他独具的好处。"描绘了建筑与绘画艺术的完美结合。

　　"条条大路通罗马"这句谚语世人皆晓，如今，尽管光荣不在，废墟一片，但透过那些石柱、残墙仍可见古罗马当年的气势恢弘与曾经的气象万千。读此文章，我们有幸跟随作者同游古罗马。数百年前的古罗马人，创造了辉煌的建筑艺术，成就了灿烂的绘画艺术，我们向历史深处遥望，幽远无穷，不免欷歔赞叹。我们再来关注罗马城最富诗意的一角，城西南的新坟场，这不是普通的坟场，里面安睡的是享誉世界的19世纪英国浪漫诗人雪莱与济兹，"有些爱罗马的人虽不死在意大利，也会遗嘱葬在这座'永远的城'的永远的一角里"。

瑞　士

瑞士有"欧洲的公园"之称。起初以为有些好风景而已；到了那里，才知无处不是好风景，而且除了好风景似乎就没有什么别的。这大半由于天然，小半也是人工。瑞士人似乎是靠游客活的，只看很小的地方也有若干若干的旅馆就知道。他们拼命地筑铁道通轮船，让爱逛山的爱游湖的都有落儿；而且车船两便，票在手里，爱怎么走就怎么走。瑞士是山国，铁道依山而筑，隧道极少；所以老是高高低低，有时像差得很远的。还有一种爬山铁道，这儿特别多。狭狭的双轨之间，另加一条特别轨：有时是一个个方格儿，有时是一个个钩子；车底下带一种齿轮似的东西，一步步咬着这些方格儿，这些钩子，慢慢地爬上爬下。这种铁道不用说工程大极了；有些简直是笔陡¹笔陡的。

逛山的味道实在比游湖好。瑞士的湖水一例是淡蓝的，真正平得像镜子一样。太阳照着的时候，那水在微风里摇晃着，宛然是西方小姑娘的眼。若遇着阴天或者下小雨，湖上迷迷蒙蒙的，水天混在一块儿，人如在睡里梦里。也有风大的时候；那时水上便皱起粼粼的细纹，有点像颦眉²的西子。可是这些变幻的光景在岸上或山上才能整个儿看见，在湖里倒不能领略许多。况且轮船走得究竟慢些，常觉得看来看去还是湖，不免也腻味。逛山就不同，一会儿看见湖，一会儿不看见；本来湖在左边，不知怎么一转弯，忽然挪到右边了。湖上固然可以看山，山上还可看山，阿尔卑斯有的是重峦叠嶂，怎么看也不会穷。山上不但可以看山，还可以看谷；稀稀疏疏错错落落的房舍，仿佛有鸡鸣犬吠的声音，在山肚里，在山脚下。看风景能够流连低徊固然高雅，但目不暇接地过去，新境界层出不层，也未尝不淋漓痛快；坐火车逛山便是这个办法。

卢参（Luzerne）在瑞士中部，卢参湖的西北角上。出了车站，一眼就看见那汪汪的湖水和屏风般的青山，真有一股爽气扑到人的脸上。与湖连着的是劳思河，穿过卢参的中间。河上低低的一座古水塔，从前当作灯塔用；这儿称灯塔为"卢采那"，有人猜"卢参"这名字就是由此而出。这座塔低得有意思；依傍着一架曲了又曲的旧木桥，倒配了对儿。这架桥带顶，像廊子；分两截，近塔的一截低而窄，那一截却突然高阔起来，仿佛彼此不相干，可是看来还只有一架桥。不远儿另是一架木桥，叫龛桥，因上有神龛得名，曲曲的，也古。许多对柱子支着桥顶，顶底下每一根横梁上两面各钉着一大幅三角形的木板画，总名"死神的跳舞"。每一幅配搭的人物和死神跳舞的姿态都不相同，意在表现社会上各种人的死法。画笔大约并不算顶好，但这样上百幅的死的图画，看了也就够劲儿。过了河往里去，可以看见城墙的遗迹。墙依山而筑，蜿蜒如蛇；现在却只见一段一段的嵌在住屋之间。但九座望楼还好好的，和水塔一样都是多角锥形；多年的风吹日晒雨淋，颜色是黯淡得很了。

冰河公园也在山上。古代有一个时期北半球全埋在冰雪里，瑞士自然在内。阿尔卑斯山上积雪老是不化，越堆越多。在底下的渐渐地结成冰，最底下的一层渐渐地滑下来，顺着山势，往谷里流去。这就是冰河。冰河移动的时候，遇着夏季，便大量地溶化。这样溶化下来的一股大水，力量无穷；石头上一个小缝儿，在一个夏天里，可以让冲成深深的大潭。这个叫磨穴。有时大石块被带进潭里去，出不来，便只在那儿跟着水转。初起有棱角，将潭壁上磨了许多道儿；日子多了，棱角慢慢光了，就成了一个大圆球，还是转着。这个叫磨石。冰河公园便以这类遗迹得名。大大小小的石潭，大大小小的石球，现在是安静了；但那粗糙的样子还能教你想见多少万年前大自然的气力。可是奇怪，这些不言不语的顽石，居然背着多少万年的历史，比我们人类还老得多多；要没人卓古证今地说，谁相信。这样讲，古诗人慨叹"磊磊涧中石"[3]，似乎也很有些道理在里头了。这些遗迹本来一半埋在乱石堆里，一半埋在草地里，直到一八七二年秋天才偶然间被发现。还发现了两种化石：一种上是些蚌壳，足见阿尔卑斯脚下这一块土原来是滔滔的大海。另一种上是片棕叶，又足见此地本有热带的大森林。这两期都在冰河期前，日子虽然更杳茫，光景却还能在眼前描画得出，但我们人类与那种大自然一比，却未免太微细了。

立矶山（Rigi）在卢参之西，乘轮船去大约要一点钟。去时是个阴天，雨意很浓。四周陡峭的青山的影子冷冷地沉在水里。湖面儿光光的，像大理石一样。上岸的地方叫威兹老，山脚下一座小小的村落，疏疏散散遮遮掩掩的人家，静透了。上山坐火车，只一辆，走得可真慢，虽不像蜗牛，却像牛之至。一边是山，太近了，不好看。一边是湖，是湖上的山；从上面往下看，山像一片一片儿插着，湖也像只有一薄片儿。有时窗外一座大崖石来了，便什么都不见；有时一片树木来了，只好从枝叶的缝儿里张一下。山上和山下一样，静透了，常常听到牛铃儿叮儿当的。牛带着铃儿，为的是跑到哪儿都好找。这些牛真有些"不知汉魏"，有一回居然挡住了火车；开车的还有山上的人帮着，吆喝了半天，才将它们哄走。但是谁也没有着急，只微微一笑就算了。山高五千九百零五英尺，顶上一块不大的平场。据说在那儿可以看见周围九百里的湖山，至少可以看见九个湖和无数的山峰。可是我们的运气坏，上山后云便越浓起来；到了山顶，什么都裹在云里，几乎连我们自己也在内。在不分远近的白茫茫里闷坐了一点钟，下山的车才来了。

交湖（Interlaken）在卢参的东南。从卢参去，要坐六点钟的火车。车子走过勃吕尼山峡。这条山峡在瑞士是最低的，可是最有名。沿路的风景实在太奇了。车子老是挨着一边儿山脚下走，路很窄。那边儿起初也只是山，青青青青的。越往上走，那些山越高了，也越远了，中间豁然开朗，一片一片的谷，是从来没看见过的山水画。车窗里直望下去，却往往只见一丛丛的树顶，到处是深的绿，在风里微微波动着。路似乎颇弯曲的样子，一座大山峰老是看不完；瀑布左一条右一条的，多少让山顶上的云掩护着，清淡到像一些声音都没有，不知转了多少转，到勃吕尼了。这儿高三千二百九十六英尺，差不多到了这条峡的顶。从此下山，不远便是勃利安湖的东岸，北岸就是交湖了。车沿着湖走。太阳出来了，隔岸的高山青得出烟，湖水在我们脚下百多尺，闪闪的像珐琅一样。

交湖高一千八百六十六英尺，勃利安湖与森湖交会于此。地方小极了，只有一条大街；四围让阿尔卑斯的群峰严严地围着。其中少妇峰最为秀拔，积雪皑皑，高出云外。街北有两条小径。一条沿河，一条在山脚下，都以幽静胜。小径的一端，依着座小山的形势参差地安排着些别墅般的屋子。

街南一块平原，只有稀稀的几个人家，显得空旷得不得了。早晨从旅馆的窗子看，一片清新的朝气冉冉地由远而近，仿佛在古时的村落里。街上满是旅馆和铺子；铺子不外卖些纪念品，咖啡，酒饭等等，都是为游客预备的；还有旅行社，更的了。这个地方简直是游客的地方，不像属于瑞士人。纪念品以刻木为最多，大概是些小玩意儿；是一种涂紫色的木头，虽然刻得粗略，却有气力。在一家铺子门前看见一个美国人在说，"你们这些东西都没有用处；我不欢喜玩意儿。"买点纪念品而还要考较用处。此君真美国得可以了。

从交湖可以乘车上少妇峰，路上要换两次车。在老台勃鲁能换爬山电车，就是下面带齿轮的。这儿到万根，景致最好看。车子慢慢爬上去，窗外展开一片高山与平陆，宽旷到一眼望不尽。坐在车中，不知道车子如何爬法；却看那边山上也有一条陡峻的轨道，也有车子在上面爬着，就像一只甲虫。到万格那尔勃可见冰川，在太阳里亮晶晶的。到小夏代格再换车，轨道中间装上一排铁钩子，与车底下的齿轮好咬得更紧些。这条路直通到少妇峰前头，差不多整个儿是隧道；因为山上满积着雪，不得不打山肚里穿过去。这条路是欧洲最高的铁路，费了十四年工夫才造好，要算近代顶伟大的工程了。

在隧道里走没有多少意思，可是哀格望车站值得看。那前面的看廊是从山岩里硬凿出来的。三个又高又大又粗的拱门般的窗洞，教你觉得自己藐小。望出去很远；五千九百零四英尺下的格林德瓦德也可见。少妇峰站的看廊却不及这里；一眼尽是雪山，雪水从檐上滴下来，别的什么都没有。虽在一万一千三百四十二英尺的高处，而不能放开眼界，未免令人有些怅怅。但是站里有一架电梯，可以到山顶上去。这是小小一片高原，在明西峰与少妇峰之间，三百二十英尺长，厚厚地堆着白雪。雪上虽只是淡淡的日光，乍看竟耀得人睁不开眼。这儿可望得远了。一层层的峰峦起伏着，有戴雪的，有不戴的；总之越远越淡下去。山缝里躲躲闪闪一些玩具般的屋子，据说便是交湖了。原上一头插着瑞士白十字国旗，在风里飒飒地响，颇有些气势。山上不时地雪崩，沙沙沙沙流下来像水一般，远看很好玩儿。脚下的雪滑极，不走惯的人寸步都得留神才行。少妇峰的顶还在二千三百二十五英尺之上，得凭着自己的手脚爬上去。

下山还在小夏代格换车，却打这儿另走一股道，过格林德瓦德直到交湖，路似乎平多了。车子绕明西峰走了好些时候。明西峰比少妇峰低些，可是大。少妇峰秀美得好，明西峰雄奇得好。车子紧挨着山脚转，陡陡的山势似乎要向窗子里直压下来，像传说中的巨人。这一路有几条瀑布；瀑布下的溪流快极了，翻着白沫，老像沸着的锅子。早九点多在交湖上车，回去是五点多。

司皮也兹（Spiez）是玲珑可爱的一个小地方：临着森湖，如浮在湖上。路依山而建，共有四五层，台阶似的。街上常看不见人。在旅馆楼上待着，远处偶然有人过去，说话声音听得清清楚楚的。傍晚从露台上望湖，山脚下的暮霭混在一抹轻蓝里，加上几星儿刚放的灯光，真有味。孟特罗（Montreux）的果子可可糖也真有味。日内瓦像上海，只湖中大喷水，高二百余英尺，还有卢梭岛及他出生的老屋，现在已开了古董铺的，可以看看。

1932年10月17日作。
（原载1932年11月1日《中学生》第29号）

注释

1. 笔陡：十分陡峭。
2. 颦（pín）眉：皱眉。
3. "磊磊涧中石"：见《古诗十九首》之三。

导读

瑞士，欧洲中部内陆国家，风景秀丽，有"世界公园"的美誉。朱自清此行欧洲，也在这风景宜人的瑞士留下了自己的足迹，通过对景物的描写，使读者一览美丽的山国。"到了那里，才知无处不是好风景，而且除了好风景似乎就没有什么别的。"也正因此，作者整篇都在写景。瑞士就似一颗璀璨明珠，造物主将其镶嵌在欧洲大陆，自然风光，迤逦多姿。远离世事纷争，永远一片和谐净土，为世人保存物质财富，同时，更是一种精神依托，是和平的代言，是和谐的真正体现。

    作者的观点，逛山胜过看湖，但却先写湖作以铺垫。晴时如此："太阳照着的时候，那水在微风里摇晃着，宛然是西方小姑娘的眼。"雨时这般："若遇着阴天或者下小雨，湖上迷迷蒙蒙的，水天混在一块儿，人如在睡里梦里。"风起的日子"也有风大的时候；那时水上便皱起粼粼的细纹，有点像颦眉的西子"。细细描绘这变化多端的景致，贴切传神地比喻，为的是说明作者的观点，逛山比游湖来得妙，山峰峡谷，高低起伏，所见景物随之改变，所谓站得高，望得远，俯视总比平视更能掌控全局。游历冰河公园，作者也不免感叹，自然具有无穷的力量，岁月变迁，沧海桑田，在强大的自然面前，人卑微渺小。瑞士的湖光山色，在作者乘火车逛山赏湖的过程中大放异彩。淡蓝的湖、青青的山、疏疏落落的人家，作者用简短的文字，信手勾勒出一幅静谧山水画作。大师的风范就在于此。水的明澈，山的坚实，在这文字的背后，刚柔并现。

荷　兰

　　一个在欧洲没住过夏天的中国人，在初夏的时候，上北国的荷兰去，他简直觉得是新秋的样子。淡淡的天色，寂寂的田野，火车走着，像没人理会一般。天尽头处偶尔看见一架半架风车，动也不动的，像向天搽开的铁手。在瑞士走，有时也是这样一劲儿的静；可是这儿的肃静，瑞士却没有。瑞士大半是山道，窄狭的，弯曲的，这儿是一片广原，气象自然不同。火车渐渐走近城市，一溜房子看见了。红的黄的颜色，在那灰灰的背景上，越显得鲜明照眼。那尖屋顶原是三角形的底子，但左右两边近底处各折了一折，便多出两个角来；机伶里透着老实，像个小胖子，又像个小老头儿。

　　荷兰人有名地会盖房子。近代谈建筑，数一数二是荷兰人。快到罗特丹（Rotterdam）[1]的时候，有一家工厂，房屋是新样子。房子分两截，近处一截是一道内曲线，两大排玻璃窗子反射着强弱不同的光。接连着的一截是比较平正些的八层楼，窗子也是横排的。"楼梯间"满用玻璃，外面既好看，上楼又明亮好走，比旧式阴森森的楼梯间，只在墙上开着小窗户的自然好多了。整排不断的横窗户也是现代建筑的特色；靠着钢骨水泥，才能这样办。这家工厂的横窗户有两个式样，窗宽墙窄是一式，墙宽窗窄又是一式。有人说这种墙和窗子像面包夹火腿；但哪是面包哪是火腿却弄不明白。又有人说这种房子仿佛满支在玻璃上，老教人疑心要倒塌似的。可是我只觉得一条条连接不断的横线都有大气力，足以支撑这座大屋子而有余，而且一眼看下去，痛快极了。

　　海牙和平宫左近，也有不少新式房子，以铺面为多，与工厂又不同。颜色要鲜明些，装饰风也要重些，大致是清秀玲珑的调子。最精致的要数那一座"大厦"，是分租给人家住的。是不规则的几何形。约莫居中是高耸的通明的楼梯间，界划着黑钢的小方格子。一边是长条子，像伸着的一只胳膊；一边是方方的。每层楼都有栏干，长的那边用蓝色，方的那边用白色，衬着淡黄的窗子。人家说荷兰的新房子就像一只轮船，真不错。这些栏干正是轮船上的玩意儿。那梯子间就是烟囱了。大厦前还有一个狭长的池子，浅浅的，尽头处一座雕像。池旁种了些花草，散放着一两张椅子。屋子后面没有栏干，可是水泥墙上简单的几何形的界划，看了也非常爽目。那一带地方很宽阔，又清静，过午时大厦满在太阳光里，左近一些碧绿的树掩映着，教人舍不得走。亚姆斯特丹（Amsterdam）[2] 的新式房子更多。皇宫附近的电报局，样子打得巧，斜对面那家电气公司却一味地简朴；两两相形起来，倒有点意思。别的似乎都赶不上这两所好看。但"新开区"还有整大片的新式建筑，没有得去看，不知如何。

荷兰人又有名地会画画。十七世纪的时候，荷兰脱离了西班牙的羁绊，渐渐地兴盛，小康的人家多起来了。他们衣食既足，自然想着些风雅的玩意儿。那些大幅的神话画宗教画，本来专供装饰宫殿小教堂之用。他们是新国，用不着这些。他们只要小幅头画着本地风光的。人像也好，风俗也好，景物也好，只要"荷兰的"就行。在这些画里，他们亲亲切切地看见自己。要求既多，供给当然跟着。那时画是上市的，和皮鞋与蔬菜一样，价钱也差不多。就中风俗画（Genre picture）最流行。直到现在，一提起荷兰画家，人总容易想起这种画。这种画的取材是极平凡的日常生活；而且限于室内，采的光往往是灰暗的。这种材料的生命在亲切有味或滑稽可喜。一个卖野味的铺子可以成功一幅画，一顿饭也可能成功一幅画。有些滑稽太过，便近乎低级趣味。譬如海牙毛利丘司（Mauritshuis）画院所藏的莫兰那（Molenaer）画的《五觉图》。《嗅觉》一幅，画一妇人捧着小孩，他正在拉矢。《触觉》一幅更奇，画一妇人坐着，一男人探手入她的衣底；妇人便举起一只鞋，要向他的头上打下去。这画院里的名画却真多。陀（Dou）的《年轻的管家妇》，琐琐屑屑地画出来，没有一些地方不熨贴。鲍特（Potter）的《牛》工极了，身上一个蝇子都没有放过，但是活极了，那牛简直要从墙上缓缓地走下来；布局也单纯得好。卫米尔（Vermeer）画他本乡代夫脱（Delft）的风景一幅，充分表现那静肃的味道。他是小风景画家，以善分光影和精于布局著名。风景画取材杂，要安排得停当是不容易的。荷兰画像，哈司（Hals）是大师。但他的好东西都在他故乡哈来姆（Haorlem），别处见不着。亚姆斯特丹的力克士博物院（Ryks Museum）中有他一幅《俳优[3]》，是一个弹着琵琶的人，神气颇足。这些都是十七世纪的画家。

　　但是十七世纪荷兰最大的画家是冉伯让（Rembrandt）。他与一般人不同，创造了个性的艺术；将自己的思想感情，自己这个人放进他画里去。他画画不再伺候人，即使画人像，画宗教题目，也还分明地见出自己。十九世纪艺术的浪漫运动只承认表现艺术家的个性的作品有价值，便是他的影响。他领略到精神生活里神秘的地方，又有深厚的情感。最爱用一片黑做背景；但那黑是活的不是死的。黑里渐渐透出黄黄的光，像压着的火焰一般；在这种光里安排着他的人物。像这样的光影的对照是他的绝技；他的神秘与深厚也便从这里见出。这不仅是浮泛的幻想，也是贴切的观察；在他作品里梦和现实混在一块儿。有人说他从北国的烟云里悟出了画理，那也许是真的。他会看到氤氲的底里去。他的画像最能表现人的心理，也便是这个缘故。

　　毛利丘司里有他的名作《解剖班》《西面在圣殿中》。前一幅写出那站着在说话的大夫从容不迫的样子。一群学生围着解剖台，有些坐着，有些站着；毛着腰的，侧着身子的，直挺挺站着的，应有尽有。他们的头，或俯或仰，或偏或正，没有两个人相同。他们的眼看着尸体，看着说话的大夫，或无所属，但都在凝神听话。写那种专心致志的光景，维妙维肖。后一幅写殿宇的庄严，和参加的人的圣洁与和蔼，一种虔敬的空气弥漫在画面上，教人看了会沉静下去。他的另一杰作《夜巡》在力克士博物院里。这里一大群武士，都拿了兵器在守望着敌人。一位爵爷站在前排正中间，向着旁边的弁兵有所吩咐；别的人有的在眺望，有的在指点，有的在低低地谈论，右端一个打鼓的，人和鼓都只露了一半；他似乎焦急着，只想将槌子敲下去。左端一个人也在忙忙地伸着右手整理他的枪口。他的左胳膊底下钻出一个孩子，露着惊惶的脸。人物的安排，交互地用疏密与明暗；乍看不匀称，细看再匀称没有。这幅画里光的运用最巧妙；那些浓淡浑析的地方，便是全画的精神所在。冉伯让是雷登（Leyden）人，晚年住在亚姆斯特丹。他的房子还在，里面陈列着他的腐刻画与钢笔毛笔画。腐刻画是用药水在铜上刻出画来，他是大匠手；钢笔画毛笔画他也擅长。这里还有他的一座铜像，在用他的名字的方场上。

海牙是荷兰的京城，地方不大，可是清静。走在街上，在淡淡的太阳光里，觉得什么都可以忘记了的样子。城北尤其如此。新的和平宫就在这儿，这所屋是一个人捐了做国际法庭用的。屋不多，里面装饰得很好看。引导人如数家珍地指点着，告诉游客这些装饰品都是世界各国捐赠的。楼上正中一间大会议厅，他们称为日本厅；因为三面墙上都挂着日本的大幅的缂丝，而这几幅东西是日本用了多少多少人在不多的日子里特地赶做出来给这所和平宫用的。这几幅都是花鸟，颜色鲜明，织得也细致；那日本特有的清丽的画风整个儿表现着。中国送的两对景泰蓝的大壶（古礼器的壶）也安放在这间厅里。厅中间是会议席，每一张椅子背上有一个缎套子，绣着一国的国旗；那国的代表开会时便坐在这里。屋左屋后是花园；亭子，喷水，雕像，花木等等，错综地点缀着，明丽深曲兼而有之。也不十二分大，却老像走不尽的样子。从和平宫向北去，电车在稀疏的树林子里走。满车中绿阴阴的，斑驳的太阳光在车上在地下跳跃着过去。不多一会儿就到海边了。海边热闹得很，玩儿的人来往不绝。长长的一带沙滩上，满放着些藤篓子——实在是些轿式的藤椅子，预备洗完澡坐着晒太阳的。这种藤篓子的顶像一个瓢，又圆又胖，那拙劲儿真好。更衣的小木屋也多。大约天气还冷，沙滩上只看见零零落落的几个人。那北海的海水白白的展开去，没有一点风涛，像个顶听话的孩子。

亚姆斯特丹在海牙东北，是荷兰第一个大城。自然不及海牙清静。可是河道多，差不多有一道街就有一道河，是北国的水乡；所以有"北方威尼斯"之称。桥也有三百四十五座，和威尼斯简直差不多。河道宽阔干净，却比威尼斯好；站在桥上顺着河望过去，往往水木明瑟，引着你一直想见最远最远的地方。亚姆斯特丹东北有一个小岛，叫马铿（Marken）岛，是个小村子。那边的风俗服装古里古怪的，你一脚踏上岸就会觉得回到中世纪去了。乘电车去，一路经过两三个村子。那是个阴天。漠漠的风烟，红黄相间的板屋，正在旋转着让船过去的轿，都教人耳目一新。到了一处，在街当中下了车，由人指点着找着了小汽轮。海上坦荡荡的，远处一架大风车在慢慢地转着。船在斜风细雨里走，渐渐从朦胧里看见马铿岛。这个岛真正"不满眼"，一道堤低低的环绕着。据说岛只高出海面几尺，就仗着这一点儿堤挡住了那茫茫的海水。岛上不过二三十份人家，都是尖顶的板屋；下面一律搭着架子，因为隔水太近了。板屋是红黄黑三色相间着，每所都如此。岛上男人未多见，也许打渔去了；女人穿着红黄白蓝黑各色相间的衣裳，和他们的屋子相配。总而言之，一到了岛上，虽在黯淡的北海上，眼前却亮起来了。岛上各家都预备着许多纪念品，争着将游客让进去；也有装了一大柳条筐，一手抱着孩子，一手挽着筐子在路上兜售的。自然做这些事的都是些女人。纪念品里有些玩意儿不坏：如小木鞋，像我们的毛窝的样子；如长的竹烟袋儿，烟袋锅的脖子上挂着一双顶小的木鞋，的里瓜拉的；如手绢儿，一角上绒绣着岛上的女人，一架大风车在她们头上。

　　回来另是一条路，电车经过另一个小村子叫伊丹（Edam）。这儿的干酪四远驰名，但那一座挨着一座跨在一条小河上的高架吊桥更有味。望过去足有二三十座，架子像城门圈一般；走上去便微微摇晃着。河直而窄，两岸不多几层房屋，路上也少有人，所以仿佛只有那一串儿的桥轻轻地在风里摆着。这时候真有些觉得是回到中世纪去了。

1932年11月17日作。
（原载1932年12月1日《中学生》第30号）

注释

1. 罗特丹：今译名为鹿特丹。
2. 亚姆斯特丹：今译名为阿姆斯特丹。
3. 俳优（pái yōu）：古代演滑稽戏杂耍的艺人。

导读

　　朱自清笔下的荷兰初夏，却有早秋的感觉，源自那一份恬淡与清静，"淡淡的天色，寂寂的田野，火车走着，像没人理会一般"。寥寥短句，开阔清新，无拘无束，纯美的意境自然呈现。

　　这是一篇写景美文，作者从艺术及城市两方面向读者描绘荷兰的特色。艺术方面着重描写了建筑及绘画，并用不短的篇幅来写17世纪荷兰最大的画家冉伯让，此画家今译作伦勃兰特或伦勃朗。城市方面分别描写了首都海牙及第一大城市阿姆斯特丹。

　　语言一贯的精练、优美，简短语句中渲染出美妙意境。"一种虔敬的空气弥漫在画面上，教人看了会沉静下去。"读到这样的文字，心神自然而然地随之放缓了步调，静了下来，心气跟随那虔敬的空气而虔诚起来，纯粹起来。"在淡淡的太阳光里，觉得什么都可以忘记了的样子。"走在一座城市的街上，能令人产生这样忘我的感觉，一面是因了城市的缘故，一面也是在于作者的自心，当两方面相互作用，共鸣于那一份散淡出尘，一切都变得云淡风轻。"斑驳的太阳光在车上在地下跳跃着过去。"生动形象，这样的修辞句法令人赞叹不已，这就是文字的力量，灵动传神，像亲眼见到了一样。"往往水木明瑟，引着你一直想见最远最远的地方。"读此散文，似徜徉在慢板乐章当中，悠远、超然、沉思、冥想……

　　"在浮躁的社会里，我们需要真正的声音，在卑琐的生活里，我们需要警醒和鼓励。读一读爱默生吧，你一定会有新的感受，你会看见希望，觉得精神幸福与满足。"这是林肯题爱默生《生活的准则》，套用一下，读一读朱自清吧，你一定会有不一样的感受，你的心真的会沉静下来，在这浮华现世。

柏　林

　　柏林的街道宽大，干净，伦敦巴黎都赶不上的；又因为不景气，来往的车辆也显得稀些。在这儿走路，尽可以从容自在地呼吸空气，不用张张望望躲躲闪闪。找路也顶容易，因为街道大概是纵横交切，少有"旁逸斜出"的。最大最阔的一条叫菩提树下，柏林大学，国家图书馆，新国家画院，国家歌剧院都在这条街上。东头接着博物院洲，大教堂，故宫；西边到著名的勃朗登堡门为止，长不到二里。过了那座门便是梯尔园，街道还是直伸下去——这一下可长了，三十七八里。勃朗登堡门和巴黎凯旋门一样，也是纪功的。建筑在十八世纪末年，有点仿雅典奈昔克里司门的式样。高六十六英尺，宽六十八码半；两边各有六根多力克式石柱子。顶上是站在驷马车里的胜利神像，雄伟庄严，表现出德意志国都的神采。那神像在一八零七年被拿破仑当作胜利品带走，但七年后便又让德国的队伍带回来了。

　　从菩提树下西去，一出这座门，立刻神气清爽，眼前别有天地；那空阔，那望不到头的绿树，便是梯尔园。这是柏林最大的公园，东西六里，南北约二里。地势天然生得好，加上树种得非常巧妙，小湖小溪，或隐或显，也安排的是地方。大道像轮子的辐，凑向轴心去。道旁齐齐地排着葱郁的高树；树下有时候排着些白石雕像，在深绿的背景上越显得洁白。小道像树叶上的脉络，不知有多少。跟着道走，总有好地方，不辜负你。园子里花坛也不少。罗森花坛是出名的一个，玫瑰最好。一座天然的围墙，圆圆地绕着，上面密密地厚厚地长着绿的小圆叶子；墙顶参差不齐。坛中有两个小方池，满飘着雪白的水莲花，玲珑地托在叶子上，像惺忪[1]的星眼。两池之间是一个皇后的雕像；四围的花香花色好像她的供养。梯尔园人工胜于天然。真正的天然却又是一番境界。曾走过市外"新西区"的一座林子。稀疏的树，高而瘦的干子，树下随意弯曲的路，简直教人想到倪云林的画本。看着没有多大，但走了两点钟，却还没走完。

　　柏林市内市外常看见运动员风的男人女人。女人大概都光着脚亮着胳膊，雄赳赳地走着，可是并不和男人一样。她们不像巴黎女人的苗条，也不像伦敦女人的拘谨，却是自然得好。有人说她们太粗，可是有股劲儿。司勃来河横贯柏林市，河上有不少划船的人。往往一男一女对坐着，男的只穿着游泳衣，也许赤着膊只穿短裤子。看的人绝不奇怪而且有喝彩的。曾亲见一个女大学生指着这样划着船的人说，"美啊！"赞美身体，赞美运动，已成了他们的道德。星期六星期日上水边野外看去，男男女女老老少少谁都带一点运动员风。再进一步，便是所谓"自然运动"。大家索性不要那劳什子衣服，那才真是自然生活了。这有一定地方，当然不会随处见着。但书籍杂志是容易买到的。也有这种电影。那些人运动的姿势很好看，很柔软，有点儿像太极拳。在长天大海的背景上来这一套，确是美的，和谐的。日前报上说德国当局要取缔他们，看来未免有些个多事。

　　柏林重要的博物院集中在司勃来河中一个小洲上。这就叫做博物院洲。虽然叫做洲，因为周围陆地太多，河道几乎挤得没有了，加上十六道桥，走上去毫不觉得身在洲中。洲上总共七个博物院，六个是通连着的。最奇伟的是勃嘉蒙（Pergamon）与近东古迹两个。勃嘉蒙在小亚细亚，是希腊的重要城市，就是现在的贝加玛。柏林博物院团在那儿发掘，掘出一座大享殿，是祭大神宙斯用的。这座殿是二千二百年前造的，规模宏壮，雕刻精美。掘出的时候已经残破；经学者苦心研究，知道原来是什么样子，便照着修补起来，安放在一间特建的大屋子里。屋子之大，让人要怎么看这座殿都成。屋顶满是玻璃，让光从上面来，最均匀不过；墙是淡蓝色，衬出这座白石的殿越发有神儿。殿是方锁形，周围都是爱翁匿克式石柱，像是个廊子。当锁口的地方，是若干层的台阶儿。两头也有几层，上面各有殿基；殿基上，柱子下，便是那著名的"壁雕"。壁雕（Frieze）是希腊建筑里特别的装饰；在狭长的石条子上半深浅地雕刻着些故事，嵌在墙壁中间。这种壁雕颇有名作。如现存在不列颠博物院里的雅典巴昔农神殿[2]的壁雕便是。这里的是一百三十二码长，有一部分已经移到殿对面的墙上去。所刻的故事是奥灵匹亚[3]诸神与地之诸子巨人们的战争。其中人物精力饱满，历劫如生。另一间大屋里安放着罗马建筑的残迹。一是大三座门，上下两层，上层全为装饰用。两层各用六对哥林斯式的石柱，与门相间着，隔出略带曲折的廊子。上层三座门是实的，里面各安着一尊雕像，全体整齐秀美之至。一是小神殿。两样都在第二世纪的时候。

　　近东古迹院里的东西是十九世纪末二十世纪初年德国东方学会在巴比仑和亚述发掘出来的。中间巴比仑的以色他门（Ischtar Gateway）最为壮丽。门建筑在二千五百年前奈补卡德乃沙王第二的手里。门圈儿高三十九英尺，城垛儿四十九英尺，全用蓝色珐琅砖砌成。墙上浮雕着一对对的龙（与中国所谓龙不同）和牛，黄的白的相间着；上下两端和边上也是这两色的花纹。龙是巴比仑城隍马得的圣物，牛是大神亚达的圣物。这些动物的像稀疏地排列着，一面墙上只有两行，犄角上只有一行；形状也单纯划一。色彩在那蓝的地子上，却非常之鲜明。看上去真像大幅缂丝的图案似的。还有巴比仑王宫里正殿的面墙，是与以色他门同时做的，颜色鲜丽也一样，只不过以植物图案为主罢了。马得祭道两旁屈折的墙基也用蓝珐琅砖；上面却雕着向前走的狮子。这个祭道直通以色他门，现在也修补好了一小段，仍旧安在以色他门前面。另有一件模型，是整个儿的巴比仑城。这也可以慰情聊胜无了。亚述巴先宫的面墙放在以色他门的对面，当然也是修补起来的：周围正正的拱门，一层层又细又密的柱子，在许多直线里透出秀气。

　　新博物院第一层中央是一座厅。两道宽阔而华丽的楼梯仿佛占住了那间大屋子，但那间屋子还是照样地觉得大不可言。屋里什么都高大；迎着楼梯两座复制的大雕像，两边墙上大幅的历史壁画，一进门就让人觉得万千的气象。德意志人的魄力，真有他们的。楼上本是雕版陈列室，今年改作哥德展览会。有哥德和他朋友们的像，他的画，他的书的插图等等。《浮士德》的插图最多，同一件事各人画来趣味各别。楼下是埃及古物陈列室，大大小小的"木乃伊"都有；小孩的也有。有些在头部放着一块板，板上画着死者的面相；这是用熔蜡画的，画法已失传。这似乎是古人一件聪明的安排，让千秋万岁后，还能辨认他们的面影。另有人种学博物院在别一条街上，分两院。所藏既丰富，又多罕见的。第一院吐鲁番的壁画最多。那些完好的真是妙庄严相；那些零碎的也古色古香。中国日本的东西不少，陈列得有系统极了，中日人自己动手，怕也不过如此。第二院藏的日本的漆器与画很好。史前的材料都收在这院里。有三间屋专陈列一八七一到一八九零希利曼（Heinrich Schlieman）发掘特罗衣（Troy）城所得的遗物。

故宫在博物院洲之北，一九二一年改为博物院，分历史的工艺的两部分。历史的部分都是王族用过的公私屋子。这些屋子每间一个样子；屋顶，墙壁，地板，颜色，陈设，各有各的格调。但辉煌精致，是异曲同工的。有一间屋顶作穹隆形状，蓝地金星，俨然夜天的光景。又一间张着一大块伞形的绸子，像在遮着太阳。又一间用了"古络钱"纹做全室的装饰。壁上或画画，或挂画。地板用细木头嵌成种种花样，光滑无比。外国的宫殿外观常不如中国的宏丽，但里边装饰的精美，我们却断乎不及。故宫西头是皇储旧邸。一九一九年因为国家画院的画拥挤不堪，便将近代的作品挪到这儿，陈列在前边的屋子里。大部分是印象派表现派，也有立体派。表现派是德国自己的画派。原始的精神，狂热的色调，粗野模糊的构图，你像在大野里大风里大火里。有一件立体派的雕刻，是三个人像。虽然多是些三角形，直线，可是一个有一个的神气，彼此还互相照应，像真会说话一般。表现派的精神现在还多多少少存在：柏林魏坦公司六月间有所谓"民众艺术展览会"，出售小件用具和玩物。玩物里如小动物孩子头之类，颇有些奇形怪状，别具风趣的。还有展览场六月间的展览里，有一部是剪贴画。用颜色纸或布拼凑成形，安排在一块地子上，一面加上些沙子等，教人有实体之感，一面却故意改变形体的比例与线条的曲直，力避写实的手法。有些现代人大约"是"要看了这种手艺才痛快的。

这一回展览里有好些小家屋的模型，有大有小。大概造起来省钱；屋子里空气，光，太阳都够现代人用。没有那些无用的装饰，只看见横竖的直线。用颜色，或用对照的颜色，教人看一所屋子是"整个儿"，不零碎，不琐屑。小家屋如此，"大厦"也如此。德国的建筑与荷兰不同。他们注重实用，以简单为美，有时候未免太朴素些。近年来柏林这种新房子造得不少。这已不是少数艺术家的试验而是一般人的需要了。"新西区"一带便都是的。那一带住屋小而巧，里面的装饰干净利落，不显一点板滞。"大厦"多在东头亚历山大场，似乎美观的少。有些满用横线，像夹沙糕，有些满用直线，这自然说的是窗子。用直线的据说是美国影响。但美国房屋高入云霄，用直线合式；柏林的低多了，又向横里伸张，用直线便大大地不谐和了。"大厦"之外还有"广场"，刚才说的展览场便是其一。这个广场有八座大展览厅，连附属的屋子共占地十八万二千平方英尺；空场子合计起来共占地六十五万平方英尺。乍走进去的时候，摸不着头脑，仿佛连自己也会丢掉似的。建筑都是新式。整个的场子若在空中看，是一幅图案，轻灵而不板重。德意志体育场，中央飞机场，也都是这一类新造的广场。前两个在西，后一个在南，自然都在市外。此外电影院跳舞场往往得风气之先，也有些新式样。如铁他尼亚宫电影院，那台，那灯，那花楼，不是用圆，用弧线，便是用与弧线相近的曲线，要的也是一个干净利落罢了。台上一圈儿一圈儿有些像排箫的是管风琴。管风琴安排起来最累赘，这儿的布置却新鲜悦目，也许电影管风琴简单些，才可以这么办。颜色用白银与淡黄对照，教人常常清醒。祖国舞场也是新式，但多用直线形；颜色似乎多一种黑。这里面有许多咖啡室。日本室便按日本式陈设，土耳其室便按土耳其式。还有莱茵室，在壁上画着莱茵河的风景，用好些小电灯点缀在天蓝的背景上，看去略得河上的夜的意思——自然，屋里别处是不用灯的。还有雷电室，壁上画着雷电的情景，用电光运转；电射雷鸣，与音乐应和着。爱热闹的人都上那儿去。

柏林西南有个波次丹（Potsdam），是佛来德列大帝的城。城外有个无愁园，园里有个无愁宫，便是大帝常住的地方。大帝迷法国，这座宫，这座园子都仿凡尔赛的样子。但规模小多了，神儿差远了。大帝和伏尔泰[4]是好朋友，他请伏尔泰在宫里住过好些日子，那间屋便在宫西头。宫西边有一架大风车。据说大帝不喜欢那风车日夜转动的声音，派人跟那产主说要买它。出乎意外，产主愣不肯。大帝恼了，又派人去说，不卖便要拆。产主也恼了，说，他会拆，我会告他。大帝想不到乡下人这么倔强，大加赏识，那风车只好由它响了。因此现在便叫它做"历史的风车"。隔无愁宫没多少路，有一座新宫，里面有一间"贝厅"，墙上地上满嵌着美丽的贝壳和宝石，虽然奇诡，却以素雅胜。

1933年12月22日作完。
（原载1934年2月1日《中学生》第32号）

注释

1. 惺忪（xīng sōng）：因刚睡醒而眼睛模糊不清。
2. 巴昔农神殿：今译名为帕特农神庙。
3. 奥灵匹亚：今译名为奥林匹亚。
4. 伏尔泰（Voltaire，1694—1778），原名弗朗索瓦－马利·阿鲁埃，伏尔泰是他的笔名。法国启蒙思想家、文学家、哲学家。

导读

　　在《欧游杂记》的序里，朱自清说："这两个月走了五国，十二个地方。巴黎待了三礼拜，柏林两礼拜，别处没有待过三天以上；不用说都只是走马观花吧了。其中佛罗伦司罗马两处，因为赶船，慌慌张张，多半在美国运通公司的大汽车里看的。"且看，作者待了两礼拜的柏林，是如何游，又如何记？

　　本文作者透过细致敏锐的观察，神奇开阔的想象，运用工笔画般的精雕细刻，从形状、光影、色彩多方面着墨一同描述景致。"有一间屋顶作穹隆形状，蓝地金星，俨然夜天的光景。又一间张着一大块伞形的绸子，像在遮着太阳。又一间用了'古络钱'纹做全室的装饰。壁上或画画，或挂画。地板用细木头嵌成种种花样，光滑无比。"欧洲官殿穹顶的精致华美呈现眼前，语言洗练，精准优美，使读者在诗一般的境界中浏览美景。

　　柏林作为德国的首都，无论政治、经济、文化都处于中心地位，并且德国人素以内敛、严谨与坚韧的性格特点著称于世。我们看作者笔下："柏林的街道宽大，干净，伦敦巴黎都赶不上的；"高大、宁静、简洁、明朗，无论街道还是建筑都给人这种感受。柏林博物院大享殿"屋顶满是玻璃，让光从上面来，最均匀不过；墙是淡蓝色，衬出这座白石的殿越发有神儿"。比如勃朗登堡门"高六十六英尺，宽六十八码半；两边各有六根多力克式石柱子。顶上是站在驷马车里的胜利神像，雄伟庄严，表现出德意志国都的神采"。高宽两侧顶，立体全方位勾勒，柱子与神像装点，神圣而庄严。

　　"她们不像巴黎女人的苗条，也不像伦敦女人的拘谨，却是自然得好。有人说她们太粗，可是有股劲儿。"作者在《罗马》一文中形容古城废墟："这边几根石柱子，那边几段破墙，带着当年的尘土，寂寞地陷在大坑里；虽然在夏天中午的太阳，照上去也黯黯淡淡，没有多少劲儿。"这个"劲儿"非常口语化，两篇文章中，一有，一没有，在细致绵密的景物描写中，平添了几许情趣，几多灵动。这就是作者纯熟的语言技巧，不着痕迹，自然随意，从海阔天空的胸襟中流淌出无尽的美好。又比如描写梯尔园里的罗森花坛，"坛中有两个小方池，满飘着雪白的水莲花，玲珑地托在叶子上，像惺忪的星眼"，贴切传神的比喻，似大江大海之水，源源不断，予取予求。

巴　黎

　　塞纳河穿过巴黎城中，像一道圆弧。河南称为左岸，著名的拉丁区就在这里。河北称为右岸，地方有左岸两个大，巴黎的繁华全在这一带；说巴黎是"花都"，这一溜儿才真的的。右岸不是穷学生苦学生所能常去的，所以有一位中国朋友说他是左岸的人，抱"不过河"主义；区区一衣带水，却分开了两般人。但论到艺术，两岸可是各有胜场；我们不妨说整个儿巴黎是一座艺术城。从前人说"六朝"卖菜佣都有烟水气，巴黎人谁身上大概都长着一两根雅骨吧。你瞧公园里，大街上，有的是喷水，有的是雕像，博物院处处是，展览会常常开；他们几乎像呼吸空气一样呼吸着艺术气，自然而然就雅起来了。

　　右岸的中心是刚果方场[1]。这方场很宽阔，四通八达，周围都是名胜。中间巍巍地矗立着埃及拉米塞司第二的纪功碑。碑是方锥形，高七十六英尺，上面刻着象形文字。一八三六年移到这里，转眼就是一百年了。左右各有一座铜喷水，大得很。水池边环列着些铜雕像，代表着法国各大城。其中有一座代表司太司堡。自从一八七零年那地方割归德国以后，法国人每年七月十四国庆日总在像上放些花圈和大草叶，终年地搁着让人惊醒。直到一九一八年十一月和约告成，司太司堡重归法国，这才停止。纪功碑与喷水每星期六晚用弧光灯照耀。那碑像从幽暗中颖脱而出；那水像山上崩腾下来的雪。这场子原是法国革命时候断头台的旧址。在"恐怖时代"，路易十六与王后，还有各党各派的人轮班在这儿低头受戮。但现在一点痕迹也没有了。

　　场东是砖厂花园[2]。也有一个喷水池；白石雕像成行，与一丛丛绿树掩映着。在这里徘徊，可以一直徘徊下去，四围那些纷纷的车马，简直若有若无。花园是所谓法国式，将花草分成一畦畦的，各各排成精巧的花纹，互相对称着。又整洁，又玲珑，教人看着赏心悦目；可是没有野情，也没有蓬勃之气，像北平的叭儿狗。这里春天游人最多，挤挤挨挨的。有时有音乐会，在绿树荫中。乐韵悠扬，随风飘到场中每一个人的耳朵里。再东是加罗塞方场，只隔着一道不宽的马路。路易十四时代，这是一个校场。场中有一座小凯旋门，是拿破仑造来纪胜的，仿罗马某一座门的式样。拿破仑叫将从威尼斯圣马克堂抢来的驷马铜像安在门顶上。但到了一八一四年，那铜像终于回了老家。法国只好换上一个新的，光彩自然差得多。

刚果方场西是大名鼎鼎的仙街，直达凯旋门。有四里半长。凯旋门地势高，从刚果方场望过去像没多远似的，一走可就知道。街的东半截儿，两旁简直是园子，春天绿叶子密密地遮着；西半截儿才真是街。街道非常宽敞。夹道两行树，笔直笔直地向凯旋门奔凑上去。凯旋门巍峨爽朗地盘踞在街尽头，好像在半天上。欧洲名都街道的形势，怕再没有赶上这儿的；称为"仙街[3]"，不算说大话。街上有戏院，舞场，饭店，够游客们玩儿乐的。凯旋门一八零六年开工，也是拿破仑造来纪功的。但他并没有看它的完成。门高一百六十英尺，宽一百六十四英尺，进身七十二英尺，是世界凯旋门中最大的。门上雕刻着一七九二至一八一五年间法国战事片段的景子，都出于名手。其中罗特（Burguudian Rude，十九世纪）的"出师"一景，慷慨激昂，至今还可以作我们的气。这座门更有一个特别的地方：在拿破仑周忌那一天，从仙街向上看，团团的落日恰好扣在门圈儿里。门圈儿底下是一个无名兵士的墓；他埋在这里，代表大战中死难的一百五十万法国兵。墓是平的，地上嵌着文字；中央有个纪念火，焰子粗粗的，红红的，在风里摇晃着。这个火每天由参战军人团团员来点。门顶可以上去，乘电梯或爬石梯都成；石梯是二百七十三级。上面看，周围不下十二条林荫路，都辐辏到门下，宛然一个大车轮子。

刚果方场东北有四道大街衔接着，是巴黎最繁华的地方。大铺子差不多都在这一带，珠宝市也在这儿。各店家陈列窗里五花八门，五光十色，珍奇精巧，兼而有之；管保你走一天两天看不完，也看不倦。步道上人挨挨凑凑，常要躲闪着过去。电灯一亮，更不容易走。街上"咖啡"东一处西一处的，沿街安着座儿，有点儿像北平中山公园里的茶座儿。客人慢慢地喝着咖啡或别的，慢慢地抽烟，看来往的人。"咖啡"本是法国的玩意儿；巴黎差不多每道街都有，怕是比哪儿都多。巴黎人喝咖啡几乎成了癖，就像我国南方人爱上茶馆。"咖啡"里往往备有纸笔，许多人都在那儿写信；还有人让"咖啡"收信，简直当做自己的家。文人画家更爱坐"咖啡"；他们爱的是无拘无束，容易会朋友，高谈阔论。爱写信固然可以写信，爱做诗也可以做诗。大诗人魏尔仑（Verlaine）的诗，据说少有不在"咖啡"里写的。坐"咖啡"也有派别。一来"咖啡"是熟的好，二来人是熟的好。久而久之，某派人坐某"咖啡"便成了自然之势。这所谓派，当然指文人艺术家而言。一个人独自去坐"咖啡"，偶尔一回，也许不是没有意思，常去却未免寂寞得慌；这也与我国南方人上茶馆一样。若是外国人而又不懂话，那就更可不必去。巴黎最大的"咖啡"有三个，却都在左岸。这三座"咖啡"名字里都含着"圆圆的"意思，都是文人艺术家荟萃的地方。里面装饰满是新派。其中一家，电灯壁画满是立体派，据说这些画全出于名家之手。另一家据说时常陈列着当代画家的作品，待善价而沽之。坐"咖啡"之外还有站"咖啡"，却有点像我国南方的喝柜台酒。这种"咖啡"大概小些。柜台长长的，客人围着要吃的喝的。吃喝都便宜些，为的是不用多伺候你，你吃喝也比较不舒服些。站"咖啡"的人脸向里，没有甚么看的，大概吃喝完了就走。但也有人用胳膊肘儿斜靠在柜台上，半边身子偏向外，写意地眺望，谈天儿。巴黎人吃早点，多半在"咖啡"里。普通是一杯咖啡，两三个月芽饼就够了，不像英国人吃得那么多。月芽饼是一种面包，月芽形，酥而软，趁热吃最香；法国人本会烘面包，这一种不但好吃，而且好看。

卢森堡花园也在左岸，因卢森堡宫而得名。宫建于十七世纪初年，曾用作监狱，现在是上议院。花园甚大。里面有两座大喷水，背对背紧挨着。其一是梅迭契喷水，雕刻的是亚西司（Acis）与加拉台亚（Galatea）的故事。巨人波力非摩司（Polyfhamos）爱加拉台亚。他晓得她喜欢亚西司，便向他头上扔下一块大石头，将他打死。加拉台亚无法使亚西司复活，只将他变成一道河水。这个故事用在一座喷水上，倒有些远意。园中绿树成行，浓荫满地，白石雕像极多，也有铜的。巴黎的雕像真如家常便饭。花园南头，自成一局，是一条荫道。最南头，天文台前面又是一座喷水，中央四个力士高高地扛着四限仪，下边环绕着四对奔马，气象雄伟得很。这是卡波（Carpeaus，十九世纪）所作。卡波与罗特同为写实派，所作以形线柔美著。

沿着塞纳河南的河墙，一带旧书摊儿，六七里长，也是左岸特有的风光。有点像北平东安市场里旧书摊儿。可是背景太好了。河水终日悠悠地流着，两头一眼望不尽；左边卢佛宫，右边圣母堂，古香古色的。书摊儿黯黯的，低低的，窄窄的一溜；一小格儿一小格儿，或连或断，可没有东安市场里的大。摊上放着些破书；旁边小凳子上坐着掌柜的。到时候将摊儿盖上，锁上小铁锁就走。这些情形也活像东安市场。

铁塔在巴黎西头，塞纳河东岸，高约一千英尺，算是世界上最高的塔。工程艰难浩大，建筑师名爱非尔（Eiffel），也称为爱非尔塔。全塔用铁骨造成，如网状，空处多于实处，轻便灵巧，亭亭直上，颇有戈昔式的余风。塔基占地十七亩，分三层。头层离地一百八十六英尺，二层三百七十七英尺，三层九百二十四英尺，连顶九百八十四英尺。头二层有"咖啡"，酒馆及小摊儿等。电梯步梯都有，电梯分上下两厢，一厢载直上直下的客人，一厢载在头层停留的客人。最上层却非用电梯不可。那梯口常常拥挤不堪。壁上贴着"小心扒手"的标语，收票人等嘴里还不住地唱道，"小心呀！"这一段儿走得可慢极，大约也是"小心"吧。最上层只有卖纪念品的摊儿和一些问心机。这种问心机欧洲各游戏场中常见；是些小铁箱，一箱管一事。放一个钱进去，便可得到回答；回答若干条是印好的，指针所停止的地方就是专答你。也有用电话回答的。譬如你要问流年，便向流年箱内投进钱去。这实在是一种开心的玩意儿。这层还专设一信箱；寄的信上盖铁塔形邮戳，好让亲友们留作纪念。塔上最宜远望，全巴黎都在眼下。但尽是密匝匝的房子，只觉应接不暇而无苍茫之感。塔上满缀着电灯，晚上便是种种广告；在暗夜里这种明妆倒值得一番领略。隔河是特罗卡代罗（Trocadéro）大厦，有道桥笔直地通着。这所大厦是为一八七八年的博览会造的。中央圆形，圆窗圆顶，两支高高的尖塔分列顶侧；左右翼是新月形的长房。下面许多级台阶，阶下一个大喷水池，也是圆的。大厦前是公园，铁塔下也是的；一片空阔，一片绿。所以大厦远看近看都显出雄巍巍的。大厦的正厅可容五千人。它的大在横里；铁塔的大在直里。一横一直，恰好称得住。

歌剧院在右岸的闹市中。门墙是威尼斯式，已经乌暗暗的，走近前细看，才见出上面精美的雕饰。下层一排七座门，门间都安着些小雕像。其中罗特的《舞群》，最有血有肉，有情有力。罗特是写实派作家，所以如此。但因为太生动了，当时有些人还见不惯；一八六九年这些雕像揭幕的时候，一个宗教狂的人，趁夜里悄悄地向这群像上倒了一瓶墨水。这件事传开了，然而罗特却因此成了一派。院里的楼梯以宏丽著名。全用大理石，又白，又滑，又宽；栏杆是低低儿的。加上罗马式圆拱门，一对对爱翁匿克式石柱，雕像上的电灯烛，真是堆花簇锦一般。那一片电灯光像海，又像月，照着你缓缓走上梯去。幕间休息的时候，大家都离开座儿各处走。这儿休息的时间特别长，法国人乐意趁这闲工夫在剧院里散散步，谈谈话，来一点吃的喝的。休息室里散步的人最多。这是一间顶长顶高的大厅，华丽的灯光淡淡地布满了一屋子。一边是成排的落地长窗，一边是几座高大的门；墙上略略有些装饰，地下铺着毯子。屋里空落落的，客人穿梭般来往。太太小姐们大多穿着各色各样的晚服，露着脖子和膀子。"衣香鬓影"，这里才真够味儿。歌剧院是国家的，只演古典的歌剧，间或也演队舞（Ballet）[4]，总是堂皇富丽的玩艺儿。

　　国葬院在左岸。原是巴黎护城神圣也奈韦夫（St. Geneviéve）的教堂；大革命后，一般思想崇拜神圣不如崇拜伟人了，于是改为这个；后来又改回去两次，一八五五年才算定了。伏尔泰，卢梭，雨果，左拉，都葬在这里。院中很为宽宏，高大的圆拱门，架着些圆顶，都是罗马式。顶上都有装饰的图案和画。中央的穹隆顶高二百七十二英尺，可以上去。院中壁上画着法国与巴黎的历史故事，名笔颇多。沙畹（Puvisde Chavannes，十九世纪）的便不少。其中《圣也奈韦夫俯视着巴黎城》一幅，正是月圆人静的深夜，圣还独对着油盏火；她似乎有些倦了，慢慢踱出来，凭栏远望，全巴黎城在她保护之下安睡了；瞧她那慈祥和蔼一往情深的样子。圣也奈韦夫于五世纪初年，生在离巴黎二十四里的囊台儿村（Nanterre）里。幼时听圣也曼讲道，深为感悟。圣也曼也说她根器好，着实勉励了一番。后来她到巴黎，尽力于救济事业。五世纪中叶，匈奴将来侵巴黎，全城震惊。她力劝人民镇静，依赖神明，颇能教人相信。匈奴到底也没有成。以后巴黎真经兵乱，她于救济事业加倍努力。她活了九十岁。晚年倡议在巴黎给圣彼得与圣保罗修一座教堂。动工的第二年，她就死了。等教堂落成，却发见她已葬在里头；此外还有许多奇异的传说。因此这座教堂只好作为奉祀她的了。这座教堂便是现在的国葬院。院的门墙是希腊式，三角楣下，一排哥林斯式的石柱。院旁有圣爱的昂堂，不大。现在是圣也奈韦夫埋灰之所。祭坛前的石刻花屏极华美，是十六世纪的东西。

　　左岸还有伤兵养老院。其中兵甲馆，收藏废弃的武器及战利品。有一间满悬着三色旗，屋顶上正悬着，两壁上斜插着，一面挨一面的。屋子很长，一进去但觉千层百层鲜明的彩色，静静地交映着。院有穹隆顶，高三百四十英尺，直径八十六英尺，造于十七世纪中，优美庄严，胜于国葬院的。顶下原是一个教堂，拿破仑墓就在这里。堂外有宽大的台阶儿，有多力克式与哥林斯式石柱。进门最叫你舒服的是那屋里的光。那是从染色玻璃窗射下来的淡淡的金光，软得像一股水。堂中央一个窖，圆的，深二十英尺，直径三十六英尺，花岗石枢居中，十二座雕像环绕着，代表拿破仑重要的战功；像间分六列插着五十四面旗子，是他的战利品。堂正面是祭坛；周围许多龛堂，埋着王公贵人。一律圆拱门；地上嵌花纹，窖中也这样。拿破仑死在圣海仑岛，遗嘱愿望将骨灰安顿在塞纳河旁，他所深爱的法国人民中间。待他死后十九年，一八四零，这愿望才达到了。

　　塞纳河里有两个小洲，小到不容易觉出。西头的叫城洲，洲上两所教堂是巴黎的名迹。洲东的圣母堂[5] 更为煊赫。堂成于十二世纪，中间经过许多变迁，到十九世纪中叶重修，才有现在的样子。这是"装饰的戈昔式"建筑的最好的代表。正面朝西，分三层。下层三座尖拱门。这种门很深，门圈儿是一棱套着一棱的，越望里越小；棱间与门上雕着许多大像小像，都是《圣经》中的人物。中层是窗子，两边的尖拱形，分雕着亚当夏娃像；中央的浑圆形，雕着"圣处女"像。上层是栏干。最上两座钟楼，各高二百二十七英尺；两楼间露出后面尖塔的尖儿，一个伶俐瘦劲的身影。这座塔是勒丢克（Viellet ie Duc，十九世纪）所造，比钟楼还高五十八英尺；但从正面看，像一般高似的，这正是建筑师的妙用。朝南还有一个旁门，雕饰也繁密得很。从背后看，左右两排支墙（Buttress）像一对对的翅膀，作飞起的势子。支墙上虽也有些装饰，却不为装饰而有。原来戈昔式的房子高，窗子大，墙的力量支不住那些石头的拱顶，因此非从墙外想法不可。支墙便是这样来的。这是戈昔式的致命伤；许多戈昔式建筑容易圮毁，正是为此。堂里满是彩绘的高玻璃窗子，阴森森的，只看见石柱子，尖拱门，肋骨似的屋顶。中间神堂，两边四排廊路，周围三十七间龛堂，像另自成个世界。堂中的讲坛与管风琴都是名手所作。歌队座与牧师座上的动植物木刻，也以精工著。戈昔式教堂里雕绘最繁；其中取材于教堂所在地的花果的尤多。所雕绘的大抵以近真为主。这种一半为装饰，一半也为教导，让那些不识字的人多知道些事物，作用和百科全书差不多。堂中有宝库，收藏历来珍贵的东西，如金龛，金十字架之类，灿烂耀眼。拿破仑于一八零四年在这儿加冕，那时穿的长袍也陈列在这个库里。北钟楼许人上去，可以看见墙角上石刻的妖兽，奇丑怕人，俯视着下方，据说是吐溜水的。雨果写过《巴黎圣母堂》一部小说，所叙是四百年前的情形，有些还和现在一样。

圣龛堂在洲西头，是全巴黎戈昔式建筑中之最美丽者。罗斯金更说是"北欧洲最珍贵的一所戈昔式"。在一二三八那一年，"圣路易"王听说君士坦丁皇帝包尔温将"棘冠"押给威尼斯商人，无力取赎，"棘冠"已归商人们所有，急得什么似的。他要将这件无价之宝收回，便异想天开地在犹太人身上加了一种"苛捐杂税"。过了一年，"棘冠"果然弄回来，还得了些别的小宝贝，如"真十字架"的片段等等。他这一乐非同小可，命令某建筑师造一所教堂供奉这些宝物；要造得好，配得上。一二四五年起手，三年落成。名建筑家勒丢克说，"这所教堂内容如此复杂，花样如此繁多，活儿如此利落，材料如此美丽，真想不出在那样短的时期里如何成功的。"这样两个龛堂，一上一下，都是金碧辉煌的。下堂尖拱重叠，纵横交互；中央拱抵而阔，所以地方并不大而极有开朗之势。堂中原供的"圣处女"像，传说灵迹甚多。上堂却高多了，有彩绘的玻璃窗子十五堵；窗下沿墙有龛，低得可怜相。柱上相间地安着十二使徒像；有两尊很古老，别的都是近世仿作。玻璃绘画似乎与戈昔艺术分不开；十三世纪后者最盛，前者也最盛。画法用许多颜色玻璃拼合而成，相连处以铅焊之，再用铁条夹住。著色有浓淡之别。淡色所以使日光柔和缥缈。但浓色的多，大概用深蓝作地子，加上点儿黄白与宝石红，取其衬托鲜明。这种窗子也兼有装饰与教导的好处；所画或为几何图案，或为人物故事。还有一堵"玫瑰窗"，是象征"圣处女"的；画是圆形，花纹都从中心分出。据说这堵窗是玫瑰窗中最亲切有味的，因为它的温暖的颜色比别的更接近看的人。但这种感想东方人不会有。这龛堂有一座金色的尖塔，是勒丢克造的。

毛得林堂[6]在刚果方场之东北，造于近代。形式仿希腊神庙，四面五十二根哥林斯式石柱，围成一个廊子。壁上左右各有一排大龛子，安着群圣的像。堂里也是一行行同式的石柱；却使用各种颜色的大理石，华丽悦目。圣心院在巴黎市外东北方，也是近代造的，至今还未完成，堂在一座小山的顶上，山脚下有两道飞阶直通上去。也通索子铁路。堂的规模极宏伟，有四个穹隆顶，一个大的，带三个小的，都是卑赞廷式；另外一座方形高钟楼，里面的钟重二万零九千斤。堂里能容八千人，但还没有加以装饰。房子是白色，台阶也是的，一种单纯的力量压得住人。堂高而大，巴黎周围若干里外便可看见。站在堂前的平场里，或爬上穹隆顶里，也可看个五六十里。造堂时工程浩大，单是打地基一项，就花掉约四百万元；因为土太松了，撑不住，根基要一直打到山脚下。所以有人半真半假地说，就是移了山，这教堂也不会倒的。

巴黎博物院之多，真可算甲于世界。就这一桩儿，便可教你流连忘返。但须徘徊玩索才有味，走马看花是不成的。一个行色匆匆的游客，在这种地方往往无可奈何。博物院以卢佛宫（Louvre）[7]为最大；这是就全世界论，不单就巴黎论。卢佛宫在加罗塞方场之东；主要的建筑是口字形，南头向西伸出一长条儿。这里本是一座堡垒，后来改为王宫。大革命后，各处王宫里的画，宫苑里的雕刻，都保存在此；改为故宫博物院，自然是很顺当的。博物院成立后，历来的政府都尽力搜罗好东西放进去；拿破仑从各国"搬"来大宗的画，更为博物院生色不少。宫房占地极宽，站在那方院子里，颇有海阔天空的意味。院子里养着些鸽子，成群地孤单地仰着头挺着胸在地上一步步地走，一点不怕人。撒些饼干面包之类，它们便都向你身边来。房子造得秀雅而庄严，壁上安着许多王公的雕像。熟悉法国历史的人，到此一定会发思古之幽情的。

卢佛宫好像一座宝山，蕴藏的东西实在太多，教人不知从哪儿说起好。画为最，还有雕刻，古物，装饰美术等等，真是琳琅满目。乍进去的人一时摸不着头脑，往往弄得糊里糊涂。就中最脍炙人口的有三件。一是达文齐[8]的《摩那丽沙》像，大约作于一五零五年前后，是觉孔达（Joconda）夫人的画像。相传达文齐这幅像画了四个年头，因为要那甜美的微笑的样子，每回"临像"的时候，总请些乐人弹唱给她听，让她高高兴兴坐着。像画好了，他却爱上她了。这幅画是佛兰西司第一手里买的，他没有准儿许认识那女人。一九一一年画曾被人偷走，但两年之后，到底从意大利找回来了。十六世纪中叶，意大利已公认此画为不可有二的画像杰作，作者在与造化争巧。画的奇处就在那一丝儿微笑上。那微笑太飘忽了，太难捉摸了，好像常常在变幻。这果然是个"奇迹"，不过也只是造形的"奇迹"罢了。这儿也有些理想在内；达文齐笔下夹带了一些他心目中的圣母的神气。近世讨论那微笑的可太多了。诗人，哲学家，有的是；他们都想找出点儿意义来。于是摩那丽沙成为一个神秘的浪漫的人了；她那微笑成为"人狮（Sphinx）的凝视"或"鄙薄的讽笑"了。这大概是她与达文齐都梦想不到的吧。

　　二是米罗（Milo）《爱神》像。一八二零年米罗岛一个农人发现这座像，卖给法国政府只卖了五千块钱。据近代考古家研究，这座像当作于纪元前一百年左右。那两只胳膊都没有了；它们是怎么个安法，却大大费了一班考古家的心思。这座像不但有生动的形态，而且有温暖的骨肉。她又强壮，又清明；单纯而伟大，朴真而不奇。所谓清明，是身心都健的表象，与麻木不同。这种作风颇与纪元前五世纪希腊巴昔农（Panthenon）庙的监造人，雕刻家费铁亚司（Phidias）相近。因此法国学者雷那西（S.Reinnach，新近去世）在他的名著《亚波罗》（美术史）中相信这座像作于纪元前四世纪中。他并且相信这座像不是爱神微那司而是海女神安非特利特（Amphitrite）；因为它没有细腻，缥缈，娇羞，多情的样子。三是沙摩司雷司（Samothrace）的《胜利女神像》。女神站在冲波而进的船头上，吹着一支喇叭。但是现在头和手都没有了，剩下翅膀与身子。这座像是还愿的。纪元前三零六年波立尔塞特司（Demetrius Poliorcetes）在塞勃勒司（Cyprus）岛打败了埃及大将陶来买（Ptolemy）的水师，便在沙摩司雷司岛造了这座像。衣裳雕得最好；那是一件薄薄的软软的衣裳，光影的准确，衣褶的精细流动；加上那下半截儿被风吹得好像弗弗有声，上半截儿却紧紧地贴着身子，很有趣地对照着。因为衣裳雕得好，才显出那筋肉的力量；那身子在摇晃着，在挺进着，一团胜利的喜悦的劲儿。还有，海风呼呼地吹着，船尖儿嗤嗤地响着，将一片碧波分成两条长长的白道儿。

卢森堡博物院专藏近代艺术家的作品。他们或新故，或还生存。这里比卢佛宫明亮得多。进门去，宽大的甬道两旁，满陈列着雕像等；里面却多是画。雕刻里有彭彭（Pompon）的《狗熊》与《水禽》等，真是大巧若拙。彭彭现在大概有七八十岁了，天天上动物园去静观禽兽的形态。他熟悉它们，也亲爱它们，所以做出来的东西神气活现；可是形体并不像照相一样地真切，他在天然的曲线里加上些小小的棱角，便带着点"建筑"的味儿。于是我们才看见新东西。那《狗熊》和实物差不多大，是石头的；那《水禽》等却小得可以供在案头，是铜的。雕像本有两种手法，一是干脆地砍石头，二是先用泥塑，再浇铜。彭彭从小是石匠，石头到他手里就像豆腐。他是巧匠而兼艺术家。动物雕像盛于十九世纪的法国；那时候动物园发达起来，供给艺术家观察，研究，描摹的机会。动物素描之成为画的一支，也从这时候起。院里的画受后期印象派的影响，找寻人物的"本色"（Local colour），大抵是鲜明的调子。不注重画面的"体积"而注重装饰的效用。也有细心分别光影的，但用意还在找寻颜色，与印象派之只重光影不一样。

砖场花园的南犄角上有网球场博物院，陈列外国近代的画与雕像。北犄角上有奥兰纪利博物院，陈列的东西颇杂，有马奈（Manet，十九世纪法国印象派画家）的画与日本的浮世绘等。浮世绘的著色与构图给十九世纪后半法国画家极深的影响。摩奈[9]（Monet）画院也在这里。他也是法国印象派巨子，一九二六年才过去。印象派兴于十九世纪中叶，正是照相机流行的时候。这派画家想赶上照相机，便专心致志地分别光影；他们还想赶过照相机，照相没有颜色而他们有。他们只用原色；所画的画近看但见一处处的颜色块儿，在相当的距离看，才看出光影分明的全境界。他们的看法是迅速的综合的，所以不重"本色"（人物固有的颜色，随光影而变化），不重细节。摩奈以风景画著于世；他不但是印象派，并且是露天画派（Pleinariste）。露天画派反对画室里的画，因为都带着那黑影子；露天里就没有这种影子。这个画院里有摩奈八幅顶大的画，太大了，只好嵌在墙上。画院只有两间屋子，每幅画就是一堵墙，画的是荷花在水里。摩奈欢喜用蓝色，这几幅画也是如此。规模大，气魄厚，汪汪欲溢的池水，疏疏密密的乱荷，有些像在树荫下，有些像在太阳里。据内行说，这些画的章法，简直前无古人。

罗丹博物院在左岸。大战后罗丹的东西才收集在这里；已完成的不少，也有些未完成的。有群像，单像，胸像；有石膏仿本。还有画稿，塑稿。还有罗丹的遗物。罗丹是十九世纪雕刻大师；或称他为自然派，或称他为浪漫派。他有匠人的手艺，诗人的胸襟；他藉雕刻来表现自己的情感。取材是不平常的，手法也是不平常的。常人以为美的，他觉得已无用武之地；他专找常人以为丑的，甚至于借重性交的姿势。又因为求表现的充分，不得不夸饰与变形。所以他的东西乍一看觉得"怪"，不是玩艺儿。从前的雕刻讲究光洁，正是"裁缝不露针线迹"的道理；而浪漫派艺术家恰相反，故意要显出笔触或刀痕，让人看见他们在工作中情感激动的光景。罗丹也常如此。他们又多喜欢用塑法，因为泥随意些，那凸凸凹凹的地方，那大块儿小条儿，都可以看得清楚。

克吕尼馆（Cluny）收藏罗马与中世纪的遗物颇多，也在左岸。罗马时代执政的宫在这儿。后来法兰族诸王也住在这宫里。十五世纪的时候，宫毁了，克吕尼寺僧改建现在这所房子，作他们的下院，是"后期戈昔"与"文艺复兴"的混合式。法国王族来到巴黎，在馆里暂住过的，也很有些人。这所房子后来又归了一个考古家。他搜集了好些古董；死后由政府收买，并添凑成一万件。画，雕刻，木刻，金银器，织物，中世纪上等家具，瓷器，玻璃器，应有尽有。房子还保存着原来的样子。入门就如活在几百年前的世界里，再加上陈列的零碎的东西，触鼻子满是古气。与这个馆毗连着的是罗马时代的浴室，原分冷浴热浴等，现在只看见些残门断柱（也有原在巴黎别处的），寂寞地安排着。浴室外是园子，树间草上也散布着古代及中世纪巴黎建筑的一鳞一爪，其中"圣处女门"最秀雅。

此外巴黎美术院（即小宫），装饰美术院都是杂拌儿。后者中有一间扇室，所藏都是十八世纪的扇面，是某太太的遗赠。十八世纪中国玩艺儿在欧洲颇风行，这也可见一斑。扇面满是西洋画，精工鲜丽；几百张中，只有一张中国人物，却板滞无生气。又有吉买博物院（Guimet），收藏远东宗教及美术的资料。伯希和取去敦煌的佛画，多数在这里。日本小画也有些。还有蜡人馆。据说那些蜡人做得真像，可是没见过那些人或他们的照相的，就感不到多大兴味，所以不如画与雕像。不过"隧道"里阴惨惨的，人物也代表着些阴惨惨的故事，却还可看。楼上有镜宫，满是镜子，顶上与周围用各色电光照耀，宛然千门万户，像到了万花筒里。

一九三二年春季的官"沙龙"在大宫中，顶大的院子里罗列着雕像；楼上下八十几间屋子满是画，也有些装饰美术。内行说，画像太多，真有"官"气。其中有安南阮某一幅，奖银牌；中国人一看就明白那是阮氏祖宗的影像。记得有个笑话，说一个贼混入人家厅堂偷了一幅古画，卷起夹在腋下。跨出大门，恰好碰见主人。那贼情急智生，便将画卷儿一扬，问道，"影像，要买吧？"主人自然大怒，骂了一声走进去。贼于是从容溜之乎也。那位安南阮某与此贼可谓异曲同工。大宫里，同时还有一个装饰艺术的"沙龙"，陈列的是家具，灯，织物，建筑模型等等，大都是立体派的作风。立体派本是现代艺术的一派，意大利最盛。影响大极了，建筑，家具，布匹，织物，器皿，汽车，公路，广告，书籍装订，都有立体派的份儿。平静，干脆，是古典的精神，也是这时代重理智的表现。在这个"沙龙"里看，现代的屋子内外都俨然是些几何的图案，和从前华丽的藻饰全异。还有一个"沙龙"，专陈列幽默画。画下多有说明。各画或描摹世态，或用大小文野等对照法，以传出那幽默的情味。有一幅题为《长褂子》，画的是夜宴前后客室中的景子：女客全穿短褂子，只有一人穿长的，大家的眼睛都盯着她那长出来的一截儿。她正在和一个男客谈话，似乎不留意。看她的或偏着身子，或偏着头，或操着手，或用手托着腮（表示惊讶），倚在丈夫的肩上，或打着看戏用的放大镜子，都是一副尴尬面孔。穿长褂子的女客在左首，左首共三个人；中央一对夫妇，右首三个女人，疏密向背都恰好；还点缀着些不在这一群里的客人。画也有不幽默的，也有太恶劣的；本来是幽默并不容易。

巴黎的坟场，东头以倍雷拉谢斯（Père Lachaise）为最大，占地七百二十亩，有二里多长。中间名人的坟颇多，可是道路纵横，找起来真费劲儿。阿培拉德与哀绿绮思两坟并列，上有亭子盖着；这是重修过的。王尔德的坟本葬在别处；死后九年，也迁到此场。坟上雕着个大飞人，昂着头，直着脚，长翅膀，像是合埃及的"狮人"与亚述的翅儿牛而为一，雄伟飞动，与王尔德并不很称。这是英国当代大雕刻家爱勃司坦（Epstein）

的巨作；钱是一位倾慕王尔德的无名太太捐的。场中有巴什罗米（Bartho
lomé）雕的一座纪念碑，题为《致死者》。碑分上下两层，上层中间是死
门，进去的两个人倒也行无所事的；两侧向门走的人群却牵牵拉拉，哭哭
啼啼，跌跌倒倒，不得开交似的。下层像是生者的哀伤。此外北头的蒙马
特，南头的蒙巴那斯两坟场也算大。茶花女埋在蒙马特场，题曰一八二四
年正月十五日生，一八四七年二月三日卒。小仲马，海涅也在那儿。蒙巴
那斯场有圣白孚，莫泊桑，鲍特莱尔等；鲍特莱尔的坟与纪念碑不在一处，
碑上坐着一个悲伤的女人的石像。

　　巴黎的夜也是老牌子。单说六个地方。非洲饭店带澡堂子，可以洗蒸
气澡，听黑人浓烈的音乐；店员都穿着埃及式的衣服。三藩咖啡看"爵士舞"，
小小的场子上一对对男女跟着那繁声促节直扭腰儿。最警动的是那小圆木
筒儿，里面像装着豆子之类。不时地紧摇一阵子。圆屋听唱法国的古歌；
一扇门背后的墙上油画着蹲着在小便的女人。红磨坊门前一架小红风车，
用电灯做了轮廓线；里面看小戏与女人跳舞。这在蒙马特区。蒙马特是流
浪人的区域。十九世纪画家住在这一带的不少，画红磨坊的常有。塔巴林
看女人跳舞，不穿衣服，意在显出好看的身子。里多在仙街，最大。看变
戏法，听威尼斯夜曲。里多岛本是威尼斯娱乐的地方。这儿的里多特意砌
了一个池子，也有一支"刚朵拉"，夜曲是男女对唱，不过意味到底有点
儿两样。

　　巴黎的野色在波隆尼林与圣克罗园里才可看见。波隆尼林在西北角，
恰好在塞因河河套中间，占地一万四千多亩，有公园，大路，小路，有两
个湖，一大一小，都是长的；大湖里有两个洲，也是长的。要领略林子的
好处，得闲闲地拣深僻的地儿走。圣克罗园还在西南，本有离宫，现在毁了，
剩下些喷水和林子。林子里有两条道儿很好。一条渐渐高上去，从树里两
眼望不尽；一条窄而长，漏下一线天光；远望路口，不知是云是水，茫茫
一大片。但真有野味的还得数枫丹白露的林子。枫丹白露在巴黎东南，一
点半钟的火车。这座林子有二十七万亩，周围一百九十里。坐着小马车在
里面走，幽静如远古的时代。太阳光将树叶子照得透明，却只一圈儿一点
儿地洒到地上。路两旁的树有时候太茂盛了，枝叶交错成一座拱门，低低
的；远看去好像拱门那面另有一界。林子里下大雨，那一片沙沙沙沙的声音，

像潮水，会把你心上的东西冲洗个干净。林中有好几处山峡，可以试腰脚，看野花野草，看旁逸斜出，稀奇古怪的石头，像枯骨，像刺猬。亚勃雷孟峡就是其一，地方大，石头多，又是忽高忽低，走起来好。

枫丹白露宫建于十六世纪，后经重修。拿破仑一八一四年临去爱而巴岛的时候，在此告别他的诸将。这座宫与法国历史关系甚多。宫房外观不美，里面却精致，家具等等也考究。就中侍从武官室与亨利第二厅最好看。前者的地板用嵌花的条子板；小小的一间屋，共用九百条之多。复壁板上也雕绘着繁细的花饰，炉壁上也满是花儿，挂灯也像花正开着。后者是一间长厅，其大少有。地板用了二万六千块，一色，嵌成规规矩矩的几何图案，光可照人。厅中间两行圆拱门。门柱下截镶复壁板，上截镶油画；楣上也画得满满的。天花板极意雕饰，金光耀眼。宫外有园子，池子，但赶不上凡尔赛宫的。

凡尔赛宫在巴黎西南，算是近郊。原是路易十三的猎宫，路易十四觉得这个地方好，便大加修饰。路易十四是所谓"上帝的代表"，凡尔赛宫便是他的庙宇。那时法国贵人多一半住在宫里，伺候王上。他的侍从共一万四千人；五百人伺候他吃饭，一百个贵人伺候他起床，更多的贵人伺候他睡觉。那时法国艺术大盛，一切都成为御用的，集中在凡尔赛和巴黎两处。凡尔赛宫里装饰力求富丽奇巧，用钱无数。如金漆彩画的天花板，木刻，华美的家具，花饰，贝壳与多用错综交会的曲线纹等，用意全在教来客惊奇：这便是所谓"罗科科式"（Rococo）。宫中有镜厅，十七个大窗户，正对着十七面同样大小的镜子；厅长二百四十英尺，宽三十英尺，高四十二英尺。拱顶上和墙上画着路易十四打胜德国，荷兰，西班牙的情形，画着他是诸国的领袖，画着他是艺术与科学的广大教主。近十几年来成为世界祸根的那和约便是一九一九年六月二十八那一天在这座厅里签的字。宫旁一座大园子，也是路易十四手里布置起来的。看不到头的两行树，有万千的气象。有湖，有花园，有喷水。花园一畦一个花样，小松树一律修剪成圆锥形，集法国式花园之大成。喷水大约有四十多处，或铜雕，或石雕，处处都别出心裁，也是集大成。每年五月到九月，每月第一星期日，和别的节日，都有大水法。从下午四点起，到处银花飞舞，雾气沾人，衬着那齐斩斩的树，软茸茸的草，觉得立着看，走着看，不拘怎么看总成。海龙王喷水池，规模特别大；得等五点半钟大水法停后，让它单独来二十分钟。有时晚上大放花炮，就在这里。各色的电彩照耀着一道道喷水。花炮在喷水之间放上去，也是一道道的；同时放许多，便氤氲起一团雾。这时候电光换彩，红的忽然变蓝的，蓝的忽然变白的，真真是一眨眼。

卢梭园在爱尔莽浓镇（Ermenonville），巴黎的东北；要坐一点钟火车，走两点钟的路。这是道地乡下，来的人不多。园子空旷得很，有种荒味。大树，怒草，小湖，清风，和中国的郊野差不多，真自然得不可言。湖里有个白杨洲，种着一排白杨树，卢梭坟就在那小洲上。日内瓦的卢梭洲在仿这个；可是上海式的街市旁来那么个洲子，总有些不伦不类。

一九三一年夏天，"殖民地博览会"开在巴黎之东的万散园（Vincennes）里。那时每日人山人海。会中建筑都仿各地的式样，充满了异域的趣味。安南庙七塔参差，峥嵘肃穆，最为出色。这些都是用某种轻便材料造的，去年才拆了。各建筑中陈列着各处的出产，以及民俗。晚上人更多，来看灯光与喷水。每条路一种灯，都是立体派的图样。喷水有四五处，也是新图样；有一处叫"仙人球"喷水，就以仙人球做底样，野拙得好玩儿。这些自然都用电彩。还有一处水桥，河两岸各喷出十来道水，凑在一块儿，恰好是一座弧形的桥，教人想着走上一个水晶的世界去。

1933年6月30日作。

（原载1933年9月1日《中学生》第37号）

注释

1. 刚果方场（*Place Concorde*）："协和"法语与"刚果"同音，文中的"刚果方场"是现在所说的协和广场。
2. 砖厂花园（*Parc Tuilerie*）：杜伊乐丽花园。
3. 仙街（*Champs Elysee*）：香榭丽舍大道。
4. 队舞（*Ballet*）：芭蕾舞。
5. 洲东的圣母堂：巴黎圣母院。
6. 毛得林堂（*Madeleine*）：玛德莲娜大教堂。
7. 卢佛宫（*Louvre*）：卢浮宫。
8. 达文齐：达·芬奇。

9.摩奈：莫奈。

导读

　　在《欧游杂记》的序里作者说："这两个月走了五国，十二个地方。巴黎待了三礼拜，柏林两礼拜，别处没有待过三天以上……"相较之下巴黎是作者停留最久的，《巴黎》这篇文章的内容也最充实。

　　作者从塞纳河左右岸着笔，虽然也分贫富，但那种共有的自由和浪漫的艺术气息，使得"我们不妨说整个儿巴黎是一座艺术城"。比较国内的情况，难免心有欷歔——"他们几乎像呼吸空气一样呼吸着艺术气，自然而然就雅起来了。"然后由刚果方场开始细数了巴黎所见，写着写着好像被新奇和雅致把情绪感染了，变成一篇真正的游记了。

　　文中偶有拿景物和当时国内的对比。描写砖厂花园，"又整洁，又玲珑，教人看着赏心悦目；可是没有野情，也没有蓬勃之气，像北平的叭儿狗"。谈巴黎的雅，"从前人说'六朝'卖菜佣都有烟水气，巴黎人谁身上大概都长着一两根雅骨吧"。谈巴黎的咖啡馆，"街上'咖啡'东一处西一处的，沿街安着座儿，有点儿像北平中山公园里的茶座儿"。描写塞纳河岸的书摊，"书摊儿黯黯的，低低的，窄窄的一溜；一小格儿一小格儿，或连或断，可没有东安市场里的大。摊上放着些破书；旁边小凳子上坐着掌柜的。到时候将摊儿盖上，锁上小铁锁就走。这些情形也活像东安市场"。描写歌剧院的异国女性，"太太小姐们大多穿着各色各样的晚服，露着脖子和膀子。'衣香鬓影'，这里才真够味儿"。

　　这些或多或少带出些作者心境，可能限于读者群体和行文体裁，都一点而过了。作为一篇游记，本文无疑是一篇美文，可字里行间难掩"弱国之民"的那种妒羡和彷徨。

西行通讯

一

圣陶兄：

我等八月二十二日由北平动身，二十四日到哈尔滨。这至少是个有趣的地方，请听我说哈尔滨的印象。

这里分道里，道外，南岗，马家沟四部分。马家沟是新辟的市区，姑不论。南岗是住宅区，据说建筑别有风味；可惜我们去时，在没月亮的晚上。道外是中国式的市街，我们只走过十分钟。我所知的哈尔滨，是哈尔滨的道里，我们住的地方。

道里纯粹不是中国味儿。街上满眼是俄国人，走着的，坐着的；女人比哪儿似乎都要多些。据说道里俄国人也只十几万；中国人有三十几万，但俄国人大约喜欢出街，所以便觉满街都是了。你黄昏后在中国大街上走（或在南岗秋林洋行前面走），瞧那拥拥挤挤的热闹劲儿。上海大马路等处入夜也闹攘攘的，但乱七八糟地各有目的，这儿却几乎满是逛街的。这种忙里闲的光景，别处是没有的。

这里的外国人不像上海的英美人在中国人之上，可是也并不如有些人所想，在中国人之下。中国人算是不让他们欺负了，他们又怎会让中国人欺负呢？中国人不特别尊重他们，却是真的。他们的流品很杂，开大洋行小买卖的固然多，驾着汽车沿街兜揽乘客的也不少，赤着脚爱淘气的顽童随处可见。这样倒能和中国人混在一起，没有什么隔阂了。也许因白俄们穷无所归，才得如此；但这现象比上海沈阳等中外杂居的地方使人舒服多了。在上海沈阳冷眼看着，是常要生气，常要担心的。

这里人大都会说俄国话，即使是卖扫帚的。他们又大都有些外国规矩，如应诺时的"哼哼"，及保持市街清洁之类。但他们并不矜持他们的俄国话和外国规矩，也没有卖弄的意思，只看做稀松平常，与别处的"二毛子"大不一样。他们的外国化是生活自然的趋势，而不是奢侈的装饰，是"全民"的，不是少数"高等华人"的。一个生客到此，能领受着多少异域的风味而不感着窒息似的；与洋大人治下的上海，新贵族消夏地的青岛，北戴河，宛然是两个世界。

　　但这里虽有很高的文明，却没有文化可言。待一两个礼拜，甚至一个月，大致不会教你腻味，再多可就要看什么人了。这里没有一爿像样的书店，中国书外国书都很稀罕；有些大洋行的窗户里虽放着几本俄文书，想来也只是给商人们消闲的小说罢。最离奇的是这里市招上的中文，如"你吉达"，"民娘九尔"，"阿立古闹如次"等译音，不知出于何人之手。也难怪，中等教育，还在幼稚时期的，已是这里的最高教育了！这样算不算梁漱溟先生所说的整个欧化呢？我想是不能算的。哈尔滨和哈尔滨的白俄一样，这样下去，终于是非驴非马的畸形而已。虽在感着多少新鲜的意味的旅客的我，到底不能不作如此想。

　　这里虽是欧化的都会，但闲的处所竟有甚于北平的。大商店上午九点开到十二点，一点到三点休息；三点再开，五点便上门了。晚上呢，自然照例开电灯，让炫眼的窗饰点缀坦荡荡的街市。穿梭般的男女比白天多得多。俄国人，至少在哈尔滨的，像是与街有不解缘。在巴黎伦敦最热闹的路上，晚上逛街的似乎也只如此罢了。街两旁很多休息的长椅，并没有树荫遮着；许多俄国人就这么四无依傍地坐在那儿，有些竟是为了消遣来的。闲一些的街中间还有小花园，围以短短的栅栏，里面来回散步的不少。——你从此定可以想到，一个广大的公园，在哈尔滨是决少不了的。

　　这个现在叫做"特市公园"。大小仿佛北平的中山公园，但布置自然两样。里面有许多花坛，用各色的花拼成种种对称的图案；最有意思的是一处入口的两个草狮子。是蹲伏着的，满身碧油油的嫩草，比常见的狮子大些，神气自然极了。园内有小山，有曲水，有亭有桥；桥是外国式，以玲珑胜。水中可以划船，也还有些弯可转。这样便耐人寻味。又有茶座，电影场，电气马（上海大世界等处有）等。这里电影不分场，从某时至某时老是演着；当时颇以为奇，后来才知是外国办法。我们去的那天，正演《西游记》；不知别处会演些好片子否。这公园里也是晚上人多；据说俄国女人常爱成排地在园中走，排的长约等于路的阔，同时总有好两排走着，想来倒也很好看。特市公园外，警察告诉我们还有些小园子，不知性质如何。

这里的路都用石块筑成。有人说石头路尘土少些；至于不用柏油，也许因为冬天太冷，柏油不经冻之故。总之，尘土少是真的，从北平到这儿，想着尘土要多些，那知适得其反；在这儿街上走，从好些方面看，确是比北平舒服多了。因为路好，汽车也好。不止坐着平稳而已，又多！又贱！又快！满街是的，一扬手就来，和北平洋车一样。这儿洋车少而贵；几毛钱便可坐汽车，人多些便和洋车价相等。开车的俄国人居多，开得"棒"极了；拐弯，倒车，简直行所无事，还让你一点不担心。巴黎伦敦自然有高妙的车手，但车马填咽，显不出本领；街上的 Taxi[1] 有时几乎像驴子似的。在这一点上，哈尔滨要强些。胡适之先生提倡"汽车文明"，这里我是第一次接触汽车文明了。上海汽车也许比这儿多，但太贵族了，没有多少意思。此地的马车也不少，也贱，和五年前南京的马车差不多，或者还要贱些。

这里还有一样便宜的东西，便是俄国菜。我们第一天在一天津馆吃面，以为便宜些；那知第二天吃俄国午餐，竟比天津馆好而便宜得多。去年暑假在上海，有人请吃"俄国大菜"，似乎那时很流行，大约也因为价廉物美吧。俄国菜分量多，便于点菜分食；比吃别国菜自由些；且油重，合于我们的口味。我们在街上见俄国女人的胫痴肥的多，后来在西伯利亚各站所见也如此；我们常说，这怕是菜里的油太重了吧。

最后我要说松花江，道里道外都在江南，那边叫江北。江中有一太阳岛，夏天人很多，往往有带了一家人去整日在上面的。岛上最好的玩意自然是游泳，其次许就算划船。我不大喜欢这地方，因为毫不整洁，走着不舒服。我们去的已不是时候，想下水洗浴，因未带衣服而罢。岛上有一个临时照相人。我和一位徐君同去，我们坐在小船上让他照一个相。岸边穿着游泳衣的俄国妇人孩子共四五人，跳跳跑跑地硬挤到我们船边，有的浸在水里，有的爬在船上，一同照在那张相里。这种天真烂漫，倒也有些教人感着温暖的。走方照相人，哈尔滨甚多，中国别的大都市里，似未见过；也是外国玩意儿。照得不会好，当时可取，足为纪念而已。从太阳岛划了小船上道外去。我是刚起手划船，在北平三海来过几回；最痛快是这回了。船夫管着方向，他的两桨老是伺候着我的。桨是洋式，长而匀称，支在小铁叉上，又稳,又灵活;桨片是薄薄的,弯弯的。江上又没有什么萍藻,显得宽畅之至。这样不吃力而得讨好,我们过了一个愉快的下午。第二天我们一伙儿便离开哈尔滨了。

此信八月三十一在西伯利亚车中动手写,直耽搁到今日才写毕。在时间上,不在篇幅上,要算得是一通太长的信了,一切请原谅罢!

弟自清,1931年10月8日,伦敦。

二

圣陶兄:

这一回说给你我们过西伯利亚的情形。

平常想到西伯利亚,眼前便仿佛一片莽莽的平原,黯淡的斜阳照着,或者凛冽的北风吹着,或者连天的冰雪盖着。相信这个印象一半从《勒勒歌》[2] 来,一半从翻译的小说来;我们火车中所见,却并不如此惊心动魄的——大概是夏天的缘故罢。荒凉诚然不错,但沿路没有童山,千里的青绿,倒将西伯利亚化作平常的郊野了。只到处点缀着木屋,是向所未见。我们在西伯利亚七日,有五天都下雨;在那牛毛细雨中,这些微微发亮的木屋是有一种特别的调子的。

头两天是晴天,第一天的落日真好看;只有那时候我们承认西伯利亚的伟大。平原渐渐苍茫起来,它的边际不像白天分明,似乎伸展到无穷尽的样子。只有西方一大片深深浅浅的金光,像是一个海。我们指点着,这些是岛屿;那些是船只,还在微风中动摇着呢。金光炫烂极了,这地上是没有的,勉强打个比喻,也许像熊熊的火焰吧,但火焰究竟太平凡了。那深深浅浅的调子,倒有些像名油画家的画板,浓一块淡一块的;虽不经意,而每一点一堆都可见他的精神,他的姿态。那时我们说起"霞"这个名字,觉得声调很响亮,恰是充满了光明似的。又说到"晚霞";"晚"的声调带一些冥没[3]的意味,便令人有"已近黄昏"之感。L君说英文中无与"霞"相当的字,只能叫做"落日";若真如此,我们未免要为英国人怅惘了。

第二天傍晚过贝加尔湖;这是一个大大有名的湖,我所渴想一看的。

记起郭沫若君的诗里说过苏武在贝加尔湖畔牧羊，真是美丽而悲凉的想象。在黯淡的暮色中过这个寂寞的湖，我不禁也怀古起来了。晚餐前我们忽见窗外很远的一片水；大家猜，别是贝加尔湖吧？晚餐完时，车已沿着湖边走了。向北望去，只见渺渺一白，想不出那边还有地方。这湖单调极了。似乎每一点都同样的平静，没有一个帆影，也没有一个鸟影。夜来了，这该是死之国吧？但我还是坐在窗前呆看。东边从何处起，我们没留意；现在也像西边一样，是无穷的白水。车行两点多钟，贝加尔湖依然在窗外；天是黑透了，我走进屋内，到底不知什么时候完的。

在欧亚两洲交界处，有一段路颇有些中国意境，绵延不断的青山与悠然流着的河水，在几里路中只随意曲了几曲。山高而峻，不见多少峰峦，如削成的一座大围屏。车在山下沿着河走；河岸也是高峻，水像突然掉下去似的。从山顶到河面，是整整齐齐的两叠；除曲了那几曲外，这几里路中都是整齐的。整齐虽已是西方的好处，但那高深却还近乎中国的山水诗或山水画。河中见一狭狭的小舟，一个人坐着缓缓地划桨，那船和人都是灰暗的颜色；这才真是中国画了。

车中一间屋睡四个人，而我们只有三个。上车时想着能老占着一间屋就好。但晚上便来了一个女人，像是做工的或种地的。她坦然睡了上铺；这在国内是不会有的——我们不但是三个男人，并且是三个外国人！第二天她下车了，来的是三等车中唯一的绅士；他大概因为晚上我们出入拉门，扰他清梦，下一天搬到别屋里去。以后来的是兵，兵，兵！我们都说与兵有缘分呢。最后来了经济学博士，他的名字，我还记得，是约瑟，是玩纸牌时要按名记分，他告诉我们的。从前来者都只说俄国话，我们偶然也能答应一两个字；是从万国卧车公司的指南上学来，如"不""三个""多少"之类。"不"字用得最多，伴着的是一摇头。这自然干脆不过，但往往从此打断了谈话；到这地步，那一位大概不是站在门外窗口去看风景，便是闭上眼睡觉。这位约瑟君却不同，他除俄国话外，自己说还懂得法文；ＬＨ两位都懂法文，我们立刻觉得屋里更有意思起来了。

但约瑟君的法文却实在不够用，他只能说些单字。ＬＨ两位应付得很费力，可是他爱说话极了，老是支支节节地谈下去。他告诉我们，俄国报说汉口党人烧了美孚煤油公司；又问起好几个中国人的名字。难为他记得住这些名字！有一个下午，他拿了纸笔，画了地图，和我们议论天下大事。他说俄国从美国买机器，而卖粮食给它；中国从美国买粮食和日用品，白让它赚了钱去。他在地图上点了几点，写着，"血！""血！"说中国只能将血滴给美国，没有别的。他似乎以为中国全然美国化了，这样东西也问"亚美利加？"那样也问"亚美利加？"甚至我送他一包香片，也问"亚美利加？"我们赶紧说"中国"，"中国"，才收下了。

　　他又问我们什么党。我们三个都不在党；他奇怪极了，指着胸道，"我——博士——共产党！"指在他身旁的朋友——也是经济学博士——道，"他——博士——共产党！"他喜欢喝酒，常和他的朋友上饭车去喝。也邀过我们两三次，总说，"同志——啤酒，"一面指着饭车那方面。我们都谢了。最后他似乎不大好意思，指点着道，"我——布尔乔——你们——普罗利特利亚特！"他又常指着他的衣服道，"不好看——俄罗斯；"指着我们的道，"亚美利加！"（两三天后在另一车上和一个十八岁的俄国工人谈话，一位高丽人给翻译。这是个天真烂漫的工人，他的衣服比我们粗糙多了，可是比我们贵多了。他露出羡慕的颜色，但我想起约瑟君的话，倒有些羡慕他们。）他是个和蔼的人，很帮我们的忙。快到莫斯科时，他一面剥着松子（沿路见俄国人吃松子的甚多，一粒粒地摘下来嗑着，似乎比嗑瓜子有意思），一面告诉我们他有妻有子，现在家里等着他呢。又指着远处，说他夏天和他们住在城外，天凉了才搬进城去。下车后他还特地到窗前来和我们扬手作别。他是黑头发，紫脸膛，绕腮胡根子；他说他现在是一个经济杂志编辑人。

　　本该下午两点到莫斯科；误了五点钟，到时天已全黑了。去波兰的车就要开；满心想看看莫斯科，却只见一片黑夜，我只得带着最大的失望上车走了。第二天下午在波兰换车上巴黎去。晚上到饭车吃饭，侍者穿着小礼服，鞠着躬和客人说话，客人也大都换上整齐的衣服端端正正坐着，与俄国饭车空气大不相同。我渐渐有些拘束起来了。

　　　　　　　　　　　　　　　　　　弟自清，1931年11月15日，伦敦。

注释

1. *Taxi*：出租车。
2. 《敕勒歌》：我国南北朝时期黄河以北的北朝鲜卑族间流传的一首民歌，在中国古典文学和古代史研究上具有非常重要的意义。
3. 冥没（míng mò）：幽暗不明。

导读

朱自清于 1931 年 8 月 22 日自北平出发，一路乘坐火车，穿越亚欧大陆，前往欧洲作为期一年的游学。《西行通讯》是作者将旅途见闻及感想说与好友叶圣陶，并发表在叶圣陶主办的《中学生》杂志上。两封信完成日期分别 1931 年 10 月 8 日和 1931 年 11 月 15 日，相隔一个多月，而两封信所述内容则分别是中国北部城市哈尔滨及俄国城市西伯利亚及贝加尔湖地区。

哈尔滨作者着重描写了道里区，典型特点就是俄国人多，讲俄语的人也多，但较外国人多的上海，没了高低阶级之分，在道里，外国人中国人平等相处，算是一种生活常态。在行与吃两方面，都表现出明显的俄化，路上汽车俄国人开的多，饭店俄国人开的便宜实惠，针对这些现象，作者认为"哈尔滨和哈尔滨的白俄一样，这样下去，终于是非驴非马的畸形而已"。作为一个城市的发展，要有鲜明的特色，并蕴涵本国的文化，否则，这座城市便成了终年漂行海上的舟船，浮动不安，没有根基之感。

西伯利亚，盛名之下，其实不符，作者心中那莽原斜阳，劲风冰雪，由于季节的关系，都没出现。遗憾之余，落日的光辉却令作者欣喜一番，"平原渐渐苍茫起来，它的边际不像白天分明，似乎伸展到无穷尽的样子。只有西方一大片深深浅浅的金光，像是一个海"。气势磅礴，蔚为壮观。而贝加尔湖在作者眼中，也仅仅是无穷无际的一片白水，"这湖单调极了。似乎每一点都同样的平静，没有一个帆影，也没有一个鸟影"。中国的山水画作，讲究的就是意境，意境的营造关键在于细微点缀，所以作者转行至那曲了又曲沿河而行的公路，"河中见一狭狭的小舟，一个人坐着缓缓地划桨，那船和人都是灰暗的颜色；这才真是中国画了"。其中独特的文人情怀，历历再现眼前。

三家书店

伦敦卖旧书的铺子，集中在切林克拉斯路（Charing Cross Road）[1]；那是热闹地方，顶容易找。路不宽，也不长，只这么弯弯的一段儿；两旁不短的是书，玻璃窗里齐整整排着的，门口摊儿上乱哄哄摆着的，都有。加上那徘徊在窗前的，围绕着摊儿的，看书的人，到处显得拥拥挤挤，看过去路便更窄了。摊儿上看最痛快，随你翻，用不着"劳驾""多谢"；可是让风吹日晒的到底没什么好书，要看好的还得进铺子去。进去了有时也可随便看，随便翻，但用得着"劳驾""多谢"的时候也有；不过爱买不买，决不至于遭白眼。说是旧书，新书可也有的是；只是来者多数为的旧书罢了。

最大的一家要算福也尔（Foyle），在路西；新旧大楼隔着一道小街相对着，共占七号门牌，都是四层，旧大楼还带地下室——可并不是地窖子[2]。店里按着书的性质分二十五部；地下室里满是旧文学书。这爿店二十八年前本是一家小铺子，只用了一个店员；现在店员差不多到了二百人，藏书到了二百万种，伦敦的《晨报》称为"世界最大的新旧书店"。两边店门口也摆着书摊儿，可是比别家的大。我的一本《袖珍欧洲指南》，就在这儿从那穿了满染着书尘的工作衣的店员手里，用半价买到的。在摊儿上翻书的时候，往往看不见店员的影子；等到选好了书四面找他，他却从不知哪一个角落里钻出来了。但最值得流连的还是那间地下室；那儿有好多排书架子，地上还东一堆西一堆的。乍进去，好像掉在书海里；慢慢地才找出道儿来。屋里不够亮，土又多，离窗户远些的地方，白日也得开灯。可是看得自在；他们是早七点到晚九点，你待个几点钟不在乎，一天去几趟也不在乎。只有一件，不可着急。你得像逛庙会逛小市那样，一半玩儿，一半当真，翻翻看看，看看翻翻；也许好几回碰不见一本合意的书，也许霎时间到手了不止一本。

开铺子少不了生意经，福也尔的却颇高雅。他们在旧大楼的四层上留出一间美术馆，不时地展览一些画。去看不花钱，还送展览目录；目录后面印着几行字，告诉你要买美术书可到馆旁艺术部去。展览的画也并不坏，有卖的，有不卖的。他们又常在馆里举行演讲会，讲的人和主席的人当中，不缺少知名的。听讲也不用花钱；只每季的演讲程序表下，"恭请你注意组织演讲会的福也尔书店"。还有所谓文学午餐会，记得也在馆里。他们请一两个小名人做主角，随便谁，纳了餐费便可加入；英国的午餐很简单，费不会多。假使有闲工夫，去领略领略那名隽的谈吐，倒也值得的，不过去的却并不怎样多。

　　牛津街是伦敦的东西通衢，繁华无比，街上呢绒店最多；但也有一家大书铺，叫做彭勃思（Bumpus）的便是。这铺子开设于一七九零年左右，原在别处；一八五零年在牛津街开了一个分店，十九世纪末便全挪到那边去了，维多利亚时代，店主多马斯彭勃思很通声气，来往的有迭更斯[3]，兰姆[4]，麦考莱[5]，威治威斯[6]等人；铺子就在这时候出了名。店后本连着旧法院，有看守所，守卫室等，十几年来都让店里给买下了。这点古迹增加了人对于书店的趣味。法院的会议圆厅现在专作书籍展览会之用；守卫室陈列插图的书，看守所变成新书的货栈。但当日的光景还可从一些画里看出：如十八世纪罗兰生[7]（Rowlandson）所画守卫室内部，是晚上各守卫提了灯准备去查监的情形，瞧着很忙碌的样子。再有一个图，画的是一七二九的一个守卫，神气够凶的。看守所也有一幅画，砖砌的一重重大拱门，石板铺的地，看守室的厚木板门严严锁着，只留下一个小方窗，还用十字形的铁条界着；真是铜墙铁壁，插翅也飞不出去。

　　这家铺子是五层大楼，却没有福也尔家地方大。下层卖新书，三楼卖儿童书，外国书，四楼五楼卖廉价书；二楼卖绝版书，难得的本子，精装的新书，还有《圣经》，祈祷书，书影等等，似乎是菁华所在。他们有初印本，精印本，著者自印本，著者签字本等目录，搜罗甚博，福也尔家所不及。新书用小牛皮或摩洛哥皮（山羊皮——羊皮也可仿制）装订，烫上金色或别种颜色的立体派图案；稀疏的几条平直线或弧线，还有"点儿"，错综着配置，透出干净，利落，平静，显豁，看了心目清朗。装订的书，数这儿讲究，别家书店里少见。书影是仿中世纪的抄本的一叶，大抵是祷文之类。中世纪抄本用黑色花体字，文首第一字母和叶边空处，常用蓝色金色画上各种花饰，典丽崇皇，穷极工巧，而又经久不变；仿本自然说不上这些，只取其也有一点古色古香罢了。

一九三一年里，这铺子举行过两回展览会，一回是剑桥书籍展览，一回是近代插图书籍展览，都在那"会议厅"里。重要的自然是第一回。牛津剑桥是英国最著名的大学；各有印刷所，也都著名。这里从前展览过牛津书籍，现在再展览剑桥的，可谓无遗憾了。这一年是剑桥目下的辟特印刷所（The Pitt Press）奠基百年纪念，展览会便为的庆祝这个。展览会由鼎鼎大名的斯密兹将军 [8]（General Smuts）开幕，到者有科学家詹姆士金斯 [9]（James Jeans），亚特爱丁顿 [10]（Arthur Eddington），还有别的人。展览分两部，现在出版的书约莫四千册是一类；另一类是历史部分。剑桥的书字型清晰，墨色匀称，行款合式，书扉和书衣上最见工夫；尤其擅长的是算学书，专门的科学书。这两种书需要极精密的技巧，极仔细的校对；剑桥是第一把手。但是这些东西，还有他们印的那些冷僻的外国语书，都卖得少，赚不了钱。除了是大学印刷所，别家大概很少愿意承印。剑桥又承印《圣经》；英国准印《圣经》的只剑桥牛津和王家印刷人。斯密兹说剑桥就靠《圣经》和教科书赚钱。可是《泰晤士报》社论中说现在印《圣经》的责任重大，认真地考究地印，也只能够本罢了。—— 一五八八年英国最早的《圣经》便是由剑桥承印的。

英国印第一本书，出于伦敦威廉甲克司登 [11]（William Caxton）之手，那是一四七七年。到了一五二一，约翰席勃齐（John Siberch）来到剑桥，一年内印了八本书，剑桥印刷事业才创始。八年之后，大学方面因为有一家书纸店与异端的新教派勾结，怕他们利用书籍宣传，便呈请政府，求英王核准，在剑桥只许有三家书铺，让他们宣誓不卖未经大学检查员审定的书。那时英王是亨利第八 [12]；一五三四年颁给他们勅书，授权他们选三家书纸店兼印刷人，或书铺，"印行大学校长或他的代理人等所审定的各种书籍"。这便是剑桥印书的法律根据。不过直到一五八三年，他们才真正印起书来。那时伦敦各家书纸店有印书的专利权，任意抬高价钱。他们妒忌剑桥印书，更恨的是卖得贱。恰好一六二〇年剑桥翻印了他们一本文法书，他们就在法庭告了一状。剑桥师生老早不乐意他们抬价钱，这一来更愤愤不平；大学副校长第二年乘英王詹姆士第一 [13] 上新市场去，半路上就递上一件呈子，附了一个比较价目表。这样小题大做，真有些书呆子气。王和诸大臣商议了一下，批道，我们现在事情很多，没工夫讨论大学与诸家书纸店的权益；但准大学印刷人出售那些文法书，以救济他的支绌。这算是碰了个软钉子，可也算是胜利。那呈子，那批，和上文说的那本《圣经》都在这一回展览中。席勃齐印的八本书也有两种在这里。此外还有一六二九年初印的定本《圣经》，书扉雕刻繁细，手艺精工之极。又密尔顿《力息达斯》（Lycidas）[14] 的初本也在展览着，那是经他亲手校改过的。

近代插图书籍展览，在圣诞节前不久，大约是让做父母的给孩子们多买点节礼吧。但在一个外国人，却也值得看看。展览的是七十年来的作品，虽没有什么系统，在这里却可以找着各种美，各种趋势。插图与装饰画不一样，得吟味原书的文字，透出自己的机锋。心要灵，手要熟，二者不可缺一。或实写，或想象，因原书情境，画人性习而异。——童话的插图却只得凭空着笔，想象更自由些；在不自由的成人看来，也许别有一种滋味。看过赵译《阿丽思漫游奇境记》[15] 里谭尼尔[16]（John Tenniel）的插画的，当会有同感吧。——所展览的，幽默，秀美，粗豪，典重，各擅胜场，琳琅满目；有人称为"视觉的音乐"，颇为近之。最有味的，同一作家，各家插画所表现的却大不相同。譬如莪默伽亚谟（Ommar Khayyam）[17]，莎士比亚，几乎在一个人手里一个样子；展览会里书多，比较着看方便，可以扩充眼界。插图有"黑白"的，有彩色的；"黑白"的多，为的省事省钱。就黑白画而论，从前是雕版，后来是照相；照相虽然精细，可是失掉了那种生力，只要拿原稿对看就会觉出。这儿也展览原稿，或是灰笔画，或是水彩画；不但可以"对看"，也可以让那些艺术家更和我们接近些。《观察报》记者记这回展览会，说插图的书，字往往印得特别大，意在和谐；却实在不便看。他主张书与图分开，字还照寻常大小印。他自然指大本子而言。但那种"和谐"其实也可爱；若说不便，这种书原是让你慢慢玩赏的，哪能像读报一样目下数行呢？再说，将配好了的对儿生生拆开，不但大小不称，怕还要多花钱。

诗籍铺（The Poetry Bookshop）真是米米小，在一个大地方的一道小街上。"叫名"街，实在一条小胡同吧。门前不大见车马，不说；就是行人，一天也只寥寥几个。那道街斜对着无人不知的大英博物院；街口钉着小小的一块字号木牌。初次去时，人家教在博物院左近找。问院门口守卫，他不知道有这个铺子，问路上戴着常礼帽的老者，他想没有这么一个铺子；好容易才找着那块小木牌，真是"远在天边，近在眼前"。这铺子从前在另一处，那才冷僻，连裴芃克的地图上都没名字，据说那儿是一所老宅子，才真够诗味，挪到现在这样平常的地带，未免太可惜。那时候美国游客常去，一个原因许是美国看不见那样老宅子。

诗人赫洛德孟罗[18]（Harold Monro）在一九一二年创办了这爿诗籍铺。用意在让诗与社会发生点切实的关系。孟罗是二十多年来伦敦文学生涯里一个要紧角色。从一九一一给诗社办《诗刊》（Poetry Review）起知名。在第一期里，他说，"诗与人生的关系得再认真讨论，用于别种艺术的标准也该用于诗。"他觉得能做诗的该做诗，有困难时该帮助他，让他能做下去；一般人也该念诗，受用诗。为了前一件，他要自办杂志，为了后一件，他要办读诗会；为了这两件，他办了诗籍铺。这铺子印行过《乔治诗选》（Georgian Poetry），乔治是现在英王的名字，意思就是当代诗选，所收的都是代表作家。第一册出版，一时风靡，买诗念诗的都多了起来；社会确乎大受影响。诗选共五册；出第五册时在一九二二，那时乔治诗人的诗兴却渐渐衰了。一九一九到二五年铺子里又印行《市本》月刊（The Chapbook）登载诗歌，评论，木刻等，颇多新进作家。

读诗会也在铺子里；星期四晚上准六点钟起，在一间小楼上。一年中也有些时候定好了没有。从创始以来，差不多没有间断过。前前后后著名的诗人几乎都在这儿读过诗：他们自己的诗，或他们喜欢的诗。入场券六便士，在英国算贱，合四五毛钱。在伦敦的时候，也去过两回。那时孟罗病了，不大能问事，铺子里颇为黯淡。两回都是他夫人爱立达克莱曼答斯基（Alida Klementaski）读，说是找不着别人。那间小楼也容得下四五十位子，两回去，人都不少；第二回满了座，而且几乎都是女人——还有挨着墙站着听的。屋内只读诗的人小桌上一盏蓝罩子的桌灯亮着，幽幽的。她读济兹和别人的诗，读得很好，口齿既清楚，又有顿挫，内行说，能表出原诗的情味。英国诗有两种读法，将每个重音咬得清清楚楚，顿挫的地方用力，和说话的调子不相像，约翰德林瓦特（John Drinkwater）便主张这一种。他说，读诗若用说话的调子，太随便，诗会跑了。但是参用一点儿，像克莱曼答斯基女士那样，也似乎自然流利，别有味道。这怕要看什么样的诗，什么样的读诗人，不可一概而论。但英国读诗，除不吟而诵，与中国根本不同之处，还有一件：他们按着文气停顿，不按着行，也不一定按着韵脚。这因为他们的诗以轻重为节奏，文句组织又不同，往往一句跨两行三行，却非作一句读不可，韵脚便只得轻轻地滑过去。读诗是一种才能，但也需要训练；他们注重这个，训练的机会多，所以是诗人都能来一手。

铺子在楼下，只一间，可是和读诗那座楼远隔着一条甬道。屋子有点黑，四壁是书架，中间桌上放着些诗歌篇子[19]（Sheets），木刻画。篇子有宽长两种，印着诗歌，加上些零星的彩画，是给大人和孩子玩儿的。犄角儿上一张帐桌子，坐着一个戴近视眼镜的，和蔼可亲的，圆脸的中年妇人。桌前装着火炉，炉旁蹲着一只大白狮子猫，和女人一样胖。有时也遇见克莱曼答斯基女士，匆匆地来匆匆地去。孟罗死在一九三二年三月十五日。第二天晚上到铺子里去，看见两个年轻人在和那女人司账说话；说到诗，说到人生，都是哀悼孟罗的。话音很悲伤，却如清泉流泻，差不多句句像诗；女司账说不出什么，唯唯而已。孟罗在日最尽力于诗人文人的结合，他老让各色的才人聚在一块儿。又好客，家里炉旁（英国终年有用火炉的时候）常有许多人聚谈，到深夜才去。这两位青年的伤感不是偶然的。他的铺子可是赚不了钱；死后由他夫人接手，勉强张罗，现在许还开着。

1934年10月27日作。

（原载1935年1月1日《中学生》第51号）

注释

1. 切林克拉斯路（*Charing Cross Road*）：查令十字街。
2. 地窨（yìn）子：一半地上一半地下的房屋，我国北方旧时的一种民居。
3. 迭更斯：查尔斯·狄更斯（*Charles John Huffam Dickens*，1812—1870），19世纪英国批判现实主义小说家。主要作品《匹克威克外传》、《雾都孤儿》、《老古玩店》、《艰难时世》、《我们共同的朋友》。
4. 兰姆：查尔斯·兰姆（*Charles Lamb*，1775—1834），英国散文家。
5. 麦考莱：麦考莱（*Thomas Babington Macaulay*，1800—1859），英国历史学家，

政治家。著《自詹姆斯二世即位以来的英国史》（即《英国史》）。

6. 威治威斯：威廉·华兹华斯（*William Wordsworth*，1770—1850），英国诗人。

7. 罗兰生：托马斯·罗兰森（*Thomas Rowlandson*，1756—1827），是英国 18 世纪中期至 19 世纪初期画家。

8. 斯密兹将军：扬·克里斯蒂安·史末资（*Jan Christiaan Smuts*，1870—1950），于 1919—1924 年、1939—1948 年任南非总理。1941 年授英国陆军元帅军衔。

9. 詹姆士金斯：詹姆斯·霍普伍德·金斯（*James Hopwood Jeans*，1877—1946），英国量子物理学家。

10. 亚特爱丁顿：亚瑟·斯坦利·爱丁顿（*Arthur Stanley Eddington*，1882—1944），英国天文学家和物理学家。著《恒星运动和宇宙结构》、《相对论的数学理论》、《恒星内部结构》。

11. 威廉甲克司登：威廉·卡克斯顿（*William Caxton*，1422—1491），英国第一个印刷商。就对英国语言和文学的贡献和影响力而言，莎士比亚之外，大概无出其右者。

12. 亨利第八：亨利八世（*Henry VIII*，1491—1547），英国都铎王朝第二任国王，1509—1547 年在位，也是爱尔兰领主。

13. 詹姆士第一：詹姆斯一世（*James I*，1566—1625），英国国王，1603—1625 年在位，同时也是苏格兰国王詹姆斯六世（*James VI*），1567—1625 年在位。

14. 密尔顿《力息达斯》（*Lycidas*）：《利西达斯》（也译为《黎西达斯》），英国诗人弥尔顿早年（1638 年）写的一首悼亡诗。诗的题目源自维吉尔的《田园诗》中一个牧羊人的名字。《利西达斯》是一首田园挽歌，纪念在剑桥读书后来因海难而遇难的一位同学。同时弥尔顿这首诗还抨击了腐败的僧侣阶层。有人认为这是英国最伟大的短诗。

15. 赵译《阿丽思漫游奇境记》：

1）《爱丽丝梦游仙境》（*Alice's Adventures in Wonderland*，又名爱丽丝漫游奇境、爱丽丝奇境历险记），是英国作家查尔斯·路德维希·道奇森以笔名路易斯·卡罗尔于 1865 年出版的儿童文学作品。赵元任 1921 年首次译为中文。

2）赵元任（1892—1982），汉族，字宣仲，又字宜重，江苏武进（今常州）人，生于天津。1929 年 6 月底被中央研究院聘为历史语言研究所研究员兼语言组主任，同时兼任清华中国文学系讲师，授"音韵学"等课程。1938 年起在美国任教。他是中国现代语言和现代音乐学先驱。

16. 谭尼尔：约翰·谭尼尔（*John Tenniel*，1820—1914），插画家，为《爱丽丝梦游仙境》配插画。

17. 莪默伽亚谟（*Omar Khayyam*）：奥马·海亚姆（1048—1131），波斯（今伊朗东北部）人，数学家、天文学家、哲学家、诗人。

18. 赫洛德孟罗：*Harold Edward Monro*（1879—1932），英国诗人。

19. 篇子：薄板。

导读

　　《三家书店》等几篇散文选自朱自清的散文集《伦敦杂记》。1931 年 8 月，朱自清赴欧洲游学，历时一年。在欧洲游历数国，陆续写成散文，发表在《中学生》杂志上，后结集为《欧游杂记》和《伦敦杂记》。在这两部游记中，朱自清客观描述了欧洲国家名胜古迹，尽可能翔实地介绍西方的历史、文化和艺术，作家用意是写给中学生看，所以格外用心谨严，无论文章结构，技巧，还是语言运用，都再三斟酌，使得每一篇都体现了臻于完善的散文艺术。

　　董其昌曾云：“读万卷书，行万里路，胸中脱去尘浊，自然丘壑内营，立成鄄鄂。”读万卷书、行万里路，一直是中国文人求学治学的一条准则。行路是为长见识，读书是为师他人。

　　《三家书店》写于 1934 年。朱自清这趟欧洲之行，行万里路有了，作为文人，找书读也再自然不过了。找书读自然少不了逛书店。这里作者详细地介绍了伦敦的三家书店：福也尔的大而全、彭勃思的悠久讲究、诗籍铺的雅致。各有所长，各具特色。相比作者对店铺历史和书籍的描述，更令人关注的是他记叙的那份因书而生的人文：“进去了有时也可随便看，随便翻，但用得着‘劳驾’‘多谢’的时候也有；不过爱买不买，决不至于遭白眼。”自由而无拘无束，刚刚好与书店的气氛相契合。

　　“开铺子少不了生意经，福也尔的却颇高雅。他们在旧大楼的四层上留出一间美术馆，不时地展览一些画。去看不花钱，还送展览目录；目录后面印着几行字，告诉你要买美术书可到馆旁艺术部去……他们又常在馆里举行演讲会，讲的人和主席的人当中，不缺少知名的。听讲也不用花钱；只每季的演讲程序表下，‘恭请你注意组织演讲会的福也尔书店’。还有所谓文学午餐会，记得也在馆里。他们请一两个小名人做主角，随便谁，纳了餐费便可加入……”“读诗会也在铺子里……从创始以来，差不多没有间断过。前前后后著名的诗人几乎都在这儿读过诗：他们自己的诗，或他们喜欢的诗。入场券六便士，在英国算贱，合四五毛钱。”如此，这些书店活了，恰似有了生命、具了性格一般。朱自清笔下的书店真的是令人欣然向往。

文人宅

杜甫《最能行》云，"若道士无英俊才，何得山有屈原宅？"《水经注》，称归"县北一百六十里有屈原故宅，累石为屋基"。看来只是一堆烂石头，杜甫不过说得嘴响罢了。但代远年湮，渺茫也是当然。往近里说，《孽海花》上的"李纯客"就是李慈铭，书里记着他自撰的楹联，上句云，"保安寺街藏书一万卷"；但现在走过北平保安寺街的人，谁知道那一所屋子是他住过的？更不用提屋子里怎么个情形，他住着时怎么个情形了。要凭吊，要留连，只好在街上站一会儿出出神而已。

西方人崇拜英雄可真当回事儿，名人故宅往往保存得好。譬如莎士比亚吧，老宅子，新宅子，太太老太太宅子，都好好的，连家具什物都存着。莎士比亚也许特别些，就是别人，若有故宅可认的话，至少也在墙上用木牌标明，让访古者有低徊之处；无论宅里住着人或已经改了铺子。这回在伦敦所见的四文人宅，时代近，宅内情形比莎士比亚的还好；四所宅子大概都由私人捐款收买，布置起来，再交给公家的。

约翰生博士（Samuel Johnson, 1709—1784）宅，在旧城，是三层楼房，在一个小方场的一角上，静静的。他一七四八年进宅，直住了十一年；他太太死在这里。他的助手就在三层楼上小屋里编成了他那部大字典。那部寓言小说（allegorical novel）《刺塞拉斯》（*Rasselas*）大概也在这屋子里写成；是晚上写的，只写了一礼拜，为的要付母亲下葬的费用。屋里各处，如门堂，复壁板，楼梯，碗橱，厨房等，无不古气盎然。那著名的大字典陈列在楼下客室里；是第三版，厚厚的两大册。他编著这部字典，意在保全英语的纯粹，并确定字义；因为当时作家采用法国字的实在太多了。字典中所定字义有些很幽默：如"女诗人，母诗人也"（She-poet，盖准she-goat——母山羊——字例），又如"燕麦，谷之一种，英格兰以饲马，而苏格兰则以为民食也"，都够损的。——伦敦约翰生社便用这宅子作会所。

济兹（John Keats, 1795—1821）宅，在市北汉姆司台德区（Hampstead）[1]。他生卒虽然都不在这屋子里，可是在这儿住，在这儿恋爱，在这儿受人攻击，在这儿写下不朽的诗歌。那时汉姆司台德区还是乡下，以风景著名，不像现时人烟稠密。济兹和他的朋友布朗（Charles Armitage Brown）同住。屋后是个大花园，绿草繁花，静如隔世；中间一棵老梅树，一九二一年干死了，干子还在。据布朗的追记，济兹《夜莺歌》似乎就在这棵树下写成。布朗说，"一八一九年春天，有只夜莺做窠在这屋子近处。济兹常静听它歌唱以自怡悦；一天早晨吃完早饭，他端起一张椅子坐到草地上梅树下，直坐了两三点钟。进屋子的时候，见他拿着几张纸片儿，塞向书后面去。问他，才知道是歌咏我们的夜莺之作。"这里说的梅树，也许就是花园里那一棵。但是屋前还有草地，地上也是一棵三百岁老桑树，枝叶扶疏，至今结桑椹；有人想《夜莺歌》也许在这棵树下写的。济兹的好诗在这宅子里写的最多。

他们隔壁住过一家姓布龙（Brawne）的。有位小姐叫凡耐（Fanny），让济兹爱上了，他俩订了婚，他的朋友颇有人不以为然，为的女的配不上；可是女家也大不乐意，为的济兹身体弱，又像疯疯癫癫的。济兹自己写小姐道："她个儿和我差不多——长长的脸蛋儿——多愁善感——头梳得好——鼻子不坏，就是有点小毛病——嘴有坏处有好处——脸侧面看好，正面看，又瘦又少血色，像没有骨头。身架苗条，姿态如之——胳膊好，手差点儿——脚还可以——她不止十七岁，可是天真烂漫——举动奇奇怪怪的，到处跳跳蹦蹦，给人编诨名，近来愣叫我'自美自的女孩子'——我想这并非生性坏，不过爱闹一点漂亮劲儿罢了。"

一八二零年二月，济兹从外面回来，吐了一口血。他母亲和三弟都死在痨病上，他也是个痨病底子；从此便一天坏似一天。这一年九月，他的朋友赛焚（Joseph Severn）[2]伴他上罗马去养病；次年二月就死在那里，葬新教坟场，才二十六岁。现在这屋子里陈列着一圈头发，大约是赛焚在他死后从他头上剪下来的。又次年，赛焚向人谈起，说他保存着可怜的济兹一点头发，等个朋友捎回英国去；他说他有个怪想头，想照他的希腊琴的样子作根别针，就用济兹头发当弦子，送给可怜的布龙小姐，只恨找不到这样的手艺人。济兹头发的颜色在各人眼里不大一样：有的说赤褐色，有的说棕色，有的说暖棕色，他二弟两口子说是金红色，赛焚追画他的像，却又画作深厚的棕黄色。布龙小姐的头发，这儿也有一并存着。

他俩订婚戒指也在这儿，镶着一块红宝石。还有一册仿四折本《莎士比亚》，是济兹常用的。他对于莎士比亚，下过一番苦工夫；书中页边行里都画着道儿，也有些精湛的评语。空白处亲笔写着他见密尔顿发和独坐重读《黎琊王》[3] 剧作两首诗；书名页上记着"给布龙凡耐，一八二〇"，照年份看，准是上意大利去时送了作纪念的。珂罗版[4] 印的《夜莺歌》墨迹，有一份在这儿，另有哈代[5]《汉姆司台德宅作》一诗手稿，是哈代夫人捐赠的，宅中出售影印本。济兹书法以秀丽胜，哈代的以苍老胜。

这屋子保存下来却并不易。一九二一年，业主想出售，由人翻盖招租，地段好，脱手一定快的；本区市长知道了，赶紧组织委员会募款一万镑。款还募得不多，投机的建筑公司已经争先向业主讲价钱。在这千钧一发的当儿，亏得市长和本区四委员迅速行动，用私人名义担保付款，才得挽回危局。后来共收到捐款四千六百五十镑（约合七八万元），多一半是美国人捐的；那时正当大战之后，为这件事在英国募款是不容易的。

加莱尔（Thomas Carlyle，1795—1881 年）[6] 宅，在泰晤士河旁乞而西区（Chelsea）[7]；这一区至今是文人艺士荟萃之处。加莱尔是维多利亚时代初期的散文家，当时号为"乞而西圣人"。一八三四年住到这宅子里，一直到死。书房在三层楼上，他最后一本书《弗来德力大帝传》就在这儿写的。这间房前面临街，后面是小园子；他让前后都砌上夹墙，为的怕那街上的嚣声，园中的鸡叫。他著书时坐的椅子还在；还有一件呢浴衣。据说他最爱穿浴衣，有不少件；苏格兰国家画院所藏他的画像，便穿着灰呢浴衣，坐在沙发上读书，自有一番宽舒的气象。画中读书用的架子还可看见。宅里存着他几封信，女司事愿意念给访问的人听，朗朗有味。二楼加莱尔夫人屋里放着架小屏，上面横的竖的斜的正的贴满了世界各处风景和人物的画片。

迭更斯（Charles Dickens，1812—1870）宅，在"西头"，现在是热闹地方。迭更斯出身贫贱，熟悉下流社会情形；他小说里写这种情形，最是酣畅淋漓之至。这使他成为"本世纪最通俗的小说家,又,英国大幽默家之一",如他的老友浮斯大(John Forster)给他作的传开端所说。他一八三六年动手写《比克维克秘记》(*Pickwick Papers*),在月刊上发表。起初是绅士比克维克等行猎故事,不甚为世所重;后来仆人山姆(Sam Weller)出现,诙谐嘲讽,百变不穷,那月刊顿时风行起来。迭更斯手头渐宽,这才迁入这宅子里,时在一八三七年。

他在这里写完了《比克维克秘记》,就是这一年印成单行本。他算是一举成名,从此直到他死时,三十四年间,总是蒸蒸日上。来这屋子不多日子,他借了一个饭店举行《秘记》发表周年纪念,又举行他夫妇结婚周年纪念。住了约莫两年,又写成《块肉余生述》,《滑稽外史》等。这其间生了两个女儿,房子挤不下了;一八三九年终,他便搬到别处去了。

屋子里最热闹的是画,画着他小说中的人物,墙上大大小小,突梯滑稽,满是的。所以一屋子春气。他的人物虽只是类型,不免奇幻荒唐之处,可是有真味,有人味;因此这么让人欢喜赞叹。屋子下层一间厨房,所谓"丁来谷厨房",道地老式英国厨房,是特地布置起来的——"丁来谷"是比克维克一行下乡时寄住的地方。厨房架子上摆着带釉陶器,也都画着迭更斯的人物。这宅里还存着他的手杖,头发;一朵玫瑰花,是从他尸身上取下来的;一块小窗户,是他十一岁时住的楼顶小屋里的;一张书桌,他带到美洲去过,临死时给了二女儿,现时罩着紫色天鹅绒,蛮伶俐的。此外有他从这屋子寄出的两封信,算回了老家。

这四所宅子里的东西,多半是人家捐赠;有些是特地买了送来的。也有借得来陈列的。管事的人总是在留意搜寻着,颇为苦心热肠。经常用费大部靠基金和门票、指南等余利;但门票卖的并不多,指南照顾的更少,大约维持也不大容易。

格雷[8](Thomas Gray, 1716—1771)以《挽歌辞》(*Elegy Written in a Country Churchyard*)著名。原题中所云"作于乡村教堂墓地中",指司妥克波忌士(Stoke Poges)的教堂而言。诗作于一七四二格雷二十五岁时,成于一七五零,当时诗人怀古之情,死生之感,亲近自然之意,诗中都委婉达出，而句律精妙，音节谐美，批评家以为最足代表英国诗，称为诗中之诗。诗出后，风靡一时，诵读模拟，遍于欧洲各国；历来引用极多，至今已成为英美文学教育的一部分。司妥克波忌士在伦敦西南，从那著名的温泽堡（Windsor Castle）⁹去是很近的。四月一个下午，微雨之后，我们到了那里。一路幽静，似乎鸟声也不大听见。拐了一个小弯儿，眼前一片平铺的碧草，点缀着稀疏的墓碑；教堂木然孤立，像戏台上布景似的。小路旁一所小屋子，门口有小木牌写着格雷陈列室之类。出来一位白发老人，殷勤地引我们去看格雷墓，长方形，特别大，是和他母亲、姨母合葬的，紧挨着教堂墙下。又看水松树（yewtree），老人说格雷在那树下写《挽歌辞》来着;《挽歌辞》里提到水松树，倒是确实的。我们又兜了个大圈子，才回到小屋里，看《挽歌辞》真迹的影印本。还有几件和格雷关系很疏的旧东西。屋后有井，老人自己汲水灌园，让我们想起"灌园叟"来；临别他送我们每人一张教堂影片。

1935年3月21—23日作。
（原载1935年5月1日《中学生》第55号）

注释

1. 汉姆司台德区（*Hampstead*）：现在译为"汉普斯特得"或"汉普斯泰德"。
2. 赛焚（*Joseph Severn*）：现在译为"塞文"，画家，济慈的好友，几十年后去世，葬在济慈墓旁，很是友谊。
3. 《黎琊王》：现在译为《李尔王》，莎士比亚四大悲剧之一。
4. 珂罗版：英文 *collotype* 的音译。1852 年英国科学家塔尔博特发现经过铬酸盐处理的明胶膜层曝光后表面会发生硬化。德国慕尼黑摄影师阿尔贝特根据这一原理，以玻璃版基用于实际印刷，称珂罗版印刷，又称玻璃版印刷。
5. 哈代：托马斯·哈代（*Thomas Hardy*，1840—1928），英国诗人、小说家。
6. 加莱尔：托马斯·卡莱尔（另有翻译为卡列利）（*Thomas Carlyle*，1795—1881)是苏格兰评论、讽刺作家,历史学家。他的作品在维多利亚时代甚具影响力。苏格兰受法国思想影响更大些，他的《法国革命》（*The French Revolution*）、《过去与现在》（*Past and Present*）更为人所重视。他有句名言——"未哭过长夜的人，不足以语人生"，很有意味。
7. 乞而西区（*Chelsea*）：即现在大家熟悉的切尔西，伦敦西南部一住宅区，艺术家和作家的聚居地。

8. 格雷：托马斯·格雷（*Thomas Gray*, 1716—1771），是英国新古典主义后期的重要诗人，"墓畔派"的代表人物。格雷一生作诗不多，仅十余首传世，其中以《墓园挽歌》（*Elegy Written in a Country Churchyard*，即文中的《挽歌辞》）最为著名。

9. 温泽堡（*Windsor Castle*）：温莎城堡。

导读

　　土木工程，就是修房造路。现代以前中国的建筑和民居真的是土木工程——多用泥土砖瓦木工，少用石料，更没有钢筋水泥，所以老旧凋朽得快。而欧洲不同，自有文明以来，建筑多以石材为主，房屋结实耐久。从这方面来讲，朱自清可能冤枉中国人了，纵有保护"宅子"的心思，可能也无能为力。那些"宅子"要么早烂成不可考据的"一堆烂石头"，要么就是保护起来所费代价太大，无力为之。

　　文章开头点了下旧式封建士大夫李慈铭的过眼云烟，算是作者抒发了下胸中意气，接下来就平平实实地介绍伦敦的"文人宅"了，毕竟这是有针对目标的游记，不谈时事不论政治。文章以约翰生博士、济兹、加莱尔、迭更斯等人的旧宅为记述对象，从房屋到历史，再到文人性情，有精彩细腻的描绘，也有生动活泼的叙事，多少往事并未尘封，多少历史就在那些古老的墙壁上凝固成诗，朱自清娓娓道来，一篇小文涵盖了西方建筑文化，文学艺术，绘画艺术，有温润的情怀，也有无尽的向往。

　　约翰生博士，就是塞缪尔·约翰逊（*Samuel Johnson*, 1709-1784），英国人常常将18世纪的前50年称为"斯威夫特和蒲柏的时代"（*the age of Swift and Pope*），同时将后50年称作"约翰逊的时代"。约翰逊一生著述甚丰，但最有影响的却是完成于1755年的两卷本《英语词典》（*The Dictionary of the English Language*）。在长达150年的时间里，这本词典一直是最权威的英语词典，直到20世纪初才被《牛津英语词典》取而代之。文中提及的词典中"'女诗人，母诗人也'（*she-poet*，盖准*she-goat*——母山羊——字例）"，在英语中"she-"是表示"女性""雌性"的前缀，英国人应该不会觉得幽默，可能是文化差异使得作者笑了。约翰逊是英格兰人。13世纪末，苏格兰与英格兰的对手法国结成联盟，此联盟严重影响了英格兰的对法战争。在对法关系中剔除苏格兰因素，成为英格兰努力征服、控制苏格兰的主要原因。1603年通过王位联合，英格兰达到了控制苏格兰的目的。17世纪末18世纪初，苏格兰议会已取代共主国王成为苏格兰的权力中心，英格兰无法再通过王位联合达到控制苏格兰的目的。为防止苏格兰与法国再度结盟，1707年，英格兰最终选择与苏格兰合并为大不列颠联合王国。约翰逊出生前英格兰与苏格兰合并为大不列颠，但民族矛盾仍在，所以才有"燕麦，谷之一种，英格兰以饲马，而苏格兰则以为民食也"的"够损的"解释。这段说是写"宅"——旧城小广场角上的三层小楼，三楼有门堂，复壁板，楼梯，碗橱，厨房等，楼下有客厅。寥寥几笔，实际对"宅"着笔不多。

济兹，现在通常译为济慈，全名约翰·济慈（*John Keats*，1795—1821），是杰出而短命的英国诗人。他和芬妮·布朗（*Fanny Brawne*）（文中的"布龙凡耐"）的凄美爱情故事，2009年已经拍成了电影《明亮的星》（*Bright Star*）。电影名就是送给芬妮·布朗的那本《莎士比亚》上济慈写的一首十四行诗的名字。

BRIGHT STAR

By John Keats

Bright star, would I were stedfast as thou art

—Not in lone splendour hung aloft the night,

And watching, with eternal lids apart,

Like nature's patient, sleepless Eremite,

The moving waters at their priestlike task

Of pure ablution round earth's human shores,

Or gazing on the new soft-fallen mask

Of snow upon the mountains and the moors

—No-yet still stedfast, still unchangeable,

Pillowed upon my fair love's ripening breast,

To feel for ever its soft fall and swell,

Awake for ever in a sweet unrest,

Still, still to hear her tender-taken breath,

And so live ever

—or else swoon in death.

1819

济慈 1818 年秋从苏格兰游历归来，住在他朋友查尔斯·布朗的这座宅子里，一直到 1820 年秋他离开去意大利养病。这两三年是诗人生命最灿烂的一段时间，突如其来的爱情和创作激情在生命的末端烟花一样绽放，爆发。《圣艾妮丝节前夜》、《圣马可节前夜》、《明亮的星》、《无情的妖女》、《希腊古瓮颂》、《夜莺颂》和《忧郁颂》、《怠惰颂》、《赛吉颂》、《拉弥亚》等等都创作于这段时间。"宅"因"文人"而名，文中对"文人"的着笔更多些。借文章开头作者引杜甫的诗"若道士无英俊才，何得山有屈原宅"，写宅是引子，睹物思人才是作者的重心所在。

博物院

伦敦的博物院带画院，只检大的说，足足有十个之多。在巴黎和柏林，并不"觉得"博物院有这么多似的。柏林的本来少些；巴黎的不但不少，还要多些，但除卢佛宫外，都不大。最要紧的，伦敦各院陈列得有条有理的，又疏朗，房屋又亮，得看；不像卢佛宫，东西那么挤，屋子那么黑，老教人喘不出气。可是，伦敦虽然得看，说起来也还是千头万绪；真只好检大的说罢了。

先看西南角。维多利亚亚伯特院最为堂皇富丽。这是个美术博物院，所收藏的都是美术史材料，而装饰用的工艺品尤多，东方的西方的都有。漆器，瓷器，家具，织物，服装，书籍装订，道地五光十色。这里颇有中国东西，漆器瓷器玉器不用说，壁画佛像，罗汉木像，还有乾隆宝座也都见于该院的"东方百珍图录"里。图录里还有明朝李麟（原作 Li Ling，疑系此人）画的《波罗球戏图》；波罗球骑着马打，是唐朝从西域传来的。中国现在似乎没存着这种画。院中卖石膏像，有些真大。

自然史院是从不列颠博物院分出来的。这里才真古色古香，也才真"巨大"。看了各种史前人的模型，只觉得远烟似的时代，无从凭吊，无从怀想——满够不上分儿。中生代大爬虫的骨架，昂然站在屋顶下，人还够不上它们一条腿那么长，不用提"项背"了。现代鲸鱼的标本虽然也够大的，但没腿，在陆居的我们眼中就差多了。这里有夜莺，自然是死的，那样子似乎也并不特别秀气；嗓子可真脆真圆，我在话匣片里听来着。

欧战院成立不过十来年。大战各方面，可以从这里略见一斑。这里有模型，有透视画[1]（dioramas），有照相，有电影机，有枪炮等等。但最多的还是画。大战当年，英国情报部雇用一群少年画家，教他们搁下自己的工作，大规模的画战事画，以供宣传，并作为历史纪录。后来少年画家不够用，连老画家也用上了。那时情报部常常给这些画家开展览会，个人的或合伙的。欧战院的画便是那些展览作品的一部分。少年画家大约都是些立体派，和老画家的浪漫作风迥乎不同。这些画家都透视了战争，但他们所成就的却只是历史纪录，艺术是没有什么的。

现在该到西头来，看人所熟知的不列颠博物院了。考古学的收藏，名人文件，抄本和印本书籍，都数一数二；顾恺之《女史箴》卷子和敦煌卷子便在此院中。瓷器也不少，中国的，土耳其的，欧洲各国的都有；中国的不用说，土耳其的青花，浑厚朴拙，比欧洲金的蓝的或刻镂的好。考古学方面，埃及王拉米塞斯第二（约公元前 1250 年）巨大的花岗石像，几乎有自然史院大爬虫那么高，足为我们扬眉吐气；也有坐像。坐立像都僵直而四方，大有虽地动山摇不倒之势。这些像的石质尺寸和形状，表示统治者永久的超人的权力。还有贝叶 [2] 的《死者的书》，用象形字和俗字两体写成。罗塞他石，用埃及两体字和希腊文刻着诏书一通（公元前 195 年），一七九八年出土；从这块石头上，学者比对希腊文，才读通了埃及文字。

希腊巴昔农庙（Parthenon）各件雕刻，是该院最足以自豪的。这个庙的雅典，奉祀女神雅典巴昔奴；配利克里斯（Pericles）时代，教成千带万的艺术家，用最美的大理石，重建起来，总其事的是配氏的好友兼顾问，著名雕刻家费迪亚斯（Phidias）。那时物阜民丰，费了二十年工夫，到了公元前四三五年，才造成。庙是长方形，有门无窗；或单行或双行的石柱围绕着，像女神的马队一般。短的两头，柱上承着三角形的楣；这上面都雕着像。庙墙外上部，是著名的刻壁。庙在一六八七年让威尼斯人炸毁了一部分；一八零一年，爱而近伯爵从雅典人手里将三角楣上的像，刻壁，和些别的买回英国，费了七万镑，约合百多万元；后来转卖给这博物院，却只要一半价钱。院中特设了一间爱而近室陈列那些艺术品，并参考巴黎国家图书馆所藏的巴昔农庙诸图，做成庙的模型，巍巍然立在石山上。

希腊雕像与埃及大不相同，绝无僵直和紧张的样子。那些艺术家比较自由，得以研究人体的比例；骨架，肌理，皮肉，他们都懂得清楚，而且有本事表现出来。又能抓住要点，使全体和谐不乱。无论坐像立像，都自然，庄严，造成希腊艺术的特色：清明而有力。当时运动竞技极发达；艺术家雕神像，常以得奖的人为"模特儿"，赤裸裸的身体里充满了活动与力量。可是究竟是神像；所以不能是如实的人像而只是理想的人像。这时代所缺少的是热情，幻想；那要等后世艺人去发展了。庙的东楣上运命女神三姊妹像，头已经失去了，可是那衣褶如水的轻妙，衣褶下身体的充盈，也从繁复的光影中显现，几乎不相信是石人。那刻壁浮雕着女神节贵家少女献衣的行列。少女们穿着长袍，庄严的衣褶，和运命女神的又不一样，手里各自拿着些东西；后面跟着成队的老人，妇女，雄赳赳的骑士，还有带祭品的人，齐向诸神而进。诸神清明彻骨，在等待着这一行人众。这刻壁上那么多人，却不繁杂，不零散，打成一片，布局时必然煞费苦心。而细看诸少女诸骑士，也各有精神，绝不一律；其间刀锋或深或浅，光影大异。少壮的骑士更像生龙活虎，千载如见。

院中所藏名人的文件太多了。像莎士比亚押房契，密尔顿出卖《失乐园》合同（这合同是书记代签，不出密氏亲笔），巴格来夫（Palgrave）《金库集》稿，格雷《挽歌》稿，哈代《苔丝》稿，达文齐，密凯安杰罗的手册，还有维多利亚后四岁时铅笔签字，都亲切有味。至于荷马史诗的贝叶，公元一世纪所写，在埃及发见的，以及九世纪时希伯来文《旧约圣经》残页，据说也许是世界上最古《圣经》钞本的，却真令人悠然遐想。还有，二世纪时，罗马舰队一官员，向兵丁买了一个七岁的东方小儿为奴，立了一张贝叶契，上端盖着泥印七颗；和英国大宪章的原本，很可比着看。院里藏的中古钞本也不少；那时欧洲僧侣非常闲，日以抄书为事；字用峨特体，多棱角，精工是不用说的。他们最考究字头和插画，必然细心勾勒着上鲜丽的颜色，蓝和金用得多些；颜色也选得精，至今不变。某抄本有岁历图，二幅，画十二月风俗，细致风华，极为少见。每幅下另有一栏，画种种游戏，人物短小，却也滑稽可喜。画目如下：正月，析薪；二月，炬舞；三月，种花，伐木；四月，情人园会；五月，荡舟；六月，比武；七月，行猎，刈麦；八月，获稻；九月，酿酒；十月，耕种；十一月，猎归；十二月，屠豕。钞本和印本书籍之多，世界上只有巴黎国家图书馆可与这博物院相比；此处印本共三百二十万余册。有穹窿顶的大阅览室，圆形，室中桌子的安排，好像车轮的辐，可坐四百八十五人；管理员高踞在毂中。

次看画院。国家画院在西中区闹市口，匹对着特拉伐加方场一百八十四英尺高的纳尔逊石柱子。院中的画不算很多，可是足以代表欧洲画史上的各派，他们自诩，在这一方面，世界上哪儿也及不上这里。最完全的是意大利十五六世纪的作品，特别是佛罗伦司派，大约除了意大利本国，便得上这儿来了。画按派别排列，可也按着时代。但是要看英国美术，此地不成，得上南边儿泰特（Tate）画院去。那画院在泰晤士河边上；一九二八年水上了岸，给浸坏了特耐尔（Joseph Malord William Turner，1775—1851）好多画，最可惜。特耐尔是十九世纪英国最大的风景画家，也是印象派的先锋。他是个穷苦的孩子，小时候住在菜市旁的陋巷里，常只在泰晤士河的码头和驳船上玩儿。他对于泰晤士河太熟了，所以后来爱画船，画水，画太阳光。再后来他费了二十多年工夫专研究光影和色彩，轮廓与内容差不多全不管；这便做了印象派的前驱了。他画过一幅《日出：湾头堡子》，那堡子淡得只见影儿，左手一行树，也只有树的意思罢了；可是，瞧，那金黄的朝阳的光，顺着树水似的流过去，你只觉着温暖，只觉着柔和，在你的身上，那光却又像一片海，满处都是的，可是闪闪烁烁，仪态万千，教你无从捉摸，有点儿着急。

特耐尔以前，坚士波罗（Gainsborough，1727—1788）是第一个人脱离荷兰影响，用英国景物作风景画的题材；又以画像著名。何嘉士（Hogarth，1697—1764）画了一套《结婚式》，又生动又亲切，当时刻板流传，风行各处，现存在这画院中。美国大画家惠斯勒（Whistler）称他为英国仅有的大画家。雷诺尔兹（Reynolds，1723—1792）的画像，与坚士波罗并称。画像以性格与身份为主，第一当然要像。可是从看画者一面说，像主若是历史上的或当代的名人，他们的性格与身份，多少总知道些，看起来自然有味，也略能批评得失。若只是平凡的人，凭你怎样像，陈列到画院里，怕就少有去理会的。因此，画家为维持他们永久的生命计，有时候重视技巧，而将"像"放在第二着。雷诺尔兹与坚士波罗似乎就是这样的人。他们画的像，色调鲜明而缥缈。庄严的男相，华贵的女相，优美活泼的孩子相，都算登峰造极；可就是不大"像"。坚氏的女像总太瘦；雷氏的不至于那么瘦，但是像主往往退回他的画，说太不像。——国家画院旁有个国家画像院，专陈列英国历史上名人的像，文学家，艺术家，科学家，政治家，皇族，应有尽有，约共二千一百五十人。油画是大宗，排列依着时代。这儿也看见雷坚二氏的作品；但就全体而论，历史比艺术多的多。

泰特画院中还藏着诗人勃来克（William Blake，1757—1827）和罗塞蒂（Dante Gabriel Rossetti，1828—1882）的画。前一位是浪漫诗人的先驱，号称神秘派。自幼儿想象多，都表现在诗与画里。他的图案非常宏伟；色彩也如火焰，如一飞冲天的翅膀。所画的人体并不切实，只用作表现姿态，表现动的符号而已。后一位是先拉斐尔派的主角；这一派是诗与画双管齐下的。他们不相信"为艺术的艺术"，而以知识为重。画要叙事，要教训，要接触民众的心，让他们相信美的新观念；画笔要细腻，颜色却不必调和。罗氏作品有着清明的调子，强厚的感情；只是理想虽高，气韵却不够生动似的。

当代英国名雕塑家爱勃斯坦（Jacob Epstein）也有几件东西陈列在这里。他是新派的浪漫雕塑家。这派人要在形体的部分中去找新的情感力量；那必是不寻常的部分，足以扩展他们自己情感或感觉的经验的。他们以为这是美，夸张的表现出来；可是俗人却觉得人不像人，物不像物，觉得丑，只认为滑稽画一类。爱氏雕石头，但是塑泥似乎更多：塑泥的表面，决不刮光，就让那么凸凸凹凹的堆着，要的是这股劲儿。塑完了再倒铜。——他也卖素描，形体色调也是那股浪漫劲儿。

以上只有不列颠博物院的历史可以追塑到十八世纪；别的都是十九世纪建立的，但欧战院除外。这些院的建立，固然靠国家的力量，却也靠私人的捐助——捐钱盖房子或捐自己的收藏的都有。各院或全不要门票，像不列颠博物院就是的；或一礼拜中两天要门票，票价也极低。他们印的图片及专册，廉价出售，数量惊人。又差不多都有定期的讲演，一面讲一面领着看；虽然讲的未必怎样精，听讲的也未必怎样多。这种种全为了教育民众，用意是值得我们佩服的。

1936年10月19日作。

（原载1936年12月《中学生》第70号）

注释

1. 透视画：将实际物体和绘制的背景结合在一起的一个场景。西洋画基本运用透视手法。

2. 贝叶：贝多罗树的叶子，可用来刻书。

导读

伦敦众多的博物院、画院无不映射出 19 世纪大英帝国的万丈光辉。文学与艺术像是双生的姊妹，常常相伴而行。朱自清以学者身份旅居伦敦，文人典籍、建筑绘画，样样冲击着他敏感而多思的神经细胞，如作者在《女人》一文中形象的比喻："……我的眼睛便像蜜蜂们嗅着花香一般，直攫过去。"伦敦的博物院、画院，以规模大、典藏全胜，并且多数不需门票，敞开大门，欢迎各界人士。也可见西方文化的包容性和开放性。朱自清在此文中有所取舍，一路参观，视点所及，都蕴涵着丰富的文化和艺术审美价值。

这篇游记可以视为完美的旅行攻略，极具参考价值。作者分别描写了维多利亚亚伯特院，收藏美术史材料，作为装饰用的中国的瓷器、玉器等工艺品，事实上，无论存于何处，标签仍是清楚地印有中国字样。赞叹了自然院的巨大，评述了欧战院战事画的历史纪录意义，此两处都略写。不列颠博物院详详细细地描写了精湛的雕刻艺术，列数了众多文人文件，房契、合同、手稿应有尽有，人成了名人，这些便随之都成为重要而有价值的文件。女神像的描写尤为精彩："那衣褶如水的轻妙，衣褶下身体的充盈，也从繁复的光影中显现，几乎不相信是石人。"作者曼妙笔法让人忍不住拍案称奇。在描写泰特画院，特耐尔的一幅《日出：湾头堡子》，"瞧，那金黄的朝阳的光，顺着树水似的流过去，你只觉着温暖，只觉着柔和，在你的身上，那光却又像一片海，满处都是的，可是闪闪烁烁，仪态万千，教你无从捉摸，有点儿着急"。这些优美文字给读者带来情感上的享受。作者对国家画院，国家画像院未多落墨，淡淡带过。全文如行云流水，气韵丰沛，错落有致。

公　园

　　英国是个尊重自由的国家，从伦敦海德公园（Hyde Park）可以看出。学政治的人一定知道这个名字；近年日报的海外电讯里也偶然有这个公园出现。每逢星期日下午，各党各派的人都到这儿来宣传他们的道理。公说公有理，婆说婆有理，井水不犯河水。从耶稣教到共产党，差不多样样有。每一处说话的总是一个人。他站在桌子上，椅子上，或是别的什么上，反正在听众当中露出那张嘴脸就成；这些桌椅等等可得他们自己预备，公园里的长椅子是只让人歇着的。听的人或多或少。有一回一个讲耶稣教的，没一个人听，却还打起精神在讲；他盼望来来去去的游人里也许有一两个三四个五六个……爱听他的，只要有人驻一下脚，他的口舌就算不白费了。

　　见过一回共产党示威，演说的东也是，西也是；有的站在大车上，颇有点巍巍然。按说那种马拉的大车平常不让进园，这回大约办了个特许。其中有个女的约莫四十上下，嗓子最大，说的也最长；说的是伦敦土话，凡是开口音，总将嘴张到不能再大的地步，一面用胳膊助势。说到后来，嗓子沙了，还是一字不苟的喊下去。天快黑了，他们整队出园喊着口号，标语旗帜也是五光十色的。队伍两旁，又高又大的马巡缓缓跟着，不说话。出的是北门，外面便是热闹的牛津街。

　　北门这里一片空旷的沙地，最宜于露天演说家，来的最多。也许就在共产党队伍走后吧，这里有人说到中日的事；那时刚过"一二八"不久，他颇为我们抱不平。他又赞美甘地[1]；却与贾波林[2]相提并论，说贾波林也是为平民打抱不平的。这一比将听众引得笑起来了；不止一个人和他辩论，一位老太太甚至嘀咕着掉头而去。这个演说的即使不是共产党，大约也不是"高等"英人吧。公园里也闹过一回大事：一八六六年国会改革的暴动（劳工争选举权），周围铁栏干毁了半里多路长，警察受伤了二百五十名。

　　公园周围满是铁栏干，车门九个，游人出入的门无数，占地二千二百多亩，绕园九里，是伦敦公园中最大的，来的人也最多。园南北都是闹市，园中心却静静的。灌木丛里各色各样野鸟，清脆的繁碎的语声，夏天绿草地上，洁白的绵羊的身影，教人像下了乡，忘记在世界大城里。那草地一片迷蒙的绿，一片芊绵的绿，像水，像烟，像梦；难得的，冬天也这样。西南角上蜿蜒着一条蛇水，算来也占地三百亩，养着好些水鸟，如苍鹭之类。可以摇船，游泳；并有救生会，让下水的人放心大胆。这条水便是雪莱的情人西河女士（Harriet Westbrook）自沉的地方，那是一百二十年前的事了。

南门内有拜伦立像，是五十年前希腊政府捐款造的；又有座古英雄阿契来斯像，是惠灵顿公爵本乡人造了来纪念他的，用的是十二尊法国炮的铜，到如今却有一百多年了。还有英国现负盛名的雕塑家爱勃司坦（Epstein）的壁雕，是纪念自然学家赫德生的。一个似乎要飞的人，张着臂，仰着头，散着发，有原始的扑拙犷悍之气，表现的是自然精神的化身；左右四只鸟在飞，大小旁正都不相同，也有股野劲儿。这件雕刻的价值，引起过许多讨论。南门内到蛇水边一带游人最盛。夏季每天上午有铜乐队演奏；在栏外听算白饶，进栏得花点票钱，但有椅子坐。游人自然步行的多，也有跑车的，骑马的；骑马的另有一条"马"路。

这园子本来是鹿苑，在里面行猎；一六三五年英王查理斯第一才将它开放，作赛马和竞走之用。后来变成决斗场。一八五一年第一次万国博览会开在这里，用玻璃和铁搭盖的会场；闭会后拆了盖在别处，专作展览的处所，便是那有名的水晶宫了。蛇水本没有，只有六个池子；是十八世纪初叶才打通的。

海德公园东南差不多毗连着的，是圣詹姆士公园（St.James's Park），约有五百六七十亩。本是沮洳的草地，英王亨利第八抽了水，砌了围墙，改成鹿苑。查理斯第二扩充园址，铺了路，改为游玩的地方；以后一百年里，便成了伦敦最时髦的散步场。十九世纪初才改造为现在的公园样子。有湖，有悬桥；湖里鹈鹕最多，倚在桥栏上看它们水里玩儿，可以消遣日子。周围是白金罕宫，西寺，国会，各部官署，都是最忙碌的所在；倚在桥栏上的人却能偷闲赏鉴那西寺和国会的戈昔式尖顶的轮廓，也算福气了。

海德公园东北有摄政公园，原也是鹿苑；十九世纪初"摄政王"（后为英王乔治第四）才修成现在样子。也有湖，摇的船最好；坐位下有小轮子，可以进退自如，滚来滚去顶好玩儿的。野鸽子野鸟很多，松鼠也不少。松鼠原是动物园那边放过来的，只几对罢了；现在却繁殖起来了。常见些老头儿带着食物到园里来喂麻雀，鸽子，松鼠。这些小东西和人混熟了，大大方方到人手里来吃食；看去怪亲热的。别的公园里也有这种人。这似乎比提鸟笼有意思些。

动物园在摄政园东北犄角上，属于动物学会，也有了百多年的历史。搜集最完备，有动物四千，其中哺乳类八百，鸟类二千四百。去逛的据说每年超过二百万人。不用问孩子们去的一定不少；他们对于动物比成人亲近得多，关切得多。只看见教科书上或字典上的彩色动物图，就够捉摸的，不用提实在的东西了。就是成人，可不也愿意开开眼，看看没看过的，山里来的，海里来的，异域来的，珍禽，奇兽，怪鱼？要没有动物园，或许一辈子和这些东西都见不着面呢。再说像狮子老虎，哪能随便见面！除非打猎或看马戏班。但打猎遇着这些，正是拼死活的时候，哪里来得及玩味它们的生活状态？马戏班里的呢，也只表演些扭捏的玩艺儿，时候又短，又隔得老远的；哪有动物园里的自然，得看？这还只说的好奇的人；艺术家更可仔细观察研究，成功新创作，如画和雕塑，十九世纪以来，用动物为题材的便不少。近些年电影里的动物趣味，想来也是这么培养出来的；不过那却非动物园所可限了。

伦敦人对动物园的趣味很大，有的报馆专派有动物园的访员，给园中动物作起居注，并报告新来到的东西；他们的通信有些地方就像童话一样。去动物园的人最乐意看喂食的时候，也便是动物和人最亲近的时候。喂食有时得用外交手腕，譬如鱼池吧，若随手将食撒下去，让大家来抢，游得快的，厉害的，不用说占了便宜，剩下的便该活活饿死了。这当然不公道，那一视同仁的管理人一定不愿意的。他得想法子，比方说，分批来喂，那些快的，厉害的，吃完了，便用网将它们拦在一边，再照料别的。各种动物喂食都有一定钟点，著名的裴歹克《伦敦指南》便有一节专记这个。孩子们最乐意的还有骑象，骑骆驼（骆驼在伦敦也算异域珍奇）。再有，游客若能和管理各动物的工人攀谈攀谈，他们会亲切地讲这个那个动物的故事给你听，像传记的片段一般；那时你再去看他说的那些东西，便更有意思了。

园里最好玩儿的事，黑猩猩茶会，白熊洗澡。茶会夏天每日下午五点半举行，有茶，有牛油面包。它们会用两只前足，学人的样子。有时"生手"加入，却往往只用一只前足，牛油也是它来，面包也是它来；这种虽是天然，看的人倒好笑了。白熊就是北极熊，从冰天雪地里来，却最喜欢夏天；越热越高兴，赤日炎炎的中午，它们能整个儿躺在太阳里。也爱下水洗澡，身上老是雪白。它们待在熊台上，有深沟为界；台旁有池，洗澡便在池里。池的一边，隔着一层玻璃可以看它们载浮载沉的姿势。但是一冷到华氏表五十度下，就不肯下水，身上的白雪也便慢慢让尘土封上了。

非洲南部的企鹅也是人们特别乐意看的。它有一岁半婴孩这么大，不会飞，会下水，黑翅膀，灰色胸脯子挺得高高的，昂首缓步，旁若无人。它的特别处就在乎直立着。比鹅大不多少，比鸵鸟、鹤，小得多，可是一直立就有人气，便当另眼相看了。自然，别的鸟也有直立着的，可是太小了，说不上。企鹅又拙得好，现代装饰图案有用它的。只是不耐冷，一到冬天，便没精打采的了。

鱼房鸟房也特别值得看。鱼房分淡水房海水房热带房（也是淡水）。屋内黑洞洞的，壁上嵌着一排镜框似的玻璃，横长方。每框里一种鱼，在水里游来游去，都用电灯光照着，像画。鸟房有两处，热带房里颜色声音最丰富，最新鲜；有种上截脆蓝下截褐红的小鸟，不住地飞上飞下，不住地咕咕呱呱，怪可怜见的。

这个动物园各部分空气光线都不错，又有冷室温室，给动物很周到的设计。只是才二百亩地，实在旋展不开，小东西还罢了，像狮子老虎老是关在屋里，未免委屈英雄，就是白熊等物虽有特备的台子，还是局蹐得很；这与鸟笼子也就差得有限了。固然，让这些动物完全自由，那就无所谓动物园；可是若能给它们较大的自由，让它们活得比较自然些，看的人岂不更得看些。所以一九二七年上，动物学会又在伦敦西北惠勃司奈得（Whipsnade,Bedfordshire）地方成立了一所动物园，有三千多亩；据说，那些庞然大物自如多了，游人看起来也痛快多了。

以上几个园子都在市内，都在泰晤士河北。河南偏西有个大大有名的邱园（Kew Gardens）。却在市外了。邱园正名"王家植物园"，世界最重要，最美丽的植物园之一；大一千七百五十亩，栽培的植物在二万四千种以上。这园子现在归农部所管，原也是王室的产业，一八四一年捐给国家；从此起手研究经济植物学和园艺学，便渐渐著名了。他们编印大英帝国植物志。又移种有用的新植物于帝国境内——如西印度群岛的波罗蜜，印度的金鸡纳霜，都是他们介绍进去的。园中博物院四所；第二所经济植物学博物院设于一八四八，是欧洲最早的一个。

但是外行人只能赏识花木风景而已。水仙花最多，四月尾有所谓"水仙花礼拜日"，游人盛极。温室里奇异的花也不少。园里有什么好花正开着，门口通告牌上逐日都列着表。暖气室最大，分三部：喜马拉耶室养着石楠和山茶，中国石楠也有，小些；中部正面安排着些大凤尾树和棕榈树；凤尾树真大，得仰起脖子看，伸开两胳膊还不够它宽的。周围绕着些时花与灌木之类。另一部是墨西哥室，似乎没有什么特别的东西。

东南角上一座塔，可不能上；十层，一百五十五尺，造于十八世纪中，那正是中国文化流行欧洲的时候，也许是中国的影响吧。据说还有座小小的孔子庙，但找了半天，没找着。不远儿倒有座彩绘的日本牌坊，所谓"敕使门"[3]的，那却造了不过二十年。从塔下到一个人工的湖有一条柏树甬道，也有森森之意；可惜树太细瘦，比起我们中山公园，真是小巫见大巫了。所谓"竹园"更可怜，又不多，又不大，也不秀，还赶不上西山大悲庵那些。

1935年12月12日作。
（原载1936年2月1日《文学》第6卷第2期）

注释

1. 甘地：莫罕达斯·卡拉姆昌德·甘地（1869—1948），尊称圣雄甘地，是印度民族解放运动的领导人和印度国民大会党领袖。
2. 贾波林：查理·斯宾塞·卓别林（1889—1977），英国著名喜剧演员。
3. "敕使门"：寺院门，敕使参谒时由此行。

导读

《公园》一文写于1935年12月，朱自清集中笔墨描写了伦敦4座公园，泰晤士河北3座：海德公园及其东南的詹姆士公园、东北的摄政公园；河南1座：邱园。行文空间概念明晰，叙述详略得当，自然风景，人文建筑，均令人无比神往。流畅自如的旋律，轻松活泼的节奏，及字字推敲的用词与灵活多样的句式，更是体现了朱自清散文的精美与典丽。

海德公园不是以园林自然景观闻名，公园最著名的是持不同政见的人在此的言论，简言即是自由，自由民主是人类所追求的理想境界，而作者本身，就是民主人士，不曾加入任何党派，所以作者能够站在客观公正的立场，以一个开放的视角看待政治现象。无论耶稣基督传教，抑或共产党人的共产主义宣传，作者都不褒不贬，真实记述，客观评价。说到自然景观，海德公园地处伦敦闹市，园内却静静的，南门的名人雕像，为公园增加了人文气息。接下来作者详写的是摄政公园的动物园，历史悠久，鱼鸟种类繁多，南极的企鹅，北极的熊都可以找到。说明了动物园的大而全，摄政公园仅次于海德公园，是伦敦第二大公园。

公园本身就是娱乐休闲场所，在作者笔下更是别样的妙趣横生，海德公园的演讲者"有一回一个讲耶稣教的，没一个人听，却还打起精神在讲"，这场景甚是滑稽可笑。海德公园的草地"那草地一片迷蒙的绿，一片芊绵的绿，像水，像烟，像梦"，美不胜收，妙不可言。詹姆士公园的湖"有湖，有悬桥；湖里鹅鹈最多，倚在桥栏上看它们水里玩儿，可以消遣日子"，一份闲适自在跃然纸上。

吃　的

　　提到欧洲的吃喝，谁总会想到巴黎，伦敦是算不上的。不用说别的，就说煎山药蛋[1]吧。法国的切成小骨牌块儿，黄争争的，油汪汪的，香喷喷的；英国的"条儿"（chips）却半黄半黑，不冷不热，干干儿的什么味也没有，只可以当饱罢了。再说英国饭吃来吃去，主菜无非是煎炸牛肉排羊排骨，配上两样素菜；记得在一个人家住过四个月，只吃过一回煎小牛肝儿，算是新花样。可是菜做得简单，也有好处；材料坏容易见出，像大陆上厨子将坏东西做成好样子，在英国是不会的。大约他们自己也觉着腻味，所以一九二六那一年有一位华衣脱女士（E. White）组织了一个英国民间烹调社，搜求各市各乡的食谱，想给英国菜换点儿花样，让它好吃些。一九三一年十二月烹调社开了一回晚餐会，从十八世纪以来的食谱中选了五样菜（汤和点心在内），据说是又好吃，又不费事。这时候正是英国的国货年，所以报纸上颇为揄扬一番。可是，现在欧洲的风气，吃饭要少要快，那些陈年的老古董，怕总有些不合时宜吧。

　　吃饭要快，为的忙，欧洲人不能像咱们那样慢条斯理儿的，大家知道。干吗要少呢？为的卫生，固然不错，还有别的：女的男的都怕胖。女的怕胖，胖了难看；男的也爱那股标劲儿，要像个运动家。这个自然说的是中年人少年人；老头子挺着个大肚子的却有的是。欧洲人一日三餐，分量颇不一样。像德国，早晨只有咖啡面包，晚间常冷食，只有午饭重些。法国早晨是咖啡，月芽饼，午饭晚饭似乎一般分量。英国却早晚饭并重，午饭轻些。英国讲究早饭，和我国成都等处一样。有麦粥，火腿蛋，面包，茶，有时还有薰咸鱼，果子。午饭顶简单的，可以只吃一块烤面包，一杯咖啡；有些小饭店里出卖午饭盒子，是些冷鱼冷肉之类，却没有卖晚饭盒子的。

　　伦敦头等饭店总是法国菜，二等的有意大利菜，法国菜，瑞士菜之分；旧城馆子和茶饭店等才是本国味道。茶饭店与煎炸店其实都是小饭店的别称。茶饭店的"饭"原指的午饭，可是卖的东西并不简单，吃晚饭满成；煎炸店除了煎炸牛肉排羊排骨之外，也卖别的。头等饭店没去过，意大利的馆子却去过两家。一家在牛津街，规模很不小，晚饭时有女杂耍和跳舞。只记得那回第一道菜是生蚝之类；一种特制的盘子，边上围着七八个圆格子，每格放半个生蚝，吃起来很雅相。另一家在由斯敦路，也是个热闹地方。这家却小小的，通心细粉做得最好；将粉切成半分来长的小圈儿，用黄油煎熟了，平铺在盘儿里，洒上干酪（计司）粉，轻松鲜美，妙不可言。还有炸"搠气蚝"，鲜嫩清香，蛏蚜[2]，瑶柱[3]，都不能及；只有宁波的蛎黄[4]仿佛近之。

茶饭店便宜的有三家：拉衣恩司（Lyons），快车奶房，ABC 面包房。每家都开了许多店子，遍布市内外；ABC 比较少些，也贵些，拉衣恩司最多。快车奶房炸小牛肉小牛肝和红烧鸭块都还可口；他们烧鸭块用木炭火，所以颇有中国风味。ABC 炸牛肝也可吃，但火急肝老，总差点儿事；点心烤得却好，有几件比得上北平法国面包房。拉衣恩司似乎没甚么出色的东西；但他家有两处"角店"，都在闹市转角处，那里却有好吃的。角店一是上下两大间，一是三层三大间，都可容一千五百人左右；晚上有乐队奏乐。一进去只见黑压压的坐满了人，过道处窄得可以，但是气象颇为阔大（有个英国学生讥为"穷人的宫殿"，也许不错）；在那里往往找了半天站了半天才等着空位子。这三家所有的店子都用女侍者，只有两处角店里却用了些男侍者——男侍者工钱贵些。男女侍者都穿了黑制服，女的更戴上白帽子，分层招待客人。也只有在角店里才要给点小费（虽然门上标明"无小费"字样），别处这三家开的铺子里都不用给的。曾去过一处角店，烤鸡做得还入味；但是一只鸡腿就合中国一元五角，若吃鸡翅还要贵点儿。茶饭店有时备着骨牌等等，供客人消遣，可是向侍者要了玩的极少；客人多的地方，老是有人等位子，干脆就用不着备了。此外还有一些生蚝店，专吃生蚝，不便宜；一位房东太太告诉我说"不卫生"，但是吃的人也不见少。吃生蚝却不宜在夏天，所以英国人说月名中没有"R"（五六七八月），生蚝就不当令了。伦敦中国饭店也有七八家，贵贱差得很大，看地方而定。菜虽也有些高低，可都是变相的广东味儿，远不如上海新雅好。在一家广东楼要过一碗鸡肉馄饨，合中国一元六角，也够贵了。

茶饭店里可以吃到一种甜烧饼（muffin）和窝儿饼（crumpet）。甜烧饼仿佛我们的火烧，但是没馅儿，软软的，略有甜味，好像掺了米粉做的。窝儿饼面上有好些小窝窝儿，像蜂房，比较地薄，也像掺了米粉。这两样大约都是法国来的；但甜烧饼来的早，至少二百年前就有了。厨师多住在祝来巷（Drury Lane），就是那著名的戏园子的地方；从前用盘子顶在头上卖，手里摇着铃子。那时节人家都爱吃，买了来，多多抹上黄油，在客厅或饭厅壁炉上烤得热辣辣的，让油都浸进去，一口咬下来，要不沾到两边口角上。这种偷闲的生活是很有意思的。但是后来的窝儿饼浸油更容易，更香，又不太厚，太软，有咬嚼些，样式也波俏；人们渐渐地喜欢它，就少买那甜烧饼了。一位女士看了这种光景，心下难过；便写信给《泰晤士报》，为甜烧饼抱不平。《泰晤士报》特地做了一篇小社论，劝人吃甜烧饼以存古风；但对于那位女士所说的窝儿饼的坏话，却宁愿存而不论，大约那论者也是爱吃窝儿饼的。

复活节（三月）时候，人家吃煎饼（pancake），茶饭店里也卖；这原是忏悔节（二月底）忏悔人晚饭后去教堂之前吃了好熬饿的，现在却在早晨吃了。饼薄而脆，微甜。北平中原公司卖的"胖开克"（煎饼的音译）却未免太"胖"，而且软了。——说到煎饼，想起一件事来：美国麻省勃克夏地方（Berkeshire Country）有"吃煎饼竞争"的风俗，据《泰晤士报》说，一九三二的优胜者一气吃下四十二张饼，还有腊肠热咖啡。这可算"真正大肚皮"了。

英国人每日下午四时半左右要喝一回茶，就着烤面包黄油。请茶会时，自然还有别的，如火腿夹面包，生豌豆苗夹面包，茶馒头（tea scone）等等。他们很看重下午茶，几乎必不可少。又可乘此请客，比请晚饭简便省钱得多。英国人喜欢喝茶，对于喝咖啡，和法国人相反；他们也煮不好咖啡。喝的茶现在多半是印度茶；茶饭店里虽卖中国茶，但是主顾寥寥。不让利权外溢固然也有关系，可是不利于中国茶的宣传（如说制时不干净）和茶味太淡才是主要原因。印度茶色浓味苦，加上牛奶和糖正合式；中国红茶不够劲儿，可是香气好。奇怪的是茶饭店里卖的，色香味都淡得没影子。那样茶怎么会运出去，真莫名其妙。

街上偶然会碰着提着筐子卖落花生的（巴黎也有），推着四轮车卖炒栗子的，教人有故国之思。花生栗子都装好一小口袋一小口袋的，栗子车上有炭炉子，一面炒，一面装，一面卖。这些小本经纪在伦敦街上也颇古色古香，点缀一气。栗子是干炒，与我们"糖炒"的差得太多了。——英国人吃饭时也有干果，如核桃，榛子，榧子[5]，还有巴西乌菱（原名Brazils，巴西出产，中国通称"美国乌菱"），乌菱实大而肥，香脆爽口，运到中国的太干，便不大好。他们专有一种干果夹，像钳子，将干果夹进去，使劲一握夹子柄，"格"的一声，皮壳碎裂，有些蹦到远处，也好玩儿的。苏州有瓜子夹，像剪刀，却只透着玲珑小巧，用不上劲儿去。

1935年2月4日作。

（原载1935年3月1日《中学生》第53号）

注释

1. 山药蛋：又名土豆、洋芋、马铃薯等。
2. 蝤蛑（yóu móu）：学名青蟹。
3. 瑶柱：就是俗称的干贝，是江瑶（贝壳类动物）的柱头肉（就是它的闭壳肌）。
4. 牡蛎（mǔ lì）：又名生蚝。
5. 榧（fěi）子：为红豆杉科植物榧的种子，别名彼子、榧实、柀子、玉山果、赤果、玉榧、香榧、野杉子。

导读

朱自清于1931年8月出国，次年7月回国，在英国访学近一年时间，同期游历欧洲数地，巴黎、罗马、柏林、威尼斯、荷兰、瑞士，都有独立篇章来描写。食，生活之必需。作者本文就针对欧洲的吃食这一专项加以描述。对欧洲各国的饮食习惯、餐饮方式都做了比较详细的说明。从主菜到甜点，从正餐到下午茶，作者亲自品尝，而且颇多回味和思索。对各种菜式的制作和口味，对用餐环境的描述，各种节日的风俗习惯，茶，咖啡，甜点，都在文化视野里加以观照，一一道来，简直是色香味俱全。

在本文中隐约可见，中国是茶叶古国，在几十年后的今天，为什么中国茶的市场占有率却不及英国的"立顿红茶"，"茶饭店里虽卖中国茶，但是主顾寥寥""……可是不利于中国茶的宣传（如说制时不干净）和茶味太淡才是主要原因"。很明显，中国茶宣传的方式不当，早期不注重品牌效应，口味也不适宜，并且创新不足。"印度茶色浓味苦，加上牛奶和糖正合式；中国红茶不够劲儿，可是香气好。奇怪的是茶饭店里卖的，色香味都淡得没影子。那样茶怎么会运出去，真莫名其妙。"作者还是颇为不解和不满。在中西饮食文化对比中，看出朱自清对民族歧视的愤慨，对民族文化的痛惜。

房东太太

歇卜士太太（Mrs. Hibbs）没有来过中国，也并不怎样喜欢中国，可是我们看，她有中国那老味儿。她说人家笑她母女是维多利亚时代[1]的人，那是老古板的意思；但她承认她们是的，她不在乎这个。

真的，圣诞节下午到了她那间黯淡的饭厅里，那家具，那人物，那谈话，都是古气盎然[2]，不像在现代。这时候她还住在伦敦北郊芬乞来路（Finchley Road）。那是一条阔人家的路；可是她的房子已经抵押满期，经理人已经在她门口路边上立了一座木牌，标价招买，不过半年多还没人过问罢了。那座木牌，和篮球架子差不多大，只是低些；一走到门前，准看见。晚餐桌上，听见厨房里尖叫了一声，她忙去看了，回来说，火鸡烤枯了一点，可惜，二十二磅重，还是卖了几件家具买的呢。她可惜的是火鸡，倒不是家具；但我们一点没吃着那烤枯了的地方。

她爱说话，也会说话，一开口滔滔不绝；押房子，卖家具等等，都会告诉你。但是只高高兴兴地告诉你，至少也平平淡淡地告诉你，决不垂头丧气，决不唉声叹气。她说话是个趣味，我们听话也是个趣味（在她的话里，她死了的丈夫和儿子都是活的，她的一些住客也是活的）；所以后来虽然听了四个多月，倒并不觉得厌倦。有一回早餐时候，她说有一首诗，忘记是谁的，可以作她的墓铭[3]，诗云：

> 这儿一个可怜的女人，
> 她在世永没有住过嘴。
> 上帝说她会复活，
> 我们希望她永不会。

其实我们倒是希望她会的。

道地的贤妻良母，她是；这里可以看见中国那老味儿。她原是个阔小

姐，从小送到比利时受教育，学法文，学钢琴。钢琴大约还熟，法文可生
疏了。她说街上如有法国人向她问话，她想起答话的时候，那人怕已经拐
了弯儿了。结婚时得着她姑母一大笔遗产；靠着这笔遗产，她支持了这个
家庭二十多年。歇卜士先生在剑桥大学毕业，一心想作诗人，成天住在云
里雾里。他二十年只在家里待着，偶然教几个学生。他的诗送到剑桥的刊
物上去，原稿却寄回了，附着一封客气的信。他又自己花钱印了一小本诗集，
封面上注明，希望出版家采纳印行，但是并没有什么回响。太太常劝先生
删诗行，譬如说，四行中可以删去三行罢；但是他不肯割爱，于是乎只好
敝帚自珍了。

　　歇卜士先生却会说好几国话。大战后太太带了先生小姐，还有一个朋
友去逛意大利；住旅馆雇船等等，全交给诗人的先生办，因为他会说意大
利话。幸而没出错儿。临上火车，到了站台上，他却不见了。眼见车就要
开了，太太这一急非同小可，又不会说给别人，只好教小姐去张看，却不
许她远走。好容易先生钻出来了，从从容容的，原来他上"更衣室"来着。

　　太太最伤心她的儿子。他也是大学生，长的一表人才。大战时去从军；
训练的时候偶然回家，非常爱惜那庄严的制服，从不教它有一个褶儿。大
战快完的时候，却来了恶消息，他尽了他的职务了。太太最伤心的是这个
时候的这种消息，她在举世庆祝休战声中，迷迷糊糊过了好些日子。后来
逛意大利，便是解闷儿去。她那时甚至于该领的恤金，无心也不忍去
领——等到限期已过，即使要领，可也不成了。

　　小姐现在是她唯一的亲人；她就为这个女孩子活着。早晨一块儿拾掇[4]
拾掇屋子，吃完了早饭，一块儿上街散步，回来便坐在饭厅里，说说话，
看看通俗小说，就过了一天。晚上睡在一屋里。一星期也同出去看一两回
电影。小姐大约有二十四五了，高个儿，总在五英尺十寸左右；蟹壳脸，
露牙齿，脸上倒是和和气气的。爱笑，说话也天真得像个十二三岁小姑娘。
先生死后，他的学生爱利斯（Ellis）很爱歇卜士太太，几次想和她结婚，
她不肯。爱利斯是个传记家，有点小名气。那回诗人德拉梅在伦敦大学院
讲文学的创造，曾经提到他的书。他很高兴，在歇卜士太太晚餐桌上特意
说起这个。但是太太说他的书干燥无味，他送来，她们只翻了三五页就搁
在一边儿了。她说最恨猫怕狗，连书上印的狗都怕，爱利斯却养着一大堆。

她女儿最爱电影，爱利斯却瞧不起电影。她的不嫁，怎么穷也不嫁，一半为了女儿。

这房子招徕住客，远在歇卜士先生在世时候。那时只收一个人，每日供早晚两餐，连宿费每星期五镑钱，合八九十元，够贵的。广告登出了，第一个来的是日本人，他们答应下了。第二天又来了个西班牙人，却只好谢绝了。从此住这所房的总是日本人多；先生死了，住客多了，后来竟有"日本房"的名字。这些日本人有一两个在外边有女人，有一个还让女人骗了，他们都回来在饭桌上报告，太太也同情的听着。有一回，一个人忽然在饭桌上谈论自由恋爱，而且似乎是冲着小姐说的。这一来太太可动了气。饭后就告诉那个人，请他另外找房住。这个人走了，可是日本人有个俱乐部，他大约在俱乐部里报告了些什么，以后日本人来住的便越过越少了。房间老是空着，太太的积蓄早完了；还只能在房子上打主意，这才抵押了出去。那时自然盼望赎回来，可是日子一天一天过去，情形并不见好。房子终于标卖，而且圣诞节后不久，便卖给一个犹太人了。她想着年头不景气，房子且没人要呢，哪知犹太人到底有钱，竟要了去，经理人限期让房。快到期了，她直说来不及。经理人又向法院告诉，法院出传票教她去。她去了，女儿搀扶着；她从来没上过堂，法官说欠钱不让房，是要坐牢的。她又气又怕，几乎昏倒在堂上；结果只得答应了加紧找房。这种种也都是为了女儿，她可一点儿不悔。

她家里先后也住过一个意大利人，一个西班牙人，都和小姐做过爱；那西班牙人并且和小姐定过婚，后来不知怎样解了约。小姐倒还惦着他，说是"身架真好看！"太太却说，"那是个坏家伙！"后来似乎还有个"坏家伙"，那是太太搬到金树台的房子里才来住的。他是英国人，叫凯德，四十多了。先是作公司兜售员，沿门兜售电气扫除器为生。有一天撞到太太旧宅里去了，他要表演扫除器给太太看，太太拦住他，说不必，她没有钱；她正要卖一批家具，老卖不出去，烦着呢。凯德说可以介绍一家公司来买；那一晚太太很高兴，想着他定是个大学毕业生。没两天，果然介绍了一家公司，将家具买去了。他本来住在他姊姊家，却搬到太太家来了。他没有薪水，全靠兜售的佣金；而电气扫除器那东西价钱很大，不容易脱手。所以便干搁起来了。这个人只是个买卖人，不是大学毕业生。大约穷了不止一天，他有个太太，在法国给人家看孩子，没钱，接不回来；住在姊姊家，也因为穷，让人家给请出来了。搬到金树台来，起初整付了一回房饭钱，后来便零碎的半欠半付，后来索性付不出了。不但不付钱，有时连午饭也要叨光。如是者两个多月，太太只得将他赶了出去。回国后接着太太的信，才知道小姐却有点喜欢凯德这个"坏蛋"，大约还跟他来往着。太太最提心这件事，小姐是她的命，她的命决不能交在一个"坏蛋"手里。

小姐在芬乞来路时，教着一个日本太太英文。那时这位日本太太似乎非常关心歇卜士家住着的日本先生们，老是问这个问那个的；见了他们，也很亲热似的。歇卜士太太瞧着不大顺眼，她想着这女人有点儿轻狂。凯德的外甥女有一回来了，一个摩登少女。她照例将手绢掖在袜带子上，拿出来用时，让太太看在眼里。后来背地里议论道，"这多不雅相！"太太在小事情上是很敏锐的。有一晚那爱尔兰女仆端菜到饭厅，没有戴白帽檐儿。太太很不高兴，告诉我们，这个侮辱了主人，也侮辱了客人。但那女仆是个"社会主义"的贪婪的人，也许匆忙中没想起戴帽檐儿；压根儿她怕就觉得戴不戴都是无所谓的。记得那回这女仆带了男朋友到金树台来，是个失业的工人。当时刚搬了家，好些零碎事正得一个人。太太便让这工人帮帮忙，每天给点钱。这原是一举两得，各厢情愿的。不料女仆却当面说太太揩了穷小子的油。太太听说，简直有点莫名其妙。

太太不上教堂去，可是迷信。她虽是新教徒，可是有一回丢了东西，却照人家传给的法子，在家点上一支蜡，一条腿跪着，口诵安东尼圣名，说是这么着东西就出来了。拜圣者是旧教的花样，她却不管。每回作梦，早餐时总翻翻占梦书。她有三本占梦书；有时她笑自己；三本书说的都不一样，甚至还相反呢。喝碗茶，碗里的茶叶，她也爱看；看像什么字头，便知是姓什么的来了。她并不盼望访客，她是在盼望住客啊。到金树台时，前任房东太太介绍一位英国住客继续住下。但这位半老的住客却嫌客人太少，女客更少，又嫌饭桌上没有笑，没有笑话，只看歇卜士太太的独角戏，老母亲似的唠唠叨叨，总是那一套。他终于托故走了，搬到别处去了。我们不久也离开英国，房子于是乎空空的。去年接到歇卜士太太来信，她和女儿已经作了人家管家老妈了；"维多利亚时代"的上流妇人，这世界已经不是她的了。

1937年4月27—28日作。

（原载1937年6月1日《文学杂志》第1卷第2期）

注释

1. 维多利亚时代（*Victorian era*）：前接乔治时代，后启爱德华时代，被认为是英国工业革命和大英帝国的峰端。它的时限常被定义为1837—1901年，即维多利亚女王（*Alexandrina Victoria*）的统治时期。
2. 盎然（àng rán）：形容气氛、趣味等浓厚的样子。
3. 墓铭（mù míng）：刻在石上埋入坟中的文字。铭是韵文，用于对死者的赞扬、悼念等。
4. 拾掇（shí duo）：整理，收拾。

导读

　　《房东太太》是一篇少有的以写人为主题的散文，朱自清在伦敦游学期间，曾住在歇卜士太太家4个月，房客与房东相处融洽，故此有本文。专写房东太太，从太太身边人物、性格特点、做事方式多方面展开，丰满鲜活的人物形象便呈现眼前。

　　房东太太，贤良、优雅、讲究、善谈。典型的贤妻良母，是道德风尚的典范，受过良好教育，阔小姐身份。"她有中国那老味儿"，人说她是维多利亚时代的人，意为传统，是一种美。太太身边的人物。先生是落魄诗人，一生终未成名；儿子一表人才，战时从军，没能回来；女儿是太太的命，生之所依；不同房客：日本人、西班牙人、意大利人、中国人、英国人。文中出现的所有人物都是为了衬托太太的性格特点。

　　太太的善谈表现在，谈什么都有趣，并且无论是押房子还是卖家具，要么高高兴兴，要么平平淡淡，从不垂头丧气，也从不哀叹。太太不曾再嫁，主要考虑的还是女儿："她的不嫁，怎么穷也不嫁，一半为了女儿。"作者之所以多次强调，房东太太有中国的古味，主要在于太太的贤德、达观。这点符合了中国古时女子未出嫁时的贤淑，为人妻人母后的端庄典雅。而时代在变，曾经的贵妇，沦为管家仆人，历史尘烟远去，清晰的唯有现实。朱自清长于写景抒情，这篇散文让我们看到了他朴质沉郁的叙事艺术。

回来杂记

　　回到北平来，回到原来服务的学校里，好些老工友见了面用道地的北平话道："您回来啦！"是的，回来啦。去年刚一胜利，不用说是想回来的。可是这一年来的情形使我回来的心淡了，想象中的北平，物价像潮水一般涨，整个的北平也像在潮水里晃荡着。然而我终于回来了。飞机过北平城上时，那棋盘似的房屋，那点缀着的绿树，那紫禁城，那一片黄琉璃瓦¹，在晚秋的夕阳里，真美。在飞机上看北平市，我还是第一次。这一看使我联带的想起北平的多少老好处，我忘怀一切，重新爱起北平来了。

　　在西南接到北平朋友的信，说生活虽艰难，还不至如传说之甚，说北平的街上还跟从前差不多的样子。是的，北平就是粮食贵得凶，别的还差不离儿。因为只有粮食贵得凶，所以从上海来的人，简直松了一大口气，只说"便宜呀！便宜呀！"我们从重庆来的，却没有这样胃口。再说虽然只有粮食贵得凶，然而粮食是人人要吃日日要吃的。这是一个浓重的阴影，罩着北平的将来。但是现在谁都有点儿且顾眼前，将来，管得它呢！粮食以外，日常生活的必需品，大致看来不算少；不是必需而带点儿古色古香的那就更多。旧家具，小玩意儿，在小市里，地摊上，有得挑选的，价钱合式，有时候并且很贱。这是北平老味道，就是不大有耐心去逛小市和地摊的我，也深深在领略着。从这方面看，北平算得是"有"的都市，西南几个大城比起来真寒尘相了。再去故宫一看，吓，可了不得！虽然曾游过多少次，可是从西南回来这是第一次。东西真多，小市和地摊儿自然不在话下。逛故宫简直使人不想买东西，买来买去，买多买少，算得什么玩意儿！北平真"有"，真"有"它的！

　　北平不但在这方面和从前一样"有"，并且在整个生活上也差不多和从前一样闲。本来有电车，又加上了公共汽车，然而大家还是悠悠儿的。电车有时来得很慢，要等得很久。从前似乎不至如此，也许是线路加多，车辆并没有比例的加多吧？公共汽车也是来得慢，也要等得久。好在大家有的是闲工夫，慢点儿无妨，多等点时候也无妨。可是刚从重庆来的却有些不耐烦。别瞧现在重庆的公共汽车不漂亮，可是快，上车，卖票，下车都快。也许是无事忙，可是快是真的。就是在排班等着罢，眼看着一辆辆来车片刻间上满了客开了走，也觉痛快，比望眼欲穿的看不到来车的影子总好受些。重庆的公共汽车有时也挤，可是从来没有像我那回坐宣武门到前门的公共汽车那样，一面挤得不堪，一面卖票人还在中途站从容的给争着上车的客人排难解纷。这真闲得可以。

现在北平几家大型报都有几种副刊，中型报也有在拉人办副刊的。副刊的水准很高，学术气非常重。各报又都特别注重学校消息，往往专辟一栏登载。前一种现象别处似乎没有，后一种现象别处虽然有，却不像这儿的认真——几乎有闻必录。北平早就被称为"大学城"和"文化城"，这原是旧调重弹，不过似乎弹得更响了。学校消息多，也许还可以认为有点生意经；也许北平学生多，这么着报可以多销些？副刊多却决不是生意经，因为有些副刊的有些论文似乎只有一些大学教授和研究院学生能懂。这种论文原应该出现在专门杂志上，但目前出不起专门杂志，只好暂时委屈在日报的余幅上：这在编副刊的人是有理由的。在报馆方面，反正可以登载的材料不多，北平的广告又未必太多，多来它几个副刊，一面配合着这古城里看重读书人的传统，一面也可以镇静镇静这多少有点儿晃荡的北平市，自然也不错。学校消息多，似乎也有点儿配合着看重读书人的传统的意思。研究学术本来要悠闲，这古城里向来看重的读书人正是那悠闲的读书人。我也爱北平的学术空气。自己也只是一个悠闲的读书人，并且最近也主编了一个带学术性的副刊，不过还是觉得这么多的这么学术的副刊确是北平特有的闲味儿。

然而北平究竟有些和从前不一样了。说它"有"罢，它"有"贵重的古董玩器，据说现在主顾太少了。从前买古董玩器送礼，可以巴结个一官半职的。现在据说懂得爱古董玩器的就太少了。礼还是得送，可是上了句古话，什么人爱钞，什么人都爱钞了。这一来倒是简单明了，不过不是老味道了。古董玩器的冷落还不足奇，更使我注意的是中山公园和北海等名胜的地方，也萧条起来了。我刚回来的时候，天气还不冷，有一天带着孩子们去逛北海。大礼拜的，漪澜[2]堂的茶座上却只寥寥的几个人。听隔家茶座的伙计在向一位客人说没有点心卖，他说因为客人少，不敢预备。这些原是中等经济的人物常到的地方；他们少来，大概是手头不宽心头也不宽了吧。

中等经济的人家确乎是紧起来了。一位老住北平的朋友的太太，原来是大家小姐，不会做家里粗事，只会做做诗，画画画。这回见了面，瞧着她可真忙。她告诉我，佣人减少了，许多事只得自己干；她笑着说现在操练出来了。她帮忙我捆书，既麻利，也还结实；想不到她真操练出来了。这固然也是好事，可是北平到底不和从前一样了。穷得没办法的人似乎也更多了。我太太有一晚九点来钟带着两个孩子走进宣武门里一个小胡同，刚进口不远，就听见一声："站住！"向前一看，十步外站着一个人，正在从黑色的上装里掏什么，说时迟，那时快，顺着灯光一瞥，掏出来的乃是一把明晃晃的尖刀！我太太大声怪叫，赶紧转身向胡同口跑，孩子们也跟着怪叫，跟着跑。绊了石头，母子三个都摔倒；起来回头一看，那人也转了身向胡同里跑。这个人穿得似乎还不寒尘，白白的脸，年轻轻的。想来是刚走这个道儿，要不然，他该在胡同中间等着，等来人近身再喊"站住！"这也许真是到了无可奈何才来走险的。近来报上常见路劫的记载，想来这种新手该不少罢。从前自然也有路劫，可没有听说这么多。北平是不一样了。

电车和公共汽车虽然不算快，三轮车却的确比洋车快得多。这两种车子的竞争是机械和人力的竞争，洋车显然落后。洋车夫只好更贱卖自己的劳力。有一回雇三轮儿，出价四百元，三轮儿定要五百元。一个洋车夫赶上来说，"我去，我去。"上了车他向我说要不是三轮儿，这么远这个价他是不干的。还有在雇三轮儿的时候常有洋车夫赶上来，若是不理他，他会说，"不是一样吗？"可是，就不一样！三轮车以外，自行车也大大的增加了。骑自行车可以省下一大笔交通费。出钱的人少，出力的人就多了。省下的交通费可以帮补帮补肚子，虽然是小补，到底是小补啊。可是现在北平街上可不是闹着玩儿的，骑车不但得出力，有时候还得拼命。按说北平的街道够宽的，可是近来常出事儿。我刚回来的一礼拜，就死伤了五六个人。其中王振华律师就是在自行车上被撞死的。这种交通的混乱情形，美国军车自然该负最大的责任。但是据报载，交通警察也很怕咱们自己的军车。警察却不怕自行车，更不怕洋车和三轮儿。他们对洋车和三轮儿倒是一视同仁，一个不顺眼就拳脚一齐来。曾在宣武门里一个胡同口看见一辆三轮儿横在口儿上和人讲价，一个警察走来，不问三七二十一，抓住三轮车夫一顿拳打脚踢。拳打脚踢倒从来如此，他却骂得怪，他骂道，"×你有民主思想的妈妈！"那车夫挨着拳脚不说话，也是从来如此。可是他也怪，到底是三轮车夫罢，在警察去后，却向着背影责问道，"你有权利打人吗？"这儿看出了时代的影子，北平是有点儿晃荡了。

别提这些了，我是贪吃得了胃病的人，还是来点儿吃的。在西南大家常谈到北平的吃食，这呀那的，一大堆。我心里却还惦记一样不登大雅的东西，就是马蹄儿烧饼夹果子。那是一清早在胡同里提着筐子叫卖的。这回回来却还没有吃到。打听住家人，也说少听见了。这马蹄儿烧饼用硬面做，用吊炉烤，薄薄的，却有点儿韧，夹果子（就是脆而细的油条）最是相得益彰，也脆，也有咬嚼，比起有心子的芝麻酱烧饼有意思得多。可是现在劈柴贵了，吊炉少了，做马蹄儿并不能多卖钱，谁乐意再做下去！于是大家一律用芝麻酱烧饼来夹果子了。芝麻酱烧饼厚，倒更管饱些。然而，然而不一样了。

1946年10月28日作。
（原载1946年11月10日《大公报》副刊《星期文艺》第5期）

注释

1. 琉璃瓦：施以各种颜色釉并在较高温度下烧成的上釉瓦。
2. 漪澜（yī lán）：水波。

导读

《回来杂记》选自朱自清的散文集《标准与尺度》。《标准与尺度》这部散文集，1948年4月由文光书店印行。收文23篇，多为文学杂谈。

1937年抗日战争爆发，北京大学、清华大学、南开大学先迁至湖南长沙，组成长沙临时大学，同年10月25日开学。1938年4月又西迁昆明，改称国立西南联合大学。5月4日开始上课，设立文、理、法商、工、师范5个院26个系，两个专修科一个选修班。至1946年5月4日结束，西南联大在滇整8年。在极其艰苦的条件下，西南联大培养出大批杰出人才。朱自清作为全国知名教授，此8年间，任西南联大中文系主任，1946年5月联大结束后，三校分别迁回北京、天津复校。就在这样的历史背景下，作者回到北平，于1946年10月28日将自己所见所闻所想形成此文《回来杂记》。

1945年8月15日抗战胜利了，但第三次国内革命战争随即打响了，当时的北平，风雨飘摇，时局动荡。本文三处用了"晃荡"一词来形容当时的局势，"想象中的北平，物价像潮水一般涨，整个的北平也像在潮水里晃荡着"。物价飞涨，粮食短缺，生活艰难。无论时局如何动荡，未来怎样的模糊不定，作者还是回来了，并且在飞机上眺望北平城"在晚秋的夕阳里，真美"。这正说明了作者对北平的热爱，怀有强烈的民族振兴、爱国主义精神，正如作家艾青诗中所写："为什么我的眼里常含泪水？因为我对这土地爱得深沉……"没有尝过失去的痛心，就感受不到重拾的喜悦。"一面配合着这古城里看重读书人的传统，一面也可以镇静镇静这多少有点儿晃荡的北平市，自然也不错。"注重学术，教育为本，独立思考，自由民主，这一切都是未来的希望，作者充分肯定了只有学术自由，勇于创新，才有社会的进步。"这儿看出了时代的影子，北平是有点儿晃荡了。"交通混乱，秩序混乱，当时的现状，作者一方面痛心，另一方面向丑陋现象发出挑战，读此文章，感受到作者时刻坚定、清醒以及高尚的品格，在纷乱的世事中如一盏永不熄灭的明灯，给众多处于茫然困惑中的人们指明了方向。有独立思考能力、开阔胸襟的知识分子，永远是民族的脊梁。

论气节

　　气节是我国固有的道德标准，现代还用着这个标准来衡量人们的行为，主要的是所谓读书人或士人的立身处世之道。但这似乎只在中年一代如此，青年一代倒像不大理会这种传统的标准，他们在用着正在建立的新的标准，也可以叫做新的尺度。中年一代一般的接受这传统，青年代却不理会它，这种脱节的现象是这种变的时代或动乱时代常有的。因此就引不起什么讨论。直到近年，冯雪峰[1]先生才将这标准这传统作为问题提出，加以分析和批判：这是在他的《乡风与市风》那本杂文集里。

　　冯先生指出"士节"的两种典型：一是忠臣，一是清高之士。他说后者往往因为脱离了现实，成为"为节而节"的虚无主义者，结果往往会变了节。他却又说"士节"是对人生的一种坚定的态度，是个人意志独立的表现。因此也可以成就接近人民的叛逆者或革命家，但是这种人物的造就或完成，只有在后来的时代，例如我们的时代。冯先生的分析，笔者大体同意；对这个问题笔者近来也常常加以思索，现在写出自己的一些意见，也许可以补充冯先生所没有说到的。

　　气和节似乎原是两个各自独立的意念。《左传》上有"一鼓作气"的话，是说战斗的。后来所谓"士气"就是这个气，也就是"斗志"；这个"士"指的是武士。孟子提倡的"浩然之气"，似乎就是这个气的转变与扩充。他说"至大至刚"，说"养勇"，都是带有战斗性的。"浩然之气"是"集义所生"，"义"就是"有理"或"公道"。后来所谓"义气"，意思要狭隘些，可也算是"浩然之气"的分支。现在我们常说的"正义感"，虽然特别强调现实，似乎也还可以算是跟"浩然之气"联系着的。至于文天祥[2]所歌咏的"正气"，更显然跟"浩然之气"一脉相承。不过在笔者看来两者却并不完全相同，文氏似乎在强调那消极的节。

　　节的意念也在先秦时代就有了，《左传》里有"圣达节，次守节，下失节"的话。古代注重礼乐，乐的精神是"和"，礼的精神是"节"。礼乐是贵族生活的手段，也可以说是目的。他们要定等级，明分际，要有稳固的社会秩序，所以要"节"，但是他们要统治，要上统下，所以也要"和"。礼以"节"为主，可也得跟"和"配合着；乐以"和"为主，可也得跟"节"配合着。节跟和是相反相成的。明白了这个道理，我们可以说所谓"圣达节"等等的"节"，是从礼乐里引申出来成了行为的标准或做人的标准；而这个节其实也就是传统的"中道"。按说"和"也是中道，不同的是"和"重在合，"节"重在分；重在分所以重在不犯不乱，这就带上消极性了。

向来论气节的，大概总从东汉末年的党祸起头。那是所谓处士横议[3]的时代。在野的士人纷纷的批评和攻击宦官们的贪污政治，中心似乎在太学。这些在野的士人虽然没有严密的组织，却已经在联合起来，并且博得了人民的同情。宦官们害怕了，于是乎逮捕拘禁那些领导人。这就是所谓"党锢"或"钩党"，"钩"是"钩连"的意思。从这两个名称上可以见出这是一种群众的力量。那时逃亡的党人，家家愿意收容着，所谓"望门投止"，也可以见出人民的态度，这种党人，大家尊为气节之士。气是敢作敢为，节是有所不为——有所不为也就是不合作。这敢作敢为是以集体的力量为基础的，跟孟子的"浩然之气"与世俗所谓"义气"只注重领导者的个人不一样。后来宋朝几千太学生请愿罢免奸臣，以及明朝东林党的攻击宦官，都是集体运动，也都是气节的表现。但是这种表现里似乎积极的"气"更重于消极的"节"。

在专制时代的种种社会条件之下，集体的行动是不容易表现的，于是士人的立身处世就偏向了"节"这个标准。在朝的要做忠臣。这种忠节或是表现在冒犯君主尊严的直谏上，有时因此牺牲性命；或是表现在不做新朝的官甚至以身殉国上。忠而至于死，那是忠而又烈了。在野的要做清高之士，这种人表示不愿和在朝的人合作，因而游离于现实之外；或者更逃避到山林之中，那就是隐逸之士了。这两种节，忠节与高节，都是个人的消极的表现。忠节至多造就一些失败的英雄，高节更只能造就一些明哲保身的自了汉，甚至于一些虚无主义者。原来气是动的，可以变化。我们常说志气，志是心之所向，可以在四方，可以在千里，志和气是配合着的。节却是静的，不变的；所以要"守节"，要不"失节"。有时候节甚至于是死的，死的节跟活的现实脱了榫，于是乎自命清高的人结果变了节，冯雪峰先生论到周作人，就是眼前的例子。从统治阶级的立场看，"忠言逆耳利于行"，忠臣到底是卫护着这个阶级的，而清高之士消纳了叛逆者，也是有利于这个阶级的。所以宋朝人说"饿死事小，失节事大"，原先说的是女人，后来也用来说士人，这正是统治阶级代言人的口气，但是也表示着到了那时代士的个人地位的增高和责任的加重。

"士"或称为"读书人"，是统治阶级最下层的单位，并非"帮闲"。他们的利害跟君相是共同的，在朝固然如此，在野也未尝不如此。固然在野的处士可以不受君臣名分的束缚，可以"不事王侯，高尚其事"，但是他们得吃饭，这饭恐怕还得靠农民耕给他们吃，而这些农民大概是属于他们做官的祖宗的遗产的。"躬耕"往往是一句门面话，就是偶然有个把真正躬耕的如陶渊明，精神上或意识形态上也还是在负着天下兴亡之责的士，陶的《述酒》等诗就是证据。可见处士虽然有时横议，那只是自家人吵嘴闹架，他们生活的基础一般的主要的还是在农民的劳动上，跟君主与在朝的大夫并无两样，而一般的主要的意识形态，彼此也是一致的。

然而士终于变质了，这可以说是到了民国时代才显著。从清朝末年开设学校，教员和学生渐渐加多，他们渐渐各自形成一个集团；其中有不少的人参加革新运动或革命运动，而大多数也倾向着这两种运动。这已是气重于节了。等到民国成立，理论上人民是主人，事实上是军阀争权。这时代的教员和学生意识着自己的主人身份，游离了统治的军阀；他们是在野，可是由于军阀政治的腐败，却渐渐获得了一种领导的地位。他们虽然还不能和民众打成一片，但是已经在渐渐的接近民众。五四运动划出了一个新时代。自由主义建筑在自由职业和社会分工的基础上。教员是自由职业者，不是官，也不是候补的官。学生也可以选择多元的职业，不是只有做官一路。他们于是从统治阶级独立，不再是"士"或所谓"读书人"，而变成了"知识分子"，集体的就是"知识阶级"。残余的"士"或"读书人"自然也还有，不过只是些残余罢了。这种变质是中国现代化的过程的一段，而中国的知识阶级在这过程中也曾尽了并且还在想尽他们的任务，跟这时代世界上别处的知识阶级一样，也分享着他们一般的运命。若用气节的标准来衡量，这些知识分子或这个知识阶级开头是气重于节，到了现在却又似乎是节重于气了。

知识阶级开头凭着集团的力量勇猛直前，打倒种种传统，那时候是敢作敢为一股气。可是这个集团并不大，在中国尤其如此，力量到底有限，而与民众打成一片又不容易，于是碰到集中的武力，甚至加上外来的压力，就抵挡不住。而一方面广大的民众抬头要饭吃，他们也没法满足这些饥饿的民众。他们于是失去了领导的地位，逗留在这夹缝中间，渐渐感觉着不自由，闹了个"四大金刚悬空八只脚"。他们于是只能保守着自己，这也算是节罢；也想缓缓的落下地去，可是气不足，得等着瞧。可是这里的是偏于中年一代。青年一代的知识分子却不如此，他们无视传统的"气节"，特别是那种消极的"节"，替代的是"正义感"，接着"正义感"的是"行动"，其实"正义感"是合并了"气"和"节"，"行动"还是"气"。这是他们的新的做人的尺度。等到这个尺度成为标准，知识阶级大概是还要变质的罢？

1947年4月13—14日作。

（原载1947年5月1日《知识与生活》第二期）

注释

1. 冯雪峰（1903—1976），原名福春，笔名雪峰、画室、洛阳等。现代著名诗人、文艺理论家。
2. 文天祥（1236—1283），吉州庐陵（今江西吉安县）人，南宋抗金英雄，初名云孙，字天祥。
3. 处士：古称有才德而隐居不仕的人，这里指没有做官的读书人；横议：放肆地进行议论。没有做官的读书人纵论时政。语出《孟子·滕文公下》："圣王不作，诸侯放恣，处士横议。"

导读

气节是中国固有的道德标准。民族气节就是一个民族所坚持的信仰追求、文明准则、价值尺度，包括高尚道德、优秀品质等。朱自清此文作于1947年，那个年代存于人们心中的道德标准就已经出现脱节，气节仅留存于中年人的心中，年轻人已不再将气节作为道德的标准，而是有新的价值尺度，但气节作为中华文化之一部分，在新时代的大潮中，不应被泥沙淹没，而应该得到升华，如浪花般明亮，时时随浪涌现。

作者如此阐释气节：气，所谓的士气、浩然之气、正义感；而节，"是从礼乐里引申出来成了行为的标准或做人的标准；而这个节其实也就是传统的'中道'"。作者从儒家思想解读气与节，礼与义，儒家思想精髓所在，今天儒家文化已不再是指导人们言行的主要思想体系，那么由此而生的气节的缺失，也不难理解。

气是动的，可以变化，节却是静的，不变的。气是一种势，而节重在守。气是敢作敢为，节是有所不为。作者采用辩证的方式来展开论述，否定了古时侯臣对君的那种忠节，也否定了自命不凡的高节，"饿死事小，失节事大"那是为统治阶级而做的宣扬，类似这些都是对节的一种错误理解，事实上，节重在有所不为，是有所敬畏自然而然产生的一种自我约束。气是积极的，节是消极的。用米兰·昆德拉的讲法，气是"轻"的，节是"重"的。林同济在《中国心灵——道家的潜在层》一书中写道："中国人在潜意识里尊崇道家，是因为他有反叛或退隐精神。""不管中国人的行为有多遵从儒家思想，他那叛逆加隐士的内心却别有一番感受。"

篇尾作者对知识阶层产生了怀疑，这个原本应该有气节的群体，在动荡不安的时代背景下，还能做到"富贵不能淫，贫贱不能移，威武不能屈"吗？这一追问发人深省。

论雅俗共赏

陶渊明有"奇文共欣赏，疑义相与析"的诗句，那是一些"素心人"的乐事，"素心人"当然是雅人，也就是士大夫。这两句诗后来凝结成"赏奇析疑"一个成语，"赏奇析疑"是一种雅事，俗人的小市民和农家子弟是没有份儿的。然而又出现了"雅俗共赏"这一个成语，"共赏"显然是"共欣赏"的简化，可是这是雅人和俗人或俗人跟雅人一同在欣赏，那欣赏的大概不会还是"奇文"罢。这句成语不知道起于什么时代，从语气看来，似乎雅人多少得理会到甚至迁就着俗人的样子，这大概是在宋朝或者更后罢。

原来唐朝的安史之乱可以说是我们社会变迁的一条分水岭。在这之后，门第迅速的垮了台，社会的等级不像先前那样固定了，"士"和"民"这两个等级的分界不像先前的严格和清楚了，彼此的分子在流通着，上下着。而上去的比下来的多，士人流落民间的究竟少，老百姓加入士流的却渐渐多起来。王侯将相早就没有种了，读书人到了这时候也没有种了；只要家里能够勉强供给一些，自己有些天分，又肯用功，就是个"读书种子"；去参加那些公开的考试，考中了就有官做，至少也落个绅士。这种进展经过唐末跟五代的长期的变乱加了速度，到宋朝又加上印刷术的发达，学校多起来了，士人也多起来了，士人的地位加强，责任也加重了。这些士人多数是来自民间的新的分子，他们多少保留着民间的生活方式和生活态度。他们一面学习和享受那些雅的，一面却还不能摆脱或蜕变那些俗的。人既然很多，大家是这样，也就不觉其寒伧；不但不觉其寒伧，还要重新估定价值，至少也得调整那旧来的标准与尺度。"雅俗共赏"似乎就是新提出的尺度或标准，这里并非打倒旧标准，只是要求那些雅士理会到或迁就些俗士的趣味，好让大家打成一片。当然，所谓"提出"和"要求"，都只是不自觉的看来是自然而然的趋势。

中唐的时期，比安史之乱还早些，禅宗的和尚就开始用口语记录大师的说教。用口语为的是求真与化俗，化俗就是争取群众。安史之乱后，和尚的口语记录更其流行，于是乎有了"语录"这个名称，"语录"就成为一种著述体了。到了宋朝，道学家讲学，更广泛的留下了许多语录；他们用语录，也还是为了求真与化俗，还是为了争取群众。所谓求真的"真"，一面是如实和直接的意思。禅家认为第一义是不可说的。语言文字都不能表达那无限的可能，所以是虚妄的。然而实际上语言文字究竟是不免要用的一种"方便"，记录文字自然越近实际的、直接的说话越好。在另一面这"真"又是自然的意思，自然才亲切，才让人容易懂，也就是更能收到化俗的功效，更能获得广大的群众。道学主要的是中国的正统的思想，道学家用了语录做工具，大大的增强了这种新的文体的地位，语录就成为一种传统了。比语录体稍稍晚些，还出现了一种宋朝叫做"笔记"的东西。这种作品记述有趣味的杂事，范围很宽，一方面发表作者自己的意见，所谓议论，也就是批评，这些批评往往也很有趣味。作者写这种书，只当做对客闲谈，并非一本正经，虽然以文言为主，可是很接近说话。这也是给大家看的，看了可以当做"谈助"，增加趣味。宋朝的笔记最发达，当时盛行，流传下来的也很多。目录家将这种笔记归在"小说"项下，近代书店汇印这些笔记，更直题为"笔记小说"；中国古代所谓"小说"，原是指记述杂事的趣味作品而言的。

那里我们得特别提到唐朝的"传奇"。"传奇"据说可以见出作者的"史才、诗笔、议论"，是唐朝士子在投考进士以前用来送给一些大人先生看，介绍自己，求他们给自己宣传的。其中不外乎灵怪、艳情、剑侠三类故事，显然是以供给"谈助"，引起趣味为主。无论照传统的意念，或现代的意念，这些"传奇"无疑的是小说，一方面也和笔记的写作态度有相类之处。照陈寅恪[1]先生的意见，这种"传奇"大概起于民间，文士是仿作，文字里多口语化的地方。陈先生并且说唐朝的古文运动就是从这儿开始。他指出古文运动的领导者韩愈的《毛颖传》，正是仿"传奇"而作。我们看韩愈的"气盛言宜"的理论和他的参差错落的文句，也正是多多少少在口语化。他的门下的"好难"、"好易"两派，似乎原来也都是在试验如何口语化。可是"好难"的一派过分强调了自己，过分想出奇制胜，不管一般人能够了解欣赏与否，终于被人看做"诡"和"怪"而失败，于是宋朝的欧阳修继承了"好易"的一派的努力而奠定了古文的基础。——以上说的种种，都是安史乱后几百年间自然的趋势，就是那雅俗共赏的趋势。

宋朝不但古文走上了"雅俗共赏"的路，诗也走向这条路。胡适之先生说宋诗的好处就在"做诗如说话"，一语破的指出了这条路。自然，这条路上还有许多曲折，但是就像不好懂的黄山谷，他也提出了"以俗为雅"的主张，并且点化了许多俗语成为诗句。实践上"以俗为雅"，并不从他开始，梅圣俞[2]、苏东坡都是好手，而苏东坡更胜。据记载梅和苏都说过"以俗为雅"这句话，可是不大靠得住；黄山谷[3]却在《再次杨明叔韵》一诗的"引"里郑重的提出"以俗为雅，以故为新"，说是"举一纲而张万目"。他将"以俗为雅"放在第一，因为这实在可以说是宋诗的一般作风，也正是"雅俗共赏"的路。但是加上"以故为新"，路就曲折起来，那是雅人自赏，黄山谷所以终于不好懂了。不过黄山谷虽然不好懂，宋诗却终于回到了"做诗如说话"的路，这"如说话"，的确是条大路。

雅化的诗还不得不回向俗化，刚刚来自民间的词，在当时不用说自然是"雅俗共赏"的。别瞧黄山谷的有些诗不好懂，他的一些小词可够俗的。柳耆卿[4]更是个通俗的词人。词后来虽然渐渐雅化或文人化，可是始终不能雅到诗的地位，它怎么着也只是"诗馀"。词变为曲，不是在文人手里变，是在民间变的；曲又变得比词俗，虽然也经过雅化或文人化，可是还雅不到词的地位，它只是"词馀"[5]。一方面从晚唐和尚的俗讲演变出来的宋朝的"说话"就是说书，乃至后来的平话以及章回小说，还有宋朝的杂剧和诸宫调等等转变成功的元朝的杂剧和戏文，乃至后来的传奇，以及皮簧戏，更多半是些"不登大雅"的"俗文学"。这些除元杂剧和后来的传奇也算是"词馀"以外，在过去的文学传统里简直没有地位；也就是说这些小说和戏剧在过去的文学传统里多半没有地位，有些有点地位，也不是正经地位。可是虽然俗，大体上却"俗不伤雅"，虽然没有什么地位，却总是"雅俗共赏"的玩艺儿。

"雅俗共赏"是以雅为主的，从宋人的"以俗为雅"以及常语的"俗不伤雅"，更可见出这种宾主之分。起初成群俗士蜂拥而上，固然逼得原来的雅士不得不理会到甚至迁就着他们的趣味，可是这些俗士需要摆脱的更多。他们在学习，在享受，也在蜕变，这样渐渐适应那雅化的传统，于是乎新旧打成一片，传统多多少少变了质继续下去。前面说过的文体和诗风的种种改变，就是新旧双方调整的过程，结果迁就的渐渐不觉其为迁就，学习的也渐渐习惯成了自然，传统的确稍稍变了质，但是还是文言或雅言为主，就算跟民众近了一些，近得也不太多。

至于词曲，算是新起于俗间，实在以音乐为重，文辞原是无关轻重的；"雅俗共赏"，正是那音乐的作用。后来雅士们也曾分别将那些文辞雅化，但是因为音乐性太重，使他们不能完成那种雅化，所以词曲终于不能达到诗的地位。而曲一直配合着音乐，雅化更难，地位也就更低，还低于词一等。可是词曲到了雅化的时期，那"共赏"的人却就雅多而俗少了。真正"雅俗共赏"的是唐、五代、北宋的词，元朝的散曲和杂剧，还有平话和章回小说以及皮簧戏等。皮簧戏也是音乐为主，大家直到现在都还在哼着那些粗俗的戏词，所以雅化难以下手，虽然一二十年来这雅化也已经试着在开始。平话和章回小说，传统里本来没有，雅化没有合式的榜样，进行就不易。《三国演义》虽然用了文言，却是俗化的文言，接近口语的文言，后来的《水浒》《西游记》《红楼梦》等就都用白话了。不能完全雅化的作品在雅化的传统里不能有地位，至少不能有正经的地位。雅化程度的深浅，决定这种地位的高低或有没有，一方面也决定"雅俗共赏"的范围的小和大——雅化越深，"共赏"的人越少，越浅也就越多。所谓多少，主要的是俗人，是小市民和受教育的农家子弟。在传统里没有地位或只有低地位的作品，只算是玩艺儿；然而这些才接近民众，接近民众却还能教"雅俗共赏"，雅和俗究竟有共通的地方，不是不相理会的两橛[6]了。

单就玩艺儿而论，"雅俗共赏"虽然是以雅化的标准为主，"共赏"者却以俗人为主。固然，这在雅方得降低一些，在俗方也得提高一些，要"俗不伤雅"才成；雅方看来太俗，以至于"俗不可耐"的，是不能"共赏"的。但是在什么条件之下才会让俗人所"赏"的，雅人也能来"共赏"呢？我们想起了"有目共赏"这句话。孟子说过"不知子都之姣者，无目者也"，"有目"是反过来说，"共赏"还是陶诗"共欣赏"的意思。子都的美貌，有眼睛的都容易辨别，自然也就能"共赏"了。孟子接着说："口之于味也，有同嗜焉；耳之于声也，有同听焉；目之于色也，有同美焉。"这说的是人之常情，也就是所谓人情不相远。但是这不相远似乎只限于一些具体的、常识的、现实的事物和趣味。譬如北平罢，故宫和颐和园，包括建筑，风景和陈列的工艺品，似乎是"雅俗共赏"的，天桥在雅人的眼中似乎就有些太俗了。说到文章，俗人所能"赏"的也只是常识的，现实的。后汉的王充出身是俗人，他多多少少代表俗人说话，反对难懂而不切实用的辞赋，却赞美公文能手。公文这东西关系雅俗的现实利益，始终是不曾完全雅化了的。再说后来的小说和戏剧，有的雅人说《西厢记》诲淫，《水浒传》诲盗，这是"高论"。实际上这一部戏剧和这一部小说都是"雅俗共赏"的作品。《西厢记》无视了传统的礼教，《水浒传》无视了传统的忠德，然而"男女"是"人之大欲"之一，"官逼民反"，也是人之常情，梁山泊的英雄正是被压迫的人民所想望的。俗人固然同情这些，一部分的雅人，跟俗人相距还不太远的，也未尝不高兴这两部书说出了他们想说而不敢说的。这可以说是一种快感，一种趣味，可并不是低级趣味；这是有关系的，也未尝不是有节制的。"诲淫""诲盗"只是代表统治者的利益的说话。

十九世纪二十世纪之交是个新时代，新时代给我们带来了新文化，产生了我们的知识阶级。这知识阶级跟从前的读书人不大一样，包括了更多的从民间来的分子，他们渐渐跟统治者拆伙而走向民间。于是乎有了白话正宗的新文学，词曲和小说戏剧都有了正经的地位。还有种种欧化的新艺术。这种文学和艺术却并不能让小市民来"共赏"，不用说农工大众。于是乎有人指出这是新绅士也就是新雅人的欧化，不管一般人能够了解欣赏与否。他们提倡"大众语"运动。但是时机还没有成熟，结果不显著。抗战以来又有"通俗化"运动，这个运动并已经在开始转向大众化。"通俗化"还分别雅俗，还是"雅俗共赏"的路，大众化却更进一步要达到那没有雅俗之分，只有"共赏"的局面。这大概也会是所谓由量变到质变罢。

1947年10月26日作。

（原载1947年11月18日《观察》第3卷第11期）

注释

1. 陈寅恪，江西义宁（今修水县）人，1890年7月3日生于湖南长沙，1969年

10 月 7 日卒于广州，中国现代最负盛名的历史学家、古典文学研究家、语言学家。

2. 梅圣俞，梅尧臣（1002—1060），字圣俞，世称宛陵先生，北宋著名现实主义诗人。

3. 黄庭坚 （1045—1105），字鲁直，自号山谷道人，晚号涪翁，又称豫章黄先生，汉族，洪州分宁（今江西修水）人。北宋诗人、词人、书法家，为盛极一时的江西诗派开山之祖。

4. 柳永，（约 987—约 1053），字耆卿，汉族，崇安（今福建武夷山）人。北宋词人，婉约派最具代表性的人物之一。

5. 馀（yú）：“馀”同“余”，用“余”意义可能混淆时，用“馀”。

6. 橛（jué）：本义为根深的树桩，引申义为短木桩。

导读

本文写于 1947 年 10 月 26 日，朱自清去世前一年，此文并同 15 篇同类文艺体论文收录在《论雅俗共赏》文集中。《论雅俗共赏》1948 年 5 月由观察社出版，为"观察丛书"之七，收文 15 篇。本辑收录《论雅俗共赏》，《论百读不厌》，《论书生的酸气》，《论老实话》等 4 篇。

什么是雅？什么是俗？两者如何区分？作者通过本文阐述了他的审美观，从人与文两方面展开，首先肯定雅与俗的客观存在。雅士："素心人"，也就是士大夫，受过正统教育的极少部分人。俗人：小市民和农家子弟。作者认为这两类人在唐朝安史之乱后，自然而然地顺应时代所需变得雅士迁就俗人，而俗人因"门第垮台""印刷术发达"等社会因素也多了学习提升的机会，故此两类人渐趋接近。雅文：汉乐府诗，唐诗以及用以载道的文体。俗文：就是玩意儿。接着论述雅与俗如何打成一片，以达共赏。作者这样阐述："雅俗共赏"是以雅为主的，从宋人的"以俗为雅"以及常语的"俗不伤雅"，更可见出这种宾主之分。起初成群俗士蜂拥而上，固然逼得原来的雅士不得不理会到甚至迁就着他们的趣味，可是这些俗士需要摆脱的更多。他们在学习，在享受，也在蜕变，这样渐渐适应那雅化的传统，于是乎新旧打成一片，传统多多少少变了质继续下去。

"真正'雅俗共赏'的是唐、五代、北宋的词，元朝的散曲和杂剧，还有平话和章回小说以及皮簧戏等。""五四"新文化运动和文学革命，倡导平民文学反对贵族文学，文学不再为统治阶级所限，渐渐地走向口语化、大众化道路。作者从唐诗、宋词、元曲、清小说，随时间脉络，文体变化，由雅至雅俗共赏，宋之后就走上了共赏的道路，详述了禅宗语录、道学家语录的加强并衍生为笔记，唐朝的传奇小说。俗化的路是易走的，但雅化却很难，回望文体的变化，所带来的境界的大不同，唐诗短短的几句营造出悠远意境、无限想象，词逊之，曲次之，小说就是文化娱乐了。在某种程度上，雅俗共赏本身是不是一种雅的幻灭？"别瞧黄山谷的有些诗不好懂，他的一些小词可够俗的。柳耆卿更是个通俗的词人。"文学能够做到雅俗共赏很不容易，如何以通俗的形式蕴含高雅的艺术审美，可能是今日之作家也要思考的问题吧。

论百读不厌

前些日子参加了一个讨论会，讨论赵树理[1]先生的《李有才板话》。座中一位青年提出了一件事实：他读了这本书觉得好，可是不想重读一遍。大家费了一些时候讨论这件事实。有人表示意见，说不想重读一遍，未必减少这本书的好，未必减少它的价值。但是时间匆促，大家没有达到明确的结论。一方面似乎大家也都没有重读过这本书，并且似乎从没有想到重读它。然而问题不但关于这一本书，而是关于一切文艺作品。为什么一些作品有人"百读不厌"，另一些却有人不想读第二遍呢？是作品的不同吗？是读的人不同吗？如果是作品不同，"百读不厌"是不是作品评价的一个标准呢？这些都值得我们思索一番。

苏东坡有《送章惇秀才失解西归》诗，开头两句是：

> 旧书不厌百回读，
> 熟读深思子自知。

"百读不厌"这个成语就出在这里。"旧书"指的是经典，所以要"熟读深思"。《三国志·魏志·王肃传·注》：

> 人有从（董遇）学者，遇不肯教，而云"必当先读百遍"，言"读书百遍而意自见"。

经典文字简短，意思深长，要多读，熟读，仔细玩味，才能了解和体会。所谓"意自见"，"子自知"，着重自然而然，这是不能着急的。这诗句原是安慰和勉励那考试失败的章惇秀才的话，劝他回家再去安心读书，说"旧书"不嫌多读，越读越玩味越有意思。固然经典值得"百回读"，但是这里着重的还在那读书的人。简化成"百读不厌"这个成语，却就着重在读的书或作品了。这成语常跟另一成语"爱不释手"配合着，在读的时候"爱不释手"，读过了以后"百读不厌"。这是一种赞词和评语，传统上确乎是一个评价的标准。当然，"百读"只是"重读""多读""屡读"的意思，并不一定一遍接着一遍的读下去。

经典给人知识，教给人怎样做人，其中有许多语言的、历史的、修养的课题，有许多注解，此外还有许多相关的考证，读上百遍，也未必能够处处贯通，教人多读是有道理的。但是后来所谓"百读不厌"，往往不指经典而指一些诗，一些文，以及一些小说；这些作品读起来津津有味，重读，屡读也不腻味，所以说"不厌"；"不厌"不但是"不讨厌"，并且是"不厌倦"。诗文和小说都是文艺作品，这里面也有一些语言的和历史的课题，诗文也有些注解和考证；小说方面呢，却直到近代才有人注意这些课题，于是也有了种种考证。但是过去一般读者只注意诗文的注解，不大留心那些课题，对于小说更其如此。他们集中在本文的吟诵或浏览上。这些人吟诵诗文是为了欣赏，甚至于只为了消遣，浏览或阅读小说更只是为了消遣，他们要求的是趣味，是快感。这跟诵读经典不一样。诵读经典是为了知识，为了教训，得认真，严肃，正襟危坐的读，不像读诗文和小说可以马马虎虎的，随随便便的，在床上，在火车轮船上都成。这么着可还能够教人"百读不厌"，那些诗文和小说到底是靠了什么呢？

在笔者看来，诗文主要是靠了声调，小说主要是靠了情节。过去一般读者大概都会吟诵，他们吟诵诗文，从那吟诵的声调或吟诵的音乐得到趣味或快感，意义的关系很少；只要懂得字面儿，全篇的意义弄不清楚也不要紧的。梁启超先生说过李义山[2]的一些诗，虽然不懂得究竟是什么意思，可是读起来还是很有趣味（大意）。这种趣味大概一部分在那些字面儿的影像上，一部分就在那七言律诗的音乐上。字面儿的影像引起人们奇丽的感觉；这种影像所表示的往往是珍奇，华丽的景物，平常人不容易接触到的，所谓"七宝楼台"之类。民间文艺里常常见到的"牙床"等等，也正是这种作用。民间流行的小调以音乐为主，而不注重词句，欣赏也偏重在音乐上，跟吟诵诗文也正相同。感觉的享受似乎是直接的，本能的，即使是字面儿的影像所引起的感觉，也还多少有这种情形，至于小调和吟诵，更显然直接诉诸听觉，难怪容易唤起普遍的趣味和快感。至于意义的欣赏，得靠综合诸感觉的想象力，这个得有长期的教养才成。然而就像教养很深的梁启超先生，有时也还让感觉领着走，足见感觉的力量之大。

小说的"百读不厌"，主要的是靠了故事或情节。人们在儿童时代就爱听故事，尤其爱奇怪的故事。成人也还是爱故事，不过那情节得复杂些。这些故事大概总是神仙、武侠、才子、佳人，经过种种悲欢离合，而以大团圆终场。悲欢离合总得不同寻常，那大团圆才足奇。小说本来起于民间，起于农民和小市民之间。在封建社会里，农民和小市民是受着重重压迫的，他们没有多少自由，却有做白日梦的自由。他们寄托他们的希望于超现实的神仙，神仙化的武侠，以及望之若神仙的上层社会的才子佳人；他们希望有朝一日自己会变成了这样的人物。这自然是不能实现的奇迹，可是能够给他们安慰、趣味和快感。他们要大团圆，正因为他们一辈子是难得大团圆的，奇情也正是常情啊。他们同情故事中的人物，"设身处地"的"替古人担忧"，这也因为事奇人奇的原故。过去的小说似乎始终没有完全移交到士大夫的手里。士大夫读小说，只是看闲书，就是作小说，也只是游戏文章，总而言之，消遣而已。他们得化装为小市民来欣赏，来写作；在他们看，小说奇于事实，只是一种玩艺儿，所以不能认真、严肃，只是消遣而已。

封建社会渐渐垮了，"五四"时代出现了个人，出现了自我，同时成立了新文学。新文学提高了文学的地位；文学也给人知识，也教给人怎样做人，不是做别人的，而是做自己的人。可是这时候写作新文学和阅读新文学的，只是那变了质的下降的士和那变了质的上升的农民和小市民混合成的知识阶级，别的人是不愿来或不能来参加的。而新文学跟过去的诗文和小说不同之处，就在它是认真的负着使命。早期的反封建也罢，后来的反帝国主义也罢，写实的也罢，浪漫的和感伤的也罢，文学作品总是一本正经的在表现着并且批评着生活。这么着文学扬弃了消遣的气氛，回到了严肃——古代贵族的文学如《诗经》，倒本来是严肃的。这负着严肃的使命的文学，自然不再注重"传奇"，不再注重趣味和快感，读起来也得正襟危坐，跟读经典差不多，不能再那么马马虎虎，随随便便的。但是究竟是形象化的，诉诸情感的，跟经典以冰冷的抽象的理智的教训为主不同，又是现代的白话，没有那些语言的和历史的问题，所以还能够吸引许多读者自动去读。不过教人"百读不厌"甚至教人想去重读一遍的作品，的确是很少了。

　　新诗或白话诗，和白话文，都脱离了那多多少少带着人工的、音乐的声调，而用着接近说话的声调。喜欢古诗、律诗和骈文、古文的失望了，他们尤其反对这不能吟诵的白话新诗；因为诗出于歌，一直不曾跟音乐完全分家，他们是不愿扬弃这个传统的。然而诗终于转到意义中心的阶段了。古代的音乐是一种说话，所谓"乐语"，后来的音乐独立发展，变成"好听"为主了。现在的诗既负上自觉的使命，它得说出人人心中所欲言而不能言的，自然就不注重音乐而注重意义了。——一方面音乐大概也在渐渐注重意义，回到说话罢？——字面儿的影像还是用得着，不过一般的看起来，影像本身，不论是鲜明的，朦胧的，可以独立的诉诸感觉的，是不够吸引人了；影像如果必需得用，就要配合全诗的各部分完成那中心的意义，说出那要说的话。在这动乱时代，人们着急要说话，因为要说的话实在太多。小说也不注重故事或情节了，它的使命比诗更见分明。它可以不靠描写，只靠对话，说出所要说的。这里面神仙、武侠、才子、佳人，都不大出现了，偶然出现，也得打扮成平常人；是的，这时代的小说的人物，主要的是些平常人了，这是平民世纪啊。至于文，长篇议论文发展了工具性，让人们更如意的也更精密的说出他们的话，但是这已经成为诉诸理性的了。诉诸情感的是那发展在后的小品散文，就是那标榜"生活的艺术"，抒写"身边琐事"的。这倒是回到趣味中心，企图着教人"百读不厌"的，确乎也风行过一时。然而时代太紧张了，不容许人们那么悠闲；大家嫌小品文近乎所谓"软性"，丢下了它去找那"硬性"的东西。

　　文艺作品的读者变了质了，作品本身也变了质了，意义和使命压下了趣味，认识和行动压下了快感。这也许就是所谓"硬"的解释。"硬性"的作品得一本正经的读，自然就不容易让人"爱不释手"，"百读不厌"。于是"百读不厌"就不成其为评价的标准了，至少不成其为主要的标准了。但是文艺是欣赏的对象，它究竟是形象化的，诉诸情感的，怎么"硬"也不能"硬"到和论文或公式一样。诗虽然不必再讲那带几分机械性的声调，却不能不讲节奏，说话不也有轻重高低快慢吗？节奏合式，才能集中，才能够高度集中。文也有文的节奏，配合着意义使意义集中。小说是不注重故事或情节了，但也总得有些契机[3]来表现生活和批评它；这些契机得费心思去选择和配合，才能够将那要说的话，要传达的意义，完整的说出来，传达出来。集中了的完整了的意义，才见出情感，才让人乐意接受，"欣赏"就是"乐意接受"的意思。能够这样让人欣赏的作品是好的，是否"百读不厌"，可以不论。在这种情形之下，笔者同意：《李有才板话》即使没有人想重读一遍，也不减少它的价值，它的好。

　　但是在我们的现代文艺里，让人"百读不厌"的作品也有的。例如鲁迅先生的《阿Q正传》，茅盾先生的《幻灭》《动摇》《追求》三部曲，笔者都读过不止一回，想来读过不止一回的人该不少罢。在笔者本人，大概是《阿Q正传》里的幽默和三部曲里的几个女性吸引住了我。这几个作品的好已经定论，它们的意义和使命大家也都熟悉，这里说的只是它们让笔者"百读不厌"的因素。《阿Q正传》主要的作用不在幽默，那三部曲的主要作用也不在铸造几个女性，但是这些却可能产生让人"百读不厌"的趣味。这种趣味虽然不是必要的，却也可以增加作品的力量。不过这里的幽默决不是油滑的，无聊的，也决不是为幽默而幽默，而女性也决不就是色情，这个界限是得弄清楚的。抗战期中，文艺作品尤其是小说的读众大大的增加了。增加的多半是小市民的读者，他们要求消遣，要求趣味和快感。扩大了的读众，有着这样的要求也是很自然的。长篇小说的流行就是这个要求的反应，因为篇幅长，故事就长，情节就多，趣味也就丰富了。这可以促进长篇小说的发展，倒是很好的。可是有些作者却因为这样的要求，忘记了自己的边界，放纵到色情上，以及粗劣的笑料上，去吸引读众，这只是迎合低级趣味。而读者贪读这一类低级的软性的作品，也只是沉溺，说不上"百读不厌"。"百读不厌"究竟是个赞词或评语，虽然以趣味为主，总要是纯正的趣味才说得上的。

1947年10月10日作。

（原载1947年11月15日《文讯》月刊第7卷第5期）

注释

1. 赵树理（1906—1970），原名赵树礼，山西沁水县尉迟村人，现代著名小说家、人民艺术家。
2. 李商隐（约813—858），男，字义山，故又称李义山，号玉溪生、樊南生（樊南子），晚唐著名诗人。
3. 契机：重要环节，机会。

导读

　　什么样的文艺作品是有价值的，是好的？"百读不厌"是标准吗？朱自清的观点是："《李有才板话》即使没有人想重读一遍，也不减少它的价值，它的好。"也就是说，百读不厌的作品一定是有价值的，而有价值的作品不一定是百读不厌，正向成立，反向并没有必然的对应关系。

　　"百读不厌"一词出自苏东坡的诗，诗人重在强调"人"对古文经典的一种态度，"经典文字简短，意思深长，要多读，熟读，仔细玩味，才能了解和体会"。而百读不厌被广泛应用后常指的"文"，并且人们将其作为评价作品的一个标准，新的白话文体裁中"诗文主要是靠了声调，小说主要是靠了情节"。常常是作为消遣的角色出现，力求做到令人百读不厌。五四运动后，新文学有着明确的使命感，所以扬弃了消遣的气氛，回到了严肃，鲁迅先生的《阿Q正传》，茅盾先生的《幻灭》、《动摇》、《追求》三部曲，是真正百读不厌的作品，这些作品都是高奏时代的最强音，作为一种力量，从心底唤醒沉睡的国民。作者的优美散文也在地地道道的百读不厌之列：《匆匆》、《背影》、《荷塘月色》，文辞优美、意境悠远、情感真挚。深深打动读者的心灵，产生强烈的共鸣，让人怀揣理想、温暖欣然前行。

　　作者此文中批判了那些标榜"生活的艺术"，抒写"身边琐事"，以及迎合低级趣味的写作，这些都是企图让人"百读不厌"，其实却不然。前类属于躲在自己的城里意淫，后类就是典型的文化流氓。

论书生的酸气

读书人又称书生。这固然是个可以骄傲的名字,如说"一介书生","书生本色",都含有清高的意味。但是正因为清高,和现实脱了节,所以书生也是嘲讽的对象。人们常说"书呆子"、"迂夫子"、"腐儒"、"学究"等,都是嘲讽书生的。"呆"是不明利害,"迂"是绕大弯儿,"腐"是顽固守旧,"学究"是指一孔之见。总之,都是知古不知今,知书不知人,食而不化的读死书或死读书,所以在现实生活里老是吃亏、误事、闹笑话。总之,书生的被嘲笑是在他们对于书的过分的执着上;过分的执着书,书就成了话柄了。

但是还有"寒酸"一个话语,也是形容书生的。"寒"是"寒素",对"膏粱"而言。是魏晋南北朝分别门第的用语。"寒门"或"寒人"并不限于书生,武人也在里头;"寒士"才指书生。这"寒"指生活情形,指家世出身,并不关涉到书;单这个字也不含嘲讽的意味。加上"酸"字成为连语,就不同了,好像一副可怜相活现在眼前似的。"寒酸"似乎原作"酸寒"。韩愈《荐士》诗,"酸寒溧阳[1]尉",指的是孟郊。后来说"郊寒岛瘦",孟郊和贾岛都是失意的人,作的也是失意诗。"寒"和"瘦"映衬起来,够可怜相的,但是韩愈说"酸寒",似乎"酸"比"寒"重。可怜别人说"酸寒",可怜自己也说"酸寒",所以苏轼有"故人留饮慰酸寒"的诗句。陆游有"书生老瘦转酸寒"的诗句。"老瘦"固然可怜相,感激"故人留饮"也不免有点儿。范成大说"酸"是"书生气味",但是他要"洗尽书生气味酸",那大概是所谓"大丈夫不受人怜"罢?

为什么"酸"是"书生气味"呢?怎么样才是"酸"呢?话柄似乎还是在书上。我想这个"酸"原是指读书的声调说的。晋以来的清谈很注重说话的声调和读书的声调。说话注重音调和辞气,以朗畅为好。读书注重声调,从《世说新语·文学》篇所记殷仲堪的话可见;他说,"三日不读《道德经》,便觉舌本闲强",说到舌头,可见注重发音,注重发音也就是注重声调。《任诞》篇又记王孝伯说："名士不必须奇才，但使常得无事，痛饮酒，熟读《离骚》，便可称名士。"这"熟读《离骚》"该也是高声朗诵，更可见当时风气。《豪爽》篇记"王司州（胡之）在谢公（安）坐，咏《离骚》、《九歌》'入不言兮出不辞，乘回风兮载云旗'，语人云，'当尔时，觉一坐无人。'"正是这种名士气的好例。读古人的书注重声调，读自己的诗自然更注重声调。《文学》篇记着袁宏 [2] 的故事：

> 袁虎（宏小名虎）少贫，尝为人佣载运租。谢镇西经船行，其夜清风朗月，闻江渚间估客船上有咏诗声，甚有情致，所诵五言，又其所未尝闻，叹美不能已。即遣委曲讯问，乃是袁自咏其所作咏史诗。因此相要，大相赏得。

从此袁宏名誉大盛，可见朗诵关系之大。此外《世说新语》里记着"吟啸"，"啸咏"，"讽咏"，"讽诵"的还很多，大概也都是在朗诵古人的或自己的作品罢。

这里最可注意的是所谓"洛下书生咏"或简称"洛生咏"。《晋书·谢安传》说：

> 安本能为洛下书生咏。有鼻疾，故其音浊。名流爱其咏而弗能及，或手掩鼻以效之。

《世说新语·轻诋》篇却记着：

> 人问顾长康"何以不作洛生咏？"答曰，"何至作老婢声！"

刘孝标注，"洛下书生咏音重浊，故云'老婢声'。"所谓"重浊"，似乎就是过分悲凉的意思。当时诵读的声调似乎以悲凉为主。王孝伯说"熟读《离骚》，便可称名士"，王胡之在谢安坐上咏的也是《离骚》、《九歌》，都是《楚辞》。当时诵读《楚辞》，大概还知道用楚声楚调，乐府曲调里也正有楚调。而楚声楚调向来是以悲凉为主的。当时的诵读大概受到和尚的梵诵或梵唱的影响很大，梵诵或梵唱主要的是长吟，就是所谓"咏"。《楚辞》本多长句，楚声楚调配合那长吟的梵调，相得益彰，更可以"咏"出悲凉的"情致"来。袁宏的咏史诗现存两首，第一首开始就是"周昌梗概臣"一句，"梗概"就是"慷慨"，"感慨"；"慷慨悲歌"也是一种"书生本色"。沈约[3]《宋书·谢灵运传》论所举的五言诗名句，钟嵘[4]《诗品·序》里所举的五言诗名句和名篇，差不多都是些"慷慨悲歌"。《晋书》里还有一个故事。晋朝曹摅[5]的《感旧》诗有"富贵他人合，贫贱亲戚离"两句。后来殷浩被废为老百姓，送他的心爱的外甥回朝，朗诵这两句，引起了身世之感，不觉泪下。这是悲凉的朗诵的确例。但是自己若是并无真实的悲哀，只去学时髦，捏着鼻子学那悲哀的"老婢声"的"洛生咏"，那就过了分，那也就是赵宋以来所谓"酸"了。

唐朝韩愈有《八月十五夜赠张功曹》诗，开头是：

纤云四卷天无河，
清风吹空月舒波，
沙平水息声影绝，
一杯相属君当歌。

接着说：

君歌声酸辞且苦，
不能听终泪如雨。

接着就是那"酸"而"苦"的歌辞：

洞庭连天九疑高，
蛟龙出没猩鼯号。
十生九死到官所，
幽居默默如藏逃。
下床畏蛇食畏药，

海气湿蛰熏腥臊。
昨者州前槌大鼓，
嗣皇继圣登夔皋。
赦书一日行万里，
罪从大辟皆除死。
迁者追回流者还，
涤瑕荡垢朝清班。
州家申名使家抑，
坎坷只得移荆蛮。
判司卑官不堪说，
未名捶楚尘埃间。
同时辈流多上道，
天路幽险难追攀！

　　张功曹是张署，和韩愈同被贬到边远的南方，顺宗即位。只奉命调到近一些的江陵做个小官儿，还不得回到长安去，因此有了这一番冤苦的话。这是张署的话，也是韩愈的话。但是诗里却接着说：

君歌且休听我歌，
我歌今与君殊科。

韩愈自己的歌只有三句：

一年明月今宵多，
人生由命非由他，
有酒不饮奈明何！

　　他说认命算了，还是喝酒赏月罢。这种达观其实只是苦情的伪装而已。前一段"歌"虽然辞苦声酸，倒是货真价实，并无过分之处，由那"声酸"知道吟诗的确有一种悲凉的声调，而所谓"歌"其实只是讽咏。大概汉朝以来不像春秋时代一样，士大夫已经不会唱歌，他们大多数是书生出身，就用讽咏或吟诵来代替唱歌。他们——尤其是失意的书生——的苦情就发泄在这种吟诵或朗诵里。

战国以来，唱歌似乎就以悲哀为主，这反映着动乱的时代。《列子·汤问》篇记秦青"抚节悲歌，声振林木，响遏行云"，又引秦青的话，说韩娥在齐国雍门地方"曼声哀哭，一里老幼悲愁垂涕相对，三日不食"，后来又"曼声长歌，一里老幼，善跃抃舞[6]，弗能自禁"。这里说韩娥虽然能唱悲哀的歌，也能唱快乐的歌，但是和秦青自己独擅悲歌的故事合看，就知道还是悲歌为主。再加上齐国杞梁的妻子哭倒了城的故事，就是现在还在流行的孟姜女哭倒长城的故事，悲歌更为动人，是显然的。书生吟诵，声酸辞苦，正和悲歌一脉相传。但是声酸必须辞苦，辞苦又必须情苦；若是并无苦情，只有苦辞，甚至连苦辞也没有，只有那供人酸鼻的声调，那就过了分，不但不能动人，反要遭人嘲弄了。书生往往自命不凡，得意的自然有，却只是少数，失意的可太多了。所以总是叹老嗟卑，长歌当哭，哭丧着脸一副可怜相。朱子在《楚辞辨证》里说汉人那些模仿的作品"诗意平缓，意不深切，如无所疾痛而强为呻吟者"。"无所疾痛而强为呻吟"就是所谓"无病呻吟"。后来的叹老嗟卑也正是无病呻吟。有病呻吟是紧张的，可以得人同情，甚至叫人酸鼻，无病呻吟，病是装的，假的，呻吟也是装的，假的，假装可以酸鼻的呻吟，酸而不苦像是丑角扮戏，自然只能逗人笑了。

苏东坡有《赠诗僧道通》的诗：

> 雄豪而妙苦而腴，
> 只有琴聪与蜜殊。
> 语带烟霞从古少，
> 气含蔬笋到公无。……

查慎行[7]注引叶梦得[8]《石林诗话》说：

> 近世僧学诗者极多，皆无超然自得之趣，往往掇拾摹仿士大夫所残弃，又自作一种体，格律尤俗，谓之"酸馅气"。子瞻……

尝语人云，"颇解'蔬笋'语否？为无'酸馅气'也。"闻者无不
失笑。

东坡说道通的诗没有"蔬笋"气，也就没有"酸馅气"，和尚修苦行，
吃素，没有油水，可能比书生更"寒"更"瘦"；一味反映这种生活的诗，
好像酸了的菜馒头的馅儿，干酸，吃不得，闻也闻不得，东坡好像是说，
苦不妨苦，只要"苦而腴"，有点儿油水，就不至于那么扑鼻酸了。这酸
气的"酸"还是从"声酸"来的。而所谓"书生气味酸"该就是指的这种
"酸馅气"。和尚虽苦，出家人原可"超然自得"，却要学吟诗，就染上书
生的酸气了。书生失意的固然多，可是叹老嗟卑的未必真的穷苦到他们嗟
叹的那地步；倒是"常得无事"，就是"有闲"，有闲就无聊，无聊就作成
他们的"无病呻吟"了。宋初西昆体的领袖杨亿⁹讥笑杜甫是"村夫子"，
大概就是嫌他叹老嗟卑的太多。但是杜甫"窃比稷与契"，嗟叹的其实是
天下之大，决不止于自己的鸡虫得失。杨亿是个得意的人，未免忘其所以，
才说出这样不公道的话。可是像陈师道的诗，叹老嗟卑，吟来吟去，只关
一己，的确叫人腻味。这就落了套子，落了套子就不免有些"无病呻吟"，
也就是有些"酸"了。

道学的兴起表示书生的地位加高，责任加重，他们更其自命不凡了，
自嗟自叹也更多了。就是眼光如豆的真正的"村夫子"或"三家村学究"，
也要哼哼唧唧的在人面前卖弄那背得的几句死书，来嗟叹一切，好搭起自
己的读书人的空架子。鲁迅先生笔下的"孔乙己"，似乎是个更破落的读
书人，然而"他对人说话，总是满口之乎者也，教人半懂不懂的。"人家
说他偷书，他却争辩着，"窃书不能算偷……窃书！……读书人的事，能
算偷么？""接连便是难懂的话，什么'君子固穷'，什么'者乎'之类，
引得众人都哄笑起来"。孩子们看着他的茴香豆的碟子。

孔乙己着了慌，伸开五指将碟子罩住，弯腰下去说道，"不多了，
我已经不多了。"直起身又看一看豆，自己摇头说，"不多不多！'多
乎哉？不多也。'"于是这一群孩子都在笑声里走散了。

　　破落到这个地步，却还只能"满口之乎者也"，和现实的人民隔得老远的，"酸"到这地步真是可笑又可怜了。"书生本色"虽然有时是可敬的，然而他的酸气总是可笑又可怜的。最足以表现这种酸气的典型，似乎是戏台上的文小生，尤其是昆曲里的文小生，那哼哼唧唧、扭扭捏捏、摇摇摆摆的调调儿，真够"酸"的！这种典型自然不免夸张些，可是许差不离儿罢。

　　向来说"寒酸"、"穷酸"，似乎酸气老聚在失意的书生身上。得意之后，见多识广，加上"一行作吏，此事便废"，那时就会不再执着在书上，至少不至于过分的执着在书上，那"酸气味"是可以多多少少"洗"掉的。而失意的书生也并非都有酸气。他们可以看得开些，所谓达观，但是达观也不易，往往只是伪装。他们可以看远大些，"梗概而多气"是雄风豪气，不是酸气。至于近代的知识分子，让时代逼得不能读死书或死读书，因此也就不再执着那些古书。文言渐渐改了白话，吟诵用不上了；代替吟诵的是又分又合的朗诵和唱歌。最重要的是他们看清楚了自己，自己是在人民之中，不能再自命不凡了。他们虽然还有些闲，可是要"常得无事"却也不易。他们渐渐丢了那空架子，脚踏实地向前走去。早些时还不免带着感伤的气氛，自爱自怜，一把眼泪一把鼻涕的；这也算是酸气，虽然念诵的不是古书而是洋书。可是这几年时代逼得更紧了，大家只得抹干了鼻涕眼泪走上前去。这才真是"洗尽书生气味酸"了。

1947年11月15日作。

（原载1947年11月29日《世纪评论》第2卷第22期）

注释

1. 溧阳（Lì Yáng），位于江苏省苏南，地处长江三角洲，属上海经济区。
2. 袁宏（约328—约376），东晋文学家、史学家。
3. 沈约（441—513），字休文，汉族，吴兴武康（今浙江湖州德清）人，南朝史学家、文学家。
4. 钟嵘（约468—约518），中国南朝文学批评家。
5. 曹摅（shū）（？—308），字颜远，魏大司马曹休之后，曹肇之孙，西晋谯国（今安徽亳州）人。
6. 善跃抃舞：原文为喜跃抃舞，非"善跃抃舞"。语出《列子·汤问》："曼声长歌，一里老幼，喜跃抃舞，弗能自禁。"形容极度欢乐而手舞足蹈的情状。

7. 查慎行（1650—1727），清代诗人，当代著名作家金庸先祖。

8. 叶梦得（1077—1148），宋代词人。字少蕴。苏州吴县人。

9. 杨亿（974—1020），北宋文学家，"西昆体"诗歌主要作家。

导读

　　《论书生的酸气》也是一篇文艺论文。朱自清以严谨的学术态度，深度探究读书人的特质，逐词逐字，回溯历史渊源。这样一篇严肃的"硬"作品，作者不忘将生动有趣的故事点缀其中，正襟危坐之际稍许的闲适，真的是恰到好处，真的是雅俗共赏。

　　文章通过众多古人，娓娓道来，细细探究。所谓的书生，读书人，本是一个雅称，知识分子，本应是高洁之人，纯粹之人，但往往就给人以故作清高，或是迂、呆、腐的印象，而这两种都是禁忌，是要不得的，故作清高是脱离现实，后者是深陷世俗的泥潭，毫无生气。寒酸也是形容书生，就是一副可怜相，听而厌之，见而烦之。经作者考证"寒酸"似乎原作"酸寒"。文中列数古人所用酸寒形容他人或自己，韩愈《荐士》诗，"酸寒溧阳尉"。苏轼有"故人留饮慰酸寒"的诗句。陆游有"书生老瘦转酸寒"。范成大要"洗尽书生气味酸"。这最后的一句应该也是作者写本文的主旨，我们在篇尾又见此诗句。

　　文章通过众多古文来严谨考据，翔实论证。如《世说新语》、《晋书》、《宋书》、《诗品》、《列子·汤问》、《石林诗话》，从诗文声调的高低长短、悲喜轻重来描述这个酸，多是悲凉、辛酸、嗟叹，而超过事实，夸张的部分便是令人生厌的"无病呻吟"，一呻吟，自然就酸了。白话文中，作者单单提了鲁迅的现代小说《孔乙己》，这个家喻户晓的人物形象，真的是酸到了一定的境界。作者通过本文来警醒知识分子，认清自我，既不要好高骛远，也不要妄自菲薄，要还"书生本色"。作者想要说明的是，读书人无论是春风得意，还是潦倒失意，紧要的是达观，胸襟开阔，不要动不动就一副穷酸的样子，这样做唯一的效用便是令人耻笑，毫无意义。"洗尽书生气味酸"这便是真清高，清明高洁，而非故作清高了。事实上，朱自清先生，也是一介书生，但他担得起品性"清高"二字。

论老实话

美国前国务卿贝尔纳斯[1]退职后写了一本书，题为《老实话》。这本书中国已经有了不止一个译名，或作《美苏外交秘录》，或作《美苏外交内幕》，或作《美苏外交纪实》，"秘录""内幕"和"纪实"都是"老实话"的意译。前不久笔者参加一个宴会，大家谈起贝尔纳斯的书，谈起这个书名。一个美国客人笑着说，"贝尔纳斯最不会说老实话！"大家也都一笑。贝尔纳斯的这本书是否说的全是"老实话"，暂时不论，他自题为《老实话》，以及中国的种种译名都含着"老实话"的意思，却可见无论中外，大家都在要求着"老实话"。贝尔纳斯自题这样一个书名，想来是表示他在做国务卿办外交的时候有许多话不便"老实说"，现在是自由了，无官一身轻了，不妨"老实说"了——原名直译该是《老实说》，还不是《老实话》。但是他现在真能自由的"老实说"，真肯那么的"老实说"吗？——那位美国客人的话是有他的理由的。

无论中外，也无论古今，大家都要求"老实话"，可见"老实话"是不容易听到见到的。大家在知识上要求真实，他们要知道事实，寻求真理。但是抽象的真理，打破沙缸问到底，有的说可知，有的说不可知，至今纷无定论，具体的事实却似乎或多或少总是可知的。况且照常识上看来，总是先有事后才有理，而在日常生活里所要应付的也都是些事，理就包含在其中，在应付事的时候，理往往是不自觉的。因此强调就落到了事实上。常听人说"我们要明白事实的真相"，既说"事实"，又说"真相"，叠床架屋[2]，正是强调的表现。说出事实的真相，就是"实话"。买东西叫卖的人说"实价"，问口供叫犯人"从实招来"，都是要求"实话"。人与人如此，国与国也如此。有些时事评论家常说美苏两强若是能够肯老实说出两国的要求是些什么东西，再来商量，世界的局面也许能够明朗化。可是又有些评论家认为两强的话，特别是苏联方面的，说的已经够老实了，够明朗化了。的确，自从去年维辛斯基在联合国大会上指名提出了"战争贩子"

以后，美苏两强的话是越来越老实了，但是明朗化似乎还未见其然。

　　人们为什么不能不肯说实话呢？归根结底，关键是在利害的冲突上。自己说出实话，让别人知道自己的虚实，容易制自己。就是不然，让别人知道底细，也容易比自己抢先一着。在这个分配不公平的世界上，生活好像战争，往往是有你无我；因此各人都得藏着点儿自己，让人莫名其妙。于是乎勾心斗角，捉迷藏，大家在不安中猜疑着。向来有句老话，"知人知面不知心"，还有"逢人只说三分话，未可全抛一片心"，这种处世的格言正是教人别说实话，少说实话，也正是暗示那利害的冲突。我有人无，我多人少，我强人弱，说实话恐怕人来占我的便宜，强的要越强，多的要越多，有的要越有。我无人有，我少人多，我弱人强，说实话也恐怕人欺我不中用；弱的想变强，少的想变多，无的想变有。人与人如此，国与国又何尝不如此！

　　说到战争，还有句老实话，"兵不厌诈"！真的交兵"不厌诈"，勾心斗角，捉迷藏，耍花样，也正是个"不厌诈"！"不厌诈"，就是越诈越好，从不说实话少说实话大大的跨进了一步；于是乎模糊事实，夸张事实，歪曲事实，甚至于捏造事实！于是乎种种谎话，应有尽有，你想我是骗子，我想你是骗子。这种情形，中外古今大同小异，因为分配老是不公平，利害也老在冲突着。这样可也就更要求实话，老实话。老实话自然是有的，人们没有相当限度的互信，社会就不成其为社会了。但是实话总还太少，谎话总还太多，社会的和谐恐怕还远得很罢。不过谎话虽然多，全然出于捏造的却也少，因为不容易使人信。麻烦的是谎话里掺实话，实话里掺谎话——巧妙可也在这儿。日常的话多多少少是两掺的，人们的互信就建立在这种两掺的话上，人们的猜疑可也发生在这两掺的话上。即如贝尔纳斯自己标榜的"老实话"，他的同国的那位客人就怀疑他在用好名字骗人。我们这些常人谁能知道他的话老实或不老实到什么程度呢？

　　人们在情感上要求真诚，要求真心真意，要求开诚相见或诚恳的态度。他们要听"真话"，"真心话"，心坎儿上的，不是嘴边儿上的话，这也可以说是"老实话"。但是"心口如一"向来是难得的，"口是心非"恐怕大家有时都不免，读了奥尼尔[3]的《奇异的插曲》就可恍然。"口蜜腹剑"却真成了小人。真话不一定关于事实，主要的是态度。可是，如前面引过的，"知人知面不知心"，不看什么人就掏出自己的心肝来，人家也许还嫌血腥气呢！所以交浅不能言深，大家一见面儿只谈天气，就是这个道理。所谓"推心置腹"，所谓"肺腑之谈"，总得是二三知己才成；若是泛泛之交，只能敷敷衍衍，客客气气，说一些不相干的门面话。这可也未必就是假的，虚伪的。他至少眼中有你。有些人一见面冷冰冰的，拉长了面孔，爱理人不理人的，可以算是"真"透了顶，可是那份儿过了火的"真"，有几个人受得住！本来彼此既不相知，或不深知，相干的话也无从说起，说了反容易出岔儿，乐得远远儿的，淡淡儿的，慢慢儿的，不过就是彼此深知，像夫妇之间，也未必处处可以说真话。"人心不同，各如其面"，一个人总有些不愿意教别人知道的秘密，若是不顾忌着些个，怎样亲爱的也会碰钉子的。真话之难，就在这里。

真话虽然不一定关于事实，但是谎话一定不会是真话。假话却不一定就是谎话，有些甜言蜜语或客气话，说得过火，我们就认为假话，其实说话的人也许倒并不缺少爱慕与尊敬。存心骗人，别有作用，所谓"口蜜腹剑"的，自然当作别论。真话又是认真的话，玩话不能当作真话。将玩话当真话，往往闹别扭，即使在熟人甚至亲人之间。所以幽默感是可贵的。真话未必是好听的话，所谓"苦口良言"，"药石之言"，"忠言"，"直言"，往往是逆耳的，一片好心往往倒得罪了人。可是人们又要求"直言"，专制时代"直言极谏"是选用人才的一个科目，甚至现在算命看相的，也还在标榜"铁嘴"，表示直说，说的是真话，老实话。但是这种"直言""直说"大概是不至于刺耳至少也不至于太刺耳的。又是"直言"，又不太刺耳，岂不两全其美吗！不过刺耳也许还可忍耐，刺心却最难宽恕；直说遭怨，直言遭忌，就为刺了别人的心——小之被人骂为"臭嘴"，大之可以杀身。所以不折不扣的"直言极谏"之臣，到底是寥寥可数的。直言刺耳，进而刺心，简直等于相骂，自然会叫人生气，甚至于翻脸。反过来，生了气或翻了脸，骂起人来，冲口而出，自然也多直言，真话，老实话。

人与人是如此，国与国在这里却不一样。国与国虽然也讲友谊，和人与人的友谊却不相当，亲谊更简直是没有。这中间没有爱，说不上"真心"，也说不上"真话""真心话"。倒是不缺少客气话，所谓外交辞令；那只是礼尚往来，彼此表示尊敬而已。还有，就是条约的语言，以利害为主，有些是互惠，更多是偏惠，自然是弱小吃亏。这种条约倒是"实话"，所以有时得有秘密条款，有时更全然是密约。条约总说是双方同意的，即使只有一方是"欣然同意"。不经双方同意而对一方有所直言，或彼此相对直言，那就往往是谴责，也就等于相骂。像去年联合国大会以后的美苏两强，就是如此。话越说得老实，也就越尖锐化，当然，翻脸倒是还不至于的。这种老实话一方面也是宣传。照一般的意见，宣传决不会是老实话。然而美苏两强互相谴责，其中的确有许多老实话，也的确有许多人信这一方或那一方，两大阵营对垒的形势因此也越见分明，世界也越见动荡。这正可见出宣传的力量。宣传也有各等各样。毫无事实的空头宣传，不用说没人信，有事实可也掺点儿谎，就有信的人。因为有事实就有自信，有自信就能多多少少说出些真话，所以教人信。自然，事实越多越分明，信的人也就越多。但是有宣传，也就有反宣传，反宣传意在打消宣传。判断当然还得凭事实。不过正反错综，一般人眼花缭乱，不胜其麻烦，就索性一句话抹杀，说一切宣传都是谎！可是宣传果然都是谎，宣传也就不会存在了，所以还当分别而论。即如贝尔纳斯将他的书自题为《老实说》，或《老实话》，那位美国客人就怀疑他在自我宣传；但是那本书总不能够全是谎罢？一个人也决不能够全靠撒谎而活下去，因为那么着他就掉在虚无里，就没了。

1948年2月24日作。
（原载1948年3月5日《周论》第1卷第8期）

注释

1. 贝尔纳斯：即詹姆斯·弗朗西斯·伯恩斯（*James Francis Byrnes*，1879—1972），生于南卡罗来纳州查尔斯顿。美国政治家，1941—1942年任最高法院大法官。1945—1947年任美国国务卿。1951—1955年任南卡罗来纳州州长。伯恩斯是美国民主党人，并支持种族隔离。

2. 叠床架屋：床上搁床，屋上架屋。比喻重复、累赘。语出北齐·颜之推《颜氏家训·序致》："魏晋已来，所著诸子，理重事複，递相模学，犹屋下架屋，床上施床耳。"

3. 奥尼尔：尤金·奥尼尔（*Eugene O'Neill*，1888—1953），美国著名剧作家，表现主义文学的代表作家。

导读

　　《论老实话》写于 1948 年 2 月，由美国前国务卿贝尔纳斯（今译"伯恩斯"）《老实话》一书说起。朱自清从个体到国家，由小见大，解析在中国备受推崇的做老实人、讲老实话的意义。说老实话，关乎社会信用体系的建立，儒家思想"仁义礼智信"贯穿中华伦理发展历程，其中，"信者，人言也"，讲的就是诚信、真实、可靠。但本文中作者用辩证的方法论述了说老实话的必要、难点以及尺度。

　　首先，求真是世人对待事物根本的态度，"无论中外，也无论古今，大家都要求'老实话'，可见'老实话'是不容易听到见到的。大家在知识上要求真实，他们要知道事实，寻求真理"。并且，讲真话，也有利于社会和谐，因为假话、谎话都是出于一定目的而掩盖事实真相，如果目的不纯正，势必带来不道义，进而破坏和谐。接下来，作者用大量笔墨尽书说老实话的难点，"人们为什么不能不肯说实话呢？归根结底，关键是在利害的冲突上"。追利的社会，一定会丢弃道德，所以说，利害当前，诋毁、诽谤、篡改以各种狰狞的面目出现，讲真话，难！"老实话自然是有的，人们没有相当限度的互信，社会就不成其为社会了。"人们所生存的社会并不是一张网，互信的平台是存在的。最后作者以自身感悟以及对人世的体察，辩证地讲出了讲老实话的必要尺度，绝不是一概而论，比如文中所讲的即便夫妻间也不会全讲真话，毕竟每个人都有自己的秘密。作者也不赞成"不看什么人就掏出自己的心肝来，人家也许还嫌血腥气呢！"意思就是说，人讲话，不能张嘴闭嘴，不分对象，就一味的大实话，是会吓到人的。要审时度势，懂得变通。卢梭在《一个孤独漫步者的遐想》中写道："把真话反过来说，骗人并不比保持缄默要来得不道义"，"在无损于别人的情况下，又如何能说不道义呢？不道义，是就伤害到别人而言的"。与作者的观点相近，"真话不一定关于事实，主要的是态度"。正所谓英雄所见。

　　事实上，作者想要表达的就是一句话：说话是一种艺术。

撩天儿

《世说新语·品藻》篇有这么一段儿：

> 王黄门兄弟三人俱诣谢公。子猷[1]，子重多说俗事，子敬寒温而已。既出，坐客问谢公，"向三贤孰愈？"谢公曰，"小者最胜。"客曰，"何以知之？"谢公曰，"'吉人之辞寡，躁人之辞多，'推此知之"。

王子敬只谈谈天气，谢安引《易·系辞传》的句子称赞他话少的好。《世说》的作者记他的两位哥哥"多说俗事"，那么，"寒温"就是雅事了。"寡言"向来认为美德，原无雅俗可说；谢安所赞美的似乎是"寒温'而已'"，刘义庆所着眼的却似乎是"'寒温'而已"，他们的看法是不一样的。

"寡言"虽是美德，可是"健谈"，"谈笑风生"，自来也不失为称赞人的语句。这些可以说是美才，和美德是两回事，却并不互相矛盾，只是从另一角度看人罢了。只有"花言巧语"才真是要不得的。古人教人寡言，原来似乎是给执政者和外交官说的。这些人的言语关系往往很大，自然是谨慎的好，少说的好。后来渐渐成为明哲保身的处世哲学，却也有它的缘故。说话不免陈述自己，评论别人。这些都容易落把柄在听话人的手里。旧小说里常见的"逢人只说三分话，未可全抛一片心"，就是教人少陈述自己。《女儿经》[2]里的"张家长，李家短，他家是非你莫管"，就是教人少评论别人。这些不能说没有道理。但是说话并不一定陈述自己，评论别人，像谈论天气之类。就是陈述自己，评论别人，也不一定就"全抛一片心"，或道"张家长，李家短"。"戏法人人会变，各有巧妙不同"，这儿就用得着那些美才了。但是"花言巧语"却不在这儿所谓"巧妙"的里头，那种人往往是别有用心的。所谓"健谈"，"谈笑风生"，却只是无所用心的"闲谈"，"谈天"，"撩天儿"而已。

　　"撩天儿"最能表现"闲谈"的局面。一面是"天儿"，是"闲谈"少不了的题目，一面是"撩"，"闲谈"只是东牵西引那么回事。这"撩"字抓住了它的神儿。日常生活里，商量，和解，乃至演说，辩论等等，虽不是别有用心的说话，却还是有所用心的说话。只有"闲谈"，以消遣为主，才可以算是无所为的，无所用心的说话。人们是不甘静默的，爱说话是天性，不爱说话的究竟是很少的。人们一辈子说的话，总计起来，大约还是闲话多，费话多；正经话太用心了，究竟也是很少的。

　　人们不论怎么忙，总得有休息；"闲谈"就是一种愉快的休息。这其实是不可少的。访问，宴会，旅行等等社交的活动，主要的作用其实还是闲谈。西方人很能认识闲谈的用处。十八世纪的人说，说话是"互相传达情愫，彼此受用，彼此启发"[3] 的。十九世纪的人说，"谈话的本来目的不是增进知识，是消遣"[4]，二十世纪的人说，"人的百分之九十九的谈话并不比苍蝇的哼哼更有意义些；可是他愿意哼哼，愿意证明他是个活人，不是个蜡人。谈话的目的，多半不是传达观念，而是要哼哼。"

　　"自然，哼哼也有高下；有的像蚊子那样不停的响，真教人生气。可是在晚餐会上，人宁愿作蚊子，不愿作哑子。幸而大多数的哼哼是悦耳的，有些并且是快心的。"[5] 看！十八世纪还说"启发"，十九世纪只说"消遣"，二十世纪更只说"哼哼"，一代比一代干脆，也一代比一代透彻了。闲谈从天气开始，古今中外，似乎一例。这正因为天气是个同情的话题，无人不知，无人不晓，而又无需乎陈述自己或评论别人。刘义庆[6] 以为是雅事，便是因为谈天气是无所为的，无所用心的。但是后来这件雅事却渐渐成为雅俗共赏了；闲谈又叫"谈天"，又叫"撩天儿"，一面见出天气在闲谈里的重要地位，一面也见出天气这个话题已经普遍化到怎样程度。因为太普遍化了，便有人嫌它古老，陈腐；他们简直觉得天气是个俗不可耐的题目。于是天气有时成为笑料，有时跑到讽刺的笔下去。

　　有一回，一对未婚的中国夫妇到伦敦结婚登记局里，是下午三四点钟了，天上云沉沉的，那位管事的老头儿却还笑着招呼说，"早晨好！天儿不错，不是吗？"朋友们传述这个故事，都当作笑话。鲁迅先生的《立论》也曾用"今天天气哈哈哈"讽刺世故人的口吻。那位老头儿和那种世故人来的原是"客套"话，因为太"熟套"了，有时就不免离了谱。但是从此可见谈天气并不一定认真的谈天气，往往只是招呼，只是应酬，至多也只是引子。笑话也罢，讽刺也罢，哼哼总得哼哼的，所以我们都不断的谈着天气。天气虽然是个老题目，可是风云不测，变化多端，未必就是个腐题目；照实际情形看，它还是个好题目。去年二月美大使詹森过昆明到重庆去。昆明的记者问他，"此次经滇越路，比上次来昆，有何特殊观感？"他答得很妙："上次天气炎热，此次气候温和，天朗无云，旅行甚为平安舒适。"[7]这是外交辞令，是避免陈述自己和评论别人的明显的例子。天气有这样的作用，似乎也就无可厚非了。

谈话的开始难，特别是生人相见的时候。从前通行请教"尊姓"，"台甫"，"贵处"，甚至"贵庚"等等，一半是认真——知道了人家的姓字，当时才好称呼谈话，虽然随后大概是忘掉的多——，另一半也只是哼哼罢了。自从有了介绍的方式，这一套就用不着了。这一套里似乎只有"贵处"一问还可以就答案发挥下安；别的都只能一答而止，再谈下去，就非换题目不可，那大概还得转到天气上去，要不然，也得转到别的一些琐屑的节目上去，如"几时到的？路上辛苦吧？是第一次到这儿罢？"之类。用介绍的方式，谈话的开始更只能是这些节目。若是相识的人，还可以说"近来好吧？""忙得怎么样？"等等。这些琐屑的节目像天气一样是哼哼调儿，可只是特殊的调儿，同时只能说给一个人听，不像天气是普通的调儿，同时可以说给许多人听。所以天气还是打不倒的谈话的引子——从这个引子可以或断或连的牵搭到四方八面去。

但是在变动不居的非常时代，大家关心或感兴趣的题目多，谈话就容易开始，不一定从天气下手。天气跑到讽刺的笔下，大概也就在这当儿。我们的正是这种时代。抗战，轰炸，政治，物价，欧战，随时都容易引起人们的谈话，而且尽够谈一个下午或一个晚上，无须换题目。新闻本是谈话的好题目，在平常日子，大新闻就能够取天气而代之，何况这时代，何况这些又都是关切全民族利害的！政治更是个老题目，向来政府常禁止人们谈，人们却偏爱谈。袁世凯、张作霖的时代，北平茶楼多挂着"莫谈国事"的牌子，正见出人们的爱谈国事来。但是新闻和政治总还是跟在天气后头的多，除了这些，人们爱谈的是些逸闻和故事。这又全然回到茶余酒后的消遣了。还有性和鬼，也是闲谈的老题目。据说美国有个化学家，专心致志的研究他的化学，差不多不知道别的，可就爱谈性，不惜一晚半晚的谈下去。鬼呢，我们相信的明明很少，有时候却也可以独占一个晚上。不过这些都得有个引子，单刀直入是很少的。

谈话也得看是哪一等人。平常总是地位差不多职业相近似的人聚会的时候多，话题自然容易找些。若是聚会里夹着些地位相殊或职业不近的人，那就难点儿。引子倒是有现成的，如上文所说种种，也尽够用了，难的是怎样谈下去。若是知识或见闻够广博的，自然可以抓住些新题目，适合这些特殊的客人的兴趣，同时还不至于冷落了别人。要不然，也可以发挥自己的熟题目，但得说成和天气差不多的雅俗共赏的样子。话题就难在这"共赏"或"同情"上头。不用说，题目的性质是一个决定的因子。可是无论什么地位什么职业的人，总还是人，人情是不相远的。谁都可以谈谈天气，就是眼前的好证据。虽然是自己的熟题目，只要拣那些听起来不费力而可以满足好奇心的节目发挥开去，也还是可以共赏的。这儿得留意隐藏着自己，自己的知识和自己的身份。但是"自己"并非不能作题目，"自己"也是人，只要将"自己"当作一个不多不少的"人"陈述着，不要特别爱惜，更不要得意忘形，人们也会同情的。自己小小的错误或愚蠢，不妨公诸同好，用不着爱惜。自己的得意，若有可以引起一般人兴趣的地方，不妨说是有一个人如此这般，或者以多报少，像不说"很知道"而说"知道一点儿"之类。用自己的熟题目，还有一层便宜处。若有大人物在座，能找出适合他的口味而大家也听得进去的话题，固然很好，可是万一说了外行话，就会引得那大人物或别的人肚子里笑，不如谈自己的倒是善于用短。无论如何，一番话总要能够教座中人悦耳快心，暂时都忘记了自己的地位和职业才好。

有些人只愿意人家听自己的谈话。一个声望高，知识广，听闻多，记性强的人，往往能够独占一个场面，滔滔不绝的谈下去。他谈的也许是若干牵搭着的题目，也许只是一个题目。若是座中只三五个人，这也可以是一个愉快的场面，虽然不免有人抱向隅之感。若是人多了，也许就有另行找伴儿搭话的，那就有些杀风景了。这个独占场面的人若是声望不够高，知识和经验不够广，听话的可窘了。人多还可以找伴儿搭话，人少就只好干耗着，一面想别的。在这种聚会里，主人若是尽可能预先将座位安排成可分可合的局势，也许方便些。平常的闲谈可总是引申别人一点儿，自己也说一点儿，想着是别人乐意听听的；别人若乐意听下去，就多说点儿。还得让那默默无言的和冷冷儿的收起那长面孔，也高兴的听着[8]。这才有意思。闲谈不一定增进人们的知识，可是对人对事得有广泛的知识，才可以有谈的；有些人还得常常读些书报，才不至于谈的老是那几套儿。并且得有好性儿，要不然，净闹别扭，真成了"话不投机半句多"了。记性和机智不用说也是少不得的。记性坏，往往谈得忽断忽连的，教人始而闷气，继而着急。机智差，往往赶不上点儿，对不上茬儿。闲谈总是断片的多，大段的需要长时间，维持场面不易。又总是报告的描写的多，议论少。议论不能太认真，太认真就不是闲谈；可也不能太不认真，太不认真就不成其为议论；得斟酌乎两者之间，所以难。议论自然可以批评人，但是得泛泛儿的，远远儿的；也未尝不可骂人，但是得用同情口吻。你说这是戏！人生原是戏。戏也是有道理的，并不一定是假的。闲谈要有意思；所谓"语言无味"，就是没有意思。不错，闲谈多半是费话，可是有意思的费话和没有意思的还是不一样。"又臭又长"，没有意思；重复，矛盾，老套儿，也没有意思。"又臭又长"也是机智差，重复和矛盾是记性坏，老套儿是知识或见闻太可怜见的。所以除非精力过人，谈话不可太多，时间不可太久，免得露了马脚[9]。古语道，"言多必失"，这儿也用得着。

还有些人只愿意自己听人家的谈话。这些人大概是些不大能，或不大爱谈话的。世上或者有"一锥子也扎不出一句话"的，可是少。那不是笨货就是怪人，可以存而不论。平常所谓不能谈话的，也许是知识或见闻不够用，也许是见的世面少。这种人在家里，在亲密的朋友里，也能有说有笑的，一到了排场些的聚会，就哑了。但是这种人历练历练，能以成。也许是懒。这种人记性大概不好；懒得谈，其实也没谈的。还有，是矜持。这种人是"语不惊人死不休"的。他们在等着一句聪明的话，可是老等不着。——等得着的是"谈言微中"[10]的真聪明人；这种人不能说是不能谈话，只能说是不爱谈话。不爱谈话的却还有深心的人；他们生怕露了什么口风，落了什么把柄似的，老等着人家开口。也还有谨慎的人，他们只是小心，不是深心；只是自己不谈或少谈，并不等着人家。这是明哲保身的人。向来所赞美的"寡言"，其实就是这样的人。但是"寡言"原来似乎是针对着战国时代"好辩"说的。后世有些高雅的人，觉得话多了就免不了说到俗事上去，爱谈话就免不了俗气，这和"寡言"的本义倒还近些。这些爱"寡言"的人也有他们的道理，谢安和刘义庆的赞美都是值得的。不过不能谈话不爱谈话的人，却往往更愿意听人家的谈话，人情究竟是不甘静默的。——就算谈话免不了俗气，但俗的是别人，自己只听听，也乐得的。一位英国的无名作家说过："良心好，不愧于神和人，是第一件乐事，第二件乐事就是谈话。"[11] 就一般人看，闲谈这一件乐事其实是不可少的。

（原载1941年1月20日《中学生战时半月刊》第38期）

注释

1. 猷（yóu）：计谋，打算，谋划。
2. 《女儿经》：大约撰于明代，作者不详，经过不断增删，内容更加完美，在民间不断流传。《女儿经》以俗语、格言为主，押韵对仗，读之朗朗上口，至今仍有广泛的影响。是中国古代规范女子道德行为的好教材。
3. "互相"句见 *Gentlemen Fs Magazine*，173，P.198，据 *William Mathews*，*Polite Speech in the Eighteenth Century* 引，见 *English*.Vol.1，No.6，1937。
4. "谈话"句见 *J.P.Mahaffy*, *The Principlcs of the Art Conversation* 再版自序（1888）。
5. "自然"句见 *Robert Lynt*, *Silence*（散文）
6. 刘义庆（403—444），彭城（今江苏徐州）人。字季伯，南朝宋政权文学家。
7. 《中央日报》昆明版，1940年2月22日。
8. "还得"句见 *The World*，1754，No，94，导言，P.6。
9. 露了马脚：比喻暴露了隐蔽的事实真相。
10. 谈言微中：微中：微妙而又恰中要害。形容说话委婉而中肯。语出《史记·滑稽列传》："天道恢恢，岂不大哉！谈言微中，亦可以解纷。"
11. "良心"句见 *The World*，1754，No，94，据 *William Mathews* 书引。

导读

《撩天儿》选自朱自清的散文集《语文影及其他》。《语文影及其他》是朱自清生前亲手编定的最后一个集子，未及印行，几个月后他就在贫病交加中离开了人世。本文收录其中。作者就"闲聊"这一社会生活现象发表自己的看法，肯定了"撩天儿"的正面意义。运用风趣幽默的手法加以表述。小现象，大人生。

　　朱自清从聊天的缘起、典故、作用、类型写起，记述了很多有趣的小故事，在这些寻常生活场景中，作者表达了自己的看法：聊天不仅能起到很好的沟通作用，能消磨时光，还能看出说话人的性格特点。现今社会都在讲情商、讲人际、讲沟通。事实上，"撩天儿"就是作为人与人交往中谈话开场的一个切入点，像极了火柴棒上的那一点磷粉，一经接触摩擦便产生火花，带来光与热。"撩天儿"引燃了人们思想的火种。"人们是不甘静默的，爱说话是天性，不爱说话的究竟是很少的。"谈笑风生，海阔天空，一种消遣，随意闲适。重要的是把握好"闲谈莫论人非"，闲谈就是漫无目的，无所用心，与谨言慎行大不同，闲暇方能闲谈，谨言所指的"言"针对的是正经事，但凡正经事多为开门见山，怎么还会"今天天气不错，风和日丽的""吃了吗？"

　　作者在文章后半部分着重讲了各种谈话的话题，比如新闻、逸事、故事、性和鬼这些都是闲谈的老话题，而政治也一样，但政治敏感，属于应当谨言那一范畴。有那一类人，就愿意别人听自己谈话的，"一个声望高，知识广，听闻多，记性强的人，往往能够独占一个场面，滔滔不绝的谈下去"。比如李敖，就归此类，绝对的海阔天空，古今中外。当然，也有不爱谈话的寡言者，"不过不能谈话不爱谈话的人，却往往更愿意听人家的谈话，人情究竟是不甘静默的"。朱自清先生看人性入木三分，好一个不甘静默！此文不仅显示了朱自清的善于观察和思考，而且体现了他世事洞明的透彻和沉静深邃的人生智慧。

如面谈

　　朋友送来一匣信笺，笺上刻着两位古装的人，相对拱揖，一旁题了"如面谈"三个大字。是明代钟惺[1]的尺牍[2]选第一次题这三个字，这三个字恰说出了写信的用处。信原是写给"你"或"你们几个人"看的；原是"我"对"你"或"你们几个人"的私人谈话，不过是笔谈罢了。对谈的人虽然亲疏不等，可是谈话总不能像是演说的样子，教听话的受不了。写信也不能像作论的样子，教看信的受不了，总得让看信的觉着信里的话是给自己说的才成。这在乎各等各样的口气。口气合式，才能够"如面谈"。但是写信究竟不是"面谈"；不但不像"面谈"时可以运用声调表情姿态等等，并且老是自己的独白，没有穿插和掩映的方便，也比"面谈"难。写信要"如面谈"，比"面谈"需要更多的心思和技巧，并不是一下笔就能做到的。

　　可是在一种语言里，这种心思和技巧，经过多少代多少人的运用，渐渐的程式化。只要熟习了那些个程式，应用起来，"如面谈"倒也不见得怎样难。我们的文言信，就是久经程式化了的，写信的人利用那些程式，可以很省力的写成合式的，多多少少"如面谈"的信。若教他们写白话，倒不容易写成这样像信的信。《两般秋雨随笔》[3]记着一个人给一个妇人写家信，那妇人要照她说的写，那人周章了半天，终归搁笔。他没法将她说的那些话写成一封像信的信。文言信是有样子的，白话信压根儿没有样子；那人也许觉得白话压根儿就不能用来写信。同样心理，测字先生代那些不识字的写信，也并不用白话；他们宁可用那些不通的文言，如"来信无别"之类。我们现在自然相信白话可以用来写信，而且有时也实行写白话信。但是常写白话文的人，似乎除了胡适之先生外，写给朋友的信，还是用文言的时候多，这只要翻翻现代书简一类书就会相信的。原因只是一个"懒"字。文言信有现成的程式，白话信得句句斟酌，好像作文一般，太费劲，谁老有那么大工夫？文言至今还能苟延残喘，就靠它所有的写信和别的应用文的程式。若我们肯不偷懒，慢慢找出些白话应用文的程式，文言就真

"死"了。

林语堂先生在《论语录体之用》(《论语》二十六期）里说过：

> 一人修书，不曰"示悉"，而曰"你的芳函接到了"，不曰"至
> 感""歉甚"，而曰"很感谢你""非常惭愧"，便是噜哩噜苏，文
> 章不经济。

"示悉"，"至感"，"歉甚"，都是文言信的程式，用来确是很经济，很省力的。但是林先生所举的三句"噜哩噜苏"的白话，恐怕只是那三句文言的直译，未必是实在的例子。我们可以说"来信收到了"，"感谢"，"对不起"，"对不起得很"，用不着绕弯儿从文言直译。——若真有这样绕弯儿的，那一定是新式的测字先生！这几句白话似乎也是很现成，很经济的。字数比那几句相当的文言多些，但是一种文体有一种经济的标准，白话的字句组织与文言不同，它们其实是两种语言，繁简当以各自的组织为依据，不当相提并论。白话文固然不必全合乎口语，白话信却总该是越能合乎口语，才越能"如面谈"。这几个句子正是我们口头常用的，至少是可以上口的，用来写白话信，我想是合式的。

麻烦点儿的是"敬启者"，"专此"，"敬请大安"，这一套头尾。这是一封信的架子；有了它才像一封信，没有它就不像一封信。"敬启者"如同我们向一个人谈话，开口时用的"我对你说"那句子，"专此""敬请大安"相当于谈话结束时用的"没有什么啦，再见"那句子。但是"面谈"不一定用这一套儿，往往只要一转脸向着那人，就代替了那第一句话，一点头就代替了那第二句话。这是写信究竟不"如面谈"的地方。现在写白话信，常是开门见山，没有相当于"敬启者"的套头。但是结尾却还是装上的多，可也只用"此祝健康！""祝你进步！""祝好！"一类，像"专此""敬请大安"那样分截的形式是不见了。"敬启者"的渊源是很悠久的，司马迁《报任少卿书》开头一句是"太史公牛马走司马迁再拜言，少卿足下"，"再拜言"就是后世的"敬启者"。"少卿足下"在"再拜言"之下，和现行的格式将称呼在"敬启者"前面不一样。既用称呼开头，"敬启者"原不妨省去；现在还因循的写着，只是遗形物罢了。写白话信的人不理会这个，也是自

然而然的。"专此""敬请大安"下面还有称呼作全信的真结尾，也可算是遗形物，也不妨省去。但那"套头"差不多全剩了形式，这"套尾"多少还有一些意义，白话信里保存着它，不是没有理由的。

在文言信里，这一套儿有许多变化，表示写信人和受信人的身份。如给父母去信，就须用"敬禀者"，"谨此"，"敬请福安"，给前辈去信，就须用"敬肃者"，"敬请道安"，给后辈去信，就须用"启者"，"专泐"，"顺问近佳"之类，用错了是会让人耻笑的——尊长甚至于还会生气。白话信的结尾，虽然还没讲究到这些，但也有许多变化；那些变化却只是修辞的变化，并不表明身份。因为是修辞的变化，所以不妨掉掉笔头，来点新鲜花样，引起看信人的趣味，不过总也得和看信人自身有些关切才成。如"敬祝抗战胜利"，虽然人同此心，但是"如面谈"的私人的信里，究竟嫌肤廓些。又如"谨致民族解放的敬礼"，除非写信人和受信人的双方或一方是革命同志，就不免不亲切的毛病。这都有些像演说或作论的调子。修辞的变化，文言的结尾里也有。如"此颂文祺"，"敬请春安"，"敬颂日祉"，"恭请痊安"，等等，一时数不尽，这里所举的除"此颂文祺"是通用的简式外，别的都是应时应景的式子，不能乱用。写白话信的人既然不愿扔掉结尾，似乎就该试试多造些表示身份以及应时应景的式子。只要下笔时略略用些心，这是并不难的。

最麻烦的要数称呼了。称呼对于口气的关系最是直截的，一下笔就见出，拐不了弯儿。谈话时用称呼的时候少些，闹了错儿，还可以马虎一些。写信不能像谈话那样面对面的，用称呼就得多些；闹了错儿，白纸上见黑字，简直没个躲闪的地方。文言信里称呼的等级很繁多，再加上称呼底下带着的敬语，真是数不尽。开头的称呼，就是受信人的称呼，有时还需要重叠，如"父母亲大人"，"仁兄大人"，"先生大人"等。现在"仁兄大人"等是少用了，却换了"学长我兄"之类；至于"父母亲"加上"大人"，依然是很普遍的。开头的称呼底下带着的敬语，有的似乎原是些位置词，如"膝下"，"足下"；这表示自己的信不敢直率的就递给受信人，只放在他或他们的"膝下"，"足下"，让他或他们得闲再看。有的原指伺候的人，如"阁下"，"执事"；这表示只敢将信递给"阁下"的公差，或"执事"的人，让他们觑空儿转呈受信人看。可是用久了，用熟了，谁也不去注意那些意义，只当作敬语用罢了。但是这些敬语表示不同的身份，用的人是明白的。这些敬语还有一个紧要的用处。在信文里称呼受信人有时只用"足下"，"阁下"，"执事"就成；这些缩短了，替代了开头的那些繁琐的词儿。——信文里并有专用的简短的称呼，像"台端"便是的。另有些敬语，却真的只是敬语，如"大鉴"，"台鉴"，"钧鉴"，"勋鉴"，"道鉴"等，"有道"也是的。还有些只算附加语，不能算敬语，像"如面"，"如晤"，"如握"，以及"览"，"阅"，"见字"，"知悉"等，大概用于亲近的人或晚辈。

结尾的称呼，就是写信人的自称，跟带着的敬语，现在还通用的，却没有这样繁杂。"弟"用得最多，"小弟"，"愚弟"只偶然看见。光头的名字，用的也最多，"晚"，"后学"，"职"也只偶然看见。其余还有"儿"，"侄"等："世侄"也用得着，"愚侄"却少——这年头自称"愚"的究竟少了。敬语是旧的"顿首"和新的"鞠躬"最常见；"谨启"太质朴，"再拜"太古老，"免冠"虽然新，却又不今不古的，这些都少用。对尊长通用"谨上"，"谨肃"，"谨禀"——"叩禀"，"跪禀"有些稀罕了似的；对晚辈通用"泐"，"字"等，或光用名字。

白话里用主词句子多些，用来写信，需要称呼的地方自然也多些。但是白话信的称呼似乎最难。文言信用的那些，大部分已经成了遗形物，用起来即使不至于觉得封建气，即使不至于觉得满是虚情假意，但是不亲切是真的。要亲切，自然得向"面谈"里去找。可是我们口头上的称呼，还在演变之中，凝成定型的绝无仅有，难的便是这个。我们现在口头上通用于一般人的称呼，似乎只有"先生"。而这个"先生"又不像"密斯忒"、"麦歇"那样真可以通用于一般人。譬如英国大学里教师点名，总称"密斯忒某某"，中国若照样在点名时称"某某先生"，大家就觉得客气得过火点儿。"先生"之外，白话信里最常用的还有"兄"，口头上却也不大听见。这是从文言信里借来称呼比"先生"亲近些的人的。按说十分亲近的人，直写他的名号，原也未尝不可，难的是那些疏不到"先生"，又亲不到直呼名号的。所以"兄"是不可少的词儿——将来久假不归，也未可知。

更难的是称呼女人，刘半农[4]先生曾主张将"密斯"改称"姑娘"，却只成为一时的谈柄；我们口头上似乎就没有一个真通用的称呼女人的词儿。固然，我们常说"某小姐"，"某太太"，但写起信来，麻烦就来了。

开头可以很自然的写下"某小姐","某太太",信文里再称呼却就绕手；还带姓儿，似乎不像信，不带姓儿，又像丫头老妈子们说话。只有我们口头上偶而一用的"女士"，倒可以不带姓儿，但是又有人嫌疑它生刺刺的。我想还是"女士"大方些，大家多用用就熟了。要不，不分男女都用"先生"也成，口头上已经有这么称呼的——不过显得太单调罢了。至于写白话信的人称呼自己，用"弟"的似乎也不少，不然就是用名字。"弟"自然是从文言信里借来的，虽然口头上自称"兄弟"的也有。光用名字，有时候嫌不大客气，这"弟"字也是不可少的，但女人给普通男子写信，怕只能光用名字，称"弟"既不男不女的，称"妹"显然又太亲近了，——正如开头称"兄"一样。男人写给普通女子的信，不用说，也只能光用名字。白话信的称呼却都不带敬语，只自称下有时装上"鞠躬"，"谨启"，"谨上"，也都是借来的，可还是懒得装上的多。这不带敬语，却是欧化。那些敬语现在看来原够腻味的，一笔勾销，倒也利落，干净。

"五四"运动后，有一段儿还很流行称呼的欧化。写白话信的人开头用"亲爱的某某先生"或"亲爱的某某"，结尾用"你的朋友某某"或"你的真挚的朋友某某"，是常见的，近年来似乎不大有了，即使在青年人的信里。这一套大约是从英文信里抄袭来的。可是在英文里，口头的"亲爱的"和信上的"亲爱的"，亲爱的程度迥不一样。口头的得真亲爱的才用得上，人家并不轻易使唤这个词儿；信上的不论你是谁，认识的，不认识的，都得来那么一个"亲爱的"——用惯了，用滥了，完全成了个形式的敬语，像我们文言信里的"仁兄"似的。我们用"仁兄"，不管他"仁"不"仁"；他们用"亲爱的"，也不管他"亲爱的"不"亲爱的"。可是写成我们的文字，"亲爱的"就是不折不扣的亲爱的——在我们的语言里，"亲爱"真是亲爱，一向是不折不扣的——，因此看上去老有些碍眼，老觉着过火点儿；甚至还肉麻呢。再说"你的朋友"和"你的真挚的朋友"。有人曾说"我的朋友"是标榜，那是用在公开的论文里的。我们虽然只谈不公开的信，虽然普通用"朋友"这词儿，并不能表示客气，也不能表示亲密，可是加上"你的"，大书特书，怕也免不了标榜气。至于"真挚的"，也是从英文里搬来的。毛病正和"亲爱的"一样。——当然，要是给真亲爱的人写信，怎么写也成，上面用"我的心肝"，下面用"你的宠爱的叭儿狗"，都无不可，不过本文是就一般程式而论，只能以大方为主罢了。

白话信还有领格难。文言信里差不多是看不见领格的，领格表现在特种敬语里。如"令尊"，"嫂夫人"，"潭府"，"惠书"，"手教"，"示"，"大著"，"鼎力"，"尊裁"，"家严"，"内人"，"舍下"，"拙著"，"绵薄"，"鄙见"等等，比起别种程式，更其是数不尽。有些口头上有，大部分却是写信写出来的。这些足以避免称呼的重复，并增加客气。文言信除了写给子侄，是不能用"尔"，"汝"，"吾"，"我"等词的，若没有这些敬语，遇到领格，势非一再称呼不可；虽然信文里的称呼简短，可是究竟嫌累赘些。这些敬语口头上还用着的，白话信里自然还可以用，如"令尊"，"大著"，"家严"，"内人"，"舍下"，"拙著"等，但是这种非常之少。白话信里的领格，事实上还靠重复称呼，要不就直用"你""我"字样。称呼的重复免不了累赘，"你""我"相称，对于生疏些的人，也不合式。这里我想起了"您"字。国语的"您"可用于尊长，是个很方便的敬词——本来是复数，现在却只用作单数。放在信里，作主词也好，作领格也好，既可以减少那累赘的毛病，也不至于显得太托熟似的。

写信的种种程式，作用只在将种种不同的口气标准化，只在将"面谈"时的一些声调表情姿态等等标准化。熟悉了这些程式，无需句斟字酌，在口气上就有了一半的把握，就不难很省力的写成合式的，多多少少"如面谈"的信。写信究竟不是"面谈"，所以得这样办；那些程式有的并不出于"面谈"，而是写信写出来的，也就是为此。各色各样的程式，不是耍笔头，不是掉枪花，都是实际需要逼出来的。文言信里还不免残存着一些不切用的遗物，白话信却只嫌程式不够用，所以我们不能偷懒，得斟酌情势，多试一些，多造一些。一番番自觉的努力，相信可以使白话信的程式化完成得更快些。

但是程式在口气的传达上至多只能帮一半忙，那一半还得看怎么写信文儿。这所谓"神而明之，存乎其人"，没什么可说的。不过这里可以借一个例子来表示同一事件可以有怎样不同的口气。胡适之先生说过这样一个故事：

> 有一裁缝，花了许多钱送他儿子去念书。一天，他儿子来了一封信。他自己不认识字，他的邻居一个杀猪的倒识字，不过识

的字很少。他把信拿去叫杀猪的看。杀猪的说信里是这样的话，"爸爸！赶快给我拿钱来！我没有钱了，快给我钱！"裁缝说，"信里是这样的说吗！好！我让他从中学到大学念了这些年书，念得一点礼貌都没有了！"说着就难过起来。正在这时候，来了一个牧师，就问他为什么难过。他把原因一说，牧师说，"拿信来，我看看。"就接过信来，戴上眼镜，读道，"父亲老大人，我现在穷得不得了了，请你寄给我一点钱罢！寄给我半镑钱就够了，谢谢你。"裁缝高兴了，就寄两镑钱给他儿子。(《中国禅学的发展史》讲演词，王石子记，一九三四年十二月十六日《北平晨报》)

有人说，日记和书信里，最能见出人的性情来，因为日记只给自己看，信只给一个或几个朋友看，写来都不做作。"不做作"可不是"信笔所之"。日记真不准备给人看，也许还可以"信笔所之"一下；信究竟是给人看的，虽然不能像演说和作论，可也不能只顾自己痛快，真的"信笔"写下去。"如面谈"不是胡帝胡天[5]的，总得有"一点礼貌"，也就是一份客气。客气要大方，恰到好处，才是味儿，"如面谈"是需要火候的。

1940年1月29日—2月1日作。

（原载1940年2月昆明《中央日报》《平明》副刊第169期）

注释

1. 钟惺（1574—1624），明代文学家。

2. 尺牍（chǐ dú）：古人书写的工具。

3. 梁晋竹，名绍壬，号应来，杭州人，酒国巨擘，生于乾隆末年，官至内阁中书，工诗；他所著《两般秋雨随笔》，是清闲好书。

4. 刘半农（1891—1934），是近现代史上中国的著名文学家、语言学家和教育家。

5. 胡：何；帝：指天神。什么是天，什么是帝。用于贬义，形容言语荒唐、行为放肆。语出《诗经·庸风·君子偕老》："胡然而天也！胡然而帝也！"

导读

　　本文属于一篇事理说明文。朱自清运用对比说明的方法来解析文言信的程式，"我们的文言信，就是久经程式化了的，写信的人利用那些程式，可以很省力的写成合式的，多多少少'如面谈'的信"。在细述各种写作程式时，运用了分解说明的方法。并详细列数各种开头结尾惯用语所表示的含义，开头称呼及信尾落款的处理，细致全面。文中还运用了举例说明的方法，借用胡适之先生所讲述裁缝的故事这一实例，生动有趣，通俗易懂地表达了不同语气语调对文字含义影响之大，说明了书信语言与口语间存在差距与误读。

　　作者意在加快推进白话书信的应用，不能"懒"，当然，书信能做到"如面谈"也是需要火候的。"写信的种种程式，作用只在将种种不同的口气标准化，只在将'面谈'时的一些声调表情姿态等等标准化。"标准化仅是框架，真正的情感沟通在于书信正文，"但是程式在口气的传达上至多只能帮一半忙，那一半还得看怎么写信文儿"。但作者在此处点到即止，另一半就在于个人自己慢慢领悟及体会了。朱自清先生所做的正是文中所讲的"一番番自觉的努力，相信可以使白话信的程式化完成得更快些"，作者身体力行，积极支持及倡导新文化和新文学，无论是白话散文，或是如本文一类的文艺论文、说明文，都起到了率先垂范的推动作用。作为"五四"文学革命的积极参与者，朱自清的美文为现代散文发展确立了审美典范，他的论文说理清晰明了，立场鲜明，为推动新文学发展奠定了重要的理论基础。

很　好

　　"很好"这两个字真是挂在我们嘴边儿上的。我们说,"你这个主意很好。""你这篇文章很好。""张三这个人很好。""这东西很好。"人家问,"这件事如此这般的办,你看怎么样?"我们也常常答道,"很好。"有时顺口再加一个,说"很好很好"。或者不说"很好",却说"真好",语气还是一样,这么说,我们不都变成了"好好先生"了么?我们知道"好好先生"不是无辨别的蠢才,便是有城府的乡愿[1]。乡愿和蠢才尽管多,但是谁也不能相信常说"很好","真好"的都是蠢才或乡愿。平常人口头禅的"很好"或"真好",不但不一定"很"好或"真"好,而且不一定"好";这两个语其实只表示所谓"相当的敬意,起码的同情"罢了。

　　在平常谈话里,敬意和同情似乎比真理重要得多。一个人处处讲真理,事事讲真理,不但知识和能力不许可,而且得成天儿和别人闹别扭;这不是活得不耐烦,简直是没法活下去。自然一个人总该有认真的时候,但在不必认真的时候,大可不必认真;让人家从你嘴边儿上得着一点点敬意和同情,保持彼此间或浓或淡的睦谊,似乎也是在世为人的道理。说"很好"或"真好",所着重的其实不是客观的好评而是主观的好感。用你给听话的一点点好感,换取听话的对你的一点点好感,就是这么回事而已。

　　你若是专家或者要人,一言九鼎,那自当别论;你不是专家或者要人,说好说坏,一般儿无足重轻,说坏只多数人家背地里议论你嘴坏或脾气坏而已,那又何苦来?就算你是专家或者要人,你也只能认真的批评在你门槛儿里的,世界上没有万能的专家或者要人,那么,你在说门槛儿外的话的时候,还不是和别人一般的无足重轻?还不是得在敬意和同情上着眼?我们成天听着自己的和别人的轻轻儿的快快儿的"很好"或"真好"的声音,大家肚子里反正明白这两个语的分量。若有人希图别人就将自己的这种话当作确切的评语,或者简直将别人的这种话当作自己的确切的评语,那才真是乡愿或蠢才呢。

我说"轻轻儿的","快快儿的",这就是所谓语气。只要那么轻轻儿的快快儿的,你说"好得很","好极了","太好了",都一样,反正不痛不痒的,不过"很好","真好"说着更轻快一些就是了。可是"很"字,"真"字,"好"字,要有一个说得重些慢些,或者整个儿说得重些慢些,分量就不同了。至少你是在表示你喜欢那个主意,那篇文章,那个人,那东西,那办法,等等,即使你还不敢自信你的话就是确切的评语。有时并不说得重些慢些,可是前后加上些字儿,如"很好,咳!""可真好。""我相信张三这个人很好。""你瞧,这东西真好。"也是喜欢的语气。"好极了"等语,都可以如法炮制[2]。

可是你虽然"很"喜欢或者"真"喜欢这个那个,这个那个还未必就"很"好,"真"好,甚至于压根儿就未必"好"。你虽然加重的说了,所给予听话人的,还只是多一些的敬意和同情,并不能阐发这个那个的客观的价值。你若是个平常人,这样表示也尽够教听话的满意了。你若是个专家,要人,或者准专家,准要人,你要教听话的满意,还得指点出"好"那里,或者怎样怎样的"好"。这才是听话的所希望于你们的客观的好评,确切的评语呢。

说"不错","不坏",和"很好","真好"一样;说"很不错","很不坏"或者"真不错","真不坏",却就是加字儿的"很好","真好"了。"好"只一个字,"不错","不坏"都是两个字;我们说话,有时长些比短些多带情感,这里正是个例子。"好"加上"很"或"真"才能和"不错","不坏"等量,"不错","不坏"再加上"很"或"真",自然就比"很好","真好"重了。可是说"不好"却干脆的是不好,没有这么多阴影。像旧小说里常见到的"说声'不好'"和旧戏里常听到的"大事不好了",可为代表。这里的"不"字还保持着它的独立的价值和否定的全量,不像"不错","不坏"的"不"字已经融化在成语里,没有多少劲儿。本来呢,既然有胆量在"好"上来个"不"字,也就无需乎再躲躲闪闪的;至多你在中间夹上一个字儿,说"不很好","不大好",但是听起来还是差不多的。

话说回来,既然不一定"很"好或"真"好,甚至于压根儿就不一定"好",为什么不沉默呢?不沉默,却偏要说点儿什么,不是无聊的敷衍吗?但是沉默并不是件容易事,你得有那种忍耐的功夫才成。沉默可以是"无意见",

可以是"无所谓",也可以是"不好",听话的却顶容易将你的沉默解作"不好",至少也会觉着你这个人太冷,连嘴边儿上一点点敬意和同情都吝惜不给人家。在这种情景之下,你要不是生就的或炼就的冷人,你忍得住不说点儿什么才怪!要说,也无非"很好","真好"这一套儿。人生于世,遇着不必认真的时候,乐得多爱点儿,少恨点儿,似乎说不上无聊;敷衍得别有用心才是的,随口说两句无足重轻的好听的话,似乎也还说不上。

我屡次说到听话的。听话的人的情感的反应,说话的当然是关心的。谁也不乐意看尴尬的脸是不是?廉价的敬意和同情却可以遮住人家尴尬的脸,利他的原来也是利己的;一石头打两鸟儿,在平常的情形之下,又何乐而不为呢?世上固然有些事是当面的容易,可也有些事儿是当面的难。就说评论好坏,背后就比当面自由些。这不是说背后就可以放冷箭说人家坏话。一个人自己有身份,旁边有听话的,自爱的人哪能干这个!这只是说在人家背后,顾忌可以少些,敬意和同情也许有用不着的时候。虽然这时候听话的中间也许还有那个人的亲戚朋友,但是究竟隔了一层;你说声"不很好"或"不大好",大约还不至于见着尴尬的脸的。当了面就不成。当本人的面说他这个那个"不好",固然不成,当许多人的面说他这个那个"不好",更不成。当许多人的面说他们都"不好",那简直是以寡敌众;只有当许多人的面泛指其中一些人这点那点"不好",也许还马虎得过去。所以平常的评论,当了面大概总是用"很好","真好"的多。——背后也说"很好","真好",那一定说得重些慢些。

可是既然未必"很"好或者"真"好,甚至于压根儿就未必"好",说一个"好"还不成么?为什么必得加上"很"或"真"呢?本来我们回答"好不好?"或者"你看怎么样?"等问题,也常常只说个"好"就行了。但是只在答话里能够这么办,别的句子里可不成。一个原因是我国语言的惯例。单独的形容词或形容语用作句子的述语,往往是比较级的。如说"这朵花红","这花朵素净","这朵花好看",实在是"这朵花比别的花红","这朵花比别的花素净","这朵花比别的花好看"的意思。说"你这个主意好","你这篇文章好","张三这个人好","这东西好",也是"比别的好"的意思。另一个原因是"好"这个词的惯例。句里单用一个"好"字,有时实在是"不好"。如厉声指点着说"你好!"或者摇头笑着说,"张三好,现在竟不理我了。""他们这帮人好,竟不理这个碴儿了。"因为这些,要表示那一点点敬意和同情的时候,就不得不重话轻说,借用到"很好"或"真好"两个语了。

1939年10月15—16日作。

(原载1939年10月25日昆明《中央日报》《平明》副刊第109期)

注释

1. 乡愿:意为虚伪媚俗之人,语出《论语·阳货》:"子曰:'乡原,德之贼也。'"
2. 如法炮制:炮制,用烘、炒等方法将中草药原料制成中药。本指按照一定的方法制作中药。现比喻照着现成的样子做。

导读

　　这是一篇小杂文,朱自清从日常生活中的常用语起笔,展开论述,篇幅短小,结构紧凑,读起来就像是在盛夏里吃一小碟凉拌青瓜,清新爽口,很是惬意。合上书,回想实际生活,作者的观点令人回味,很有启发与教育意义。

　　"人生不外言动,除了动就只有言,所谓人情世故,一半儿是在说话里。"语言,从声于口就是"说",流于笔端就是"文",作者此文有"如面谈"的效果,娓娓道来,语气语调,活灵活现。朱自清针对"很好"、"真好"这两个常用语结合生活实例加以表述。"平常人口头禅的'很好'或'真好',不但不一定'很'好或'真'好,而且不一定'好';这两个语其实只表示所谓'相当的敬意,起码的同情'罢了。"说者常是无心,随口随意,而背后潜在的是一份敬意与同情,"在平常谈话里,敬意和同情似乎比真理重要得多"。平常谈话,就在于平和舒缓,讲及听双方耳目心灵感观的愉悦,所以有后面作者所述"人生于世,遇着不必认真的时候,乐得多爱点儿,少恨点儿,似乎说不上无聊;敷衍得别有用心才是的,随口说两句无足重轻的好听的话,似乎也还说不上"。就是这样,不必认真时,你认了真,那就成了较真,较真往往令谈话气氛陷入僵局,生活得太严肃会失去很多人生乐趣。无论是事、人、文,你评个"很好",好似温润春天里的那缕轻而柔的和风,人与己都醉在风中,岂不是美事一桩。文中，朱自清表面探讨的是谈话的艺术，其实还隐含着人生态度在里面。从人们日常用语中生发延伸开去，探究语言背后的心理，是对生活的艺术的思考。

不知道

　　世间有的是以不知为知的人。孔子老早就教人"知之为知之，不知为不知，是知也"。这是知识的诚实。知道自己的不知道，已经难，承认自己的不知道，更是难。一般人在知识上总爱表示自己知道，至少不愿意教人家知道自己不知道。苏格拉底[1]也早看出这个毛病，他可总是盘问人家，直到那些人承认不知道而止。他是为真理。那些受他盘问的人，让他一层层逼下去，到了儿无可奈何，才只得承认自己不知道；但凡有一点儿躲闪的地步，这班人一定还要强词夺理，不肯轻易吐出"不知道"那句话的。在知识上肯坦白的承认自己不知道的，是个了不得的人，即使不是圣人，也该是君子人。知道自己的不知道，并且让人家知道自己的不知道，这是诚实，是勇敢。孔子说"是知也"，这个不知道其实是真知道——至少真知道自己，所谓自知之明。

　　世间可也有以不知为妙的人。《庄子·齐物论》记着：

　　　　啮缺问乎王倪曰，"子知物之所同是乎？"曰，"吾恶乎知之！""子知子之所不知邪？"曰，"吾恶乎知之！""然则物无知邪？"曰，"吾恶乎知之！虽然，尝试言之，庸诅[2]知吾所谓知之非不知邪？庸诅知吾所谓不知之非知邪？……"

　　三问而三不知。最后啮缺问道，"子不知利害，则至人固不知利害乎？"王倪的回答是，至人神妙不测，还有什么利害呢！他虽然似乎知道至人，可是并不知道至人知道不知道利害，所以还是一个不知。所以《应帝王》[3]里说，"啮缺问于王倪，四问而四不知，啮缺因跃而大喜。"庄学反对知识，王倪才会说知也许是不知，不知也许是知——再进一层说，那神妙不测的境界简直是个不可知。王倪的四个不知道使啮缺恍然悟到了那境界，所以他"跃而大喜"。这是不知道的妙处，知道了妙处就没有了。《桃花源》[4]

里人"不知有汉，无论魏晋"。太上隐者[5]"山中无历日，寒尽不知年"，人与自然为一，也是个不知道的妙。

　　人情上也有以不知道为妙的。章回小说叙到一位英雄落难，正在难解难分的生死关头，突然打住道，"不知英雄性命如何，且听下回分解。"这叫做"卖关子"。作书的或"说话的"明知道那英雄的性命如何，"看官"或听书的也明知道他知道，他却卖痴卖呆的装作不知道，愣说不知道。他知道大家关心，急着要知道，却偏偏且不说出，让大家更担心，更着急，这才更不能不去听他的看他的。妙就妙在这儿。再说少男少女未结婚的已结婚的提到他们的爱人或伴儿，往往只秃头说一个"他"或"她"字。你若问他或她是谁，那说话的会赌气似的答你，"不知道！"赌气似的是为你明知故问，害羞带撒娇可是一大半儿。孩子在赌气的时候，你问什么，他往往会给你一个"不知道！"专心的时候也会如此。就是不赌气不专心的时候，你若问到他忌讳或瞒人的话，他还会给你那个"不知道！"而且会赌起气来，至少也会赌气似的。孩子们总还是天真，他的不知道就是天真的妙。这些个不知道其实是"不告诉你！"或"不理你！"或"我管不着！"

　　有些脾气不好的成人，在脾气发作的时候也会像孩子似的，问什么都不知道。特别是你弄坏了他的东西或事情向他商量怎么办的时候，他的第一句答话往往是重重的或冷冷的一个"不知道！"这儿说的还是和你平等的人，若是他高一等，那自然更够受的。——孩子遇见这种情形，大概会哭闹一场，可是哭了闹了就完事，倒不像成人会放在心里的。——这个"不知道！"其实是"不高兴说给你！"成人也有在专心的时候问什么都不知道的，那是所谓忘性儿大的人，不太多，而且往往是一半儿忘，一半儿装。忌讳的或瞒人的话，成人的比孩子的多而复杂，不过临到人家问着，他大概会用轻轻的一个"不知道"遮掩过去；他不至于动声色，为的是动了声色反露出马脚。至于像"你这个人真是，不知道利害！"还有，"咳，不知道得多少钱才够我花的！"这儿的不知道却一半儿认真，一半儿闹着玩儿。认真是真不知道，因为谁能知道呢？你可以说："天知道你这个人多利害！""鬼知道得多少钱才够我花的！"还是一样的语气。"天知道"，"鬼知道"，明明没有人知道。既然明明没有人知道，还要说"不知道"，不是费话？闹着玩儿？闹着玩可并非没有意义，这个不知道其实是为了加重语气，为了强调"你这个人多利害"，"得多少钱才够我花的"那两句话。

世间可也有成心以知为不知的，这是世故或策略。俗语道，"一问三不知"，就指的这种世故人。他事事怕惹是非，担责任，所以老是给你一个不知道。他不知道，他没有说什么，闹出了大小错儿是你们的，牵不到他身上去。这个可以说是"明哲保身"的不知道。老师在教室里问学生的书，学生回答"不知道"。也许他懒，没有看书，答不出；也许他看了书，还弄不清楚，想着答错了还不如回一个不知道，老师倒可以多原谅些。后一个不知道便是策略。"五四"运动的时候，北平有些学生被警察厅逮去送到法院。学生会请刘崇佑律师作辩护人。刘先生教那些学生到法院受讯的时候，对于审判官的问话如果不知道怎样回答才好，或者怕出了岔儿，就干脆说一个"不知道"。真的，你说"不知道"，人家抓不着你的把柄，派不着你的错处。从前用刑讯，即使真不知道，也可以逼得你说"知道"，现在的审判官却只能盘问你，用话套你，逼你，或诱你，说出你知道的。你如果小心提防着，多说些个"不知道"，审判官也没法奈何你。这个不知道更显然是策略。不过这策略的运用还在乎人。老辣的审判官在一大堆费话里夹带上一两句要紧话，让你提防不着，也许你会漏出一两个知道来，就定了案，那时候你所有的不知道就都变成废物了。

最需要"不知道"这策略的，是政府人员在回答新闻记者的问话的时候。记者若是提出不能发表或不便发表的内政外交问题来，政府发言人在平常的情形之下总得答话，可是又着不得一点儿边际，所以有些左右为难。固然他有时也可以"默不作声"，有时也可以老实答道，"不能奉告"或"不便奉告"；但是这么办得发言人的身份高或问题的性质特别严重才成，不然便不免得罪人。在平常的情形之下，发言人可以只说"不知道"，既得体，又比较婉转。

这个不知道其实是"无可奉告"，比"不能奉告"或"不便奉告"语气略觉轻些。至于发言人究竟是知道，是不知道，那是另一回事儿，可以不论。现代需用这一个不知道的机会很多。每回的局面却不完全一样。发言人斟酌当下的局面，有时将这句话略加变化，说得更婉转些，也更有趣些，教那些记者不至于窘着走开去。这也可以说是新的人情世故，这种新的人情世故也许比老的还要来得微妙些。

这个"不知道"的变化，有时只看得出一个"不"字。例如说，"未获得续到报告之前，不能讨论此事"，其实就是"现在无可奉告"的意思。前年九月二十日，美国赫尔[6]国务卿接见记者时，"某记者问，外传美国远东战队已奉令集中菲律宾之加维特之说是否属实。赫尔答称，'微君言，余固不知此事。'"从现在看，赫尔的话大概是真的，不过在当时似乎只是一句幽默的辞令，他的"不知"似乎只是策略而已。去年八月罗斯福总统和邱吉尔首相在大西洋上会晤，华盛顿六日国际社电——"海军当局宣称：当局接得总统所发波多马克号游艇来电，内称游艇现正沿海岸缓缓前进；电讯中并未提及总统将赴海上某地与英首相会晤。"这是一般的宣告，因为当时全世界都在关心这件事。但是宣告里只说了些闲话，紧要关头却用"电讯中并未提及"一句遮掩过去，跟没有说一样。还有，威尔基去年从英国回去，参议员克拉克问他，"威尔基先生，你在周游英伦时，英国希望美国派舰护送军备，你有些知道吗？"威尔基答道，"我想不起有人表示过这样的愿望。""想不起"比"不知道"活动得多；参议员不是新闻记者，威尔基不能不更婉转些，更谨慎些——，可是结果也还是一个"无可奉告"。

这个不知道有时甚至会变成知道，不过知道的都是些似相干又似不相干的事儿，你摸不着头脑，还是一般无二。前年十月八日华盛顿国际社电，说罗斯福总统"恐亚洲局势因滇缅路重开而将发生突变"，"日来屡与空军作战部长史塔克，海军舰队总司令李却逊，及前海军作战部长现充国防顾问李海等三巨头会商。总统并于接见记者时称，彼等会谈时仅研究地图而已云云。""仅研究地图而已"是答应了"知道"，但是这样轻描淡写的，还是"不知道"的比"知道"的多。去年五月，澳总理孟席尔到美国去，谒见罗斯福总统，"会谈一小时之久。后孟氏对记者称：吾人仅对数项事件，加以讨论，吾人实已经行地球一周，结果极令人振奋云。澳驻美公使加赛旋亦对记者称，澳总理与总统所商谈者为古今与将来之事件。""经行地球一周"，"古今与将来之事件"，"知道"的圈儿越大，圈儿里"不知道"的就越多。

这个不知道还会变成"他知道"。去年八月二十七日华盛顿合众社电，说记者"问总统对于野村大使所谓日美政策之暌隔必须弥缝，有何感想。总统避不作答，仅谓现已有人以此事询诸赫尔国务卿矣。"已经有人去问赫尔国务卿，国务卿知道，总统就不必作答了。去年五月十六日华盛顿合众社电，说罗斯福总统今日接见记者，说"美国过去曾两次不宣而战，第一次系北非巴巴拉之海盗，曾于一八八三年企图封锁地中海上美国之航行。第二次美将派海军至印度，以保护美国商业，打击英、法、西之海盗。""记者询以'今日亦有巴巴拉海盗式之人物乎？'总统称，'请诸君自己判断可也。'""诸君自己判断"，你们自己知道，总统也就不必作答了。"他知道"或"你知道"，还用发言人的"我"说什么呢？——这种种的变形，有些虽面目全非，细心吟味，却都从那一个不知道脱胎换骨，不过很微妙就是了。发言人临机应变，尽可层出不穷，但是百变不离其宗；这个不知道也算是神而明之的了。

1942年1月5日作。
（原载1942年1月12日《当代评论》第2卷第1期）

注释

1. 苏格拉底（前469—前399），古希腊著名的思想家，哲学家，教育家，他和他的学生柏拉图，以及柏拉图的学生亚里士多德被并称为"古希腊三贤"，更被后人广泛认为是西方哲学的奠基者。
2. 庸讵（yōng jù）：岂，何以，怎么。
3. 《应帝王》：《庄子》内篇中的最后一篇，它表达了庄子的为政思想。
4. 《桃花源记》：东晋文人陶渊明的代表作之一，约作于永初二年（421年）。
5. 太上隐者：唐代的隐士，隐居于终南山，自称太上隐者，生平不详。
6. 赫尔：康德尔·赫尔（*Cordell Hull*），在职时间：1933年3月4日—1944年11月30日，任职期总统：富兰克林·德拉诺·罗斯福。

导读

　　《不知道》写于1942年1月5日，国内抗日战争，国际第二次世界大战时期。世事纷争，尘嚣四起，不知道战火停止的时间，不知道光明到来的时刻。作为一名民主爱国人士和著名学者，朱自清一边关心时局，一边专注于语言文学研究，在这一阶段创作了多篇文艺评论类杂文。从这些文章中，我们不难发现，作者对生活观察的细致入微，对社会现象的深切感悟。这些文章也在试图对语言、对文学加以规范，本文大到国际各国处理事务间的周旋，小到百姓生活的家长里短，详尽剖析了"不知道"这一短句的含义及引申的各种用法。

语言是相对于人而言，因而作者分了几类人："不知为知""不知为妙""知为不知""不知多变"，不同场合，不同心态，不同目的，人们表现各异。

"知道自己的不知道，已经难，承认自己的不知道，更是难。"所谓的自知之明。首先是态度的端正。"在知识上肯坦白的承认自己不知道的，是个了不得的人，即使不是圣人，也该是君子人。"有了端正的态度，距离君子不远了，所谓自知者明，自古圣人少而微，君子坦荡荡的胸怀，是文明社会所需。"知道自己的不知道，并且让人家知道自己的不知道，这是诚实，是勇敢。"自我承认后，勇于暴露于他人，不掖着藏着，在程度上更为加深了一步。层层递进的叙述中，揭示出人们言行所应选取的角度及方式，那就是正视自己，正视他人，正视这个世界。

正　义

人间的正义是在哪里呢？

正义是在我们的心里！从明哲的教训和见闻的意义中，我们不是得着大批的正义么？但白白的搁在心里，谁也不去取用，却至少是可惜的事。两石白米堆在屋里，总要吃它干净，两箱衣服堆在屋里，总要轮流穿换，一大堆正义却扔在一旁，满不理会，我们真大方，真舍得！看来正义这东西也真贱，竟抵不上白米的一个尖儿，衣服的一个扣儿。——爽性用它不着，倒也罢了，谁都又装出一副发急的样子，张张皇皇的寻觅着。这个葫芦里卖的什么药？我的聪明的同伴呀，我真想不通了！

我不曾见过正义的面，只见过它的弯曲的影儿——在"自我"的唇边，在"威权"的面前，在"他人"的背后。

正义可以做幌子，一个漂亮的幌子，所以谁都愿意念着它的名字。"我是正经人，我要做正经事"，谁都向他的同伴这样隐隐的自诩着。但是除了用以"自诩"之外，正义对于他还有什么作用呢？他独自一个时，在生人中间时，早忘了它的名字，而去创造"自己的正义"了！他所给予正义的，只是让它的影儿在他的唇边闪烁一番而已。但是，这毕竟不算十分孤负 [1] 正义，比那凭着正义的名字以行罪恶的，还胜一筹。可怕的正是这种假名行恶的人。他嘴里唱着正义的名字，手里却满满的握着罪恶；他将这些罪恶送给社会，粘上金碧辉煌的正义的签条送了去。社会凭着他所唱的名字和所粘的签条，欣然受了这份礼；就是明知道是罪恶，也还是欣然受了这份礼！易卜生 [2] "社会栋梁"一出戏，就是这种情形。这种人的唇边，虽更频繁的闪烁着正义的弯曲的影儿，但是深藏在他们心底的正义，只怕早已霉了，烂了，且将毁灭了。在这些人里，我见不着正义！

在亲子之间，师傅学徒之间，军官兵士之间，上司属僚之间，似乎有正义可见了，但是也不然。卑幼大抵顺从他们长上的，长上要施行正义于他们，他们诚然是不"能"违抗的——甚至"父教子死，子不得不死"一类话也说出来了。他们发见有形的扑鞭和无形的赏罚在长上们的背后，怎敢去违抗呢？长上们凭着威权的名字施行正义，他们怎敢不遵呢？但是你私下问他们，"信么？服么？"他们必摇摇他们的头，甚至还奋起他们的双拳呢！这正是因为长上们不凭着正义的名字而施行正义的缘故了。这种正义只能由长上行于卑幼，卑幼是不能行于长上的，所以是偏颇的；这种正义只能施于卑幼，而不能施于他人，所以是破碎的；这种正义受着威权的鼓弄，有时不免要扩大到它的应有的轮廓之外，那时它又是肥大的。这些仍旧只是正义的弯曲的影儿。不凭着正义的名字而施行正义，我在这等人里，仍旧见不着它！

在没有威权的地方，正义的影儿更弯曲了。名位与金钱的面前，正义只剩淡如水的微痕了。你瞧现在一班大人先生见了所谓督军等人的劲儿！他们未必愿意如此的，但是一当了面，估量着对手的名位，就不免心里一软，自然要给他一些面子——于是不知不觉的就敷衍起来了。至于平常的人，偶然见了所谓名流，也不免要吃一惊，那时就是心里有一百二十个不以为然，也只好姑且放下，另做出一番"足恭"[3] 的样子，以表倾慕之诚。所以一班达官通人，差不多是正义的化外之民，他们所做的都是合于正义的，乃至他们所做的就是正义了！——在他们实在无所谓正义与否了。呀！这样，正义岂不已经沦亡了？却又不然。须知我只说"面前"是无正义的，"背后"的正义却幸而还保留着。社会的维持，大部分或者就靠着这背后的正义罢。但是背后的正义，力量究竟是有限的，因为隔开一层，不由的就单弱了。一个为富不仁的人，背后虽然免不了人们的指谪，面前却只有恭敬。一个华服翩翩的人，犯了违警律，就是警察也要让他五分。这就是我们的正义了！我们的正义百分之九十九是在背后的，而在极亲近的人间，有时连这个背后的正义也没有！因为太亲近了，什么也可以原谅了，什么也可以马虎了，正义就任怎么弯曲也可以了。背后的正义只有在生疏的人们间。生疏的人们间，没有什么密切的关系，自然可以用上正义这个幌子。至于一定要到背后才叫出正义来，那全是为了情面的缘故。情面的根柢大概也是一种同情，一种廉价的同情。现在的人们只喜欢廉价的东西，在正义与情面两者中，就尽先取了情面，而将正义放在背后。在极亲近的人间，情面的优先权到了最大限度，正义就几乎等于零，就是在背后也没有了。背后的正义虽也有相当的力量，但是比起面前的正义就大大的不同，启发与戒惧的功能都如搀了水的薄薄的牛乳似的——于是仍旧只算是一个弯曲的影儿。在这些人里，我更见不着正义！

人间的正义究竟是在哪里呢？满藏在我们心里！为什么不取出来呢？它没有优先权！在我们心里，第一个尖儿是自私，其余就是威权，势力，亲疏，情面等等；等到这些角色一一演毕，才轮得到我们可怜的正义。你想，时候已经晚了，它还有出台的机会么？没有！所以你要正义出台，你就得排除一切，让它做第一个尖儿。你得凭着它自己的名字叫它出台。你还得抖擞精神，准备一副好身手，因为它是初出台的角儿，捣乱的人必多，你得准备着打——不打不成相识呀！打得站住了脚携住了手，那时我们就能从容的瞻仰正义的面目了。

1924年5月14日作。
（原载《我们的七月》）

注释

1. 孤负：违背，对不住。
2. 易卜生：亨利克·约翰·易卜生（挪威语：*Henrik Johan Ibsen*，1828—1906），生于挪威希恩，是一位影响深远的挪威剧作家，被认为是现代现实主义戏剧的创始人。
3. 足恭：亦作"足共"。过度谦敬，以取媚于人。

导读

《正义》是朱自清面对社会不良现象而发出的一种疾呼，对人性当中正义缺失的一种责问。何为正义？是公道的、有利于人民的、有利于社会的。是人们为了战胜当前邪恶，最终是为了维护人类和谐幸福的道德行为。

作者开篇结尾的一问一叹"人间的正义在哪里呢？""正义是在我们的心里！"点明作此文的主旨，开题便引领我们进入思考当中，正义仅存于心，不曾取用，也就是说并没有实际意义，存在心里，或偶尔挂在嘴边，作为一些行恶的幌子。正文中作者在形形色色的人物中，苦苦寻找，可看到的都是正义弯曲的影儿，结尾处再问再叹，那人们应该怎样做呢，"你要正义出台，你就得排除一切，让它做第一个尖儿"。无论威权、势力、亲疏、情面都要退后，这样，正义才有出头之日。

培根说："就是因为有了正义感，人才成为人，而不成为狼。"现世浮华，人们在追名逐利的路上，不次于狼，道德在权势与金钱的冲击下，早已七零八落，本文距今近90年的历史，正义似乎是在人们心底埋愈深，偶有微光，似暗夜广袤苍穹里的星辰，带来些许安慰。朱自清在文中将正义与衣食相比较，说明仅以形式存在而不去实际使用，就不可能真正发挥正义的力量和价值。衣食是人生存于世的必要条件，可见，正义，也是道德基础的基础，社会秩序离不开正义。朱自清的文化理念和价值立场，即便在今天，仍具有深刻的现实意义和永远的历史意义。

父母的责任

在很古的时候，做父母的对于子女，是不知道有什么责任的。那时的父母以为生育这件事是一种魔术，由于精灵的作用；而不知却是他们自己的力量。所以那时实是连"父母"的观念也很模糊的；更不用说什么责任了！（哈蒲浩司曾说过这样的话）他们待遇子女的态度和方法，推想起来，不外根据于天然的爱和传统的迷信这两种基础；没有自觉的标准，是可以断言的。后来人知进步，精灵崇拜的思想，慢慢的消除了；一班做父母的便明白子女只是性交的结果，并无神怪可言。但子女对父母的关系如何呢？父母对子女的责任如何呢？那些当仁不让的父母便渐渐的有了种种主张了。且只就中国论，从孟子时候直到现在，所谓正统的思想，大概是这样说的：儿子是延续宗祀[1]的，便是儿子为父母，父母的父母，……而生存。父母要教养儿子成人，成为肖子——小之要能挣钱养家，大之要能荣宗耀祖。但在现在，第二个条件似乎更加重要了。另有给儿子娶妻，也是父母重大的责任——不是对于儿子的责任，是对于他们的先人和他们自己的责任；因为娶媳妇的第一目的，便是延续宗祀！至于女儿，大家都不重视，甚至厌恶的也有。卖她为妓，为妾，为婢，寄养她于别人家，作为别人家的女儿；送她到育婴堂里，都是寻常而不要紧的事；至于看她作"赔钱货"，那是更普通了！在这样情势之下，父母对于女儿，几无责任可言！普通只是生了便养着；大了跟着母亲学些针黹[2]，家事，等着嫁人。这些都没有一定的责任，都只由父母"随意为之"。只有嫁人，父母却要负些责任，但也颇轻微的。在这些时候，父母对儿子总算有了显明的责任，对女儿也算有了些责任。但都是从子女出生后起算的。至于出生前的责任，却是没有，大家似乎也不曾想到——向他们说起，只怕还要吃惊哩！在他们模糊的心里，大约只有"生儿子"、"多生儿子"两件，是在子女出生前希望的——却不是责任。虽然那些已过三十岁而没有生儿子的人，便去纳妾，吃补药，千方百计的想生儿子，但究竟也不能算是责任。所以这些做父母的生育子女，只是糊里糊涂给了他们一条生命！因此，无论何人，都有任意生育子女的权利。

近代生物科学及人生科学的发展，使"人的研究"日益精进。"人的责任"的见解，因而起了多少的变化，对于"父母的责任"的见解，更有重大的改正。从生物科学里，我们知道子女非为父母而生存；反之，父母却大部分是为子女而生存！与其说"延续宗祀"，不如说"延续生命"和"延续生命"的天然的要求相关联的，又有"扩大或发展生命"的要求，这却从前被习俗或礼教埋没了的，于今又抬起头来了。所以，现在的父母不应再将子女硬安在自己的型里，叫他们做"肖子"，应该让他们有充足的力量，去自由发展，成功超越自己的人！至于子与女的应受平等待遇，由性的研究的人生科学所说明，以及现实生活所昭示，更其是显然了。这时的父母负了新科学所指定的责任，便不能像从前的随便。他们得知生育子女一面虽是个人的权利，一面更为重要的，却又是社会的服务，因而对于生育的事，以及相随的教养的事，便当负着社会的责任；不应该将子女只看作自己的后嗣而教养他们，应该将他们看作社会的后一代而教养他们！这样，女儿随意怎样待遇都可，和为家族与自己的利益而教养儿子的事，都该被抗议了。这种见解成为风气以后，将形成一种新道德："做父母是'人的'最高尚、最神圣的义务和权利，又是最重大的服务社会的机会！"因此，做父母便不是一件轻率的、容易的事；人们在做父母以前，便不得不将自己的能力忖量[3]一番了。——那些没有父母的能力而贸然做了父母，以致生出或养成身体上或心思上不健全的子女的，便将受社会与良心的制裁了。在这样社会里，子女们便都有福了。只是，惭愧说的，现在这种新道德还只是理想的境界！

依我们的标准看，在目下的社会里——特别注重中国的社会里，几乎没有负责任的父母！或者说，父母几乎没有责任！花柳病者，酒精中毒者，疯人，白痴都可公然结婚，生育子女！虽然也有人慨叹于他们的子女从他们接受的遗传的缺陷，但却从没有人抗议他们的生育的权利！因之，残疾的、变态的人便无减少的希望了！穷到衣食不能自用的人，却可生出许多子女；宁可让他们忍冻挨饿，甚至将他们送给人，卖给人，却从不怀疑自己的权利！也没有别人怀疑他们的权利！因之，流离失所的，和无教无养的儿童多了！这便决定了我们后一代的悲惨的命运！这正是一般作父母的不曾负着生育之社会的责任的结果。也便是社会对于生育这件事放任的结果。所以我们以为为了社会，生育是不应该自由的；至少这种自由是应该加以限制的！不独精神，身体上有缺陷的，和无养育子女的经济的能力的应该受限制；便是那些不能教育子女，乃至不能按着子女自己所需要和后一代社会所需要而教育他们的，也当受一种道德的制裁。——教他们自己制裁，自觉的不生育，或节制生育。现在有许多富家和小资产阶级的孩子，或因父母溺爱，或因父母事务忙碌，不能有充分的受良好教育的机会，致不能养成适应将来的健全的人格；有些还要受些祖传老店"子曰铺"里的印板教育，那就格外不会有新鲜活泼的进取精神了！在子女多的家庭里，父母照料更不能周全，便更易有这些倾向！这种生育的流弊，虽没有前面两种的厉害，但足以为"进步"的重大的阻力，则是同的！并且这种流弊很通行，——试看你的朋友，你的亲戚，你的家族里的孩子，乃至你自己的孩子之中，有哪个真能"自遂其生"的！你将也为他们的——也可说我们的——运命担忧着吧。——所以更值得注意。

现在生活程度渐渐高了，在小资产阶级里，教养一个子女的费用，足以使家庭的安乐缩小，子女的数和安乐的量恰成反比例这件事，是很显然了。那些贫穷的人也觉得子女是一种重大的压迫了。其实这些情形从前也都存在，只没有现在这样叫人感着罢了。在小资产阶级里，新兴的知识阶级最能锐敏的感到这种痛苦。可是大家虽然感着，却又觉得生育的事是"自然"所支配，非人力所能及，便只有让命运去决定了。直到近两年，生物学的知识，尤其是优生学的知识，渐渐普及于一般知识阶级，于是他们知道不健全的生育是人力可以限制的了。去年山顺夫人[4]来华，传播节育的理论与方法，影响特别的大；从此便知道不独不健全的生育可以限制，便是健全的生育，只要当事人不愿意，也可自由限制的了。于是对于子女的事，比较出生后，更其注重出生前了；于是父母在子女的出生前，也有显明的责任了。父母对于生育的事，既有自由权力，则生出不健全的子女，或生出子女而不能教养，便都是他们的过失。他们应该受良心的责备，受社会的非难！而且看"做父母"为重大的社会服务，从社会的立场估计时，父母在子女出生前的责任，似乎比子女出生后的责任反要大哩！以上这些见解，目下虽还不能成为风气，但确已有了肥嫩的萌芽至少在知识阶级里。我希望知识阶级的努力，一面实行示范，一面尽量将这些理论和方法宣传，到最僻远的地方里，到最下层的社会里；等到父母们不但"知道"自己背上"有"这些责任，并且"愿意"自己背上"负"这些责任，那时基于优生学和节育论的新道德便成立了。这是我们子孙的福音！

在最近的将来里，我希望社会对于生育的事有两种自觉的制裁：一，道德的制裁，二，法律的制裁。身心有缺陷者，如前举花柳病者等，该用法律去禁止他们生育的权利，便是法律的制裁。这在美国已有八州实行了。但施行这种制裁，必需具备几个条件，才能有效。一要医术发达，并且能得社会的信赖；二要户籍登记的详确（如遗传性等，都该载入）；三要举行公众卫生的检查；四要有公正有力的政府；五要社会的宽容。这五种在现在的中国，一时都还不能做到，所以法律的制裁便暂难实现；我们只好从各方面努力罢了。但禁止"做父母"的事，虽然还不可能，劝止"做父母"的事，却是随时随地可以作的。教人知道父母的责任，教人知道现在的做父母应该是自由选择的结果，——就是人们于生育的事，可以自由去取——教人知道不负责及不能负责的父母是怎样不合理，怎样损害社会，怎样可耻！这都是爱作就可以作的。这样给人一种新道德的标准去自己制裁，便是社会的道德的制裁的出发点了。

所以道德的制裁，在现在便可直接去着手建设的。并且在这方面努力的效果，也容易见些。况不适当的生育当中，除那不健全的生育一项，将来可以用法律制裁外，其余几种似也非法律之力所能及，便非全靠道德去制裁不可。因为，道德的制裁的事，不但容易着手，见效，而且是更为重要；我们的努力自然便该特别注重这一方向了！

不健全的生育，在将来虽可用法律制裁，但法律之力，有时而穷，仍非靠道德辅助不可；况法律的施行，有赖于社会的宽容，而社会宽容的基础，仍必筑于道德之上。所以不健全的生育，也需着道德的制裁；在现在法律的制裁未实现的时候，尤其是这样！花柳病者，酒精中毒者，……我们希望他们自己觉得身体的缺陷，自己忏悔自己的罪孽；便借着忏悔的力量，决定不将罪孽传及子孙，以加重自己的过恶！这便自己剥夺或停止了自己做父母的权利。但这种自觉是很难的。所以我们更希望他们的家族，亲友，时时提醒他们，监视他们，使他们警觉！关于疯人、白痴，则简直全无自觉可言；那是只有靠着他们保护人，家族，亲友的处置了。在这种情形里，我们希望这些保护人等能明白生育之社会的责任及他们对于后一代应有的责任，而知所戒惧，断然剥夺或停止那有缺陷的被保护者的做父母的权利！这几类人最好是不结婚或和异性隔离；至少也当用节育的方法使他们不育！至于说到那些穷到连"养育"子女也不能的，我们教他们不滥育，是很容易得他们的同情的。只需教给他们最简便省钱的节育的方法，并常常向他们恳切的说明和劝导，他们便会渐渐的相信，奉行的。但在这种情形里，教他们相信我们的方法这过程，要比较难些；因为这与他们信自然与命运的思想冲突，又与传统的多子孙的思想冲突——他们将觉得这是一种罪恶，如旧日的打胎一样；并将疑惑这或者是洋人的诡计，要从他们的身体里取出什么的！但是传统的思想，在他们究竟还不是固执的，魔术的怀疑因了宣传方法的巧妙和时日的长久，也可望减缩的；而经济的压迫究竟是眼前不可避免的实际的压迫，他们难以抵抗的！所以只要宣传的得法，他们是容易渐渐的相信，奉行的。只有那些富家——官僚或商人——和有些小资产阶级，这道德的制裁的思想是极难侵入的！他们有相当的经济的能力，有固执的传统的思想，他们是不会也不愿知道生育是该受限制的；他们不知道什么是不适当的生育！他们只在自然的生育子女，以传统的态度与方法待遇他们，结果是将他们装在自己的型里，作自己的牺牲！这样尽量摧残了儿童的个性与精神生命的发展，却反以为尽了父母的责任！这种误解责任较不明责任实在还要坏；因为不明的还容易纳入忠告，而误解的则往往自以为是，拘执不肯更变。这种人实在也不配做父母！因为他们并不能负真正的责任。我们对于这些人，虽觉得很不容易使他们相信我们，但总得尽我们的力量使他们能知道些生物进化和社会进化的道理，使他们能以儿童为本位，能"理解他们，指导他们，解放他们"；这样改良从前一切不适当的教养方法。并且要使他们能有这样决心：在他们觉得不能负这种适当的教养的责任，或者不愿负这种责任时，更应该断然采取节育的办法，不再因循，致误人误己。这种宣传的事业，自然当由新兴的知识阶级担负；新兴的知识阶级虽可说也属于小资产阶级里，但关于生育这件事，他们特别感到重大的压迫，因有了彻底的了解，觉醒的态度，便与同阶级的其余部分不同了。

但是还有一个问题留着：现存的由各种不适当的生育而来的子女们，他们的父母将怎样为他们负责呢？我以为花柳病者等一类人的子女，只好任凭自然先生去下辣手，只不许谬种再得流传便了。贫家子女父母无力教养的，由社会设法尽量收容他们，如多设贫儿院等。但社会收容之力究竟有限的，大部分只怕还是要任凭自然先生去处置的！这是很悲惨的事，但经济组织一时既还不能改变，又有什么法儿呢？我们只好"尽其在人"罢了。至于那些以长者为本位而教养儿童的，我们希望他们能够改良，前节已说过了。还有新兴的知识阶级里现在有一种不愿生育子女的倾向；他们对于从前不留意而生育的子女，常觉得冷淡，甚至厌恶，因而不愿为他们尽力。在这里，我要明白指出，生物进化，生命发展的最重要的原则，是前一代牺牲于后一代，牺牲是进步的一个阶梯！愿他们——其实我也在内——为了后一代的发展，而牺牲相当的精力于子女的教养；愿他们以极大的忍耐，为子女们将来的生命构筑坚实的基础，愿他们牢记自己的幸福，同时也不要忘了子女们的幸福！这是很要些涵养工夫的。总之，父母的责任在使子女们得着好的生活，并且比自己的生活好的生活；一面也使社会上得着些健全的、优良的、适于生存的分子；是不能随意的。

为使社会上适于生存的日多，不适于生存的日少，我们便重估了父母的责任：

父母不是无责任的。

父母的责任不应以长者为本位，以家族为本位；应以幼者为本位，社会为本位。

我们希望社会上父母都负责任；没有不负责任的父母！

"做父母是人的最高尚、最神圣的义务和权利，又是最重大的服务社会的机会"，这是生物学、社会学所指给的新道德。

既然父母的责任由不明了到明了是可能的，则由不正确到正确也未必是不可能的；新道德的成立，总在我们的努力，比较父母对子女的责任尤其重大的，这是我们对一切幼者的责任！努力努力！

（原载1923年2月3日《新民意报·星火副刊》）

注释

1. 宗祀（zōng sì）：对祖宗的祭祀。
2. 针黹（zhēn zhǐ）：〈书〉指缝纫、刺绣等针线工作。
3. 忖量（cǔn liàng）：揣度，思量。
4. 山顺夫人：玛格丽特·桑格（1883—1966），译山格夫人、桑格夫人、珊格尔夫人等，美国节育运动的领导者之一。

导读

　　《父母的责任》选自朱自清的散文集《集外》。《集外》是朱自清生前未曾编成集子的散文。有些散文散失在新中国成立前的各个报刊上，江苏教育出版社出版《朱自清全集》后，经过搜集和整理，编入在《全集》第4卷内。

　　《父母的责任》写于20世纪20年代初，朱自清写此文的主旨是倡导优生重教，近30年后马寅初提出《新人口论》，此后开始大力宣传"提高人口素质，控制人口数量"。朱自清先生的远见卓识可见一斑。本文讲述了父母是有责任的，而且生养及教育不单单是家庭的事，而是具有社会性意义的。社会要进步，首先作为社会最小细胞的个人应该是健康的、有教养的，家庭要是幸福的、和谐的。"父母的责任不应以长者为本位，以家族为本位；应以幼者为本位，社会为本位。"这不免让人想起，早在两千年前，孟子的"老吾老以及人之老，幼吾幼以及人之幼"的观念，朱自清的观念中既包含了传统美德，更重现代教育思想。

　　开篇作者抨击了中国古代重男轻女的落后思想，"儿子是延续宗祀的，便是儿子为父母，父母的父母，……而生存。父母要教养儿子成人，成为肖子——小之要能挣钱养家，大之要能荣宗耀祖"。而"父母对于女儿，几无责任可言！"随时代发展，科学进步，慢慢有新的道德伦理规范和社会责任来导引众多父母，"做父母是'人的'最高尚、最神圣的义务和权利，又是最重大的服务社会的机会！"生育不仅仅是个人的事，也是为社会服务，具有一定的社会责任。而在如何进行优生方面，作者呼吁："我希望社会对于生育的事有两种自觉的制裁：一，道德的制裁，二，法律的制裁。"法律永远是有限制约，只有道德，才是无形且具无限力量，也只有道德，才能将人类引向光明的未来。因此，新道德的确立尤显重要。虽然对那些贫病幼儿，朱自清称只能任其自生自灭，但是同情与无奈之意相当明显，尤其借此要求做父母的，要为孩子出生成长真正负起责任。正如鲁迅在《我们怎样做父亲》中所言："肩住黑暗的闸门，放他们到宽阔光明的地方去；此后幸福的度日，合理的做人。"

春晖的一月

去年在温州，常常看到本刊，觉得很是欢喜。本刊印刷的形式，也颇别致，更使我有一种美感。今年到宁波时，听许多朋友说，白马湖的风景怎样怎样好，更加向往。虽然于什么艺术都是门外汉，我却怀抱着爱"美"的热诚，三月二日，我到这儿上课来了。在车上看见"春晖中学校"的路牌，白地黑字的，小秋千架似的路牌，我便高兴。出了车站，山光水色，扑面而来，若许我抄前人的话，我真是"应接不暇"了。于是我便开始了春晖的第一日。

走向春晖，有一条狭狭的煤屑路。那黑黑的细小的颗粒，脚踏上去，便发出一种摩擦的噪音，给我多少清新的趣味。而最系我心的，是那小小的木桥。桥黑色，由这边慢慢地隆起，到那边又慢慢的低下去，故看去似乎很长。我最爱桥上的栏干，那变形的卍纹的栏干；我在车站门口早就看见了，我爱它的玲珑！桥之所以可爱，或者便因为这栏干哩。我在桥上逗留了好些时。这是一个阴天。山的容光，被云雾遮了一半，仿佛淡妆的姑娘。但三面映照起来，也就青得可以了，映在湖里，白马湖里，接着水光，却另有一番妙景。我右手是个小湖，左手是个大湖。湖有这样大，使我自己觉得小了。湖水有这样满，仿佛要漫到我的脚下。湖在山的趾边，山在湖的唇边；他俩这样亲密，湖将山全吞下去了。吞的是青的，吐的是绿的，那软软的绿呀，绿的是一片，绿的却不安于一片；它无端的皱起来了。如絮的微痕，界出无数片的绿；闪闪闪闪的，像好看的眼睛。湖边系着一只小船，四面却没有一个人，我听见自己的呼吸。想起"野渡无人舟自横"的诗，真觉物我双忘了。

好了，我也该下桥去了；春晖中学校还没有看见呢。弯了两个弯儿，又过了一重桥。当面有山挡住去路；山旁只留着极狭极狭的小径。挨着小径，抹过山角，豁然开朗；春晖的校舍和历落的几处人家，都已在望了。远远看去，房屋的布置颇疏散有致，决无拥挤、局促之感。我缓缓走到校前，白马湖的水也跟我缓缓的流着。我碰着丏尊[1]先生。他引我过了一座水门汀的桥，便到了校里。校里最多的是湖，三面潺潺的流着；其次是草地，看过去芊芊的一片。我是常住城市的人，到了这种空旷的地方，有莫名的喜悦！乡下人初进城，往往有许多的惊异，供给笑话的材料；我这城里人下乡，却也有许多的惊异——我的可笑，或者竟不下于初进城的乡下人。闲言少叙，且说校里的房屋、格式、布置固然疏落有味，便是里面的用具，也无一不显出巧妙的匠意；决无笨伯的手泽。晚上我到几位同事家去看，壁上有书有画，布置井井，令人耐坐。这种情形正与学校的布置，自然界的布置是一致的。美的一致，一致的美，是春晖给我的第一件礼物。

有话即长，无话即短，我到春晖教书，不觉已一个月了。在这一个月里，我虽然只在春晖登了十五日（我在宁波四中兼课），但觉甚是亲密。因为在这里，真能够无町畦[2]。我看不出什么界线，因而也用不着什么防备，什么顾忌；我只照我所喜欢的做就是了。这就是自由了。从前我到别处教书时，总要做几个月的"生客"，然后才能坦然。对于"生客"的猜疑，本是原始社会的遗形物，其故在于不相知。这在现社会，也不能免的。但在这里，因为没有层迭的历史，又结合比较的单纯，故没有这种习染。这是我所深愿的！这里的教师与学生，也没有什么界限。在一般学校里，师生之间往往隔开一无形界限，这是最足减少教育效力的事！学生对于教师，"敬鬼神而远之"；教师对于学生，尔为尔，我为我，休戚不关，理乱不闻！这样两橛的形势，如何说得到人格感化？如何说得到"造成健全人格"？这里的师生却没有这样情形。无论何时，都可自由说话；一切事务，常常通力合作。校里只有协治会而没有自治会。感情既无隔阂，事务自然都开诚布公，无所用其躲闪。学生因无须矫情饰伪，故甚活泼有意思。又因能顺全天性，不遭压抑；加以自然界的陶冶：故趣味比较纯正。——也有太随便的地方，如有几个人上课时喜欢谈闲天，有几个人喜欢吐痰在地板上，但这些总容易矫正的。——春晖给我的第二件礼物是真诚，一致的真诚。

春晖是在极幽静的乡村地方，往往终日看不见一个外人！寂寞是小事；在学生的修养上却有了问题。现在的生活中心，是城市而非乡村。乡村生活的修养能否适应城市的生活，这是一个问题。此地所说适应，只指两种意思：一是抵抗诱惑，二是应付环境——明白些说，就是应付人，应付物。乡村诱惑少，不能养成定力；在乡村是好人的，将来一入城市做事，或者竟抵挡不住。从前某禅师在山中修道，道行甚高；一旦入闹市，"看见粉白黛绿，心便动了"。这话看来有理，但我以为其实无妨。就一般人而论，抵抗诱惑的力量大抵和性格、年龄、学识、经济力等有"相当"的关系。除经济力与年龄外，性格、学识，都可用教育的力量提高它，这样增加抵抗诱惑的力量。提高的意思，说得明白些，便是以高等的趣味替代低等的趣味；养成优良的习惯，使不良的动机不容易有效。用了这种方法，学生达到高中毕业的年龄，也总该有相当的抵抗力了；入城市生活又何妨？（不及初中毕业时者，因初中毕业，仍须续入高中，不必自己挣扎，故不成问题。）有了这种抵抗力，虽还有经济力可以作祟，但也不能有大效。前面那禅师所以不行，一因他过的是孤独的生活，故反动力甚大，一因他只知克制，不知替代；故外力一强，便"虎兕出于柙"[3]了！这岂可与现在这里学生的乡村生活相提并论呢？至于应付环境，我以为应付物是小问题，可以随时指导；而且这与乡村，城市无大关系。我是城市的人，但初到上海，也曾因不会乘电车而跌了一交，跌得皮破血流；这与乡下诸公又差得几何呢？若说应付人，无非是机心！什么"逢人只说三分话，未可全抛一片心"，便是代表的教训。教育有改善人心的使命；这种机心，有无养成的必要，是一个问题。姑不论这个，要养成这种机心，也非到上海这种地方去不成；普通城市正和乡村一样，是没有什么帮助的。凡以上所说，无非要使大家相信，这里的乡村生活的修养，并不一定不能适应将来城市的生活。况且我们还可以举行旅行，以资调剂呢。况且城市生活的修养，虽自有它的好处；但也有流弊。如诱惑太多，年龄太小或性格未佳的学生，或者转易陷溺——那就不但不能磨练定力，反早早的将定力丧失了！所以城市生活的修养不一定比乡村生活的修养有效。——只有一层，乡村生活足以减少少年人的进取心，这却是真的！

　　说到我自己，却甚喜欢乡村的生活，更喜欢这里的乡村的生活。我是在狭的笼的城市里生长的人，我要补救这个单调的生活，我现在住在繁嚣的都市里，我要以闲适的境界调和它。我爱春晖的闲适！闲适的生活可说是春晖给我的第三件礼物！

　　我已说了我的"春晖的一月"；我说的都是我要说的话。或者有人说，赞美多而劝勉少，近乎"戏台里喝彩"！假使这句话是真的，我要切实声明：

我的多赞美，必是情不自禁之故，我的少劝勉，或是观察时期太短之故。

1924年4月12日夜作。

（原载1924年4月16日《春晖》第27期）

注释

1. 丏（miǎn）尊：即夏丏尊，（1886—1946），出版家、教育家、文学家。
2. 町畦（tǐng qí）：界域，界限。
3. "虎兕（sì）出于柙"：语出《论语·季氏》："虎兕出于柙，龟玉毁于椟中，是谁之过与？"说的意思是老虎和犀牛跑出了笼子，龟甲和美玉毁坏于匣中，究竟应该是谁的过错呢？

导读

　　《春晖的一月》写于1924年4月12日，发表在1924年4月16日《春晖》第27期。写的是朱自清到春晖中学教书一个月以来的感受，乍看标题，易误以为是写一月份春晖的景致，你误解了吗？实际上，本文写的是三月的春晖。《春晖》是夏丏尊于1923年创办的校刊，作者也正是在这位夏先生的推荐之下，于1924年3月2日来到春晖中学教书。

　　本文由自然景物到内心感受，行文结构、启承转接处理得极为自然顺畅。"好了，我也该下桥去了"，一个过渡句，将沉醉在那物我两忘境界中的作者拉回现实，即便意犹未尽，但却应该下桥了，过渡到了另一处桥，转过山边小径便来到了学校，由远及近，同览一路美景，那山、那小径、那桥、那湖、那草地、那房屋、那壁画，是春晖给作者的第一份礼物："一致的美。""闲言少叙""有话即长，无话即短"，再来一个过渡，就从外在景物过渡到内心感受了，便是春晖给作者的第二份礼物："一致的真诚。"单从作者走在布满煤屑的小路，听着踩出的噪声，却感新鲜有趣，足可见作者心情大好。长期工作生活在城市的作者，来到这闲适恬静的乡间，自然与人文都令其沉醉，追求自由、个性的学校气氛，真挚坦诚的人际交往，使作者爱上了这种宁静及闲适。但作为教育工作者，朱自清思考得更多，更深远。他认真分析了乡村环境对于成长中的学子的影响，担忧在这种近似世外桃源的校园，培养塑造出的学生在应付人与事方面缺少定力与担当，"教育有改善人心的使命。""除经济力与年龄外，性格、学识，都可用教育的力量提高它，这样增加抵抗诱惑的力量”，担忧之际，内心却有十足的把握，相信用教育的力量完全可以弥补。其实，这正是一种劝勉，对人对己，隐在赞誉之词中真诚的劝勉。

再看语言，本文随处可见作者一贯的写作手法：语言朴实无华，情感自然流露。善用比喻、拟人的修辞手法，"被云雾遮了一半，仿佛淡妆的姑娘"，"他俩这样亲密，湖将山全吞下去了"，"闪闪闪闪的，像好看的眼睛"……形象生动，挥洒自如，既使读者如身临其境，又给读者留下了开阔的想象空间。

执政府大屠杀记

三月十八是一个怎样可怕的日子！我们永远不应该忘记这个日子！

这一日，执政府的卫队，大举屠杀北京市民——十分之九是学生！死者四十余人，伤者约二百人！这在北京是第一回大屠杀！

这一次的屠杀，我也在场，幸而直到出场时不曾遭着一颗弹子；请我的远方的朋友们安心！第二天看报，觉得除一两家报纸外，各报记载多有与事实不符之处。究竟是访闻失实，还是安着别的心眼儿，我可不得而知，也不愿细论。我只说我当场眼见和后来耳闻的情形，请大家看看这阴惨惨的二十世纪二十六年三月十八日的中国！——十九日《京报》所载几位当场逃出的人的报告，颇是翔实，可以参看。

我先说游行队。我自天安门出发后，曾将游行队从头至尾看了一回。全数约二千人；工人有两队，至多五十人；广东外交代表团一队，约十余人；国民党北京特别市党部一队，约二三十人；留日归国学生团一队，约二十人，其余便多是北京的学生了，内有女学生三队。拿木棍的并不多，而且都是学生，不过十余人；工人拿木棍的，我不曾见。木棍约三尺长，一端削尖了，上贴书有口号的纸，做成旗帜的样子。至于"有铁钉的木棍"我却不曾见！

我后来和清华学校的队伍同行，在大队的最后。我们到执政府前空场上时，大队已散开在满场了。这时府门前站着约莫两百个卫队，分两边排着；领章一律是红地，上面"府卫"两个黄铜字，确是执政府的卫队。他们都背着枪，悠然的站着：毫无紧张的颜色。而且枪上不曾上刺刀，更不显出什么威武。这时有一个人爬在石狮子头上照相。那边府里正面楼上，栏干上伏满了人，而且拥挤着，大约是看热闹的。在这一点上，执政府颇像寻常的人家，而不像堂堂的"执政府"了。照相的下了石狮子，南边有了报告的声音："他们说是一个人没有，我们怎么样？"这大约已是五代表被拒以后了；我们因走进来晚，故未知前事——但在这时以前，群众的嚷声是决没有的。到这时才有一两处的嚷声了："回去是不行的！""吉兆胡同！""……"忽然队势散动了，许多人纷纷往外退走；有人连声大呼："大家不要走，没有什么事！"一面还扬起了手，我们清华队的指挥也扬起手叫道："清华的同学不要走，没有事！"这其间，人众稍稍聚拢，但立刻即又散开；清华的指挥第二次叫声刚完，我看见众人纷纷逃避时，一个卫队已装完子弹了！我赶忙向前跑了几步，向一堆人旁边睡下；但没等我睡下，我的上面和后面各来了一个人，紧紧地挨着我。我不能动了，只好蜷曲着。

　　这时已听到劈劈拍拍的枪声了；我生平是第一次听枪声，起初还以为是空枪呢（这时已忘记了看见装子弹的事）。但一两分钟后，有鲜红的热血从上面滴到我的手背上，马褂上了，我立刻明白屠杀已在进行！这时并不害怕，只静静的注意自己的运命，其余什么都忘记。全场除劈拍的枪声外，也是一片大静默，绝无一些人声；什么"哭声震天"，只是记者先生们的"想当然耳"罢了。我上面流血的那一位，虽滴滴地流着血，直到第一次枪声稍歇，我们爬起来逃走的时候，他也不则一声。这正是死的袭来，沉默便是死的消息。事后想起，实在有些悚然。在我上面的不知是谁？我因为不能动转，不能看见他；而且也想不到看他——我真是个自私的人！后来逃跑的时候，才又知道掉在地下的我的帽子和我的头上，也滴了许多血，全是他的！他足流了两分钟以上的血，都流在我身上，我想他总吃了大亏，愿神保佑他平安！第一次枪声约经过五分钟，共放了好几排枪；司令的是用警笛；警笛一鸣，便是一排枪，警笛一声接着一声，枪声就跟着密了，那警笛声甚凄厉，但有几乎一定的节拍，足见司令者的从容！后来听别的目睹者说，司令者那时还用指挥刀指示方向，总是向人多的地方射击！又有目睹者说，那时执政府楼上还有人手舞足蹈的大乐呢！

　　我现在缓叙第一次枪声稍歇后的故事，且追述些开枪时的情形。我们进场距开枪时，至多四分钟；这其间有照相有报告，有一两处的嚷声，我都已说过了。我记得，我确实记得，最后的嚷声距开枪只有一分余钟；这时候，群众散而稍聚，稍聚而复纷散，枪声便开始了。这也是我说过的。但"稍聚"的时候，阵势已散，而且大家存了观望的心，颇多趑趄[1]不前的，所谓"进攻"的事是决没有的！至于第一次纷散之故，我想是大家看见卫队从背上取下枪来装子弹而惊骇了；因为第二次纷散时，我已看见一个卫队（其余自然也是如此，他们是依命令动作的）装完子弹了。在第一次纷散之前，群众与卫队有何冲突，我没有看见，不得而知。但后来据一个受伤的说，他看见有一部分人——有些是拿木棍的——想要冲进府去。这事我想来也是有的；不过这决不是卫队开枪的缘由，至多只是他们的借口。他们的荷枪挟弹与不上刺刀（故示镇静）与放群众自由入辕门内（便于射击），都是表示他们"聚而歼旃"的决心，冲进去不冲进去是没有多大关系的。证以后来东门口的拦门射击，更是显明！原来先逃出的人，出东门时，以为总可得着生路；哪知迎头还有一支兵，——据某一种报上说，是从吉兆胡同 [2] 来的手枪队，不用说，自然也是杀人不眨眼的府卫队了！——开枪痛击。那时前后都有枪弹，人多门狭，前面的枪又极近，死亡枕藉！这是事后一个学生告诉我的；他说他前后两个人都死了，他躲闪了一下，总算幸免。这种间不容发的生死之际也够人深长思了。

照这种种情形，就是不在场的诸君，大约也不至于相信群众先以手枪轰击卫队了吧。而且轰击必有声音，我站的地方，离开卫队不过二十余步，在第二次纷散之前，却绝未听到枪声。其实这只要看政府巧电的含糊其辞，也就够证明了。至于所谓当场夺获的手枪，虽然像煞有介事地举出号数，使人相信，但我总奇怪；夺获的这些支手枪，竟没有一支曾经当场发过一响，以证明他们自己的存在。——难道拿手枪的人都是些傻子么？还有，现在很有人从容的问："开枪之前，有警告么？"我现在只能说，我看见的一个卫队，他的枪口是正对着我们的，不过那是刚装完子弹的时候。而在我上面的那位可怜的朋友，他流血是在开枪之后约一两分钟时。我不知卫队的第一排枪是不是朝天放的，但即使是朝天放的，也不算是警告；因为未开枪时，群众已经纷散，放一排朝天枪（假定如此）后，第一次听枪声的群众，当然是不会回来的了（这不是一个人胆力的事，我们也无须假充硬汉），何用接二连三地放平枪呢！即使怕一排枪不够驱散众人，尽放朝天枪好了，何用放平枪呢！所以即使卫队曾放了一排朝天枪，也决不足做他们丝毫的辩解；况且还有后来的拦门痛击呢，这难道还要问："有无超过必要程度？"

第一次枪声稍歇后，我茫然地随着众人奔逃出去。我刚发脚的时候，便看见旁边有两个同伴已经躺下了！我来不及看清他们的面貌，只见前面一个，右乳部有一大块殷红的伤痕，我想他是不能活了！那红色我永远不忘记！同时还听见一声低缓的呻吟，想是另一位的，那呻吟我也永远不忘记！我不忍从他们身上跨过去，只得绕了道弯着腰向前跑，觉得通身懈弛³得很；后面来了一个人，立刻将我撞了一跤。我爬了两步，站起来仍是弯着腰跑。这时当路有一副金丝圆眼镜，好好地直放着；又有两架自行车，颇挡我们的路，大家都很艰难地从上面踏过去。我不自主地跟着众人向北躲入马号里。我们偃卧⁴在东墙角的马粪堆上。马粪堆很高，有人想爬墙过去。墙外就是通路。我看着一个人站着，一个人正向他肩上爬上去；我自己觉得决没有越墙的气力，便也不去看他们。而且里面枪声早又密了，我还得注意运命的转变。这时听见墙边有人问："是学生不是？"下文不知如何，我猜是墙外的兵问的。那两个爬墙的人，我看见，似乎不是学生，我想他们或者得了兵的允许而下去了。若我猜的不大错，从这一句简单的问语里，我们可以看出卫队乃至政府对于学生海样深的仇恨！而且可以看出，这一次的屠杀确是有意这样"整顿学风"的；我后来知道，这时有几个清华学生和我同在马粪堆上。有一个告诉我，他旁边有一位女学生曾喊他救命，但是他没有法子，这真是可遗憾的事，她以后不知如何了！我们偃卧⁴马粪堆上，不过两分钟，忽然看见对面马厩里有一个兵拿着枪，正装好子弹，似乎就要向我们放。我们立刻起来，仍弯着腰逃走；这时场里还有疏散的枪声，我们也顾不得了。走出马路，就到了东门口。

这时枪声未歇，东门口拥塞得几乎水泄不通。我隐约看见底下蜷缩地蹲着许多人，我们便推推搡搡，拥挤着，挣扎着，从他们身上踏上去。那时理性真失了作用，竟恬然⁵不以为怪似的。我被挤得往后仰了几回，终于只好竭全身之力，向前而进。在我前面的一个人，脑后大约被枪弹擦伤，汩汩地流着血；他也同样地一歪一倒地挣扎着。但他一会儿便不见了，我想他是平安的下去了。我还在人堆上走。这个门是平安与危险的界线，是生死之门，故大家都不敢放松一步。这时希望充满在我心里。后面稀疏的弹子，倒觉不十分在意。前一次的奔逃，但求不即死而已，这回却求生了；在人堆上的众人，都积极地显出生之努力。但仍是一味的静；大家在这千钧一发的关头，那有闲心情和闲工夫来说话呢？我努力的结果，终于从人堆上滚了下来，我的运命这才算定了局。那时门口只剩两个卫队，在那儿闲谈，侥幸得很，手枪队已不见了！后来知道门口人堆里实在有些是死尸，就是被手枪队当门打死的！现在想着死尸上越过的事，真是不寒而栗呵！

我真不中用，出了门口，一面走，一面只是喘息！后面有两个女学生，有一个我真佩服她；她还能微笑着对她的同伴说："他们也是中国人哪！"这令我惭愧了！我想人处这种境地，若能从怕的心情转为兴奋的心情，才真是能救人的人。苦只一味的怕，"斯亦不足畏也已！"我呢，这回是由怕而归于木木然，实是很可耻的！但我希望我的经验能使我的胆力逐渐增大！这回在场中有两件事很值得纪念：一是清华同学韦杰三君（他现在已离开我们了！）受伤倒地的时候，别的两位同学冒死将他抬了出来；一是一位女学生曾经帮助两个男学生脱险。这都是我后来知道的。这都是侠义的行为，值得我们永远敬佩的！

我和那两个女学生出门沿着墙往南而行。那时还有枪声，我极想躲入胡同里，以免危险；她们大约也如此的，走不上几步，便到了一个胡同口；我们便想拐弯进去。这时墙角上立着一个穿短衣的看闲的人，他向我们轻轻地说："别进这个胡同！"我们莫名其妙地依从了他，走到第二个胡同进去；这才真脱险了！后来知道卫队有抢劫的事（不仅报载，有人亲见），又有用枪柄，木棍，大刀，打人，砍人的事，我想他们一定就在我们没走进的那条胡同里做那些事！感谢那位看闲的人！卫队既在场内和门外放枪，还觉杀的不痛快，更拦着路邀击；其泄忿之道，真是无所不用其极了！区区一条生命，在他们眼里，正和一根草，一堆马粪一般，是满不在乎的！所以有些人虽幸免于枪弹，仍是被木棍，枪柄打伤，大刀砍伤；而魏士毅女士竟死于木棍之下，这真是永久的战栗啊！据燕大的人说，魏女士是于逃出门时被一个卫兵从后面用有楞的粗木棍儿兜头一下，打得脑浆迸裂而死！我不知她出的是哪一个门，我想大约是西门吧。因为那天我在西直门的电车上，遇见一个高工的学生，他告诉我，他从西门出来，共经过三道门（就是海军部的西辕门和陆军部的东西辕门），每道门皆有卫队用枪柄，木棍和大刀向逃出的人猛烈地打击。他的左臂被打好几次，已不能动弹了。我的一位同事的儿子，后脑被打平了，现在已全然失了记忆；我猜也是木棍打的。受这种打击而致重伤或死的，报纸上自然有记载；致轻伤的就无可稽考，但必不少。所以我想这次受伤的还不止二百人！卫队不但打人，行劫，最可怕的是剥死人的衣服，无论男女，往往剥到只剩一条裤为止；这只要看看前几天《世界日报》的照相就知道了。就是不谈什么"人道"，难道连国家的体统,"临时执政"的面子都不顾了么;段祺瑞你自己想想吧!听说事后执政府乘人不知,已将死尸掩埋了些,以图遮掩耳目。这是我的一个朋友从执政府里听来的;若是的确,那一定将那打得最血肉模糊的先掩埋了。免得激动人心。但一手岂能尽掩天下耳目呢?我不知道现在,那天去执政府的人还有失踪的没有?若有,这个消息真是很可怕的!

这回的屠杀,死伤之多,过于五卅事件,而且是"同胞的枪弹",我们将何以间执别人之口!而且在首都的堂堂执政府之前,光天化日之下,屠杀之不足,继之以抢劫,剥尸,这种种兽行,段祺瑞等固可行之而不恤,但我们国民有此无脸的政府,又何以自容于世界!——这正是世界的耻辱呀!我们也想想吧!此事发生后,警察总监李鸣钟匆匆来到执政府,说,"死了这么多人,叫我怎么办?"他这是局外的说话,只觉得无善法以调停两间而已。我们现在局中,不能如他的从容,我们也得问一问:

"死了这么多人,我们该怎么办?"

1926年3月23日屠杀后五天写完。
(原载1926年3月29日《语丝》第72期)

注释

1. 趑趄(zī jū):犹豫不前,唐·韩愈《送李愿归盘谷序》:"足将进而趑趄,口将言而嗫嚅。"
2. 吉兆胡同:位于朝阳门内大街北侧,属东四街道办事处管辖,呈东西走向。东起南弓匠营胡同,西止朝阳门北小街,南邻烧酒胡同,北与吉兆东巷、宝玉胡同相通。
3. 懈弛:精神懈怠。
4. 偃卧(yǎn wò):仰卧,睡卧。
5. 恬然(tián rán):安然,泰然。

导读

朱自清以清华教师的身份参加了当年的"三·一八"游行请愿活动,同时,也是"三·一八"惨案的亲历者,亲眼目睹了事件始末。在"各报记载多有与事实不符之处"的情况下，他于 1926 年 3 月 23 日提笔疾书，客观公正，翔实准确地回放了当天惨剧的全过程。文中写道："我只说我当场眼见和后来耳闻的情形，请大家看看这阴惨惨的二十世纪二十六年三月十八日的中国！"

　　本文重在记述事件经过，作者以时间的推进来描述事件的发展态势，不放过任何一个小的环节，从对游行队伍的细致观察，到天安门，到政府前的广场，写请愿的人们聚了散，散了聚，到卫队开枪的逃避。读者可见众人看到卫队装子弹、向众人射击时的眼神，是惊的！可以感受到作者身后那中弹的人滴落的血，是热的！想象着跌跌撞撞的人们从死人堆上爬过，是惨的！作者真实表述自己当时的感受，"只静静的注意自己的运命，其余什么都忘记"。没有一星半点的标榜，有的只是自责与自省，"我真不中用，出了门口，一面走，一面只是喘息！"文中还赞扬了沉静友爱、勇敢互助的女学生"有一个我真佩服她""这令我惭愧了！""这都是侠义的行为，值得我们永远敬佩的！"体现了君子坦荡荡的胸怀。

　　作者不同于鲁迅，对应同一事件，鲁迅在《记念刘和珍君》一文中，以犀利的笔触，作为投枪匕首，直指当局，语语中的，"沉默呵，沉默呵！不在沉默中爆发，就在沉默中灭亡"。朱自清更多的愤怒则是以慨叹的形式表达，"区区一条生命，在他们眼里，正和一根草，一堆马粪一般，是满不在乎的！"是一种无法言说的痛，一种对生命漠视的无语。"这种种兽行，段祺瑞等固可行之而不恤，但我们国民有此无脸的政府，又何以自容于世界！——这正是世界的耻辱呀！"毫不隐晦，指名道姓，痛批当局惨无人道，丧尽天良的行为。正义感驱使他用文字揭露真相，同样，是正义令他自觉惭愧，由此可见，朱自清是一个多么纯粹的人！

哪里走

呈萍郢火栗四君

　　近年来为家人的衣食，为自己的职务，日日地忙着，没有坐下闲想的工夫；心里似乎什么都有，又似乎什么都没有。萍见面时，常叹息于我的沉静；他断定这是退步。是的，我有两三年不大能看新书了，现在的思想界，我竟大大地隔膜了；就如无源的水一样，教它如何能够滔滔地长流呢？幸而我还不断地看报，又住在北京，究竟不至于成为与世隔绝的人。况且鲁迅先生说得好："中国现在是一个进向大时代的时代。"无论你是怎样的小人物，这时代如闪电般，或如游丝般，总不时地让你瞥着一下。它有这样大的力量，决不从它巨灵般的手掌中放掉一个人；你不能不或多或少感着它的威胁。大约因为我现在住着的北京，离开时代的火焰或漩涡还远的缘故吧，我还不能说清这威胁是怎样；但心上常觉有一点除不去的阴影，这却是真的。我是要找一条自己好走的路；只想找着"自己"好走的路罢了。但哪里走呢？或者，哪里走呢！我所彷徨的便是这个。

　　说"哪里走？"是还有路可走；只须选定一条便好。但这也并不容易，和旧来所谓立志不同。立志究竟重在将来，高远些，空泛些，是无妨的。现在我说选路，却是选定了就要举步的。在这时代，将来只是"浪漫"，与过去只是"腐化"一样。它教训我们，靠得住的只是现在，内容丰富的只是现在，值得拼命的只是现在；现在是力，是权威，如钢铁一般。但像我这样一个人，现在果然有路可走么？果然有选路的自由与从容么？我有时怀疑这个"有"，于是乎悚然了：哪里走呢！旧小说里写勇将，写侠义，当追逼或围困着他们的对手时，往往断喝一声道，"往哪里走！"这是说，没有你走的路，不必走了；快快投降，遭擒或受死吧。投降等也可以说是路，不过不是对手所欲选择的罢了。我有时正感着这种被迫逼，被围困的心情：

虽没有身临其境的慌张，但觉得心上的阴影越来越大，颇有些惘惘然。

三个印象

我知道这种心情的起原。春间北来过上海时，便已下了种子；以后逐渐发育，直至今日，正如成荫的大树，根株蟠结，不易除去。那时上海还没有革命呢；我不过遇着一个电车工人罢工的日子。我从宝山路口向天后宫桥走，街沿上挤挤挨挨满是人；这在平常是没有的。我立刻觉着异样；虽然是晴天，却像是过着梅雨季节一般。后来又坐着人力车，由二洋泾桥到海宁路，经过许多热闹的街市。如密云似的，如波浪似的，如火焰似的，到处扰扰攘攘的行人；人力车得委婉曲折地穿过人丛，拉车的与坐车的，不由你不耐着性儿。我坐在车上，自然不要自己挣扎，但看了人群来来往往，前前后后，进进退退地移动着，不禁也暗暗地代他们出着力。这颇像美国式足球战时，许多壮硕的人压在一个人身上，成了肉堆似的；我感着窒息一般的紧张了。就是那天晚上，我遇着郢。我说上海到底和北京不同；从一方面说，似乎有味得多——上海是现代。郢点点头。但在上海的人，那时怕已是见惯了吧；让谛知道，又该说我"少见多怪"了。

第二天是我动身的日子，火来送我。我们在四马路上走着，从上海谈到文学。火是个深思的人。他说给我将着手的一篇批评论文的大意。他将现在的文学，大别为四派。一是反语或冷嘲；二是乡村生活的描写；三是性欲的描写；四是所谓社会文学，如记一个人力车夫挨巡捕打，而加以同情之类。他以为这四种都是 Petty Bourgeoisie[1] 的文学。一是说说闲话。二是写人的愚痴；自己在圈子外冷眼看着。四虽意在为 Proletariat[2] 说话，但自己的阶级意识仍脱不去；只算"发政施仁"的一种变相，只算一种廉价的同情而已。三所写的颓废的心情，仍以 Bourgeoisie[3] 的物质文明为背景，也是 Petty Bourgeoisie 的产物。这四派中，除第三外，都除外自己说话。火不赞成我们的文学除外自己说话；他以为最亲切的还是说我们自己的话。至于所谓社会文学，他以为竟毫无意义可言。他说，Bourgeoisie 的灭亡是时间问题，Petty Bourgeoisie 不用说是要随之而去的。一面 Proletariat 已渐萌芽蠢动了；我们还要用那养尊处优，丰衣足食（自然是比较的说法）

之余的几滴眼泪，去代他们申诉一些浮面的，似是而非的疾苦，他们的不屑一顾，是当然。而我们自己已在向灭亡的途中，这种不干己的呼吁，也用它不着。所以还是说自己的话好。他说，我们要尽量表现或暴露自己的各方面；为图一个新世界早日实现，我们这样促进自己的灭亡，也未尝没有意义的。"促进自己的灭亡"，这句话使我竦然；但转念到这也是无可奈何的事的时候，我又爽然自失。与火相别一年，不知如何，他还未将这篇文写出；我却时时咀嚼他那末一句话。

到京后的一个晚上，栗君突然来访。那是一个很好的月夜，我们沿着水塘边一条幽僻的小路，往复地走了不知几趟。我们缓缓地走着，快快地谈着。他是劝我入党来的。他说像我这样的人，应该加入他们一伙儿工作。工作的范围并不固定；政治，军事固然是的，学术，文学，艺术，也未尝不是的——尽可随其性之所近，努力做去。他末了说，将来怕离开了党，就不能有生活的发展；就是职业，怕也不容易找着的。他的话是很恳切。当时我告诉他我的踌躇，我的性格与时代的矛盾；我说要和几个熟朋友商量商量。后来萍说可以不必；郢来信说现在这时代，确是教人徘徊的；火的信也说将来必须如此时再说吧。我于是只好告诉栗君，我想还是暂时超然的好。这超然究竟能到何时，我毫无把握。若能长此超然，在我倒是佳事。但是，若不能呢？我因此又迷糊着了。

时代与我

这时代是一个新时代。时代的界限，本是很难画出的；但我有理由，从十年前起算这时代。在我的眼里，这十年中，我们有着三个步骤：从自我的解放到国家的解放，从国家的解放到 Class Struggle[4]；从另一面看，也可以说是从思想的革命到政治的革命，从政治的革命到经济的革命。我说三个步骤，是说它们先后相承的次序，并不指因果关系而言；论到因果关系，是没有这么简单的。实在，第二，第三两个步骤，只包括近一年来的时间；说以前九年都是酝酿的时期，或是过渡的时期，也未尝不可。在这三个步骤里，我们看出显然不同的两种精神。在第一步骤里，我们要的是解放，有的是自由，做的是学理的研究；在第二，第三步骤里，我们要的是革命，有的是专制的党，做的是军事行动及党纲，主义的宣传。这两种精神的差异，也许就是理想与实际的差异。

在解放的时期，我们所发见的是个人价值。我们咒诅家庭，咒诅社会，要将个人抬在一切的上面，作宇宙的中心。我们说，个人是一切评价的标准；认清了这标准，我们要重新评定一切传统的价值。这时是文学，哲学全盛的日子。虽也有所谓平民思想，但只是偶然的怜悯，适成其为慈善主义而已。社会科学虽也被重视，而与文学，哲学相比，却远不能及。这大约是经济状况剧变的缘故吧，三四年来，社会科学的书籍，特别是关于社会革命的，销场渐渐地增广了，文学，哲学反倒被压下去了；直到革命爆发为止。在这革命的时期，一切的价值都归于实际的行动；军士们的枪，宣传部的笔和舌，做了两个急先锋。只要一些大同小异的传单，小册子，便已足用；社会革命的书籍亦已无须，更不用提什么文学，哲学了。这时期"一切权力属于党"。在理论上，不独政治，军事是党所该管；你一切的生活，也都该党化。党的律是铁律，除遵守与服从外，不能说半个"不"字，个人——自我——是渺小的；在党的范围内发展，是认可的，在党的范围外，便是所谓"浪漫"了。这足以妨碍工作，为党所不能容忍。几年前，"浪漫"是一个好名字，现在它的意义却只剩了讽刺与诅咒。"浪漫"是让自己蓬蓬勃勃的情感尽量发泄，这样扩大了自己。但现在要的是工作，蓬蓬勃勃的情感是无训练的，不能发生实际效用；现在是紧急的时期，用不着这种不紧急的东西。持续的，强韧的，有组织的工作，在理知的权威领导之下，向前进行：这是今日的教义。党便是这种理知的权威之具体化。党所要求于个人的是牺牲，是无条件的牺牲。一个人得按着党的方式而生活，想自出心裁，是不行的。

现在革命的进行虽是混乱，有时甚至失掉革命的意义；但在暗中 Class Struggle 似乎是很激烈的。只要我们承认事实，无论你赞成与否，这 Struggle 是不断地在那边进行着的。来的终于要来，无论怎样诅咒，压迫，都不中用。这是一个世界波浪。固然，我丝毫不敢说这 Struggle，便是就中国而言，何时结束，怎样结束；至于全世界，我更无从悬揣了。但这也许是杞忧吧？我总预想着我们阶级的灭亡，如火所说。这灭亡的到来，也许是我所不及见，但昔日的我们的繁荣，渐渐往衰颓的路上走，总可以眼睁睁看着的。这衰颓不能盼望在平和的假装下度了过去；既说 Struggle，到了短兵相接的时候，说不得要露出狰狞的面目，毒辣的手段来的。枪与炸弹和血与肉打成一片的时候，总之是要来的。近来广州的事变，杀了那么些人，烧了那么些家屋，也许是大恐怖的开始吧！

　　自然，我们说，这种破坏是残忍的，只是残忍的而已！我们说，那一些人都是暴徒，他们毁掉了我们最好的东西——文化！"我们诅咒他们！""我们要复仇！"但这是我们的话，用我们的标准来评定的价值；而我们的标准建筑在我们的阶级意识上，是不用说的。他们是，在企图着打倒这阶级的全部，倘何有于区区评价的标准？我们的诅咒与怨毒，只是"我们的"诅咒与怨毒，他们是毫无认识的必要的。他们可以说，这是创造一个新世界的必要的历程！他们有他们评价的标准，他们的阶级意识反映在里边，也自有其理论上的完成。我们只是诅咒，怨毒，都不相干；要看总Struggle 如何，才有分晓。不幸我觉得我们 Struggle 的力量，似已微弱；各方面自由的，自私的发展，失了集中的阵势。他们却是初出柙的猛虎，一切不顾忌地拼命上前肉搏；真专制的纪律将他们凝结成铁一般的力量。现在虽还没有充足的经验，屡次败退下去；但在这样社会制度与情形之下，他们的人是只有一天天激增起来，势力愈积愈厚；暂时的挫折与牺牲，他们是未必在意的。而我们的基础，我虽然不愿意说，势所必至，会渐渐空虚起来；正如一座老建筑，虽然时常修葺，到底年代多了，终有被风雨打得坍倒的一日！那时我们的文化怎样？该大大地变形了吧？我们自然觉得可惜；这是多么空虚和野蛮呀！但事实不一定是空虚和野蛮，他们将正欣幸着老朽的打倒呢！正如历史上许多文化现已不存在，我们却看作当然一般，他们也将这样看我们吧？这便是所谓"后之视今，犹今之视昔！"我们看君政的消灭，当作快事，他们看民治的消灭，也当一样当作快事吧？那时我们灭亡，正如君主灭亡一般，在自然的眼里，正是一件稀松大平常的事而已。

　　我们的阶级，如我所预想的，是在向着灭亡走；但我为什么必得跟着？为什么不革自己的命，而甘于作时代的落伍者？我为这件事想过不止一次。我解剖自己，看清我是一个不配革命的人！这小半由于我的性格，大半由于我的素养；总之，可以说是运命规定的吧。——自然，运命这个名词，革命者是不肯说的。在性格上，我是一个因循的人，永远只能跟着而不能领着；我又是没有定见的人，只是东鳞西爪地渔猎一点儿；我是这样地爱变化，甚至说是学时髦，也可以的。这种性格使我在许多情形里感着矛盾；我之所以已到中年而百无一成者，以此。一面我虽不是生在什么富贵人家，也不是生在什么诗礼人家，从来没有阔过是真的；但我总不能不说是生在 Petty Bourgeoisie 里。我不是个突出的人，我不能超乎时代。我在 Petty Bourgeoisie 里活了三十年，我的情调，嗜好，思想，论理，与行为的方式，在在都是 Petty Bourgeoisie 的；我彻头彻尾，沦肌浃髓是 Petty Bourgeoisie 的。离开了 Petty Bourgeoisie，我没有血与肉。我也知道有些年岁比我大的人，本来也在 Petty Bourgeoisie 里的，竟一变到 Proletariat 去了。但我想这许是天才，而我不是的；这许是投机，而我也不能的。在歧路之前，我只有彷徨罢了。

我并非迷信着 Petty Bourgeoisie，只是不由你有些舍不下似的，而且事实上也不能舍下。我是生长在都市里的，没有扶过犁，拿过锄头，没有曝过毒日，淋过暴雨。我也没有锯过木头，打过铁；至于运转机器，我也毫无训练与忍耐。我不能预想这些工作的趣味；即使它们有一种我现在还不知道的趣味，我的体力也太不成，终于是无缘的。况且妻子儿女一大家，都指着我活，也不忍丢下了走自己的路。所以我想换一个生活，是不可能的，就是，想轧入 Proletariat，是不可能的。从一面看，可以说我大半是不能，小半还是不为；但也可以说，因了不能，才不为的。没有新生活，怎能有新的力去破坏，去创造？所以新时代的急先锋，断断没有我的份儿！但是我要活，我不能没有一个依据；于是回过头来，只好"敝帚自珍"。自然，因果的轮子若急转直下，新局面忽然的来，我或者被驱迫着去做那些不能做的工作，也未可知。那时怎样？我想会累死的！若反抗着不做，许就会饿死的。但那时一个阶级已在灭亡，一个人又何足轻重？我也大可不必蝎蝎螫螫地去顾虑了罢。

Proletariat 在革命的进行中，容许所谓 Petty Bourgeoisie 同行者；这是我也有资格参加的。但我又是个十二分自私的人；老实说，我对于自己以外的人，竟是不大有兴味顾虑的。便是妻子，儿女，也大半因了"生米已成熟饭"，才不得不用了廉价的同情，来维持着彼此的关系的。对于

Proletariat，我所能有的，至多也不过这种廉价的同情罢了，于他们丝毫不能有所帮助。火说得好：同情是非革命；严格论之，非革命简直可以说与反革命同科！至于比同情进一步，去参加一些轻而易举的行动，在我却颇为难。一个连妻子，儿女都无心照料的人，哪能有闲情，余力去顾到别的在他觉着不相干的人呢？况且同行者也只是摇旗呐喊，领着的另有其人。他们只是跟着，远远地跟着；一面自己的阶级性还保留着。这结果仍然不免随着全阶级的灭亡而灭亡，不过可以晚一些罢了。而我懒惰地躲在自己的阶级里，以懒惰的同情自足，至多也只是灭亡。以自私的我看来，同一灭亡，我也就不必拗着自己的性儿去同行什么了。但为了自己的阶级，挺身与 Proletariat 去 Struggle 的事，自然也决不会有的。我若可以说是反革命，那是在消极的意义上。我是走着衰弱向灭亡的路；即使及身不至灭亡，我也是个落伍者。随你怎样批评，我就是这样的人。

我们的路

　　活在这时代的中国里的，总该比四万万还多——Bourgeoisie 与 Petty Bourgeoisie 的人数，总该也不少。他们这些人怎么活着？他们走的是哪些路呢？我想那些不自觉的，暂时还在跟着老路走。他们或是迷信着老路，如遗老，绅士等；或是还没有发现新路，只盲目地照传统做着，如穷乡僻壤的农工等——时代的波浪还没有猛烈地向他们冲去，他们是不会意识着什么新的需要的。但遗老，绅士等的日子不多，而时代的洪流终于要泛滥到淹没了地上每一个细孔；所以这两种在我看都只是暂时的。我现在所要提出的，却是除此以外的人；这些人大半是住在都市里的。他们的第一种生活是政治，革命的或反革命的。这相反的两面实以阶级为背景，我想不用讳言。以现在的形势论：一方面虽还只在零碎 Struggle，却有一个整齐战线；另一方面呢，虽说是总动员，却是分裂了旗帜各自拿着一块走，多少仍带着封建的精神的。他们战线的散漫参差，已渐渐显现出来了。暂时的成败，我固然不敢说；但最后的运命，似乎是已经决定了的，如上文所论。

　　我所要申述的，是这些人的另一种生活——文化。这文化不用说是都市的。说到现在中国的都市，我觉得最热闹的，最重要的，是广州，汉口，上海，北京四处，南京虽是新都，却是直到现在，似乎还单调得很；上海实在比南京重要得多，即以政治论，也是如此，看几月来的南方政局可知。若容我粗枝大叶地区分，我想说广州，汉口是这时代的政治都市；上海，北京虽也是政治都市，但同时却代表着这时代的文化，便与广州，汉口不同。它们是这时代的两个文化中心。我不想论政治，故也不想论广州，汉口；况且我也不熟悉这两个都市，足迹都还不曾一到呢。北京是我两年来住居的地方，见闻自然较近些。上海的新气象，我虽还没有看见，但从报纸，杂志上，从南来的友人的口中，也零零碎碎知道了一点儿。我便想就这两处，指出我说的那些人在走着哪些路。我并不是板起脸来裁判，只申述自己的感想而已；所知的虽然简陋，或者也还不妨的。

在旧时代正在崩坏，新局面尚未到来的时候，衰颓与骚动使得大家惶惶然。革命者是无意或有意造成这惶惶然的人，自然是例外。只有参加革命或反革命，才能解决这惶惶然。不能或不愿参加这种实际行动时，便只有暂时逃避的一法。这是要了平和的假装，遮掩住那惶惶然，使自己麻醉着忘记了去。享乐是最有效的麻醉剂；学术，文学，艺术，也是足以消灭精力的场所。所以那些没法奈何的人，我想都将向这三条路里躲了进去。这样，对于实际政治，便好落得个不闻理乱。虽然这只是暂时的，到了究竟，理乱总有使你不能不闻的一天；但总结账的日子既还没有到来，徒然地惶惶然，白白地耽搁着，又算什么呢？乐得暂时忘记，做些自己爱做的事业；就是将来轮着灭亡，也总算有过称心的日子，不白活了一生。这种情形是历史的事实；我想我们现在多少是在给这件历史的事实，提供一个新例子。不过我得指出，学术，文学，艺术，在一个兴盛的时代，也有长足的发展的，那是个顺势，不足为奇；在现在这样一个衰颓或交替的时代，我们却有这样畸形的发展，是值得想一想的。

上海本是享乐的地方；所谓"十里洋场"，常为人所艳称。她因商业繁盛，成了资本集中的所在，可以说是 Bourgeoisie 的中国本部；一面因国际交通的关系，输入西方的物质文明也最多。所以享乐的要求比别处都迫切，而享乐的方法也日新月异。这是向来的情形。可是在这号为兵连祸结，民穷财尽的今日，上海又如何？据我所知，革命似乎还不曾革掉了什么；只有踵事增华，较前更甚罢了。如大华饭店和云裳公司等处的生涯鼎盛，可见 Bourgeoisie 与 Petty Bourgeoisie 的疯狂；而且，假使我所闻的不错，云裳公司还是由几个 Petty Bourgeoisie 的名士主持着，在这回革命后才开起来的。他们似乎在提供着这种享乐的风气。假使衣食住可以说是文化的一部分，大华饭店与云裳公司等，足可代表上海文化的一面。你说这是美化的人生。但懂得这道理的，能有几人？还不是及时行乐，得过且过的多！况且如此的美化人生，是不是带着阶级味？然而无论如何，在最近的将来，这种情形怕只有蒸蒸日上的。我想，这也许是我们的时代的回光反照吧？北京没有上海的经济环境，自然也没有她的繁华。但近年来南化与欧化——南化其实就是上海化，上海化又多半是欧化；总之，可说是 Bourgeoisie 化——一天比一天流行。虽还只跟着上海走，究竟也跟着了；将来的运命在，这一点上，怕与上海多少相同。

但上海的文化，还有另外重要的一面，那是文学。新文学的作家，有许多住在上海；重要的文学集团，也多在上海——现在更如此。近年又开了几家书店，北新，开明，光华，新月等——出的文学书真不少，可称一时之盛。北京呢，算是新文学的策源地，作家原也很多；两三年来，有现代评论，语丝，可作重要的代表。而北新总局本在北京；她又介绍了不少的新作家。所以颇有兴旺之象。不料去年现代评论，语丝先后南迁，北新被封闭，作家们也纷纷南下观光，一时顿觉寂寞起来。现在只剩未名，古城等几种刊物及古城书店，暂时支撑这个场面。我想，北京这样一个"古城"，这样一个大都会，在这样的时代，断不会长远寂寞下去的。

新文学的诞生，引起了思想的革命；这是近十年来这新时代的起头——所以特别有着广大长远的势力。直到两三年前，社会革命的火焰渐渐燃烧起来，一般青年都预想着革命的趣味；这时候所有的是忙碌和紧张，欣赏的闲情，只好暂时搁起。他们要的是实行的参考书；社会革命的书籍的流行，一时超过了文学；直到这时候，文学的风起云涌的声势，才被盖了下去。记得前年夏天在上海，《我们的六月》刚在亚东出版。郢有一天问我销得如何？他接着说，现在怕没有多少人要看这种东西了吧？这可见当时风气的一斑了。但是很奇怪，在革命后的这一年间，文学却不但没有更加衰落下去，反像有了复兴的样子。只看一看北新，开明等几书店新出版的书籍目录，你就知道我的话不是无稽之谈。更奇怪的，社会革命烧起了火焰以后，文学因为是非革命的，是不急之务，所以被搁置着；但一面便有人提供革命文学。革命文学的呼声一天比一天高，同着热情与切望。直到现在，算已是革命的时代，这种文学在理在势，都该出现了；而我们何以还没有看见呢？我的见闻浅陋，是不用说的；但有熟悉近年文坛的朋友与我说起，也以千呼万唤的革命文学还不出来为奇。一面文学的复兴却已成了事实；这复兴后的文学又如何呢？据说还是跟着从前 Petty Bourgeoisie 的系统，一贯地发展着的。直到最近，才有了描写，分析这时代革命生活的小说；但似乎也只能算是所谓同行者的情调罢了。真正的革命文学是，还没有一些影儿，不，还没有一些信儿呢！

　　这自然也有辩解。真正革命的阶级是只知道革命的：他们的眼，见的是革命，他们的手，做的是革命；他们忙碌着，紧张着，革命是他们的全世界。文学在现在的他们，还只是不相干的东西。再则，他们将来虽势所必至地需要一种文学——许是一种宣传的文学——，但现在的他们的趣味还浮浅得很，他们的喉舌也还笨拙得很，他们是不能创作出什么来的。因此，在这上面暂时留下了一段空白。而 Petty Bourgeoisie，在革命的前夜，原有很多人甘心丢了他们的学术，文学，艺术，想去一试身手的；但到了革命开始以后，真正去的是那些有充足的力量，有浓厚的兴趣的。此外的大概观望一些时，感到自己的缺乏，便废然而返了。他们的精神既无所依据，自然只有回到学术，文学，艺术的老路上去，以避免那惶惶然的袭来。所以文学的复兴，也是一种当然。一面革命的书籍似乎已不如前几年的流行；这大约因为革命的已去革命，不革命的也已不革命了的缘故吧。因而文学书的需要的增加，也正是意中事。但时代潮流所激荡，加以文坛上革命文学的绝叫，描写革命气氛的作品，现在虽然才有端倪，此后总该渐渐地多起来的吧。至于真正的革命文学，怕不到革命成功时，不会成为风气。在相反的方向，因期待过切，忍耐过久而失望，绝望，因而诅咒革命的文学，我想也不免会有的，虽然不至于太多。总之，无论怎样发展，这时代的文学里以惶惶然的心情做骨子的，Petty Bourgeoisie 的气氛，是将愈过愈显然的。

　　胡适之先生真是个开风气的人；他提倡了新文学，又提倡新国学。陈西滢先生在他的《闲话》里，深以他正向前走着，忽又走了回去为可惜。

但我以为这不过是思想解放的两面，都是疑古与贵我的精神的表现。国学成为一个新运动，是在文学后一两年。但这原是我们这爿老店里最富裕的货色，而且一向就有许多人捧着；现在虽加入些西法，但国学到底是国法，所以极合一般人的脾胃。我说"一般人"，因为从前的国学还只是一部分人的专业，这一来却成为普遍的风气，青年们也纷纷加入，算是时髦的东西了。这一层胡先生后来似颇不以为然。他前年在北大研究所国学门恳亲会的席上，曾说研究国学，只是要知道"此路不通"，并不是要找出新路；而一般青年丢了要紧的工夫不做，都来拥挤在这条死路上，真是很可惜的。但直到现在，我们知道，研究学术原不必计较什么死活的；所以胡先生虽是不以为然，风气还是一直推移下去。这种新国学运动的方向，我想可以胡先生的"历史癖与考据癖"一语括之。不过现在这种"历史癖与考据癖"要用在一切国故上，决不容许前人尊经重史的偏见。顾颉刚先生在北京大学研究所国学门周刊的《一九二六始刊词》里，说这个意思最是明白。这是一个大解放，大扩展。参加者之多，这怕也是一个重要原因。这运动盛于北京，但在上海也有不小的势力。它虽然比新文学运动起来得晚些，而因了固有的优势与新增的范围，不久也就赶上前去，骎骎乎与后者并驾齐驱了。新文学销沉的时候，它也以相同的理由销沉着，但现在似乎又同样地复兴起来了——看年来新出版的书目，也就可以知道的。国学比文学更远于现实；担心着政治风的袭来的，这是个更安全的逃避所。所以我猜，此后的参加者或者还要多起来的。

此外还有一件比较小的事，这两年住在北京的人，不论留心与否，总该觉着的。这就是绘画展览会，特别是国画展览会。你只要常看报，或常走过中山公园，就会一次两次地看见这种展览会的记载或广告的。由一而再，再而三的展览，我推想高兴去看的人大约很多。而国画的售值不断地增高，也是另一面的证据。上海虽不及北京热闹，但似乎也常有这种展览会，不过不偏重国画罢了。最近我知道，就有陶元庆[5]先生，刘海粟[6]先生两个展览会，可以作例。艺术与文学，可以说同是象牙塔中的货色；而艺术对于政治，经济的影响，是更为间接些，因之，更为安静些。所以这条路将来也不会冷落的。但是艺术中的绘画何以独盛？国画又何以比洋画盛？我想，国画与国学一样，在社会里是有根柢的，是合于一般人脾胃的。

可是洋画经多年的提倡与传习，现在也渐能引起人的注意。所以这回"海粟画展"，竟有人买他的洋画去收藏的（见北京《晨报·星期画报》）。至于同是艺术的音乐，戏剧，则因人才，设备都欠缺，故无甚进展可言。国乐，国剧虽有多大的势力，但当作艺术而加以研究的，直到现在，也还极少。这或者等待着比较的研究，也未可知。

　　这是我所知的，上海，北京的 Bourgeoisie，与 Petty Bourgeoisie 里的非革命者——特别是这种人——现在所走的路。自然，科学，艺术的范围极广，将来的路也许会多起来。不过在这样扰攘的时代，那些在我们社会里根柢较浅，又需要浩大的设备的，如自然科学，戏剧等，怕暂时总还难成为风气吧？——我说的虽是上海，北京，但相信可以代表这时代精神的一面——文化。我们若可以说广州，汉口是偏在革命的一面，上海，北京便偏在非革命的一面了。这种大都市的生活样式，正如高屋建瓴，它的影响会迅速地伸张到各处。你若承认从前京式的靴鞋，现在上海式装束的势力，你就明白现在上海，北京的风气，将会并且已经怎样弥漫到别的地方了。

　　在这三条路里，我将选择哪一条呢？我惭愧自己是个"爱博而情不专"的人；虽老想着只选定一条路，却总丢不下别的。我从前本是学哲学的，而同时舍不下文学。后来因为自己的科学根柢太差，索性丢开了哲学，走向文学方面来。但是文学的范围又怎样大！我是一直随随便便，零零碎碎地读些，写些，不曾认真做过什么工夫。结果是只有一点儿—— 一点儿都没有！驳杂与因循是我的大敌人。现在年龄是加长了，又遇着这样"动摇"的时代，我既不能参加革命或反革命，总得找一个依据，才可姑作安心地过日子。我是想找一件事，钻了进去，消磨了这一生。我终于在国学里找着了一个题目，开始像小儿的学步。这正是望"死路"上走；但我乐意这么走，也就没有法子。不过我又是个乐意弄弄笔头的人；虽是当此危局，还不能认真地严格地专走一条路——我还得要写些，写些我自己的阶级，我自己的过，现，未三时代。一劲儿闷着，我是活不了的。胡适之先生在《我的歧路》里说，"哲学是我的职业，文学是我的娱乐"；我想套着他的调子说："国学是我的职业，文学是我的娱乐。"这便是现在我走着的路。至于究竟能够走到何处，是全然不知道，全然没有把握的。我的才力短，那不过走得近些罢了；但革命期的破坏若积极进行，报纸所载的远方可怕的事实，若由运命的指挥，渐渐地逼到我住的所在，那么，我的身家性命还不知是谁的，还说什么路不路！即使身家性命保全了，而因生计窘迫的关系，也许让你不得不把全部的精力专用在衣食住上，那却是真的"死路"。实在也说不上什么路不路！此外，革命若出乎意表地迅速地成了功，我们全阶级的没落就将开始，那是更用不着说什么路的！但这一层究竟还是"出乎意表"的事，暂可不论；以上两层却并不是渺茫不可把捉的，浪漫的将来，是从现在的事实看，说来就"来了"的。所以我虽定下了自己好走的路，却依旧要虑到"哪里走？""哪里走！"两个问题上去！我也知道这种忧虑没有一点用，但禁不住它时时地袭来；只要有些余暇，它就来盘据心头，挥也挥不去。若许我用一个过了时的名字，这大约就是所谓"烦闷"吧。不过前几年的烦闷是理想的，浪漫的，多少可以温馨着的；这时代的是，加以我的年龄，更为实际的，纠纷的。我说过阴影，这也就是我的阴影。我想，便是这个，也该是向着灭亡走的我们的运命吧？

1928年2月7日作。
（原载1928年3月《一般》第四卷第3期）

注释

1. *Petty Bourgeoisie*：英文，意为小资产阶级。
2. *Proletariat*：英文，意为无产阶级。
3. *Bourgeoisie*：英文，意为资产阶级。
4. *Class Struggle*：英文，意为阶级斗争。
5. 陶元庆（1893—1929），字璇卿，浙江绍兴人。曾在上海艺术专科师范学校师从丰子恺和陈抱一等名家学习西洋画。对中国传统绘画、东方图案画和西洋绘画都广泛涉猎，有着不俗的见识和修养，为其从事书籍装帧艺术奠定了美学基础。
6. 刘海粟（1896—1994），祖籍安徽省凤阳，生于江苏省常州。画家、美术教育家。

导读

《哪里走》写于1928年2月7日。在大变革的时代背景下，朱自清内心彷徨不安、迷惘困惑，亟待解决的问题就是思想的定位、方向的选择。作为独立的现代知识分子，作者并不想加入革命，也不想成为反革命，只是想选择一条适宜自己的路，安心地走，自由地走。

为何悚然、惶然、惘然？

"中国现在是一个进向大时代的时代。"处于时代洪流之中，变革给每个人内心所带来的冲击，或多或少，或深或浅，思想解放所带来的注重个人价值，政治经济革命所引发的阶级斗争，时时让作者不安迷惘，顾忌着自己的运命。工人罢工、广州事变、文学发展走向、党派之争，置身旋涡，如何超然？文中提及，有人劝作者入党，"当时我告诉他我的踌躇，我的性格与时代的矛盾。""我想还是暂时超然的好。"始终不移地坚持独立的自我，在那样的乱世激流中尤为困难。

"……我解剖自己，看清我是一个不配革命的人！这小半由于我的性格，大半由于我的素养；总之，可以说是运命规定的吧。"一个人的成长环境，所受教育，影响着其做事方式，作者认为自己从性格到素养都不配革命。"在性格上，我是一个因循的人，永远只能跟着而不能领着；我又是没有定见的人……这种性格使我在许多情形里感着矛盾；我之所以已到中年而百无一成者，以此。"自谦之人。"一面我虽不是生在什么富贵人家，也不是生在什么诗礼人家，从来没有阔过是真的；但我总不能不说是生在 *Petty Bourgeoisie* 里。我不是个突出的人，我不能超乎时代。我在 *Petty Bourgeoisie* 里活了三十年，我的情调，嗜好，思想，论理，与行为的方式，在在都是 *Petty Bourgeoisie* 的；我彻头彻尾，沦肌浃髓是 *Petty Bourgeoisie* 的。离开了 *Petty Bourgeoisie*，我没有血与肉。"作者坦言自己是"小资产阶级"，没有一星半点的隐晦，敢于自我发见，不屑于投机取利的、没有立场的"墙上草"行为。认清自我，在那样的动荡年代尤为可贵。

"'国学是我的职业，文学是我的娱乐。'这便是现在我走着的路。"这是一种真实的把握。哪里走？朱自清给出了自己的答案，方向明确，那就是严谨治学。

由本文可见，当时，作为爱国的民主人士们，内心压力之大，所受思想冲击之强。也正因为有这一批知识分子的出现，不曾参与任何党派，撇开政治，专攻学术，才有了"无党派民主人士"这一专有名词。他们对中国现代思想文化建设起到了重要的推动作用，对社会进步具有积极意义。

绥行纪略

十八日奉教职员公会会长冯芝生先生之命，携带同仁捐款二千元，前往绥远及平地泉慰劳前方抗战将士。晚六时许，在清华园站上车，偕行者有学生自治会代表王达仁先生，燕大中国教职员会代表梅贻宝先生，学生会代表朱焘谱先生，新闻学系同学王若兰女士。三等车有卧铺，有暖气，褥子及枕头均洁白；惟室中未免太暖耳。十九日早过平地泉，有受伤官长一人，用绷架抬上火车。车门嫌窄，抬入极为不易。后知此受伤之人乃三十五军二一八旅参谋席卓先生，系在红格尔图被飞机掷弹炸伤胸部，用载重汽车送至平地泉，再由火车送绥。席先生经百余里之颠簸，上火车时绷架又再三转侧，当时情形极为痛苦，但不能言。抵绥后即送往教会所办之公医院，经打三针，惟失血过多，势甚危险。记此以见前方医药及救护之缺乏也。

车离平地泉，遇合众社访员瑞典苏德邦先生，谈话甚多。证以后来所闻，其语亦不尽确。但谓十八晚曾晤傅主席，傅主席有决心与自信，又谓绥远人心极安定，则皆实情也。又谓北平英文《时事日报》曾传卓资山美教士夫妇被掳，绝无其事。彼昨犹晤该教士。惟该教士因报载被掳消息，反觉疑惧。苏谒傅主席时曾谈及此事，傅主席谓绥境治安毫无问题。时苏又云，车过卓资山，该教士或在站台上，当即以此告之。惟彼谈话兴致过浓，言下探首窗外，则卓资山站已过矣。

十二时许抵绥，将行李送至绥新旅舍，即至饭馆用午饭，并邀归绥中学霍世休校长至饭馆谈话。霍先生系本校研究院毕业同学。霍先生来时，梅先生即托其代约新闻记者及各校校长，于晚八时至旅社茶会。霍先生即作午饭东道主。午后三时至省政府。事先梅先生有一电来。至是省府派王斌先生招待，晤曾厚载秘书长。曾秘书长见告，红格尔图于王道一乱后，即筑有土圩一道。此次匪军三千压境，我方惟骑兵两连约二百人驻守。另有保卫队十人。此十人皆系退伍兵士，用以联合并指导已受训练之壮丁，俾资保卫乡土。匪军飞机坦克车应有尽有。我方只由骑兵及保卫队壮丁等各任土圩两面防守之责。历一日一夜，屹然不动，死伤甚少。其后援军始至。骑兵作用原在攻，而竟能坚守若此，可见士气之旺也。

曾秘书长谈至是，因纵论绥省壮丁训练情形。谓第一期时人民多观望不前；第一期毕业，傅主席特召集诸壮丁父老来省参观。诸父老见其子弟所受待遇甚佳，诸壮丁见其父老，亦均欣然述其所受教益；其原有嗜好者，至是且已戒除。父老皆欢忭[1]。故第二期时，壮丁莫不踊跃入省受训。此项壮丁，名为防共自卫团，不曰"抗敌"者，避敌注意也。曾秘书长又谈乡村建设委员会训练向导员情形。谓此种向导员皆曾受高小教育之青年。受训既毕，即分往各本乡服务。一面辅助乡长办理本乡事务，一面联合壮丁，一面兼任小学校长。过去乡村保卫团多由乡长主持，费多而效少；今行向导员制，方能实收民众组织之利，且上下感情亦不致扞格[2]不通也。

嗣复论及此次抗战。谓半年来绥境所作防御工事甚多。有时日夜工作。如碉堡等，皆以铁筋洋灰为之，并均自以小炮试验，确系坚固。若仅匪军来扰，可保万无一失。至前线兵士，皮大衣大致已备，但天气如再寒冷，鞋袜耳套手套等，恐甚为需要。绥地买不出许多，且制作工人太少；此事颇盼平津及他处同胞帮忙。又谓绥地民众极能与政府合作，即如近日为前方制烧饼，全城饼师，皆加紧工作，且互相谓曰："这是给我们弟兄们吃的，得烤熟些。"据吾人观察，绥省军政民三方面确能打成一片，通力合作，不仅一时一事为然。

曾秘书长又谈及半年来察北民众因不堪匪伪压迫，携带老小及动产来绥东者甚众。又谓近来接各处慰劳信件款项等，平均每日二十份，极为感念。末谓十八日红格尔图击伤匪方飞机一架，机尾有特种标志，惜被其逃去云。

自省府归后，有英记者布朗来访。其人代表英国《新闻时事报》北美通讯社及瑞典通讯社。自云甫自日本来。梅先生即告以国人决心，绥远不能再让，任何牺牲亦所不辞云云。晚六时，教育厅厅长阎伟先生招宴，宴毕回旅舍开茶会，到新闻记者及各校长约二十人。梅先生述两校代表来绥之使命有三：一、对抗战诸将士表示敬佩，并表示绥远乃全国人之绥远；二、视察绥远实况，以便告知平津同胞；三、调查前方所最需要之物品，俾[3]后援知所措手。各代表亦详述两校募捐停火绝食等事。新闻记者有答辞，并报告前方情况，归绥中学霍校长亦有答辞，谓绥教育界已具决心，愿与土地共存亡；教育界深知绥远为国家命脉，决不能让寸土尺地。又谓学生将组织自卫团，在后方服务。

二十日晨，清至归绥中学演讲，请学生切实受军事训练并养成组织力。讲毕，与梅先生等同至防共自卫团常备队。民政厅厅长袁庆曾主任及李大超副主任即召集该队三千六百余人列队请各代表演讲。各队员皆年轻力壮，满面红光；朴质之中，透出忠慤[4]。听讲约一小时，始终整齐严肃，毫不懈怠。袁主任见告，第一期壮丁大都是高小毕业生；此系第二期，真正老百姓。李副主任见告，训练程序，学科方面共分四段：首教新生活，次教社会常识，次教帝国主义压迫史，次教民族奋斗史。术科则注重游击战术。队中政训员则由乡建会训练；分发各乡即为向导员。

午省政府招宴。当将顾一樵先生嘱携来之防毒面具样品一件交专司此类事之杨处长。据云，前曾电燕大寄来一具，适亦于是日寄到。宴毕，参观乡建会，即训练向导员之处。惟该会因向导员已足用，顷已暂停训练矣。时闻傅主席已回省，即往晋谒[5]。傅主席略述战况，谓王英部已消灭，匪等此次企图完全失败；此后或有短期间之平静，但再来时力量必更加厚。清及王达仁先生即将捐款汇票呈上；梅先生等亦言正在募捐中。傅主席表示谢意，并希望吾人从科学方面帮忙，如防毒设备等。

晚应各厅长各官长宴，宴毕，即上车至平地泉。省府派王先生陪同前往。夜一时余抵站，暗中摸索，投宿县政府。二十一晨，二一八旅部得省政府电，派陈世杰参谋偕同樊涤清军法官来接洽；《大公报》绥远特派员范希天先生（长江）及绥远第二师范郭吉庵校长亦同至。郭校长约早饭。平地泉本只有二三人家，铁路通后，始渐有粮店；但出门一望，平沙莽莽，犹是十足边塞风味也。席间谈及此次战事，知我方以攻为守；十六七两日，夜间以汽车运步兵三团，又有骑兵三团，约共二万余人一同开往前方。十九日晨二时施行总攻击。匪军约二万人，皆乌合之众，不能力战。经我军驱逐退去，死伤甚众；后发见死者中有伪团长二人。时我方战壕中军士皆出壕大呼"中华民国万岁"。骑兵出发时，范希天[6]先生曾亲见，兵士皆着皮帽，有尾，高踞马上，行色甚壮。此次战役，我方伤兵共一百十余人，重伤者分送绥远及大同后方医院，轻伤者留本地野战病院疗养，但医药与救护均极缺乏。此不独有关人道，且受伤者比较多，医药设备太差，治疗不易，战斗力之损失亦甚大也。至兴和方面，非匪主力所在。我方有六十八师部队驻守，匪屡有小股来犯，皆被击退云。

　　早饭后，至第二师范，适平地泉各界自卫会在此开会，遇留守司令苏开元团长。苏东北人，爱国心极热烈，虽匆匆一谈，印象颇深。论及学生救国会事，谓可加入自卫会共同工作；如有与他处学生救国会联系之处，亦可单独办理，俾仍不失其独立性。此意见甚为切实。是日师范学生亦绝食一日，并议决下周停火一周；平地泉停火，又非北平可比，而仍毅然仿行，甚为可佩。十二时学生救国会开会，余等亦参加，各有简短之演辞。旋至野战病院慰问伤兵。伤兵约八九人，共住一室，两校代表合赠五元，作购买食物之用。又有官长二人，另居一室，代表等亦加慰问。诸人均非重伤，有已将就痊者。出病院，即乘赵承绥骑兵司令派来之汽车前往城外晋谒。赵司令谈话坦白，无城府；派赵参谋伴同往观防御工事，规模甚大。观毕，入城应旅部宴会。董旅长在前方，即由陈参谋代表。席间遇蒙藏委员会调查员陈佑城先生，据云在西北工作已年余，觉蒙古问题甚大；惜将上车，不及详谈。下午五时许登车，送行者甚众。二十二日晨六时余返校。此行计在绥留一日半，在平地泉留一日，多承傅主席及各军政长官与地方人士予以种种调查及视察之便利，并承厚待，极为感谢也。

1936年11月22日作。
（原载1936年11月26日《国立清华大学校刊》第792号）

注释

1. 欢忭（biàn）：喜悦，语出南朝宋·谢庄《谢赐貂裘表》："臣欢忭自歌，而同委衾之泽。"
2. 扞格（hàn gé）：互相抵触。
3. 俾（bǐ）：使。
4. 忠悫（zhōng què）：忠诚朴实。
5. 晋谒（jìn yè）：〈书面语〉进见，谒见。
6. 范希天：范长江（1909—1970），生于四川内江。原名希天。是我国杰出的新闻记者，社会活动家。

导读

《绥行纪略》写于 1936 年 11 月 22 日，文章记述的是抗日战争期间，朱自清作为清华大学教授，随学生会代表一同赴绥远慰问抗日将士，视察前线实际情况，了解前线所需物资，以告国民并发动各方力量，以不同方式支援抗战。绥远抗战是发生在中国绥远地方当局和日本支持的德王等蒙古分裂分子的一场局部战争。侵占我国的内蒙古，是日本侵略者"满蒙计划"的一部分，而绥远战争是妄图实现侵占蒙古。战争于 1936 年 11 月 15 日打响，作者一行人于 11 月 18 日晚出发，于 22 日晨返回。作为民主爱国人士、有良知的知识分子，作者身体力行，战争到来，军人扛起枪，文人提起笔，以不同的方式向敌对势力发动攻击。

本文语言多用古文形式，简而要，描述了绥远当地军政民三方的通力合作，当地治安稳定，医用物资缺乏的战情战况等。"当即以此告之"，"父老皆欢忭"，"惜将上车，不及详谈"，"并承厚待，极为感谢也"。作者以教育界人士独特的视角，观察、调查并报道了此行，对于回望处在抗战中的国民政府的立场、态度，具有一定的历史意义。因绥远战争的胜利，鼓舞了全国人民的抗战士气，对后续抗日战争起了积极作用。通过这篇文章，也可见出朱自清的责任感，使命感和历史观。历史就在那里，后人须正视。功就是功，过就是过，不可混淆，更不可颠倒。

外东消夏录

引　子

　　这个题目是仿的高士奇[1]的《江村消夏录》。那部书似乎专谈书画，我却不能有那么雅，这里只想谈一些世俗的事。这回我从昆明到成都来消夏。消夏本来是避暑的意思。若照这个意思，我简直是闹笑话，因为昆明比成都凉快得多，决无从凉处到热处避暑之理。消夏还有一个新意思，就是换换生活，变变样子。这是外国想头，摩登想头，也有一番大道理。但在这战时，谁还该想这个！我们公教人员谁又敢想这个！可是既然来了，不管为了多俗的事，也不妨取个雅名字，马虎点儿，就算他消夏罢。谁又去打破沙缸问到底呢？

　　但是问到底的人是有的。去年参加昆明一个夏令营，营地观音山。七月二十三日便散营了。前一两天，有游客问起，我们向他说这是夏令营，就要结束了。他道，"就结束了？夏令完了吗？"这自然是俏皮话。问到底本有两种，一是"耍奸心"，一是死心眼儿。若要耍奸心的话，这儿消夏一词似乎还是站不住。因为动手写的今天是八月二十八日，农历七月初十日，明明已经不是夏天而是秋天。但"录"虽然在秋天，所"录"不妨在夏天；《消夏录》尽可以只录消夏的事，不一定为了消夏而录。还是马虎点儿算了。

　　外东一词，指的是东门外，跟外西，外南，外北是姊妹花的词儿。成都住的人都懂，但是外省人却弄不明白。这好像是个翻译的名词，跟远东、近东、中东挨肩膀儿。固然为纪实起见，我也可以用草庐或草堂等词，因为我的确住着草房。可是不免高攀诸葛丞相，杜工部之嫌，我怎么敢那样大胆呢？我家是住在一所尼庵里，叫做"尼庵消夏录"原也未尝不可，但是别人单看题目也许会大吃一惊，我又何必故作惊人之笔呢？因此马马虎虎写下"外东消夏录"这个老老实实的题目。

夜大学

四川大学开办夜校，值得我们注意。我觉得与其匆匆忙忙新办一些大学或独立学院，不重质而重量，还不如让一些有历史的大学办办夜校的好。

眉毛高的人也许觉得夜校总不像一回事似的。但是把毕业年限定得长些，也就差不多。东吴大学夜校的成绩好像并不坏。大学教育固然注重提高，也该努力普及，普及也是大学的职分。现代大学不应该像修道院，得和一般社会打成一片才是道理。况且中国有历史的大学不多，更是义不容辞的得这么办。

现在百业发展，从业员增多，其中尽有中学毕业或具有同等学力，有志进修无门可入的人。这些人往往将有用的精力消磨在无聊的酬应和不正当的娱乐上。有了大学夜校，他们便有机会增进自己的学识技能。这也就可以增进各项事业的效率，并澄清社会的恶浊空气。

普及大学教育，有夜校，也有夜班，都得在大都市里，才能有足够的从业员来应试入学。入夜校可以得到大学毕业的资格或学位，入夜班却只能得到专科的资格或证书。学位的用处久经规定，专科资格或证书，在中国因从未办过大学夜班，还无人考虑它们的用处。现时只能办夜校；要办夜班，得先请政府规定夜班毕业的出身才成。固然有些人为学问而学问，但各项从业员中这种人大概不多，一般还是功名心切。就这一般人论，用功名来鼓励他们向学，也并不错。大学生选系，不想到功名或出路的又有多少呢？这儿我们得把眉毛放低些。

四川大学夜校分中国文学、商学、法律三组。法律组有东吴的成例，商学是当今的显学，都在意中。只有中国文学是冷货，居然三分天下有其一，好像出乎意外。不过虽是夜校，却是大学，若全无本国文化的科目，未免难乎其为大，这一组设置可以说是很得体的。这样分组的大学夜校还是初试，希望主持的人用全力来办，更希望就学的人不要三心两意的闹个半途而废才好。

人和书

"人和书"是个好名字，王楷元先生的小书取了这个名字，见出他的眼光和品味。

人和书，大而言之就是世界。世界上哪一桩事离开了人？又哪一桩事离得了书？我是说世界是人所知的一切。知者是人，自然离不了人；有知必录，便也离不开书。小而言之，人和书就是历史，人和书造成了历史；再小而言之就是传记，就是王先生这本书叙述和评论的。传记有大幅，有小品，有工笔，有漫画。这本书是小品，是漫画。虽然是大大的圈儿里一个小小的圈儿，可是不含糊是在大圈儿里，所叙的虽小，所见的却大。

这本书分三部分。第一部分是传记，第三部分也是片段的传记，第二部分评介的著作还是传记。王先生有意"引起读者研读传记的兴趣"，自序里说得明白。撰录近代和现代名人轶事，所谓笔记小说，传统很长。这个传统移植到报纸上，也已多年。可见一般人原是喜欢这种小品的。但是"五四"以来，"现在"遮掩了"过去"，一般青年人减少了历史的兴味，对于这类小品不免冷淡了些。他们可还喜欢简短零星的文坛消息等等，足见到底不能离开人和书。

自序里希望读者"对于伟大人物，由景慕而进于效法，人人以圣贤自许，猛勇精进"。这是一个宏愿。近来在《美国文摘》里见到一文，叙述一位作家叫小亚吉尔的，如何因《褴褛的狄克》一部书而成名，如何专写贫儿努力致富的故事，风行全国，鼓舞人心。他写的是"工作和胜利，上进和前进的故事"，在美国文学中创一新派。他的时代虽然在一九二九以前就过去了，但是许多自己造就的人都还纪念着他的书的深广的影响。可见文学的确有促进人生的力量。王先生的宏愿是可以达成的，有志者大家自勉好了。

成都诗

据说成都是中国第四大城。城太大了，要指出它的特色倒不易。说是有些像北平，不错，有些个。既像北平，似乎就不成其为特色了？然而不然，妙处在像而不像。我记得一首小诗，多少能够抓住这一点儿，也就多少能够抓住这座大城。

这是易君左[2]先生的诗，题目好像就是"成都"两个字。诗道：

> 细雨成都路，微尘护落花。据门撑古木，绕屋噪栖鸦。入暮旋收市，凌晨即品茶。承平风味足，楚客独兴嗟。

住过成都的人该能够领略这首诗的妙处。它抓住了成都的闲味。北平也闲得可以的，但成都的闲是成都的闲，像而不像，非细辨不知。

"绕屋噪栖鸦"，自然是那些"据门撑"着的"古木"上栖鸦在噪着。这正是"入暮"的声音和颜色。但是吵着的东南城有时也许听不见，西北城人少些，尤其住宅区的少城，白昼也静悄悄的，该听得清楚那悲凉的叫唤罢。

成都春天常有毛毛雨，而成都花多，爱花的人家也多，毛毛雨的春天倒正是养花天气。那时节真所谓"天街小雨润如酥"，路相当好，有点泥滑滑，却不至于"行不得也哥哥"。缓缓的走着，呼吸着新鲜而润泽的空气，叫人闲到心里，骨头里。若是在庭园中踱着，时而看见一些落花，静静的飘在微尘里，贴在软地上，那更闲得没有影儿。

成都旧宅于门前常栽得有一株泡洞树或黄桷树，粗而且大，往往叫人只见树，不见屋，更不见门洞儿。说是"撑"，一点儿不冤枉，这些树戆粗偎蹇[3]，老气横秋，北平是见不着的。可是这些树都上了年纪，也只闲闲的"据"着"撑"着而已。

成都收市真早。前几年初到，真搞不惯；晚八点回家，街上铺子便劈劈拍拍一片上门声，暗暗淡淡的，够惨。"早睡早起身体好"，农业社会的习惯，其实也不错。这儿人起的也真早，"入暮旋收市，凌晨即品茶"，是不折不扣的实录。

北平的春天短而多风尘，人家门前也有树，可是成行的多，独据的少。有茶楼，可是不普及，也不够热闹的。北平的闲又是一副格局，这里无须详论。"楚客"是易先生自称。他"兴嗟"于成都的"承平风味"。但诗中写出的"承平风味"，其实无伤于抗战；我们该嗟叹的恐怕是别有所在的。

我倒是在想，这种"承平风味"战后还能"承"下去不能呢？在工业化的新中国里，成都这座大城该不能老是这么闲着罢。

蛇 尾

动手写《引子》的时候，一鼓作气，好像要写成一本书。但是写完了上一段，不觉再三衰竭了。倒底已是秋天，无夏可消，也就"录"不下去了。古人说得好，"乘兴而来，兴尽而返"，只好以此解嘲。这真是蛇尾，虽然并不见虎头。本想写完上段就戛然而止，来个神龙见首不见尾。可是虎头还够不上，还闹什么神龙呢？话说回来，虎头既然够不上，蛇尾也就称不得，老实点，称为蛇足，倒还有个样儿。

1944年8月30日作。
（原载1944年9月2—6日《新民报》晚刊）

注释

1. 高士奇（1645—1740），字澹人，号江村。清代著名学者。
2. 易君左（1899—1972），湖南省汉寿县人，北京大学文学士、日本早稻田大学硕士。
3. 戆粗偃蹇（gàng cū yǎn jiǎn）：粗莽戆愚，高耸。

导读

《外东消夏录》，很俏皮可爱的"马马虎虎"的开头，草草的"蛇尾"，中间三部分：夜大学、人和书、成都诗。从篇名看，的确是有写一部书的意味，但朱自清写着写着便草草收了尾，想必夏已过，秋已至，心思转淡。正文的三部分都与学校学问相关，可见公教人员身份、知识分子，何时何地所关注的都与做学问相关。一个人看待事物的着眼点与角度往往折射出这个人的品味与兴趣所在。

引子中，用了三个马虎来解释外东，解释消夏录，细细碎碎，兜兜转转，自觉牵强？其实作者写的就是成都生活的略影。成都，以悠闲宜居闻名全国，茶馆麻将要比杜甫草堂有名，文中作者只字未提打麻将，偏偏选取了夜大学、书、诗。1944 年，当时还处在抗日战争时期，人们对知识的渴望，对提高自身技能的想法，都十分强烈。作者充分肯定了，由大学办夜校，一方面系统化，相对正规，也有利于对人才的培养。知识的世界便是由书承载，做学问的人，推崇阅读可以提升人的品味，一本好书，可以给人带来深远的影响，"可见文学的确有促进人生的力量"。当然，也写到了成都的风花雪月，日常生活里的诗意，那种"闲味"的确是这个城市的灵魂，朱自清不但善于观察，总结，而且能以与之相应的闲适笔调从容道来，兴之所至，一录再录，兴尽而返，亦不在乎蛇尾蛇足。恬淡达观之境立现，其意味倒是余音绕梁了。

重庆行记

　　这回暑假到成都看看家里人和一些朋友，路过陪都，停留了四日。每天真是东游西走，几乎车不停轮，脚不停步。重庆真忙，像我这个无事的过客，在那大热天里，也不由自主的好比在旋风里转，可见那忙的程度。这倒是现代生活现代都市该有的快拍子。忙中所见，自然有限，并且模糊而不真切。但是换了地方，换了眼界，自然总觉得新鲜些，这就乘兴记下了一点儿。

飞

　　我从昆明到重庆是飞的。人们总羡慕海阔天空，以为一片茫茫，无边无界，必然大有可观。因此以为坐海船坐飞机是"不亦快哉！"其实也未必然。晕船晕机之苦且不谈，就是不晕的人或不晕的时候，所见虽大，也未必可观。海洋上见的往往是一片汪洋，水，水，水。当然有浪，但是浪小了无可看，大了无法看——那时得躲进舱里去。船上看浪，远不如岸上，更不如高处。海洋里看浪，也不如江湖里，海洋里只是水，只是浪，显不出那大气力。江湖里有的是遮遮碍碍的，山哪，城哪，什么的，倒容易见出一股劲儿。"江间波浪兼天涌"[1]为的是巫峡勒住了江水；"波撼岳阳城"[2]，得有那岳阳城，并且得在那岳阳城楼上看。

　　不错，海洋里可以看日出和日落，但是得有运气。日出和日落全靠云霞烘托才有意思。不然，一轮呆呆的日头简直是个大傻瓜！云霞烘托虽也常有，但往往淡淡的，懒懒的，那还是没意思。得浓，得变，一眨眼一个花样，层出不穷，才有看头。这是可遇而不可求的。平生只见过两回的落日，都在陆上，不在水里。水里看见的，日出也罢，日落也罢，只是些傻瓜而已。这种奇观若是有意为之，大概白费气力居多。有一次大家在衡山上看日出，起了个大清早等着。出来了，出来了，有些人跳着嚷着。那时一丝云彩没有，日光直射，教人睁不开眼，不知那些人看到了些什么，那么跳跳嚷嚷的。许是在自己催眠吧。自然，海洋上也有美丽的日落和日出，见于记载的也有。但是得有运气，而有运气的并不多。

赞叹海的文学，描摹海的艺术，创作者似乎是在船里的少，在岸上的多。海太大太单调，真正伟大的作家也许可以单刀直入，一般离了岸却掉不出枪花来，像变戏法的离开了道具一样。这些文学和艺术引起未曾航海的人许多幻想，也给予已经航海的人许多失望。天空跟海一样，也大也单调。日月星的，云霞的文学和艺术似乎不少，都是下之视上，说到整个儿天空的却不多。星空，夜空还见点儿，昼空除了"青天""明蓝的晴天"或"阴沉沉的天"一类词儿之外，好像再没有什么说的。但是初次坐飞机的人虽无多少文学艺术的背景帮助他的想象，却总还有那"天宽任鸟飞"的想象；加上别人的经验，上之视下，似乎不只是苍苍而已，也有那翻腾的云海，也有那平铺的锦绣。这就够揣摩的。

但是坐过飞机的人觉得也不过如此，云海飘飘拂拂的弥漫了上下四方，的确奇。可是高山上就可以看见；那可以是云海外看云海，似乎比飞机上云海中看云海还清切些。苏东坡说得好："不识庐山真面目，只缘身在此山中。"飞机上看云，有时却只像一堆堆破碎的石头，虽也算得天上人间，可是我们还是愿看流云和停云，不愿看那死云，那荒原上的乱石堆。至于锦绣平铺，大概是有的，我却还未眼见。我只见那"亚洲第一大水扬子江"可怜得像条臭水沟似的。城市像地图模型，房屋像儿童玩具，也多少给人滑稽感。自己倒并不觉得怎样藐小，却只不明白自己是什么玩意儿。假如在海船里有时会觉得自己是傻子，在飞机上有时便会觉得自己是丑角吧。然而飞机快是真的，两点半钟，到重庆了，这倒真是个"不亦快哉"！

热

昆明虽然不见得四时皆春，可的确没有一般所谓夏天。今年直到七月初，晚上我还随时穿上衬绒袍。飞机在空中走，一直不觉得热，下了机过渡到岸上，太阳晒着，也还不觉得怎样热。在昆明听到重庆已经很热。记得两年前端午节在重庆一间屋里坐着，什么也不做，直出汗，那是一个时雨时晴的日子。想着一下机必然汗流浃背，可是过渡花了半点钟，满晒在太阳里，汗珠儿也没有沁出一个。后来知道前两天刚下了雨，天气的确清凉些，而感觉既远不如想象之甚，心里也的确清凉些。

滑竿[3]沿着水边一线的泥路走，似乎随时可以滑下江去，然而毕竟上了坡。有一个坡很长，很宽，铺着大石板。来往的人很多，他们穿着各样的短衣，摇着各样的扇子，真够热闹的。片段的颜色和片段的动作混成一幅斑驳陆离的画面，像出于后期印象派之手。我赏识这幅画，可是好笑那些人，尤其是那些扇子。那些扇子似乎只是无所谓的机械的摇着，好像一些无事忙的人。当时我和那些人隔着一层扇子，和重庆也隔着一层扇子，也许是在滑竿儿上坐着，有人代为出力出汗，会那样心地清凉罢。

第二天上街一走，感觉果然不同，我分别了重庆的热了。扇子也买在手里了。穿着成套的西服在大太阳里等大汽车，等到了车，在车里挤着，实在受不住，只好脱了上装，折起挂在膀子上。有一两回勉强穿起上装站在车里，头上脸上直流汗，手帕子简直揩抹不及，眉毛上，眼镜架上常有汗偷偷的滴下。这偷偷滴下的汗最教人担心，担心它会滴在面前坐着的太太小姐的衣服上，头脸上，就不是太太小姐，而是绅士先生，也够那个的。再说若碰到那脾气躁的人，更是吃不了兜着走。曾在北平一家戏园里见某甲无意中碰翻了一碗茶，泼些在某乙的竹布长衫上，某甲直说好话，某乙却一声不响的拿起茶壶向某甲身上倒下去。碰到这种人，怕会大闹街车，而且是越闹越热，越热越闹，非到宪兵出面不止。

话虽如此，幸而倒没有出什么岔儿，不过为什么偏要白白的将上装挂在膀子上，甚至还要勉强穿上呢？大概是为的绷一手儿罢。在重庆人看来，这一手其实可笑，他们的夏威夷短裤儿照样绷得起，何必要多出汗呢？这儿重庆人和我到底还隔着一个心眼儿。再就说防空洞罢，重庆的防空洞，真是大大有名，死心眼儿的以为防空洞只能防空，想不到也能防热的，我看沿街的防空洞大半开着，洞口横七竖八的安些床铺、马扎子、椅子、凳子，横七竖八的坐着、躺着各样衣着的男人、女人。在街心里走过，瞧着那懒散的样子，未免有点儿烦气。这自然是死心眼儿，但是多出汗又好烦气，我似乎倒比重庆人更感到重庆的热了。

行

衣食住行，为什么却从行说起呢？我是行客，写的是行记，自然以行第一。到了重庆，得办事，得看人，非行不可，若是老在屋里坐着，压根儿我就不会上重庆来了。再说昆明市区小，可以走路；反正住在那儿，这回办不完的事，还可以留着下回办，不妨从从容容的，十分忙或十分懒的时候，才偶尔坐回黄包车、马车或公共汽车。来到重庆可不能这么办，路远、天热，日子少、事情多，只靠两腿怎么也办不了。况这儿的车又相应、又方便，又何乐而不坐坐呢？

前几年到重庆，似乎坐滑竿最多，其次黄包车，其次才是公共汽车。那时重庆的朋友常劝我坐滑竿，因为重庆东到西长，有一圈儿马路，南到北短，中间却隔着无数层坡儿。滑竿可以爬坡，黄包车只能走马路，往往要兜大圈子。至于公共汽车，常常挤得水泄不通，半路要上下，得费出九牛二虎之力，所以那时我总是起点上终点下的多，回数自然就少。坐滑竿上下坡，一是脚朝天，一是头冲地，有些惊人，但不要紧，滑竿夫倒把得稳。从前黄包车下打铜街那个坡，却真有惊人的着儿，车夫身子向后微仰，两手紧压着车把，不拉车而让车子推着走，脚底下不由自主的忽紧忽慢，看去有时好像不点地似的，但是一个不小心，压不住车把，车子会翻过去，那时真的是脚不点地了，这够险的。所以后来黄包车禁止走那条街，滑竿现在也限制了，只准上坡时坐。可是公共汽车却大进步了。

这回坐公共汽车最多，滑竿最少。重庆的公用汽车分三类，一是特别快车，只停几个大站，一律廿五元，从哪儿坐到哪儿都一样，有些人常拣那候车人少的站口上车，兜个圈子回到原处，再向目的地坐；这样还比走路省时省力，比雇车省时省力省钱。二是专车，只来往政府区的上清寺和商业区的都邮街之间，也只停大站，廿五元。三是公共汽车，站口多，这回没有坐，好像一律十五元，这种车比较慢，行客要的是快，所以我没有坐。慢固然因停的多，更因为等的久。重庆汽车，现在很有秩序了，大家自动的排成单行，依次而进，坐位满人，卖票人便宣布还可以挤几个，意思是还可以"站"几个。这时愿意站的可以上前去，不妨越次，但是还得一个跟一个"挤"满了，卖票宣布停止，叫等下次车，便关门吹哨子走了。

公共汽车站多价贱，排班老是很长，在腰站上，一次车又往往上不了几个，因此一等就是二三十分钟，行客自然不能那么耐着性儿。

衣

二十七年春初过桂林，看见满街都是穿灰布制服的，长衫极少，女子也只穿灰衣和裙子。那种整齐，利落，朴素的精神，叫人肃然起敬；这是有训练的公众。后来听说外面人去得多了，长衫又多起来了。国民革命以来，中山服渐渐流行，短衣日见其多，抗战后更其盛行。从前看不起军人，看不惯洋人，短衣不愿穿，只有女人才穿两截衣，哪有堂堂男子汉去穿两截衣的。可是时世不同了，男子倒以短装为主，女子反而穿一截衣了。桂林长衫增多，增多的大概是些旧长衫，只算是回光返照。可是这两三年各处却有不少的新长衫出现，这是因为公家发的平价布不能做短服，只能做长衫，是个将就局儿。相信战后材料方便，还要回到短装的，这也是一种现代化。

四川民众苦于多年的省内混战，对于兵字深恶痛绝，特别称为"二尺五"和"棒客"，列为一等人。我们向来有"短衣帮"的名目，是泛指，"二尺五"却是特指，可都是看不起短衣。四川似乎特别看重长衫，乡下人赶场或入市，往往头缠白布，脚登草鞋，身上却穿着青布长衫。是粗布，有时很长，又常东补一块，西补一块的，可不含糊是长衫。也许向来是天府之国，衣食足而后知礼义，便特别讲究仪表，至今还留着些流风余韵罢？然而城市中人却早就在赶时髦改短装了。短装原是洋派，但是不必遗憾，赵武灵王不是改了短装强兵强国吗？短装至少有好些方便的地方：夏天穿个衬衫短裤就可以大模大样的在街上走，长衫就似乎不成。只有广东天热，又不像四川在意小节，短衫裤可以行街。可是所谓短衫裤原是长裤短衫，广东的短衫又很长，所以还行得通，不过好像不及衬衫短裤的派头。

不过衬衫短裤似乎到底是便装，记得北平有个大学开教授会，有一位教授穿衬衫出入，居然就有人提出风纪问题来。三年前的夏季，在重庆我就见到有穿衬衫赴宴的了，这是一位中年的中级公务员，而那宴会是很正式的，座中还有位老年的参政员。可是那晚的确热，主人自己脱了上装，又请客人宽衣，于是短衫和衬衫围着圆桌子，大家也就一样了。西服的客人大概搭着上装来，到门口穿上，到屋里经主人一声"宽衣"，便又脱下，告辞时还是搭着走。其实真是多此一举，那么热还绷个什么呢？不如衬衫入座倒干脆些。可是中装的却得穿着长衫来去，只在室内才能脱下。西服客人累累赘赘带着上装，倒可以陪他们受点儿小罪，叫他们不至于因为这点不平而对于世道人心长吁短叹。

战时一切从简，衬衫赴宴正是"从简"。"从简"提高了便装的地位，于是乎造成了短便装的风气。先有皮茄克，春秋冬三季（在昆明是四季），大街上到处都见，黄的、黑的、拉链的、扣钮的、收底的、不收底边的，花样繁多。穿的人青年中年不分彼此，只除了六十以上的老头儿。从前穿的人多少带些个"洋"关系，现在不然，我曾在昆明乡下见过一个种地的，穿的正是这皮茄克，虽然旧些。不过还是司机穿的最早，这成个司机文化一个重要项目。皮茄克更是哪儿都可去，昆明我的一位教授朋友，就穿着一件老皮茄克教书、演讲、赴宴、参加典礼，到重庆开会，差不多是皮茄克为记。这位教授穿皮茄克，似乎在学晏子穿狐裘，三十年就靠那一件衣服，他是不是赶时髦，我不能冤枉人，然而皮茄克上了运是真的。

再就是我要说的这两年至少在重庆风行的夏威夷衬衫，简称夏威夷衫，最简称夏威衣。这种衬衫创自夏威夷，就是檀香山，原是一种土风。夏威夷岛在热带，译名虽从音，似乎也兼义。夏威夷衣自然只宜于热天，只宜于有"夏威"的地方，如中国的重庆等。重庆流行夏威衣却似乎只是近一两年的事。去年夏天一位朋友从重庆回到昆明，说是曾看见某首长穿着这种衣服在别墅的路上散步，虽然在黄昏时分，我的这位书生朋友总觉得不大像样子。今年我却看见满街都是的，这就是所谓上行下效罢？

夏威衣翻领像西服的上装，对襟面袖，前后等长，不收底边，不开岔儿，比衬衫短些。除了翻领，简直跟中国的短衫或小衫一般无二。但短衫穿不上街，夏威衣即可堂哉皇哉在重庆市中走来走去。那翻领是具体而微的西服，不缺少洋味，至于凉快，也是有的。夏威衣的确比衬衫通风；而看起来飘飘然，心上也爽利。重庆的夏威衣五光十色，好像白绸子黄卡叽[4]居多，土布也有，绸的便更见其飘飘然，配长裤的好像比配短裤的多一些。在人行道上有时通过持续来了三五件夏威衣，一阵飘过去似的，倒也别有风味，参差零落就差点劲儿。夏威衣在重庆似乎比皮茄克还普遍些，因为便宜得多，但不知也会像皮茄克那样上品否。到了成都时，宴会上遇见一位上海新来的青年衬衫短裤入门，却不喜欢夏威衣（他说上海也有），说是无礼貌。这可是在成都、重庆人大概不会这样想吧？

1944年9月7日作。

（原载1944年9月10日、17日、23日、10月1日昆明《中央日报·星期增刊》）

注释

1. "江间波浪兼天涌"：出自杜甫《秋兴八首》之一，"江间波浪兼天涌，塞上风云接地阴。"
2. "波撼岳阳城"：出自孟浩然《望洞庭湖赠张丞相》，"气蒸云梦泽，波撼岳阳城。"
3. 滑竿：中国江南各地山区特有的一种供人乘坐的传统交通工具。用两根结实的长竹竿绑扎成担架，间架以竹片编成的躺椅或用绳索结成的坐兜，前垂脚踏板。
4. 卡叽：卡其布，是一种主要由棉、毛、化学纤维混纺而成的织品。通常是浅色的不同风格的布料，布料以棉花为主。

导读

　　《重庆行记》写于1944年9月，此间朱自清任职于昆明的西南联大，刚好暑期回成都看望家人，途经重庆——当时国民政府的首都，在重庆停留4天，本文则是记述此4天间的见闻及感想。细细碎碎地描述了重庆夏季大热的天气，多山路陡不平的交通环境，着重描写了作为交通工具的滑杆及黄包车，以及人们服装从长衫到短装转变的一个趋势。作者采用对比的手法，适当夹杂诙谐有趣的口语，生动形象地勾勒出重庆的民俗风情。

　　作者乘飞机自昆明至重庆，对在"海"、"天"里看云、看日出日落作了比较。以切实的感受，比较文学创作中对于日出日落的描写，飘于浩瀚大海，是开阔，但处处是水，会显单调，飞至云端，飞机是动的，云是死的，没了生机。故此，作者总结，"海阔"、"天空"里都是"不识庐山真面目，只缘身在此山中"。看云、看日出日落必要在陆上、岸边，不可置身其中。纷乱年代，世事难料，人生多变，似流云落日。作者文中多处提到运气，看美景如此，人事也如此，静静远观要比置身其中，来得明朗、透彻。战争总是会在人们心中投下一道道阴影，就似闷热的天气，推不开，挥不去。但历史演变的脚步不会停歇，就如重庆，也只是曾经的陪都。朱自清的感怀里，有着对生活的独特理解。

文物·旧书·毛笔

　　这几个月，北平的报纸上除了战事、杀人案、教育危机等等消息以外，旧书的危机也是一个热闹的新闻题目。此外，北平的文物，主要的是古建筑，一向受人重视，政府设了一个北平文物整理委员会，并且拨过几回不算少的款项来修理这些文物。二月初，这个委员会还开了一次会议，决定为适应北平这个陪都的百年大计，请求政府"核发本年上半年经费"，并"加强管理使用文物建筑，以维护古迹"。至于毛笔，多少年前教育部就规定学生作国文以及用国文回答考试题目，都得用毛笔。但是事实上学生用毛笔的时候很少，尤其是在大都市里。这个问题现在似乎还是悬案。在笔者看来，文物、旧书、毛笔，正是一套，都是些遗产、历史、旧文化。主张保存这些东西的人，不免都带些"思古之幽情"，一方面更不免多多少少有些"保存国粹"的意思。"保存国粹"现在好像已成了一句坏话，等于"抱残守阙"[1]，"食古不化"，"迷恋骸骨"，"让死的拉住活的"。笔者也知道今天主张保存这些旧东西的人大多数是些五四时代的人物，不至于再有这种顽固的思想，并且笔者自己也多多少少分有他们的情感，自问也还不至于顽固到那地步。不过细心分析这种主张的理由，除了"思古之幽情"以外，似乎还只能说是"保存国粹"；因为这些东西是我们先民的优良的成绩，所以才值得保存，也才会引起我们的思念。我们跟老辈不同的，应该是保存只是保存而止，让这些东西像化石一样，不再妄想它们复活起来。应该过去的总是要过去的，我们明白这个道理。

　　关于拨用巨款修理和油漆北平的古建筑，有一家报纸上曾经有过微词，好像说在这个战乱和饥饿的时代，不该忙着办这些事来粉饰太平。本来呢，若是真太平的话，这一番修饰也许还可以招揽些外国游客，得些外汇来使用。现在这年头，那辉煌的景象却只是战乱和饥饿的现实的一个强烈的对比，强烈的讽刺，的确叫人有些触目惊心。这自然是功利的看法，可是这年头无衣无食的人太多了，功利的看法也是自然的。不过话说回来，现在公家用钱，并没有什么通盘的计划，这笔钱不用在这儿，大概也不会用在那些无衣无食的人的身上，并且也许还会用在一些不相干的事上去。那么，用来保存古物就也还不算坏。若是真能通盘计划，分别轻重，这种事大概是该缓办的。笔者虽然也赞成保存古物，却并无抢救的意思。照道理衣食足再来保存古物不算晚；万一晚了也只好遗憾，衣食总是根本。笔者不同意过分的强调保存古物，过分的强调北平这个文化城，但是"加强管理使用文物建筑，以维护古迹"，并不用多花钱，却是对的。

　　旧书的危机指的是木版书，特别是大部头[2]的。一年来旧书业大不景气。有些铺子将大部头的木版书论斤的卖出去造还魂纸[3]。这自然很可惜，并且有点儿惨。因此有些读书人出来呼吁抢救。现在教育部已经拨了十亿元收买这种旧书，抢救已经开始，自然很好。但是笔者要指出旧书的危机潜伏已经很久，并非突如其来。清末就通行石印本的古书，携带便利，价钱公道。这实在是旧书的危机的开始。但是当时石印本是不登大雅之堂的；说是错字多，固然，主要的还在缺少那古色古香。因此大人先生不屑照顾。不过究竟公道，便利，又不占书架的地位，一般读书人，尤其青年，却是乐意买的。民国以来又有了影印本，大部头的如《四部丛刊》，底本差不多都是善本，影印不至于有错字，也不缺少古色古香。这个影响旧书的买卖就更大。后来《四部丛刊》又有缩印本，古气虽然较少，便利却又加多。还有排印本的古书，如《四部备要》《万有文库》等，也是方便公道。又如《国学基本丛书》，照有些石印本办法，书中点了句，方便更大。抗战前又有所谓"一折八扣书"，排印的错误并不太多，极便宜，大量流通，青年学生照顾的不少。比照抗战期中的土纸本，这种一折八扣书现在已经成了好版了。现在的青年学生往往宁愿要这种排印本，不要木刻本；他们要方便，不在乎那古色古香。买大部书的人既然可以买影印本或排印本，买单部书的人更多乐意买排印本或石印本，技术的革新就注定了旧书的没落的运命！将来显微影片本的书发达了，现在的影印本排印本大概也会没落的罢？

　　至于毛笔，命运似乎更坏。跟"水笔"相比，它的不便更其显然。用毛笔就得用砚台和墨，至少得用墨盒或墨船（上海有这东西，形如小船，不知叫什么名字，用墨膏，装在牙膏似的筒子里，用时挤出），总不如水笔方便，又不能将笔挂在襟上或插在袋里。更重要的，毛笔写字比水笔慢得多，这是毛笔的致命伤。说到价钱，毛笔连上附属品，再算上用的时期的短，并不见得比水笔便宜好多。好的舶来水笔自然很贵，但是好的毛笔也不贱，最近有人在北平戴月轩就看到定价一千多万元的笔。自然，水笔需要外汇，就是本国做的，材料也得从外国买来，毛笔却是国产；但是我们得努力让水笔也变成国产才好。至于过去教育部规定学生用毛笔，似乎只着眼在"保存国粹"或"本位文化"上；学生可并不理会这一套，用水笔的反而越来越多。现代生活需要水笔，势有必至，理有固然，"本位文化"的空名字是抵挡不住的。毛笔应该保存，让少数的书画家去保存就够了，勉强大家都来用，是行不通的。至于现在学生写的字不好，那是没有认真训练的原故，跟不用毛笔无关。学生的字，清楚整齐就算好，用水笔和毛笔都一样。

　　学生不爱讲究写字，也不爱读古文古书——虽然有购买排印本古书的，可是并不太多。他们的功课多，事情忙，不能够领略书法的艺术，甚至连写字的作用都忽略了，只图快，写得不清不楚的叫人认不真。古文古书因为文字难，不好懂，他们也觉着不值得费那么多功夫去读。根本上还是由于他们已经不重视历史和旧文化。这也是必经的过程，我们无须惊叹。不过我们得让青年人写字做到清楚整齐的地步，满足写字的基本作用，一方面得努力好好的编出些言文对照详细注解的古书，让青年人读。历史和旧文化，我们应该批判的接受，作为创造新文化的素材的一部，一笔抹煞是不对的。其实青年人也并非真的一笔抹煞古文古书，只看《古文观止》已经有了八种言文对照本，《唐诗三百首》已经有了三种（虽然只各有一种比较好），就知道这种书的需要还是很大——而买主大概还是青年人多。所以我们应该知道努力的方向。至于书法的艺术和古文古书的专门研究，留给有兴趣的少数人好了，这种人大学或独立学院里是应该培养的。

　　连带着想到了国画和平剧的改良，这两种工作现在都有人在努力。日前一位青年同事和我谈到这两个问题，他觉得国画和平剧都已经有了充分的发展，成了定型，用不着改良，也无从改良；勉强去改良，恐怕只会出现一些不今不古不新不旧的东西，结果未必良好。他觉得民间艺术本来幼稚，没有得着发展，我们倒也许可以促进它们的发展；像国画和平剧已经到了最高峰，是该下降，该过去的时候了，拉着它们恐怕是终于吃力不讨好的。照笔者的意见，我们的新文化新艺术的创造，得批判的采取旧文化旧艺术，士大夫的和民间的都用得着，外国的也用得着，但是得以这个时代和这个国家为主。改良恐怕不免让旧时代拉着，走不远，也许压根儿走不动也未可知。还是另起炉灶的好，旧料却可以选择了用。应该过去的总是要过去的。

1948年3月12—13日作。
（原载1948年3月31日《大公报》）

注释

1. 抱残守阙（bào cán shǒu quē）：守着残缺的东西不放。形容思想保守，不接受新事物。
2. 大部头：篇幅较长，体制较大的著作。
3. 还魂纸：指再生纸，即用废旧纸作原料造出的纸。

导读

这个世界，既是物质世界，也是精神世界，物质有限度，精神无边际。文化，广义涵盖了物质文化及精神文化，都是由人类智慧所创造，心力所凝结。而文化传承方式多样，流于民间，典藏高阁；有形于物，无形于心。开创一个新世界的同时，如何继承、维护、发扬前人所留下的文化遗产，是摆在世人面前明亮亮的一道题目，朱自清的观点是"历史和旧文化，我们应该批判地接受，作为创造新文化的素材的一部，一笔抹煞是不对的。"有所选择，有所鉴别，"取其精华，去其糟粕"。

本文中作者从文物、旧书、毛笔写开来，鲜明的立场，要存勿弃，经年累月后仍能流传至今，无论是物还是思想，都是优良的典范，"文物、旧书、毛笔，正是一套，都是些遗产、历史、旧文化"。千百年来的创造可以在一息之间灰飞烟灭，特别是作者行文时期，当时的中国处于战争贫穷的时代，衣食尚不足，大多数人们尚停留在马斯洛的需求层次论"金字塔"的最底层，那么在关乎生存以外的精神世界，存在着距离、微词、反对、功利想法，都可以理解，这一观点体现了作者宽宏的胸襟，达观的情怀，将自己的思想以平和舒缓的方式表达，不激烈，不尖锐，不偏执。贫穷会改变人们的价值观，但被贫穷毁掉的历史建筑不能复原，被战乱流离散失的文物难以保全，所以，即便是穷，也要对文化艺术作品有所作为，"笔者不同意过分的强调保存古物，过分的强调北平这个文化城，但是'加强管理使用文物建筑，以维护古迹'，并不用多花钱，却是对的"。可以说朱自清的这些观点皆为远见卓识。同时，对传统文化中的书法，国画，评剧等艺术形式，朱自清认为，能改良更好，不能的话还是另起炉灶，建设真正有生命力的现代文化艺术，当然，对待传统也不是抛弃了事，还应有所取舍。这里看出了朱自清的现代文化立场，以及对待传统文化艺术的客观态度。

朱自清年表（1898 — 1948）

1898 年

8 月 12 日出生于江苏东海（今江苏省连云港市东海县平明镇）。

1912 年

进入高等小学学习。

1916 年

考入北京大学预科。

1917 年

升入北京大学哲学系本科。

1919 年

开始发表诗歌作品。作为新文学运动初期的诗人之一，他以清新明快的诗作，在诗坛上显出自己的特色。

1920 年

修完课程提前毕业；在北大期间，朱自清积极参加"五四"爱国运动，嗣后又参加北大学生为传播新思想而组织的平民教育讲演团。他大学毕业后，在浙江、江苏的多所中学任教，继续参加新文学运动，成为文学研究会的早期会员。此外，他还参与发起新文学史上第一个诗歌团体"中国新诗社"和创办第一个诗歌杂志《诗》月刊等工作，支持由青年学生组成的湖畔诗社及晨光文学社的活动，为开拓新诗的道路付出了辛勤的劳动。

1922 年

商务印书馆出版文学研究会 8 位诗人的合集《雪朝》第一集，内收朱自清的诗作 19 首。

1923 年

朱自清发表了近 300 行的抒情长诗《毁灭》，表明自己对生活的严肃思考和"一步步踏在土泥上，打上深深的脚印"这种进取不懈的人生态度，在当时有较大影响。

1924 年

诗和散文合集《踪迹》出版。他的诗，数量不多，却在思想和艺术上呈现出一种纯正朴实的新鲜作风。其中如《光明》、《新年》、《煤》、《送韩伯画往俄国》、《羊群》、《小舱中的现代》等，或热切地追求光明，憧憬未来，或有力地抨击黑暗的世界，揭露血泪的人生，洋溢着反帝反封建的革命精神，是初期新诗中难得的作品。

1925 年

任清华大学中文系教授，开始从事文学研究，创作方面则转以散文为主。

1928 年

第一本散文集《背影》出版，集中所作，均为个人真切的见闻和独到的感受，并以平淡朴素而又清新秀丽的优美文笔独树一帜。

1931 年

8 月，留学英国，进修语言学和英国文学；后又漫游欧洲五国。

1932 年

7 月回国，任清华大学中国文学系主任，自此与闻一多同事论学。

1934 年

出版的《欧游杂记》和 1943 年出版的《伦敦杂记》，是用印象派的笔法写成的两部游记。

1935 年

编辑《〈中国新文学大系〉诗集》并撰写《导言》。

1936 年

出版散文集《你我》。

1937 年

抗日战争爆发后，朱自清随清华大学南下长沙。

1938 年

3 月到昆明，任北京大学、清华大学、南开大学合并的西南联合大学中国文学系主任，并当选为中华全国文艺界抗敌协会理事。在抗日战争的艰苦岁月里，他不顾生活清贫，以认真严谨的态度从事教学和文学研究，曾与叶圣陶合著《国文教学》等书。

1945 年

抗战胜利后，国民党政府发动内战。

1946 年

7 月李公朴、闻一多先后遇害。朱自清不顾个人安危，出席成都各界举行的李、闻惨案追悼大会，并报告闻一多生平事迹。

1946 年

10 月，从四川回到北平。

1946 年

11 月担任"整理闻一多先生遗著委员会"召集人。在反饥饿、反内战的斗争中，他身患重病，仍签名《抗议美国扶日政策并拒绝领取美援面粉宣言》，并嘱告家人不买配售面粉，始终保持着一个正直的爱国知识分子的高尚气节和可贵情操。

1948 年

8 月 24 日，逝于严重的胃病。